LE DÉFI D'ELIZABETH

Barbara Taylor Bradford est née en Angleterre. À seize ans, elle entame dans sa ville natale une carrière de journaliste qu'elle poursuit à Londres quatre ans plus tard. Spécialiste de la mode et de la décoration, elle publie en 1968 *The Complete Encyclopedia of Homemaking Ideas (Somme de conseils pour décorer un intérieur)*. Son premier roman, *L'Espace d'une vie*, paraît en 1979 et connaît aussitôt un immense succès. Barbara Taylor Bradford a également écrit sous les pseudonymes de Sally Bradford et Barbara Siddon. Ses romans sont publiés dans quatre-vingt-dix pays. Elle vit désormais aux États-Unis, entre New York et le Connecticut.

Paru dans Le Livre de Poche :

BARBARA TAYLOR BRADFORD

Le Défi d'Elizabeth

ROMAN TRADUIT DE L'ANGLAIS (ÉTATS-UNIS) PAR COLETTE VLÉRICK

PRESSES DE LA CITÉ

Titre original :

BEING ELIZABETH

Pour Bob, avec tout mon amour.

PREMIÈRE PARTIE

Une nouvelle vie

Je dormais et rêvai que la vie n'était que joie,
Je m'éveillai et je vis que la vie n'était que service,
Je servis et je compris que le service était joie.

Rabindranath TAGORE

Je plie et ne romps pas.

Jean de LA FONTAINE

Travailler ? C'est plus amusant que de s'amuser !

Noël COWARD

1

— Elle est morte !

Cecil Williams venait d'annoncer la nouvelle depuis le seuil de la salle à manger de Ravenscar, la vaste demeure élisabéthaine des Deravenel dans le Yorkshire. Il referma la porte derrière lui et gagna la table en quelques rapides enjambées. Malgré elle, Elizabeth Turner sursauta violemment.

— Quand ? jeta-t-elle.

Elle dévisageait Cecil d'un regard qui ne cillait pas.

— Ce matin, aux premières heures, juste avant l'aube pour être précis.

Un grand silence suivit ses paroles.

Elizabeth luttait pour contrôler le flot d'émotions qui menaçait de la submerger. Elle attendait la nouvelle depuis longtemps mais, tout au fond d'elle-même, elle avait désespéré de jamais l'entendre. Quelques instants lui étaient nécessaires pour réaliser que c'était enfin arrivé. Quand elle reprit la parole, elle était à nouveau maîtresse d'elle-même.

— Il n'y a pas grand-chose à dire, n'est-ce pas, Cecil ? Et même rien du tout, en fait. À quoi bon ? Je ne suis pas une hypocrite et je ne ferai pas semblant de pleurer ma sœur.

— Moi non plus, et je comprends parfaitement ce que tu ressens, Elizabeth.

Il lui passa un bras autour des épaules, l'embrassa sur la joue puis recula d'un pas pour plonger son regard dans les yeux de la jeune femme, d'un beau gris foncé mais lumineux. Il vit aussitôt qu'ils brillaient de larmes retenues mais il n'avait aucun doute sur ce qui les motivait, et ce n'était pas le chagrin. Au contraire, Elizabeth pleurait des larmes de soulagement, un profond et authentique soulagement.

— C'est fini, reprit-il. C'est enfin fini, Elizabeth. Elle a cessé de te torturer et tu es en sécurité. Personne ne peut plus te donner d'ordres, et cela n'arrivera plus jamais ! Tu es libre et ta destinée t'appartient.

La tension qui marquait le visage pâle d'Elizabeth s'effaça en un instant.

— Oui, tu as raison, je suis libre ! Cecil, c'est extraordinaire… Pourtant, je n'arrive pas à croire que c'est enfin vrai.

Elle esquissa un sourire qui s'évanouit aussitôt, tant elle avait du mal à se convaincre que sa vie venait de changer, en quelques instants.

Cecil sourit à son tour d'un air encourageant et compréhensif.

— Je crois qu'il te faudra quelques jours pour t'y habituer.

Elle scruta son visage, plissant les yeux pour mieux l'examiner. Cecil la connaissait très bien, se dit-elle, il la comprenait parfaitement. Il avait raison, elle aurait besoin d'un peu de temps. Elle s'accorda un moment pour se calmer avant de poursuivre :

— Cecil, je me conduis très mal à ton égard. Laisse-moi te servir un petit déjeuner, tu dois être affamé. Lucas a préparé de quoi soutenir un siège ! Qu'est-ce qui te ferait plaisir ?

— Je reconnais que j'ai une faim de loup mais je me servirai moi-même. Va t'asseoir et bois ton café tranquillement ! Si tu en as jamais eu besoin, c'est bien aujourd'hui.

Elizabeth se plia à sa suggestion, heureuse de retrouver sa chaise. Elle se sentait en état de choc et ses jambes la portaient à peine. Se laissant aller contre le dossier, elle essaya de se détendre mais obtint l'inverse de l'effet recherché, se crispant d'appréhension. Elle avait l'avenir devant elle, certes, mais il lui faudrait affronter l'inconnu. La nausée montait en elle à l'idée de quitter tout ce qui faisait sa vie jusque-là pour empoigner à deux mains un destin dont elle ignorait tout. Après toutes ces années de nuits sans sommeil, de levers au point du jour, souvent même encore plus tôt… Cette inquiétude qui ne l'avait jamais lâchée, ces peurs, cette anxiété qui la paralysait, ces angoisses perpétuelles… À cause de sa sœur… Elle ne savait jamais quel nouveau tour Mary lui préparait, quelles accusations elle lui lancerait à la figure. Elle avait vécu en permanence sur le qui-vive, dans une épuisante ambiance de danger. Cela remontait aussi loin que sa mémoire pouvait la ramener. Mary l'avait maltraitée depuis l'enfance.

Cecil revint s'asseoir à côté d'elle avec une assiette d'œufs brouillés qu'il attaqua sans attendre.

— Tu as dû te lever quand il faisait encore nuit, dit-il après quelques instants. J'ai été étonné de voir qu'à six heures et demie ta porte était déjà ouverte et ta chambre vide.

— Je n'arrivais pas à dormir et j'ai préféré me lever. Cette semaine a été épouvantable et je crains d'avoir craqué… Je suppose que c'est à cause de l'attente interminable… On ne sait jamais, avec le cancer.

Il lui lança un bref regard de ses yeux gris si calmes. Pendant toutes ces années, il s'était inquiété pour elle et il avait conscience que cela ne cesserait jamais. Cecil éprouvait pour Elizabeth une dévotion absolue et, en cet instant précis, ne pensait qu'à la protéger, quel qu'en soit le prix. Il s'abstint toutefois de faire le moindre commentaire et continua paisiblement de se restaurer. C'était un homme d'un grand calme, équilibré et prudent, et ses plans étaient établis depuis longtemps.

Elizabeth termina sa tasse de café et se passa les mains sur le visage.

— Je vais te faire une confidence, Cecil. Tu sais que cela ne m'a pas touchée quand on a su qu'elle avait un cancer. À quoi bon ? De toute façon, on savait qu'elle était en train de mourir et qu'elle se racontait des histoires en affirmant qu'elle était enceinte. Mais la semaine dernière… Je n'ai pas pu m'empêcher de repenser au passé, aux bonnes choses comme aux mauvaises, à tout ce qui s'est produit pendant notre enfance. Je me suis souvenue de l'époque où notre père nous avait toutes les deux reniées. Nous avons été très proches alors, même si cela n'a pas duré. Mais tout le reste du temps que j'ai passé avec elle…

Sa voix se brisa et elle hocha la tête d'un air triste.

— Le reste du temps, cela a été très dur. Elle était infernale. Pour elle, j'étais l'ennemie. Elle était d'une possessivité absolue envers notre père. De son point de vue, ma mère avait usurpé la place de la sienne et moi, sa place à elle. Bien sûr, le grand prix à remporter était mon père, cette brute qu'elle idolâtrait sans réserve. Mary avait un fort esprit de compétition et, comme chacun sait, a toujours été convaincue que je passais mon temps à comploter contre elle.

Elizabeth poussa un grand soupir.

— Quoi que je fasse, quoi qu'il arrive, pour Mary, j'ai eu tort dès le jour de ma naissance.

— Mais c'est fini et tu ne dois plus y penser, répondit Cecil d'un ton rassurant. Une nouvelle vie commence pour toi.

— Et j'ai l'intention d'en tirer le maximum, répliqua-t-elle en s'obligeant à paraître optimiste.

Elle se leva, traversa la salle à manger en direction de la desserte et s'y servit un autre café. Tout en le dégustant à petites gorgées, elle commença à poser à Cecil les questions qui s'imposaient.

— Qui est au courant du décès de Mary ? Tout le monde, je suppose.

— Non, pas encore. Pas tout à fait.

Cecil se tourna vers la grande horloge de parquet qui se dressait dans un angle.

— Il n'est pas encore huit heures et on est dimanche. Pour l'instant, je n'ai prévenu quasiment personne. Nicholas Throckman a été le premier à téléphoner pour me dire que Mary était morte et, juste après lui, j'ai eu un appel de Charles Broakes qui m'annonçait la même nouvelle.

Elizabeth parut intriguée puis elle comprit.

— Ton fameux téléphone portable ! C'est ainsi que tout le monde reste en contact, à présent. Rien d'étonnant si je n'ai entendu aucune sonnerie.

— J'avais demandé à Nicholas et à Charles de me joindre sur mon portable. Quel intérêt y aurait-il à réveiller toute la maison à six heures du matin ? Je n'ai pas beaucoup dormi, moi non plus, cette nuit. Je savais que Mary ne tiendrait plus longtemps.

— Je suppose que Nicholas est en route pour nous rejoindre et qu'il apporte la boîte noire.

— Oui, répondit Cecil. En réalité, elle lui a été remise vendredi. Les proches de Mary la lui ont envoyée chez lui dans l'après-midi pour qu'il puisse te l'apporter tout de suite. Ils pensaient qu'elle ne passerait pas la nuit, mais c'était une fausse alerte. Nicholas est parti ce matin dans la demi-heure qui a suivi l'annonce du décès. Il est sur la route, en ce moment, et il m'a demandé de te dire qu'il sera très heureux de se joindre à nous pour le déjeuner.

Pour la première fois depuis des jours, elle eut un vrai sourire.

— J'en suis très heureuse, moi aussi.

— Sidney Payne m'a également téléphoné. Il voulait foncer jusqu'ici mais je lui ai expliqué que nous serions à Londres dans quelques jours et que nous nous verrions à ce moment-là. Il avait déjà reçu trois appels, ce qui signifie que la nouvelle se répand vite. Tu connais les gens, conclut-il avec une expression amusée. Comme tout le monde adore les ragots et les spéculations, les nouvelles importantes se propagent à toute vitesse.

L'air soudain sérieux, Elizabeth se pencha vers lui.

— Qui devons-nous convoquer pour la première réunion du conseil d'administration ?

— Ton grand-oncle Howard doit y assister, ainsi que tes cousins Francis Knowles et Henry Carray.

Nous devons aussi avoir Sidney Payne et certains membres du conseil qui attendent ce moment depuis longtemps.

Elle hocha la tête, pensive.

— Je sais de qui tu veux parler et j'ai hâte de les rencontrer. Mais que faisons-nous à l'égard de ceux qui me sont hostiles ?

Cecil haussa discrètement les épaules.

— Que veux-tu qu'ils fassent ? Rien ! Ils ne peuvent rien contre toi, Elizabeth. Tu es de plein droit l'héritière de la Deravenel. Ce sont les dernières volontés de ton père.

— Ils peuvent saboter mon travail, comploter contre moi, chercher à me prendre en faute, appelle cela comme tu veux ! Ils formaient la cour de Mary et ils ne m'aimeront jamais. Ils ne m'ont jamais acceptée.

— Et alors ? Qu'ils t'aiment ou pas n'a pas la moindre importance. Ils doivent te respecter. Il n'y a que cela qui compte et c'est vital. Et fie-toi à moi pour qu'ils te respectent !

Mary Turner, sa sœur, était donc morte. Plus exactement, pensa Elizabeth, Mary Turner Alvarez, la femme de Philip Alvarez, le plus puissant homme d'affaires de Madrid, mais aussi l'homme qui avait puisé dans la fortune de sa femme sans compter avant de l'abandonner à une mort solitaire. Mais n'était-ce pas ce que faisaient les hommes ? Se servir des femmes puis s'en débarrasser. Son père avait été le champion en ce domaine. Elizabeth se reprocha aussitôt cette idée. Elle ne devait pas penser du mal de lui, pas maintenant. Au bout du compte, c'était le testament de son père qui prévalait, le testament qui faisait d'elle la troisième et dernière héritière de sa famille. À présent, les entreprises Deravenel lui appartenaient.

Vers la fin, Mary n'avait pas eu d'autre choix que de se plier au testament de Harry Turner. Jusque-là, elle avait fait des efforts désespérés pour priver Elizabeth de ce qui lui revenait pourtant de plein droit.

Mary avait d'abord désigné son fils à naître, cet enfant qui n'avait jamais existé que dans son imagination, comme héritier universel. Or, contrairement à ce qu'elle voulait croire, ce n'était pas une nouvelle vie qui se développait dans son ventre mais un cancer inopérable.

Ensuite, elle avait eu l'idée la plus brillante de sa vie, ainsi qu'elle l'avait décrété elle-même. C'était son mari espagnol qui devait hériter ! Après tout, n'était-il pas considéré comme l'homme d'affaires le plus renommé d'Espagne, un entrepreneur expérimenté ? Qui, mieux que lui, pourrait diriger la très ancienne compagnie Deravenel ?

Cette superbe trouvaille avait été réduite à néant par ceux qui avaient les moyens de le faire. Mary s'était alors tournée vers leur cousine, Marie Stewart, une femme d'ascendance et d'éducation franco-écossaise. Marie était française à quatre-vingt-dix pour cent, avec un vague vernis anglais. À l'époque, Cecil s'était demandé ce que cette Française à la réputation de séductrice pouvait bien connaître à la façon de diriger une entreprise vieille de huit cents ans, basée à Londres et, de plus, célèbre bastion machiste. Rien du tout, avaient reconnu les amis de Cecil en s'émerveillant du culot de Mary Turner.

Marie Stewart prétendait depuis longtemps qu'elle était la véritable héritière. D'après elle, sa légitimité lui venait de sa grand-mère anglaise, Margaret Turner, la sœur aînée de Harry. Cependant, c'était Harry qui représentait la branche mâle des descendants directs, par son père. Donc, ses enfants, filles ou garçons, avaient la préséance sur les descendants de sa sœur Margaret. C'était la loi de primogéniture qui s'appliquait, faisant du fils aîné et de ses descendants les héritiers légitimes de la Deravenel.

Le projet de Mary Turner avait été, une fois de plus, promptement envoyé aux oubliettes. Les membres du conseil d'administration de la Deravenel ne voulaient pas entendre parler de Marie Stewart qu'ils considéraient comme une ennemie à plus d'un titre. Et c'était là leur dernier mot.

C'était donc après avoir épuisé toutes les possibilités que Mary avait enfin reconnu les droits d'Elizabeth, mais en évitant de prononcer son nom. Quelque chose l'en empêchait. Dix jours avant sa mort, elle avait envoyé l'un de ses proches collaborateurs remettre une mallette à Elizabeth. Elle contenait les bijoux de la famille Turner et une quantité invraisemblable de clés qui ouvraient des coffres-forts, des chambres fortes, et les portes des différentes maisons appartenant aux Turner.

Avec son bon sens habituel, Cecil lui avait fait remarquer que, par cet envoi, Mary reconnaissait enfin ses droits. « Elle a compris qu'elle n'a plus d'autre choix que de respecter le testament de ton père, avait-il dit, et elle va le faire. Tu verras, Elizabeth ! Ses actes sont plus importants que tout ce qu'elle peut dire. »

Mais pourquoi Mary n'avait-elle pas réussi à prononcer le nom de sa sœur ? Pourquoi n'avait-elle pas pu dire : « Ma sœur, Elizabeth Turner, est mon héritière » ? Pourquoi s'était-elle contentée de grommeler quelques mots au sujet de l'héritière légitime de Harry Turner ?

Parce qu'elle me détestait, se dit Elizabeth. Ma sœur ne supportait pas l'idée que j'allais prendre sa place.

Oublie tout cela, oublie ces histoires, lui répétait une petite voix intérieure, et Elizabeth fit appel à sa volonté pour chasser ces pensées déplaisantes. Cela n'avait plus aucune importance, à présent. Mary Turner Alvarez serait bientôt dans sa tombe alors qu'elle, Elizabeth Deravenel Turner, était bien vivante et sur le point de devenir président-directeur général des entreprises Deravenel. Tout était à elle, maintenant ! Le conglomérat d'entreprises familial, les maisons, les bijoux, le pouvoir, la fortune. Et elle voulait tout cela ! Qui ne l'aurait pas désiré ? De plus, cela lui revenait de plein droit. Elle était une pure Deravenel et Turner. Elle était la fille de Harry Turner et lui ressemblait comme deux gouttes d'eau. Ce n'était pas le cas de Mary qui tenait de Catherine, sa mère espagnole, bien que beaucoup plus petite qu'elle, plutôt trapue et certainement pas aussi jolie.

Elizabeth ouvrit la grande armoire de sa chambre et en sortit la mallette envoyée par Mary pour la déposer sur son lit. Elle prit ensuite la clé dans le tiroir de son secrétaire, ouvrit la mallette et examina les pochettes en cuir brun sur lesquelles étaient fixées des plaques en argent portant le nom des propriétés familiales. On pouvait y lire « Waverley Court, Kent » ou « Ravenscar, Yorkshire », ou encore « maison de Chelsea ». Toutes ces pochettes étaient remplies de clés. D'autres portaient les noms de chambres fortes dans différentes banques, Coutts, la Westminster Bank ou Lloyd's.

D'après Cecil, ces chambres abritaient les bijoux Deravenel et Turner, divers objets de valeur comme de l'argenterie et des objets en or, ainsi que de vieux documents. Il lui avait expliqué qu'elle devrait, en sa qualité de nouvelle propriétaire, en dresser l'inventaire complet dès son retour à Londres.

Elizabeth posa les pochettes de clés de côté, caressa du bout de ses longs doigts les écrins en cuir rouge portant la griffe de Cartier et entreprit de les ouvrir. L'un d'eux contenait une superbe rivière de diamants, un autre d'extraordinaires émeraudes taillées en escalier et montées en boucles d'oreilles, un autre encore une imposante broche en saphirs et diamants. Ces bijoux de conte de fées dataient visiblement des années 1930. Quel membre de sa famille avait pu acquérir de pareils joyaux ? Et pour qui ? Elle se demanda si elle les utiliserait un jour. Une seule chose était certaine : elle porterait les perles des mers du Sud qu'elle avait découvertes quelques jours plus tôt avec Cecil.

Elle les avait sorties de leur écrin de velours noir et les avait tenues dans la lumière, fascinée par leur lustre incomparable. Elles étaient magnifiques. Elizabeth s'était dit qu'elle arborerait ce collier sans hésitation.

Elle replaça les écrins dans la mallette et la referma à clé avant de la ranger à nouveau dans son armoire. Cela pouvait attendre. D'autres tâches, plus urgentes, réclameraient toute son attention au cours des semaines à venir. Les chambres fortes et les coffres-forts devraient attendre également, de même que Waverley Court et la maison de Chelsea où Mary avait passé ses dernières années, la maison où elle venait de mourir. Elle serait enterrée avant la fin de la semaine à Ravenscar, dans le cimetière familial où reposaient les Deravenel et les Turner. Avant tout, il fallait s'occuper des funérailles et faire la liste des gens à prévenir.

Elizabeth s'assit devant son secrétaire, prit son journal et tourna les pages jusqu'à la date du jour, *dimanche 17 novembre 1996.* Tout en haut de la page, elle écrivit : « Ma sœur, Mary Turner Alvarez, est morte ce matin, à l'aube. Elle avait quarante-deux ans. »

Puis, se renversant contre le dossier de sa chaise, Elizabeth s'abandonna à ses pensées. Prendre la tête de la Deravenel la terrifiait mais elle n'avait pas le choix. Par quoi devait-elle commencer ? Comment Cecil et elle imposeraient-ils les projets qui lui tenaient à cœur, pour ne rien dire de ceux de Cecil, plus compliqués encore ? Elle n'avait pas la moindre idée de la façon de faire aboutir leurs idées. Elle avait occupé différents postes à la Deravenel depuis ses dix-huit ans et avait appris à aimer l'entreprise, jusqu'au jour où Mary l'en avait chassée, un an plus tôt. Et voilà qu'elle y retournait par la grande porte, pour prendre les rênes, à vingt-cinq ans et sans réelle expérience de direction. Mais elle devait le faire, elle devrait se débrouiller. Plus important encore, elle avait l'obligation de réussir.

Elizabeth savait au moins une chose. Elle devait prouver aux gens qui travaillaient pour la Deravenel dans le monde entier qu'elle ne ressemblait en rien à sa sœur. Mary s'était montrée incompétente et arrogante, et ce dans un milieu farouchement misogyne. Sa conduite lamentable avait renforcé ces hommes dans leur certitude que les femmes n'étaient pas faites pour diriger ce bastion de la suprématie masculine qu'était une société de commerce plusieurs fois centenaire.

« Je dois y arriver, je n'ai pas le choix. Je dois me montrer forte, dure, habile et même machiavélique si c'est nécessaire. Je dois réussir. Je veux réussir. Et je veux la Deravenel. Je veux le tout. C'est mon héritage et je dois lui rendre sa puissance. »

Elizabeth ferma les yeux et posa la tête sur ses bras croisés. Mille pensées s'agitaient dans son esprit, son imagination fertile élaborant toutes sortes de plans et de projets.

2

Cecil Williams prit place derrière le bureau géorgien de la vaste pièce de travail qui avait été occupée par des Deravenel et des Turner au fil des siècles.

Elizabeth avait insisté pour qu'il s'y installe quand il l'avait rejointe à Ravenscar, quelques semaines plus tôt. Elle-même préférait le petit bureau qui jouxtait la salle à manger. Cecil savait qu'elle avait toujours aimé Ravenscar, la belle demeure élisabéthaine qui se dressait sur la falaise, à la limite des marais, dans le nord du Yorkshire. Au fil des ans, elle l'avait marquée de son empreinte. Mary, en revanche, détestait cette maison et n'y avait jamais passé beaucoup de temps. Elle préférait vivre à Londres.

Quelle sotte ! pensa Cecil qui admirait les beaux meubles anciens, les livres reliés en cuir sur leurs rayonnages, les portraits des Deravenel des siècles passés et ceux des Turner, plus récents. Il y avait même un portrait du fondateur de la dynastie, Guy de Ravenel, un chevalier normand de Falaise arrivé en Angleterre avec Guillaume le Conquérant. Il avait créé une compagnie de négoce qui était devenue la Deravenel, un des plus importants conglomérats commerciaux modernes.

Revenant au présent, Cecil se concentra sur ses notes de la journée. Il écrivit en particulier les noms de toutes les personnes auxquelles il avait parlé depuis qu'il avait appris la mort de Mary.

Elizabeth le taquinait parfois sur cette manie qu'il avait de prendre des notes en permanence mais c'était sa façon de s'assurer qu'il se souviendrait de tout ce qui concernait son travail. Il s'y conformait quotidiennement, scrupuleusement. C'était une habitude acquise dès le collège et il avait continué à Cambridge puis pendant ses études de droit et, bien sûr, quand il avait commencé à travailler à la Deravenel, d'abord pour Edward Selmere puis pour John Dunley.

Cecil avait essayé de se départir de cette pratique mais y avait renoncé de longue date. C'était trop difficile et, surtout, ses notes lui étaient très utiles. Sa petite manie lui avait souvent donné un avantage sur ses interlocuteurs dans les discussions d'affaires. Son carnet ne le quittait jamais et lui permettait de se rafraîchir instantanément la mémoire. Peu de gens pouvaient se vanter d'en faire autant et aussi aisément.

À trente-huit ans, Cecil savait qu'il se trouvait à un tournant crucial de sa vie et qu'il en allait de même pour Elizabeth. Or, Elizabeth le considérait comme son bras droit et avait toute confiance en lui. Elle attendait de lui qu'il la guide et la conseille.

Cecil avait quitté la Deravenel cinq ans plus tôt, conscient qu'il ne réussirait jamais à travailler avec Mary Turner. Leurs conceptions différaient en tout et, quand elle avait hérité de la compagnie, il s'était discrètement retiré à la campagne. À l'époque, il conseillait déjà Elizabeth depuis plusieurs années dans la gestion de ses affaires personnelles, avec la collaboration de son comptable, Thomas Parrell. Il avait tout simplement continué.

Rien ne peut nous arrêter, pensa-t-il, soudain de très bonne humeur. Nous allons redresser la barre et redonner toute sa splendeur à la Deravenel. Nous en referons ce qu'elle était quand le père d'Elizabeth la dirigeait. Après la mort de Harry, de l'avis général, tout s'était dégradé.

Le frère d'Elizabeth, Edward, avait hérité en premier mais c'était encore un petit garçon et il ne pouvait pas occuper le fauteuil de P-DG. Son oncle maternel, Edward Selmere, était donc devenu administrateur en son nom, suivant en cela les dernières volontés de Harry.

Selmere avait fait tellement d'erreurs que le conseil d'administration l'avait démis de ses fonctions. Il avait été remplacé par John Dunley, un homme qui avait lui aussi une longue expérience de la Deravenel, comme son père Edmund Dunley avant lui.

John Dunley avait réussi à maintenir la compagnie pour le petit Edward, œuvrant en étroite collaboration avec Cecil. Mais Edward était mort à seize ans, laissant le champ libre à Mary. À partir de là, les erreurs avaient succédé aux erreurs. Mary avait fait beaucoup de tort à la Deravenel par ses décisions inconsidérées. Heureusement, il n'y avait rien d'irréparable. Du moins Cecil l'espérait-il.

Confortablement installé dans son fauteuil, Cecil se concentra sur Elizabeth. Il la considérait comme un des esprits les plus brillants qu'il connût. Elle avait bénéficié d'une solide éducation et avait montré qu'elle avait de l'étoffe à l'époque où elle travaillait pour la Deravenel. De plus, elle avait hérité des qualités de son père, sa remarquable intelligence, sa lucidité, son habileté et son intuition. Harry Turner savait jauger ses interlocuteurs au premier regard. Comme lui, Elizabeth possédait le sens des affaires et pouvait se montrer implacable. Ce dernier trait de caractère lui serait utile pour diriger la Deravenel.

Des enfants Turner, Elizabeth était celle qui rappelait le plus son père, psychologiquement et physiquement. Ni son frère Edward ni sa sœur Mary ne lui avaient beaucoup ressemblé.

Un coup discret frappé à la porte l'arracha à ses réflexions. Elizabeth poussa le battant et s'arrêta un instant sur le seuil, encadrée par les portraits en pied de son père et de son arrière-grand-père, accrochés de part et d'autre de la porte.

— Je te dérange ?

Il ne put que faire non de la tête, soudain muet.

Le soleil entrant à flots par les hautes fenêtres la baignait d'une lumière dorée qui mettait en valeur son teint pâle d'Anglaise, ses cheveux d'un auburn resplendissant et ses traits fins, typiques des Deravenel. Elizabeth était l'image même de ses deux célèbres parents et ne s'en distinguait que par ses yeux, d'un étonnant gris foncé, alors que ceux de Harry Turner et d'Edward Deravenel avaient été bleu ciel.

— Qu'y a-t-il ? demanda-t-elle. Tu me regardes bizarrement.

Elle franchit le seuil, intriguée.

— Comme deux gouttes d'eau ! répondit Cecil avec un sourire amusé. C'est la seule expression qui m'est venue à l'esprit quand tu es entrée. Tu étais en plein soleil et j'ai été frappé par ta ressemblance avec ton père et ton arrière-grand-père. C'était troublant.

— Ah !

Elizabeth se retourna et fit face aux deux portraits, son regard passant de son père au célèbre Edward Deravenel, le père de Bess, sa grand-mère paternelle. C'était lui qu'elle admirait par-dessus tout. Elle le considérait comme le plus grand chef d'entreprise de tous les temps et espérait se montrer à sa hauteur. C'était lui qui l'inspirerait.

Une lueur malicieuse dansa dans ses yeux tandis qu'elle allait s'asseoir en face de Cecil.

— Oui, dit-elle, il semblerait que nous ayons un air de famille. Espérons que je serai capable de réussir aussi bien qu'eux !

— Tu y arriveras.

— Tu veux dire que nous y arriverons ! répliqua-t-elle fermement.

— Nous ferons tout pour cela.

Elizabeth fixa pensivement Cecil.

— Qu'allons-nous faire pour les funérailles ? La cérémonie doit avoir lieu ici, n'est-ce pas ?

— Oui, c'est la tradition.

— As-tu une idée des gens qu'il faut convier ?

— D'abord les membres du conseil d'administration. Toutefois, compte tenu des circonstances, j'ai pensé qu'il valait mieux demander à John Norfell de s'en occuper. Il fait partie des principaux dirigeants de la société et siège au conseil depuis longtemps. De plus, c'était un ami de Mary. Selon moi, c'est lui le mieux placé pour prendre les mesures nécessaires. Je lui ai parlé tout à l'heure.

Elizabeth hocha la tête, soulagée d'être libérée de ce souci.

— La chapelle familiale ne peut guère abriter plus de cinquante personnes, mais je pense que cela suffira. Je suppose qu'il faudra offrir à déjeuner aux gens qui viendront…

Elle s'interrompit en soupirant et secoua la tête.

— La cérémonie pourrait avoir lieu assez tôt dans la matinée, reprit-elle. Cela nous permettrait de servir un lunch juste après et tout le monde serait parti au plus tard à trois heures, qu'en penses-tu ?

Cecil éclata de rire.

— Je constate que tu as déjà tout prévu ! Je t'approuve tout à fait, j'avais pensé à une solution de cet ordre. Je l'ai suggérée à Norfell et il m'a semblé d'accord. Je doute que quiconque ait réellement envie de venir ici en plein hiver !

— Le thermomètre est tombé à moins cinq, dit Elizabeth qui riait aussi. J'ai mis le nez dehors tout à l'heure et j'ai renoncé à aller marcher. Je me demande comment mes ancêtres ont résisté sans chauffage central.

Cecil désigna de la tête les bûches qui brûlaient gaiement dans la cheminée.

— Je subodore qu'ils faisaient d'énormes feux mais, pour mon goût, cela n'aurait pas suffi. Le chauffage est au maximum et je trouve la température tout juste confortable.

— L'installation du chauffage central et de la climatisation fait partie des améliorations apportées par mon père.

Tout en parlant, Elizabeth s'était levée pour aller remettre une bûche dans le feu.

— Et que faisons-nous du veuf ? demanda-t-elle d'un ton calme. Philip Alvarez ? Je suppose que nous ne pouvons pas le tenir à l'écart, n'est-ce pas ?

— En effet ! De plus, il s'est toujours montré bien disposé à ton égard.

Comme si je pouvais l'oublier, pensa-t-elle. Elle se souvenait très bien des regards lascifs de son beau-frère et de la façon dont il lui pinçait les fesses quand Mary ne regardait pas. Mieux valait ne pas y penser !

— Oui, reprit-elle, il faut l'inviter. Inutile de nous faire un ennemi de plus ! De toute façon, il ne viendra pas.

— Tu as certainement raison.

— Cecil, la situation de la Deravenel est-elle vraiment si mauvaise que ça ? Nous avons évoqué quelques-unes des difficultés actuelles au cours des quinze derniers jours mais nous n'avons pas abordé le fond des choses.

— C'est impossible puisque je n'ai pas eu accès aux comptes. Il y a presque cinq ans que j'ai quitté la société et tu en es toi-même partie depuis un an. Nous ne pourrons pas connaître la situation réelle avant d'avoir pris possession des lieux. Il y a cependant une chose que je sais : Mary a donné beaucoup d'argent à Philip pour ses projets immobiliers en Espagne.

— Qu'entends-tu par « beaucoup » ?

— Des millions.

— Cinq millions ? Dix ? Plus encore ?

— Plus… Et même beaucoup plus, je le crains.

Elizabeth revint s'asseoir en face de Cecil.

— Beaucoup plus ? répéta-t-elle. Cinquante millions ?

Cecil eut un geste découragé.

— Environ soixante-quinze millions…

— Non ! Je ne peux pas le croire, s'exclama-t-elle. Comment le conseil d'administration a-t-il pu accepter ?

Elle avait soudain l'air très soucieux.

— Je l'ignore, répondit Cecil. On m'a dit, en privé, qu'il y avait eu des négligences. Personnellement, j'appellerais cela des négligences criminelles.

— Qui pourrions-nous attaquer devant les tribunaux ?

— Mary est morte.

— Donc, c'était la faute de Mary ? C'est bien ce que tu veux dire ?

— C'est ce qu'on m'a laissé entendre mais, pour établir des faits précis, il faut d'abord que tu sois nommée président-directeur général et que nous ayons les comptes en main. En attendant, nous ne pouvons rien faire.

— J'ai hâte de commencer ! grommela-t-elle entre ses dents. Et maintenant, si j'en crois ma montre, il est temps que j'aille changer de tenue. Nicholas Throckman ne devrait plus tarder.

Elizabeth était dans une colère noire. Elle avait envie de sortir et de hurler dans le vent glacé jusqu'à épuisement, mais ç'aurait été une folie dans un froid pareil.

Elle préféra se réfugier dans sa chambre et, ayant claqué la porte derrière elle, elle tomba à genoux et bourra son lit de coups de poing, ses yeux sombres brillant de larmes rageuses. Elle tapa de toutes ses forces, tapa jusqu'à sentir sa colère se calmer et, subitement, se mit à pleurer à gros sanglots. Au bout d'un long moment, vide d'émotions, elle se releva et se rendit dans sa salle de bains pour se passer le visage à l'eau froide. Ensuite, assise à la coiffeuse de sa chambre, elle se maquilla soigneusement.

Comment ma sœur a-t-elle pu faire cela ? Comment a-t-elle pu verser tout cet argent dans les mains avides de Philip ? Et cela parce qu'elle était en adoration devant lui et aurait fait n'importe quoi pour le garder ! Espérait-elle qu'il resterait à Londres avec elle ? Comment a-elle pu être aussi stupide ! Philip est un séducteur, et je suis bien placée pour le savoir. Il a toujours couru après toutes les femmes, y compris moi, la cadette de son épouse !

Mary était aveuglée par l'amour et il l'a si bien entortillée qu'elle lui a donné tout ce qu'elle possédait pour financer ses projets immobiliers en Espagne. Elle n'a pas hésité un seul instant, le cerveau court-circuité par ses hormones. Philip la tenait par les sens, la pauvre idiote !

Mais qui suis-je pour la blâmer ? L'image de ce Don Juan de Thomas Selmere ne m'a jamais complètement quittée, même après dix ans. Encore un homme qui ne pensait qu'à la bagatelle, prêt à tout pour posséder la belle-fille de sa femme, une gamine de quinze ans avec ça ! Il avait épousé Catherine, la veuve de mon père, alors qu'on venait à peine de le mettre en terre. Non content d'avoir la femme, il avait décidé de mettre aussi la fille de Harry dans son lit. Catherine ne suffisait-elle donc pas à satisfaire son cavaleur de mari ? Je me suis plus d'une fois posé la question.

Philip Alvarez est de la même espèce de prédateurs.

Qu'a-t-il fait de tout cet argent ? Soixante-quinze millions ! Bonté divine ! Une somme pareille... Tant de notre argent disparu, l'argent de la Deravenel. Philip n'a jamais réellement rendu compte de l'usage qu'il en a fait. Le fera-t-il jamais ? Pourrait-il seulement le dire ?

Nous devons l'y contraindre. Il y a certainement des documents relatifs à cet argent quelque part. Mary n'a pas pu être stupide à ce point. Ou bien, l'a-t-elle été ?

Ma sœur a fait des choix désastreux à la tête de la Deravenel. Je le sais depuis longtemps. J'ai des amis dans l'entreprise et Cecil possède son propre réseau d'espionnage. Il en sait beaucoup plus qu'il ne veut bien me le dire. Comme toujours, il veut me protéger. J'ai une totale confiance en mon Cecil. Une confiance implicite. C'est un homme d'honneur, d'une parfaite loyauté, et qui ne perd jamais son sang-froid. Il est de plus modeste, solide comme un roc et d'une honnêteté absolue. Nous dirigerons la Deravenel ensemble et, ensemble, nous la sortirons du rouge...

Calmée, Elizabeth se dirigea vers la porte de sa chambre et, comme elle passait devant sa commode, son regard tomba sur une photographie qui y était posée et qui la représentait, avec Mary, sur la terrasse de Ravenscar. Elle avait oublié que cette photo se trouvait là. Elle la prit entre ses mains et se trouva reportée vingt ans en arrière... Elle avait cinq ans, une petite fille si jeune, si innocente, qui n'aurait jamais imaginé la méchanceté de sa demi-sœur.

— Va vite, Elizabeth, Père te demande !

Tout en parlant, Mary la poussait vers l'autre extrémité de la terrasse. Elizabeth avait renversé la tête pour regarder sa grande sœur de vingt-deux ans.

— Tu es sûre que c'est moi qu'il veut voir ?

Mary avait baissé les yeux sur la petite rousse qui l'énervait tellement.

— Puisque je te le dis ! Dépêche-toi !

Elizabeth avait couru vers son père, installé à une table où il lisait la presse du matin.

— Me voici, Père !

Il s'était levé d'un bond.

— Que fais-tu ici ? Pourquoi fais-tu tout ce bruit ? Pourquoi me déranges-tu ?

Elizabeth s'était arrêtée net, bouche bée, et s'était mise à trembler.

Harry avait avancé d'un pas, l'air très fâché. Il la dominait de toute sa taille, le regard glacial.

— Tu ne devrais même pas être sur la terrasse. En fait, tu ne devrais être nulle part.

— Mais… Mary m'a dit que vous me demandiez, avait murmuré Elizabeth, au bord des larmes.

— Je me moque de Mary et de ce qu'elle dit ! Je ne suis pas ton père, tu m'entends ? De toute façon, puisque ta mère est morte, tu es… Tu n'es l'enfant de personne ! Tu n'es *personne*.

Il s'était encore approché, lui faisant signe de disparaître d'un geste exaspéré de ses grandes mains.

Elizabeth avait fait demi-tour et s'était enfuie de toute la vitesse de ses jambes d'enfant.

Harry Turner l'avait suivie à grandes enjambées dans le hall en criant à pleins poumons.

— Nanny ? Nanny ! Où êtes-vous ?

Avis Paisley avait surgi comme par magie, soudain livide au spectacle de l'enfant terrifiée et affolée qui courait vers elle, les joues ruisselant de larmes. Elle s'était précipitée et l'avait serrée contre elle dans un geste protecteur.

— Vous faites vos bagages et vous partez dans le Kent, Nanny, avait ordonné Harry d'un ton féroce. Tout de suite !

— À Waverley Court, monsieur Turner ?

— Non, à Stonehurst Farm ! Je vais appeler ma tante, Mme Grace Rose Morran, pour lui dire que vous arriverez ce soir.

— Bien, monsieur.

Sans ajouter un mot, mais maudissant Harry Turner, Avis avait entraîné Elizabeth dans l'escalier. Cet homme était un monstre ! Il punissait sa fille à cause de sa mère. Avis le détestait.

Elizabeth eut un dernier regard pour la photographie et la jeta dans la corbeille à papier. Bon débarras !

3

Elizabeth descendit quatre à quatre le grand escalier, traversa le vaste hall et s'arrêta, l'oreille tendue. Des voix d'hommes s'échappaient de la bibliothèque. Elle s'y précipita, ouvrit la porte à la volée et se figea, interloquée.

Elle s'attendait à voir Nicholas Throckman, or c'était Robert Dunley qui venait d'arriver. Robert, son ami d'enfance, se tenait avec Cecil devant une des fenêtres. Plongés dans leur conversation, ils n'avaient même pas remarqué son entrée.

Robert sembla pourtant sentir sa présence et se retourna. Son visage s'éclaira immédiatement.

— Bonjour, Elizabeth ! dit-il.

Il posa son verre sur la table basse et vint à sa rencontre.

— Robin ! Je ne m'attendais pas du tout à te voir ici !

Depuis toujours, elle l'appelait par le diminutif de « Robin ».

— Tu sais bien que j'arrive toujours au mauvais moment ! répondit-il avec un grand sourire.

Il la prit dans ses bras, la serra avec force et ne la relâcha qu'après lui avoir planté un baiser sur la joue.

— Quand j'ai eu Cecil au téléphone, ce matin, je lui ai demandé de ne pas te dire que je venais. Je voulais te faire une surprise.

— Tu peux te vanter d'avoir réussi ! répondit-elle en riant.

Bras dessus, bras dessous, ils rejoignirent Cecil. Elizabeth était heureuse de la présence de Robin. Il avait toujours été là pour elle et elle lui saurait toujours gré de ce qu'il avait fait pour elle quand Mary l'avait chassée. Elizabeth n'oubliait pas ce genre de choses. Son cher Robin, l'ami des mauvais jours !

Cecil l'observait de ce regard gris clair qui n'appartenait qu'à lui.

— Ce n'est qu'une petite cachotterie de ma part, Elizabeth, dit-il paisiblement.

— Je sais, répondit-elle avec un sourire.

— Veux-tu une coupe de champagne ? lui demanda-t-il. Ou autre chose ?

— Du champagne, s'il te plaît.

Tandis que Cecil s'affairait devant le bar roulant, Elizabeth, qui avait lâché le bras de Robin, se planta devant la fenêtre. Sous ses yeux, se déroulait l'immense panorama de la mer du Nord et des falaises crayeuses qui s'étiraient sur des kilomètres, jusqu'à Robin Hood's Bay et au-delà.

C'était un spectacle à couper le souffle, en particulier par une journée comme celle-là. Le soleil brillait dans un ciel d'une pureté estivale et la mer elle-même, qui reflétait le bleu du ciel, semblait moins sinistre. Elizabeth avait toujours été transportée par la vue qu'on avait depuis Ravenscar.

Robert l'avait suivie.

— On dirait une belle journée de printemps, remarqua-t-il d'un ton pensif, mais c'est une illusion !

— Oh ! Je le sais, répondit-elle.

Elle lui lança un regard chargé de sous-entendus.

— Je suis tellement habituée aux illusions…

Il ne répondit rien. L'instant d'après, Cecil revint avec les flûtes de champagne. Elizabeth le remercia et après s'être assise considéra les deux hommes.

— Je me demande ce qui est arrivé à Nicholas, dit-elle. Il devrait être là, n'est-ce pas ? Il est presque une heure.

— Je suis sûr qu'il ne va pas tarder, répondit Cecil d'un ton rassurant. Robert, y avait-il beaucoup de circulation ?

— Non, pas trop, mais il est possible que Nicholas soit un peu plus prudent que moi. J'ai eu la chance de ne pas me faire arrêter pour excès de vitesse. J'ai foncé comme une brute !

— Nicholas m'apporte la boîte noire, annonça Elizabeth en fixant Robert.

Sans lui laisser le temps de réagir, elle changea de sujet.

— Sauf erreur de ma part, tu étais plutôt en bons termes avec Philip Alvarez, n'est-ce pas ? Je crois que tu es allé en Espagne avec lui, il y a quelque temps ?

— C'est exact, mais je ne dirais pas que nous sommes très liés. Disons plutôt qu'il s'est toujours montré agréable envers moi et que, à un moment, il nous a demandé conseil, en particulier à mon frère Ambrose. J'ai accompagné Ambrose en Espagne parce que Philip nous avait demandé de faire un petit travail pour lui.

Elizabeth ouvrit la bouche mais la referma aussi vite en voyant l'expression d'avertissement de Cecil.

— Je ne pense pas, intervint ce dernier, que nous devrions discuter du cas de Philip Alvarez en cet instant précis. Robert, tu devrais pouvoir nous apporter des éclaircissements sur cette résidence de vacances qu'il construit en Espagne. Je propose donc que nous nous accordions un moment pour en parler, mais plus tard. Il me semble avoir entendu la voiture de Nicholas.

Cecil alla se poster sur le seuil du bureau et jeta un coup d'œil dans le hall d'entrée.

— Oui, dit-il par-dessus son épaule, c'est lui.

Un instant plus tard, Nicholas Throckman saluait Cecil, Elizabeth et Robert avec un grand sourire Tous quatre étaient amis de longue date et appréciaient toujours de se retrouver. Il eut bientôt une flûte de champagne à la main, lui aussi, et porta un toast à la ronde.

— Elizabeth, dit-il en riant, je suis désolé de te livrer une pareille chose avec aussi peu de cérémonie, dans un sac d'épicerie Fortnum and Mason ! Que veux-tu, c'est ainsi qu'on me l'a donnée, mais l'essentiel était de te la remettre.

— Je ne vois rien de choquant à utiliser un tel sac, répondit Elizabeth.

Ayant posé le sac à ses pieds, elle en sortit la fameuse boîte noire qu'elle tint pendant quelques instants à deux mains. Un frisson la parcourut. La boîte ressemblait à un écrin de bijoutier. Sur le couvercle était gravé en lettres d'or, à présent un peu passées, le nom qu'elle révérait entre tous, celui d'Edward Deravenel.

Elle finit par la poser sur ses genoux, les mains croisées sur le couvercle.

— Deux ans après que mon père m'eut de nouveau acceptée comme sa fille, dit-elle d'une voix qui tremblait un peu, il m'a montré cette boîte. J'avais onze ans. Il m'a raconté son histoire ou, plutôt, celle de ce qui se trouve à l'intérieur. J'aimerais vous répéter maintenant ce que mon père m'a dit voici quatorze ans.

Les trois hommes s'installèrent confortablement dans leurs fauteuils, curieux d'entendre le récit d'Elizabeth.

Elle ne le commença pas sur-le-champ, prenant le temps de regarder la boîte, et tandis qu'elle caressait le couvercle du dos de la main, elle sembla soudain s'abstraire du présent.

Robert, qui l'observait, ne put s'empêcher de penser qu'elle avait de très belles mains, longues et fines, avec des doigts effilés aux ongles parfaits. Il avait presque oublié ces mains adorables...

De son côté, Nicholas admirait sa combativité, sa capacité de réaction immédiate et son mépris des conventions. Sa sœur venait de mourir et elle portait un pull rouge vif avec un pantalon assorti sans se soucier de l'opinion des autres. C'était Elizabeth tout craché, indépendante et d'une franchise à toute épreuve. Il était bien placé pour savoir qu'il n'y avait eu aucune affection entre les deux sœurs. Elizabeth ne cherchait pas à faire croire le contraire et Nicholas ne l'en admirait que plus.

Cecil, quant à lui, pensait surtout à la vivacité d'esprit d'Elizabeth, appréciant la façon dont elle avait abordé la question épineuse des relations avec Philip puis questionné Robert au sujet de son voyage en

Espagne. Dunley pourrait se révéler une bonne source d'informations sur le désastreux investissement de Mary. Cecil décida de lui en parler plus tard.

Elizabeth changea de position, arrangea les coussins du canapé dans son dos, et leva les yeux vers le portrait accroché au-dessus de la cheminée depuis plus de soixante-dix ans, un portrait en pied d'Edward Deravenel. Quel bel homme ! Harry Turner lui avait beaucoup ressemblé et elle aussi, à son tour.

Elle reporta enfin son attention sur son auditoire.

— C'était à lui que ce coffret appartenait, dit-elle, lui qui était le grand-père de mon père, comme vous le savez.

Tout en parlant, elle avait désigné le portrait d'un geste de la main puis soulevé le couvercle de la boîte. Elle en sortit un médaillon en or au bout d'une chaîne en or très fine et le tint en l'air pour qu'ils puissent le voir. Le bijou scintillait dans la lumière du soleil.

Un côté du médaillon portait les armes des Deravenel, une rose blanche en émail, l'autre un soleil resplendissant. Il avait été réalisé en commémoration du jour où Edward avait repris la Deravenel aux Grant du Lancashire, en 1904. Sous la rose, était gravée la devise des Deravenel : *Fidélité pour l'éternité.*

— Je sais que, comme moi, vous avez tous les trois déjà vu ce bijou ; je n'avais que onze ans quand mon père me l'a montré pour la première fois. Il m'a expliqué que son grand-père l'avait dessiné lui-même et en avait fait faire six. Un pour lui ; un pour chacun de ses cousins, Neville et Johnny Watkins ; un pour son meilleur ami, Will Hasling ; et les deux derniers pour ses collaborateurs de confiance, Alfredo Oliveri et Amos Finnister. À eux tous, ils l'avaient aidé à reprendre le contrôle de la compagnie et lui étaient restés dévoués jusqu'au dernier jour. Père m'a ensuite confié que sa mère, Bess Deravenel, lui avait donné celui d'Edward Deravenel alors qu'il avait douze ans, juste avant qu'elle meure. Apparemment, le père de Bess lui avait demandé de conserver ce médaillon pour son frère cadet qui devait hériter de la compagnie. Vous connaissez cette vieille histoire de la disparition des deux garçons Deravenel dans des circonstances jamais élucidées. Ma grand-mère Bess a expliqué à mon père qu'elle l'avait donc gardé pour son frère aîné à lui, Arthur. Mais Arthur est mort à quinze ans. Bess a donc donné le médaillon à mon père, la mort de son frère faisant de lui l'héritier de la Deravenel…

Robert l'interrompit :

— Bess n'a donc jamais donné le médaillon à son mari, Henry Turner ?

— Il est clair que non, répondit Elizabeth. En fait, maintenant que j'y pense, mon père n'a jamais mentionné son propre père lors de cet entretien. Il m'a juste dit qu'il avait été très excité et très fier de cette transmission. Il tenait beaucoup à ce médaillon, à cause de son importance historique. Mon père adorait sa mère et je pense que ce bijou possédait d'autant plus de valeur pour lui que ce fut un des derniers cadeaux qu'elle lui fit.

— Et, maintenant, il t'appartient, dit Nicholas qui la regardait avec affection.

Comme Cecil et Robert, il se sentait très protecteur envers Elizabeth. Il s'était juré de toujours être à ses côtés pour la défendre, elle comme ses intérêts.

— Après la mort de Père, le médaillon a été transmis à mon frère Edward. Il était trop jeune pour diriger la compagnie, comme vous le savez, mais ce bijou lui revenait de plein droit. Ensuite, à la mort d'Edward, il est passé à Mary. Personne d'autre ne le porte que le président-directeur général de la Deravenel. Fondamentalement, ce n'est qu'un symbole, mais cela ne l'a pas empêché d'avoir toujours été d'une importance capitale pour les Turner et il passe tout de suite d'un héritier au suivant.

— C'est un très bel objet, dit Cecil. Ton père le portait pour les grandes occasions, avec beaucoup de fierté.

— C'est exact, acquiesça Elizabeth. Il y a une autre légende familiale attachée à ce médaillon et Père me l'a aussi racontée. Il semblerait que Neville Watkins et Edward Deravenel aient eu une terrible dispute qui a duré des années et fait souffrir tout le monde.

Elizabeth s'interrompit et but pensivement une gorgée de champagne avant de poursuivre son récit.

— Johnny, le frère de Neville, était écartelé entre les deux hommes et a tout tenté pour les rapprocher, mais en vain. Pour finir, il a dû se ranger aux côtés de son frère. En 1914, quand il a été tué dans un accident de voiture, il portait son médaillon sous sa chemise. Richard, le frère d'Edward, lui a rapporté le bijou. Edward l'a gardé autour du cou jusqu'à la fin de sa vie et a donné le sien à Richard.

Elizabeth se pencha vers ses amis pour mieux leur montrer le soleil qui figurait sur le médaillon.

— Si vous regardez de près, vous distinguerez les initiales J. W. Je suppose que c'est Edward Deravenel qui les avait fait graver. À côté, on voit ses propres initiales. Mon père, à son tour, a fait ajouter les siennes, comme cela a été fait ensuite pour mon demi-frère Edward et enfin pour Mary.

Elle tendit le médaillon à Cecil qui l'étudia pensivement puis le passa à Nicholas qui le donna enfin à Robert.

— Elizabeth, dit Robert, tu dois le porter aujourd'hui, sans attendre, à cause de sa signification. La semaine prochaine, je m'occuperai d'y faire graver tes initiales si tu veux bien.

— Bien sûr, Robin, c'est vraiment gentil de ta part. Merci beaucoup.

Il se leva et lui passa la chaîne autour du cou.

— Et voilà, dit-il avec un large sourire. Maintenant, c'est toi le grand patron !

Elizabeth n'eut pas le temps de lui répondre car Lucas fit son apparition à la porte du salon.

— Le déjeuner peut être servi, mademoiselle Turner, dit-il.

— Merci, Lucas, nous arrivons.

Sautant sur ses pieds, Elizabeth remercia Robert d'un baiser sur la joue et lui chuchota à l'oreille :

— Tu as toujours eu le geste ou la parole juste, même quand nous étions petits.

Il la prit par le bras pour passer dans la salle à manger et, sur le même ton, lui répondit :

— Je peux dire la même chose à ton égard.

— Cecil, dit Elizabeth, tu viens t'asseoir à côté de moi.

Nicholas et Robert prirent place de l'autre côté de la table.

— Nous avons du Yorkshire pudding en sauce puis du gigot d'agneau avec des pommes de terre rôties et l'assortiment de légumes habituels, reprit Elizabeth. J'espère que cela vous plaira.

— Il n'y a rien que j'apprécie autant qu'un déjeuner dominical traditionnel ! s'exclama Nicholas. J'en rêve depuis ce matin.

— Tu n'as pas dû en avoir souvent, quand tu étais à Paris, remarqua Cecil. À propos, je suis bien content que tu sois rentré.

— Et moi donc ! De plus, si j'ai bien compris ce que tu m'as expliqué au téléphone, nous avons une montagne de travail qui nous attend.

— En effet mais, avant de commencer à réorganiser la compagnie, je pense que nous devons nous occuper du conseil d'administration. Il y a beaucoup trop de monde.

— Je suis d'accord ! s'exclama Elizabeth. Mary a fait entrer je ne sais combien d'administrateurs supplémentaires. Je pense qu'il faudrait ramener le conseil à ce qu'il était du temps de mon père, dix-huit membres.

— C'est aussi ce que je pense… commença Cecil.

Il s'interrompit car Lucas venait d'entrer, chargé d'un plateau et suivi d'une jeune femme de chambre. Le majordome se débarrassa du plateau sur la desserte, posa devant chacun des convives une assiette contenant un beau Yorkshire pudding bien rond, qu'il arrosa de sauce.

— Dois-je servir le vin maintenant, mademoiselle ? demanda-t-il.

— Bien sûr, Lucas. Merci.

Quand ils furent de nouveau seuls, Nicholas lança un regard scrutateur à Elizabeth et Cecil, assis en face de lui.

— Vous trouvez aussi qu'un conseil d'administration aussi important n'est guère maniable ? À long terme, trop de voix et d'opinions différentes peuvent devenir nocives pour l'entreprise. Je suis heureux que vous ayez décidé de l'alléger.

— C'est l'ensemble de la compagnie qui a besoin d'être allégé, intervint Robert. Il y a eu un énorme gâchis, non seulement d'argent mais aussi de compétences. Nous avons avant tout besoin de sang neuf, de sang jeune.

— Robert, dit Cecil, tu m'enlèves les mots de la bouche ! Et maintenant, je vous propose de porter un toast à Elizabeth.

Il leva son verre en cristal où chatoyait le vin rouge et se tourna vers sa voisine.

— À la renaissance de la Deravenel et à ta réussite !

Les deux autres hommes répétèrent : « À Elizabeth ! » en levant leur verre. Elizabeth leur sourit, ses yeux sombres brillant de plaisir.

— Merci, dit-elle en reposant son verre. À mon tour, je voudrais dire que je suis très heureuse de vous avoir tous les trois avec moi en ce jour, et de savoir que nous allons construire l'avenir ensemble. J'en serais incapable sans vous.

— Je suis certain du contraire ! s'exclama Robert. Mais ce sera mieux si nous sommes là, n'est-ce pas ?

Ils éclatèrent de rire avant d'attaquer leur déjeuner.

De temps à autre, Robert levait les yeux vers Elizabeth et soutenait son regard jusqu'à ce qu'elle baisse les paupières et s'intéresse au contenu de son assiette. Elle était profondément heureuse de sa présence à ses côtés en ce jour où sa vie basculait. Il était magnifique, beau et séduisant. Elizabeth réalisa soudain qu'elle le fixait en le voyant hausser un sourcil interrogateur. Elle éprouva une subite sensation de creux à l'estomac et se sentit rougir. À sa grande surprise, depuis qu'elle l'avait vu dans la bibliothèque, elle avait découvert qu'il l'attirait physiquement, ce qui ne lui était jamais arrivé.

4

Les années ne l'ont pas beaucoup changé, mon ami Robin. Du moins, son caractère n'a-t-il pas changé. Il est toujours aussi attentionné envers moi, tendre et soucieux de mon bien-être. Il anticipe mes besoins ou surgit sans prévenir, comme s'il lisait dans mes pensées. Quand nous étions petits, j'espérais toujours qu'il persuaderait son père de le conduire dans le Kent pour être avec nous. J'ai souvent prié pour cela.

Parfois, le vendredi après-midi, son père l'amenait à Waverley Court pour le week-end. En été, il restait plus longtemps. Kat Ashe, ma gouvernante, aimait beaucoup Robin et l'accueillait toujours à bras ouverts. Quand j'y repense, je me dis que ces visites étaient organisées par Kat et John Dunley, le père de Robin. Ils savaient que j'étais très seule.

Nous nous sommes vus pour la première fois à Chelsea, chez mon père, et nous avons tout de suite sympathisé. Il était venu déjeuner et jouer avec moi. Je lui ai demandé son âge et il m'a répondu qu'il avait huit ans. Je me souviens encore de mon étonnement. Robin était très grand et paraissait plus âgé. Je lui ai répondu que, moi aussi, j'avais huit ans, et que j'étais née un 7 septembre. « Et toi ? » lui ai-je demandé. Je n'oublierai jamais sa stupéfaction. « Moi aussi, je suis du 7 septembre ! Nous pourrons fêter nos anniversaires ensemble. » Il a ajouté que cela faisait de nous des jumeaux et, à dire vrai, j'ai souvent été étonnée de constater à quel point nous nous ressemblons.

J'ai été une petite fille très seule. Mon père m'avait prise en grippe après la mort de ma mère dans un accident de voiture, en France. Il m'a tenue à l'écart, m'a reniée et expédiée chez les membres de la famille qui voulaient bien de moi. Je me sentais rejetée, délaissée, pas aimée par mon père, et c'était le cas.

Il a fini par me reléguer à Waverley Court, dans le Kent, avec Kat qui est devenue pour moi une mère de substitution. Kat m'aimait beaucoup et m'aime toujours mais, comme on peut l'imaginer, à l'époque, je ne recherchais que l'amour de mon père. Or, il s'est montré cruel et inhumain à l'égard de l'enfant que j'étais.

Mon père m'a abandonnée, sans se soucier de moi ni de mon bien-être. C'était à Kat de se débrouiller. Quand je le voyais, il m'insultait, me traitait de bâtarde, répétait qu'il n'était pas mon père et que ma mère était une putain infidèle. Aujourd'hui encore, je ne comprends pas pourquoi il me haïssait à ce point. En tout cas, il me terrifiait.

Petite, je me racontais que Robin était mon frère, tellement je voulais désespérément une famille. J'avais besoin d'aimer quelqu'un et j'aimais Robin. Je l'aime toujours ! C'est mon meilleur ami et j'ai la conviction que je suis la sienne, d'autant qu'il me l'a souvent dit. Nous nous sommes un peu perdus de vue quand on l'a envoyé en pensionnat mais, si je l'appelais au secours, il me répondait immédiatement. Ensuite, pendant cette horrible période où Mary s'est montrée tellement jalouse et mesquine envers moi, il m'a soutenue et beaucoup aidée. C'est mon Robin : loyal et toujours disponible pour moi.

Je suis heureuse que Cecil l'apprécie. Ils se connaissent depuis des années car Cecil a travaillé pour le père de Robin. Ils ont des personnalités assez différentes. Cecil Williams, avec ses yeux gris, son visage intelligent et son esprit si brillant, inspire confiance à tout le monde. C'est un homme qu'on écoute. Comme moi, il est prudent, et même méfiant. Il ne prend pas ses décisions à la légère. Il observe et il attend, comme moi. Il a une formation de juriste et respecte scrupuleusement la loi.

Robin est lui aussi un homme intelligent, adroit, avisé et très doué pour les affaires. Son élégance, son charme et son éloquence ne font que renforcer son charisme. Quant aux femmes, avec sa haute taille, son physique d'athlète et sa beauté, elles tombent toutes à ses pieds. Il ne leur accorde pas beaucoup d'attention mais je sais qu'il apprécie la compagnie féminine. Comme il n'a jamais été un séducteur, il a très bonne réputation auprès des femmes. Il n'y a qu'un seul point sur lequel je l'ai toujours exhorté à la prudence, c'est son impulsivité. Heureusement, il semble s'être assagi !

Je suis heureuse qu'il soit venu à Ravenscar dimanche dernier. En dehors du fait qu'il m'a fait une belle surprise, cela nous a permis à tous les quatre de discuter en profondeur de la Deravenel et de nos projets. Nicholas et lui sont repartis dès le lundi matin tandis que Cecil restait travailler avec moi, bien sûr. Nous ne pouvions quitter Ravenscar à cause des *funérailles de Mary. Soixante personnes sont venues et nous avons réussi à caser tout le monde dans la chapelle. John Norfell avait tout organisé avec son élégance et son sens du détail habituels. La chapelle débordait de fleurs et le prêtre préféré de Mary est venu de Londres avec Norfell et le cercueil. Après la cérémonie, un lunch commandé à un traiteur a été servi à la maison. J'ai fait mon devoir, je me suis comportée comme on l'attendait de moi, je suis restée calme et digne jusqu'au bout, et j'ai dit ce qu'il fallait aux gens qu'il fallait sans me départir d'une gravité respectable. Du moins Cecil me l'a-t-il dit ! Quand tout le monde a été enfin parti, nous avons mis nos bagages dans la voiture de Cecil et nous avons regagné Londres ensemble.*

C'est ainsi que je me retrouve, en ce samedi matin, dans mon appartement d'Eaton Square. J'attends ma chère Kat. Elle ne devrait plus tarder. J'ai hâte de la retrouver ! cela fait des mois que nous ne nous sommes vues.

Kat se planta devant Elizabeth, l'examinant des pieds à la tête.

— Laissez-moi vous regarder, ma chérie ! dit-elle. J'avoue que tout ce temps passé dans les étendues glacées du Nord ne semble pas vous avoir nui ! J'irai même jusqu'à dire que vous me paraissez dans une santé éblouissante, bien qu'un peu pâlotte.

Elizabeth éclata de rire et étreignit Kat, la femme qui l'avait élevée.

— Kat, j'ai toujours eu le teint très pâle ! Vous le savez très bien puisque c'est vous qui m'avez toujours gardée à l'abri du vent et du soleil.

— C'est seulement qu'il y a beaucoup de vent à Ravenscar et j'avais imaginé qu'il vous aurait brûlé la peau, après toutes ces semaines passées là-bas. Ce ne serait pas la première fois.

— Oui, mais j'étais petite, à l'époque !

Elizabeth passa son bras sous celui de Kat et l'entraîna vers le salon, qui s'ouvrait sur le vestibule.

— Vous savez que je vous écoute bien sagement, reprit-elle, et que je me protège la peau selon vos conseils.

— Oui, je sais, répondit Kat qui souriait.

Le salon, que Kat avait décoré avec Elizabeth quelques années plus tôt, possédait de belles dimensions. C'était une pièce lumineuse haute de plafond, avec des fenêtres en proportion, et une cheminée à foyer ouvert où brûlait un bon feu. Les murs d'un beau jaune printanier, les canapés et les fauteuils ivoire, ainsi que les meubles anciens empruntés aux greniers de Ravenscar, composaient un cadre joyeux et accueillant.

— Il y a beaucoup de choses dont je voudrais vous parler, Kat, mais je vais d'abord chercher le café…

Kat ne la laissa pas terminer sa phrase.

— Je m'en occupe !

— Non, protesta Elizabeth. Je vous en prie, Kat, pour une fois, laissez-moi vous servir. Vous avez pris soin de moi toute ma vie !

— Alors je m'incline ! Je vous remercie, Elizabeth.

Elizabeth une fois sortie, Kat se dirigea vers les deux grandes fenêtres qui donnaient sur le jardin d'Eaton Square. Il n'y avait plus une feuille sur les arbres et, par ce froid samedi, le jardin semblait à l'abandon. Pour Kat, rien n'était plus sinistre qu'un jardin encombré de plantes mortes en hiver. S'occuper du sien lui procurait beaucoup de joie, mais Elizabeth Turner lui en donnait encore plus, cette enfant qu'elle avait aimée et élevée comme sa propre fille.

— Me voici !

Elizabeth portait à bout de bras un grand plateau qu'elle posa sur la table basse devant le feu.

— Venez, Kat, dit-elle en lui désignant le canapé. Nous avons beaucoup à nous dire.

Elles consacrèrent quelques minutes à bavarder de choses et d'autres puis Elizabeth décida de passer aux sujets sérieux.

— Kat, s'il vous plaît, dites-moi maintenant comment s'est passée votre visite à ma tante Grace Rose. Comment va-t-elle ?

— Elle est incroyable !

Un grand sourire illumina le visage à l'expression si maternelle de l'ancienne gouvernante.

— Comme toujours, la voir a été un plaisir. On ne peut croire qu'elle ait quatre-vingt-seize ans. Comme ce siècle ! Elle a gardé toute sa vivacité d'esprit, sans la moindre trace de sénilité. Elle est en pleine forme.

— Je suis stupéfaite de la savoir aussi active à un âge aussi avancé.

— Naturellement, elle semble un peu fatiguée, ces temps-ci, mais elle m'a dit qu'elle n'arrête pas de bouger, qu'elle est sans cesse invitée à déjeuner ou à dîner. Si j'atteins son âge, j'espère être en aussi bonne santé qu'elle.

— Comme je vous comprends ! Cela dit, j'ai été soulagée quand vous m'avez appelée pour me dire qu'elle ne viendrait pas à l'enterrement de Mary. Je craignais qu'elle n'insiste pour des raisons – comment

dire ? –, des raisons de famille. Vous savez l'importance qu'elle y attache.

Kat reposa sa tasse et s'adossa au canapé.

— En fait, elle m'a avoué ne plus aller aux enterre-
ments. À son âge, m'a-t-elle dit, on n'a plus besoin de
répétitions parce qu'on assistera bientôt au sien et
qu'on sera aux premières loges ! Elle n'accepte plus
que les invitations pour les baptêmes ou les mariages
avec une préférence pour les baptêmes. Elle ne voit pas
l'intérêt d'aller aux mariages compte tenu qu'ils ne
durent plus très longtemps, de nos jours ! Elle m'a fait
beaucoup rire.

Elizabeth riait elle-même au récit de Kat.

— Il semblerait qu'elle ait toujours son franc-
parler ! A-t-elle besoin de quoi que ce soit ?

— Si vous voulez parler d'argent, c'est non. Votre
tante possède une belle fortune personnelle. Cependant, il y a une chose dont elle a vraiment besoin.

Elizabeth se pencha vers Kat.

— Quoi donc ? Je ferais tout pour la satisfaire.

— Ça ne devrait pas être trop compliqué. Elle veut
vous voir, et dès que possible. Elle sait que vous allez
être très occupée mais m'a demandé de vous rappeler
qu'à son âge il lui reste peu de temps.

— Pourquoi veut-elle me voir ?

— Je crois plus juste de dire qu'elle a *besoin* de
vous voir. Quant à savoir pourquoi, je l'ignore. Elle ne
m'a pas donné d'explications.

— Ce sera impossible cette semaine mais je vais
vous donner mes disponibilités pour la semaine
d'après. Évidemment, ce ne sera possible qu'en soirée.
M'accompagnerez-vous, Kat ?

— Je crains que non, ma chérie. Grace Rose a exprimé le désir de vous voir en tête à tête. Elle a quelque chose à vous dire et a ajouté que c'est de la plus haute importance.

— Je vois… Il va falloir que je trouve une solution.

— Et demain après-midi, pour le thé ? Si elle est libre, bien sûr.

— J'ai beaucoup de choses à faire, demain. Trier mes vêtements, tout préparer pour l'épouvantable semaine qui m'attend. Kat, je ne sais par où commencer, surtout en ce qui concerne la Deravenel.

Sensible à l'inquiétude que trahissait la voix d'Elizabeth, Kat lui prit la main affectueusement.

— Elizabeth, dit-elle posément, tout ira bien. Je suis certaine que vous saurez diriger la compagnie pour le mieux et…

— Kat, l'interrompit Elizabeth. J'apprécie votre confiance en mes capacités et je vous en remercie, mais ce ne sera pas si facile. Je suis sincère quand je vous dis que j'ignore par où commencer. Je n'ai aucune expérience de direction d'entreprise et je n'ai pas mis les pieds à la Deravenel depuis un an à cause de la jalousie de Mary. J'ai peur de déclencher des catastrophes.

— Bien sûr que non ! Je vous connais trop bien pour même envisager cette éventualité. Vous êtes une jeune femme efficace, vous avez toujours eu un sens aigu des affaires – comme votre père –, et vous avez beaucoup de bon sens, avec les pieds bien sur terre. De plus, vous ne dirigerez pas la compagnie toute seule, n'est-ce pas ?

— C'est vrai. Cecil, Robin et Nicholas travailleront avec moi. Cecil m'a dit aussi que, maintenant que Mary est morte, Francis Walsington est rentré de Paris.

— Tout ce qu'il vous faut, c'est une bonne équipe, reprit Kat de son ton assuré. Et vous l'avez !

— Vous avez raison.

Kat resta silencieuse quelques instants, le regard perdu dans le vide, puis se tourna de nouveau vers Elizabeth.

— Écoutez, dit-elle. Vous aurez suffisamment à faire sans devoir vous soucier de vos vêtements et des autres questions domestiques. J'ai une proposition à vous faire…

Elle s'interrompit, fixant Elizabeth.

— De quoi s'agit-il ? Pourquoi me regardez-vous de cette façon ?

— J'ai eu une idée, Elizabeth. Pourquoi ne demandez-vous pas à Blanche Parrell de s'occuper de votre garde-robe ? Elle l'a fait pendant des années quand vous étiez petite. Demandez-lui de faire les magasins pour vous, de vous choisir des tailleurs et des ensembles pantalons, des manteaux, des chaussures et des accessoires. Elle ferait tout livrer ici et vous, vous n'auriez que le mal d'essayer et de choisir. Sans compter que vous pourriez le faire dans la soirée.

Le visage d'Elizabeth s'illumina.

— C'est une idée formidable, Kat ! Et moi, j'en ai une autre. Accepteriez-vous de vous occuper de cet appartement et de Ravenscar ? Vous savez que je l'ai fait moi-même jusqu'à présent mais je n'en aurai plus le temps. Je devrai me consacrer entièrement à la Deravenel.

— Je pensais que Ravenscar était sous la juridiction de Lucas ? Ne risque-t-il pas de m'en vouloir si j'interfère avec ses responsabilités ?

— Mais pas du tout ! Vous ne feriez que superviser la situation, y aller de temps en temps vérifier que tout va bien sur le domaine et que la maison n'a pas besoin de gros travaux. Vous n'auriez pas besoin de vous mêler de l'organisation domestique. Lucas et Marta, sa femme, s'occupent très bien de la maison et quelques femmes du village viennent les aider pour le ménage. En ce qui concerne l'appartement, je me rends compte qu'il n'y a pas grand-chose à surveiller. Angelina est une excellente gouvernante. Il reste la maison du Kent, Waverley Court. J'y suis allée régulièrement, toutes les quatre ou cinq semaines, pour m'assurer qu'il n'y avait pas de problème. Cela ne va plus être possible.

Kat n'avait pas besoin d'y réfléchir longtemps.

— Je le ferai à votre place, bien sûr ! En toute sincérité, je crois que je vais même adorer cela. Vous me proposez, en quelque sorte, de devenir votre intendante, comme on disait il y a encore un siècle, pour administrer vos propriétés, vos maisons, vos domaines et surveiller les comptes. C'est bien cela ?

— Oui, et il faut aussi penser à Stonehurst Farm. Grace Rose l'a donnée à mon père il y a déjà longtemps. C'était la résidence favorite de Mary, avec la vieille maison de Chelsea. Que vais-je faire de toutes ces propriétés, Kat ?

— Vous n'avez pas envie de vous installer à Chelsea ?

— Non, j'aime mieux mon appartement.

— Il ne faut pas négliger le fait que cette maison est dans votre famille depuis des décennies. Votre grand-mère l'a reçue de Richard Deravenel et elle l'a elle-même donnée à votre père. Si mes souvenirs sont bons, il y a même vécu, à une époque.

— En revanche, il n'est jamais allé à Stonehurst Farm. Il préférait Waverley Court pour ses séjours dans le sud de l'Angleterre. Ravenscar a toujours été sa résidence de prédilection, comme pour moi.

— Je m'en souviens très bien. Elizabeth, je vous propose de passer dans votre bureau et de faire la liste de ce que vous attendez de moi. Il me semble que je devrais commencer par m'occuper de la maison de Chelsea et de Stonehurst Farm, puisque Mary y a vécu. Il faut faire le tri de ses affaires.

— Oh, zut ! Vous avez raison. Je n'y avais pas pensé. Et il y a encore autre chose, Kat !

Elizabeth se leva d'un bond et, faisant signe à Kat de la suivre, prit la direction de son bureau.

— Il y a je ne sais combien de chambres fortes et de coffres-forts à inventorier. Pourrez-vous m'aider pour cela aussi ?

— Bien sûr ! Je prends tout cela en main, ne vous inquiétez pas. Vous, vous devez consacrer votre énergie et votre temps à la Deravenel.

Quelques heures plus tard, Elizabeth repensa à ces paroles de Kat. Le matin, en les entendant, elle avait eu la sensation d'un vague écho dans sa mémoire mais, à présent, cela lui revenait : elle avait neuf ans, et son père lui tenait le même discours. Mais il parlait de lui, pas d'elle ! C'était une journée très spéciale, qu'elle n'oublierait jamais, le jour où son père l'avait réintégrée dans la famille, un moment de bonheur incomparable… Elizabeth se pelotonna dans son fauteuil et laissa ses souvenirs l'envahir…

Harry Turner avait détaillé de la tête aux pieds la gamine qui se tenait debout devant lui dans la bibliothèque.

— Allons, ne reste pas plantée comme cela, approche !

Elizabeth avait avancé d'un pas prudent et dégluti sans oser dire un mot.

Les sourcils froncés, sans la lâcher des yeux, son père avait pris un ton plus doux.

— Voyons, Elizabeth, ne me dis pas que tu as peur de moi !

Comme elle avait toujours affirmé n'avoir peur de rien ni de personne, elle avait réagi dans le sens demandé.

— Non, Père, je n'ai pas peur de vous ! Cependant, nous ne nous connaissons pas beaucoup, n'est-ce pas ? Je dois être un peu intimidée.

Harry avait eu un début de sourire.

— Ne sois pas timide avec moi, je suis ton père. Et maintenant, viens me donner un baiser.

Elizabeth s'était avancée et Harry s'était baissé pour lui tendre sa joue.

— On me dit, avait-il repris, que tu travailles très bien à l'école. Cela me fait plaisir, Elizabeth.

Elle avait alors pris dans la poche de son blazer vert une enveloppe qu'elle lui avait donnée.

— C'est pour vous, Père. C'est mon bulletin scolaire.

Il l'avait parcouru sans attendre.

— Je constate que les félicitations sont à l'ordre du jour ! s'était-il exclamé. Première de la classe et vingt sur vingt dans toutes les matières ! Et tu parles vraiment cinq langues ?

Il avait l'air sincèrement impressionné.

— Si l'on inclut l'anglais, oui.

La réponse d'Elizabeth l'avait fait rire.

— Quelles sont les quatre autres ?

— Le latin, le français, l'italien et l'allemand.

— L'allemand est une langue difficile. Bravo, Elizabeth, bravo ! Maintenant, tourne-toi, que je puisse te voir !

Elle avait obéi avec le sourire. Elle se sentait moins tendue, moins intimidée.

— Eh bien ! Tu es une vraie Turner, avait-il dit, son examen terminé. Tu as hérité de mes cheveux roux et de ma taille, et de la sveltesse de mon père. On reconnaît aussi le sang Deravenel en toi. Tu as exactement le même teint que ma mère. J'avoue que le fait d'avoir une fille typiquement Turner ne me déplaît pas ! En réalité, j'en suis même fort réjoui. Et maintenant, il est l'heure de passer à table. Je vais tout t'expliquer au sujet de la Deravenel et de la façon dont je la dirige.

Elizabeth avait levé les yeux vers lui avec un grand sourire.

— Cela m'intéresse beaucoup, Père, et peut-être qu'un jour vous voudrez bien m'emmener voir vos bureaux ?

— Nous irons après le déjeuner, avait-il promis.

Puis il l'avait prise par la main pour la faire entrer dans la salle à manger de la maison de Chelsea.

Elizabeth s'arracha à ses souvenirs, se leva et alla se planter devant le grand miroir de son dressing-room. Oui, elle était une vraie Turner, mais avec une bonne dose de Deravenel.

Elle souriait encore quand elle retourna dans la bibliothèque pour s'installer au petit bureau qui se dressait dans un coin. Comment pourrait-elle oublier cette journée-là, le jour où elle avait été acceptée par son père, le jour à partir duquel elle était peu à peu passée du statut d'enfant rejetée à celui de favorite ? De ce jour aussi datait son admiration pour lui. Elle avait alors commencé à comprendre sa puissance et son génie des affaires. Son amour pour lui avait adouci les dures années de haine qui lui avaient forgé une carapace. Ses sentiments à l'égard de son père étaient restés mitigés mais elle avait appris à l'aimer au cours des années suivantes. Quand il était mort, la haine était presque entièrement oubliée et elle en était heureuse.

5

— Allons, Elizabeth, il faut te décider ! l'admonesta Robert d'un ton fâché. Si tu n'as pas envie de rester longtemps, nous ne resterons pas longtemps, mais je pense vraiment que c'est une bonne idée d'aller faire un tour au bureau.

— Bien, allons-y ! dit-elle après un dernier moment d'hésitation.

En ce dimanche, Robert l'avait invitée à déjeuner au Savoy. Quand elle était arrivée, quelques minutes plus tôt, il lui avait déclaré qu'ils devaient d'abord passer à la Deravenel.

L'air satisfait de la décision d'Elizabeth, il la prit par le bras et la dirigea à travers le hall de l'hôtel puis la cour. Il leur suffit ensuite de quelques instants pour traverser le Strand et parcourir les quelques pas qui menaient à l'imposant bâtiment du siège de la compagnie.

— Je suis curieuse de savoir ce que tu veux me montrer, dit Elizabeth.

— C'est une surprise et je t'avoue que j'ai hâte de voir ta tête !

— Mais de quoi s'agit-il ? insista-t-elle.

— Je ne peux pas te le dire, répondit-il d'un ton sans appel.

Ils se tenaient devant la grande porte à double battant de la Deravenel. Robert tapa sans attendre le code d'entrée sur le clavier encastré dans le mur de pierre, à gauche de l'entrée, puis se recula d'un pas et attendit. Une voix retentit dans l'interphone.

— Bonjour, qui est là, s'il vous plaît ?

— Bonjour, Alfred. C'est Robert Dunley.

— Merci, monsieur. Entrez, je vous prie.

Un bourdonnement se fit entendre. Robert poussa la lourde porte et fit passer Elizabeth devant lui.

Alfred Vine, le concierge de garde, les accueillit dans le grand hall d'entrée. Il eut un large sourire en voyant Elizabeth.

— Mademoiselle Turner ! Quel plaisir de vous revoir ! Je suis heureux de votre retour.

— Ravie de vous revoir, moi aussi, Alfred.

Elizabeth le connaissait depuis des années, comme elle connaissait la plus grande partie du personnel. Le concierge poursuivit d'une voix plus grave :

— Toutes mes condoléances pour la perte de Mme Turner Alvarez. Sa disparition a été un grand choc.

— Je vous remercie, répondit-elle avec un sourire chaleureux.

— Alfred, intervint Robert, nous avons à faire dans les bureaux de la direction. Nous n'en aurons pas pour très longtemps.

— Je vous en prie, monsieur, prenez tout votre temps.

Tandis qu'ils traversaient l'imposant hall et se dirigeaient vers le bel escalier à double révolution qui menait à l'étage, leurs pas résonnant sur le sol de marbre blanc, Elizabeth regardait autour d'elle de tous ses yeux. Quand elle était petite, cette entrée aux dimensions gigantesques l'intimidait beaucoup. Souriant in petto, elle se dit qu'il en restait peut-être quelque trace. Quoi que l'on puisse penser, ce hall était réellement impressionnant.

— C'est très silencieux…

Elle s'interrompit, étonnée d'entendre sa voix se répercuter sous le haut plafond.

— Oh, Robin, j'avais oublié l'écho !

— Vraiment ? As-tu aussi oublié le jour où nous nous en sommes rendu compte pour la première fois ? On avait dix ans et on a commencé à « faire l'écho », comme tu disais. On a crié de toutes nos forces !

— Si je m'en souviens ! Ton père et le mien étaient furieux contre nous à cause du bruit. Pourtant, c'était un dimanche et il n'y avait personne d'autre. Je n'ai jamais compris pourquoi cela avait fait une telle histoire.

— Mon père m'a privé d'argent de poche. Et le tien ?

— Je ne m'en souviens pas, répondit-elle en riant. Il a dû me passer un savon, je suppose.

Ils montèrent en silence l'escalier monumental et, ayant longé le couloir principal, arrivèrent devant la porte du président-directeur général.

— Ferme les yeux, dit Robert. Je veux que tu aies une vraie surprise.

Elizabeth obéit et le laissa la guider par le bras. Une fois dans le bureau, il alluma le lustre central.

— Maintenant, tu peux ouvrir les yeux.

Un petit cri de saisissement lui répondit.

— Robin ! Comment as-tu réussi ?

Du regard, elle fit le tour de toute la pièce puis se jeta dans les bras de Robert.

— C'est redevenu le bureau de Père, ce n'est plus celui de Mary ! Merci, Robin, merci !

— Tu es contente ? demanda-t-il avec inquiétude.

Comme toujours, il aurait fait n'importe quoi pour elle.

— Bien sûr ! Cela ne se voit pas ?

Elle avait entrepris de faire lentement le tour du bureau qui, en un siècle, avait été occupé par Richard Deravenel, son fils Edward, puis Richard, le frère cadet d'Edward. Ensuite, étaient venus Henry Turner, son grand-père, et, après la mort de ce dernier, Harry Turner, son père.

Quand Edward Selmere avait été nommé administrateur des biens du petit frère d'Elizabeth, il s'était installé dans un autre bureau, au même étage. Du jour où Mary était devenue P-DG, elle avait réinvesti le bureau de ses ancêtres, comme il se devait, mais elle l'avait vandalisé, du moins aux yeux d'Elizabeth.

Elle se tourna enfin vers Robert et planta son regard dans le sien.

— Qu'as-tu fait de tout cet horrible mobilier moderne que Mary avait acheté ?

— Je l'ai mis au rebut, dit Robert en riant. Avec l'accord de Cecil, évidemment ! J'ai été très heureux de le voir disparaître. Elizabeth, as-tu regardé ce qu'il y a au mur derrière le bureau ? C'est le vieux planisphère que Mary avait fait mettre au grenier. Je l'ai récupéré et je l'ai remis à sa place.

Elizabeth courut vers la carte.

— Sauf erreur de ma part, tu l'as même fait réencadrer.

— Tu ne te trompes pas. On voit bien mieux les détails avec une vitre neuve.

— Robin, c'est vraiment adorable ! Je te suis très reconnaissante de t'être donné ce mal. Tout cela me fait tellement plaisir !

Elle s'assit derrière la belle table de travail géorgienne, à la place même qu'avaient occupée ses ancêtres et, soudain perdue dans ses pensées, laissa rêveusement glisser sa main sur le cuir qui protégeait le plateau. Quelques instants plus tard, elle se reprit et fit l'inventaire de la pièce encore une fois. Les murs étaient d'un élégant blanc cassé qui mettait en valeur le canapé Chesterfield dont le cuir vert foncé parfaitement entretenu luisait dans la lumière des lampes disposées un peu partout.

— Tout y est, n'est-ce pas, Robin ? Tous ces objets que mon père appréciait tant !

— Et son père avant lui et, encore avant, les Deravenel. J'ai même retrouvé le tapis persan. Je tiens toutefois à te signaler que je l'ai fait nettoyer ! En fait, tout a commencé il y a trois semaines. J'avais demandé à Cecil s'il voyait un inconvénient à ce que je fasse repeindre les murs pour toi. Tu te souviens certainement de cet affreux gris acier que Mary avait choisi. Cecil m'a donné carte blanche et je me suis dit que les meubles de Mary ne convenaient pas du tout, ni pour ce bureau ni pour toi. Et voilà ! Je suis très content que cela te plaise.

— Oui, je suis très heureuse.

— Alors, je t'emmène déjeuner pour fêter ton retour à la Deravenel, et ton nouveau boulot de patron !

Plus d'une tête se tourna sur leur passage lorsqu'ils traversèrent le hall du Savoy en direction du restaurant. Tous les deux très beaux, quasiment de la même taille, ils formaient un couple élégant. Elizabeth en particulier retenait l'attention avec sa peau si blanche et sa chevelure flamboyante. Elle portait un ensemble robe et manteau en lainage violet qui soulignait sa mince silhouette à la perfection. Une écharpe vert et violet ajoutait une note hardie à sa tenue.

Robert savait qu'ils faisaient sensation. Il en avait l'habitude. Tous deux aimaient les vêtements chic et lui-même attachait une importance un peu excessive à ce qu'il portait. De son côté, Elizabeth avait toujours eu du style et savait choisir ce qui lui convenait chez des créateurs comme Joseph, Versace ou Cavalli, avec un goût marqué pour les couleurs vives qu'elle portait avec panache. En réalité, ils possédaient tous deux une infinie confiance en eux-mêmes et s'habillaient sans craindre de se tromper.

On les installa devant une fenêtre qui donnait sur la Tamise. Robert posa sa main sur celle d'Elizabeth.

— N'es-tu pas heureuse d'être allée voir ton bureau ? demanda-t-il.

— Oui, tu avais raison, une fois de plus ! Personne ne me comprend aussi bien que toi, mon cher Robin. Je me rends compte à présent que je redoutais la journée de demain. Grâce à toi, j'ai moins peur. Je ne te remercierai jamais assez de t'être occupé du bureau de Père. Je détestais la décoration de Mary, on aurait dit un piège d'acier et de verre. Je ne supportais pas l'idée de m'y installer.

— À moi aussi, cela me donnait des frissons ! J'ai pris beaucoup de plaisir à nous débarrasser de ses affaires et à faire remonter les beaux meubles anciens de la réserve. Mais je l'ai fait avant tout parce que je t'aime.

Un serveur les interrompit pour leur servir le champagne qu'ils avaient commandé et ils portèrent un toast à leur santé réciproque.

— À ton avis, demanda ensuite Elizabeth, que devrais-je faire de la maison de Chelsea ?

— As-tu envie d'y vivre ?

— Je ne sais pas… Non, je ne crois pas, mais, si je regarde par la fenêtre, je me dis que la Tamise est magnifique sous le soleil. N'oublie pas que le jardin de la maison descend jusqu'au fleuve.

— D'un point de vue architectural, c'est un bâtiment remarquable et je suis certain qu'on t'en donnerait un bon prix. Toutefois, je te conseille de ne prendre aucune décision hâtive. Tu ignores si tu ne trouveras pas agréable d'y vivre, un jour. De toute façon, rien ne presse, si ?

— Non et, de plus, je veux attendre le rapport de Kat sur l'état général de la maison. Elle m'a promis de tout vérifier. Je lui ai demandé de s'occuper des différentes propriétés.

Au souvenir de leur conversation, Elizabeth eut un sourire amusé.

— En fait, reprit-elle, j'ai proposé à Kat de devenir mon intendante, comme on disait autrefois, et elle a accepté. Je sais que plus personne n'utilise ce mot mais c'est exactement ce qu'elle va faire pour moi. Elle remplira les fonctions qu'assumaient les intendants de nos ancêtres.

— Elle sera parfaite. Kat est une des personnes les plus efficaces que je connaisse. Mais tu avais commencé à me parler de Blanche Parrell, tout à l'heure ?

— En cet instant même, Blanche est en train de vider mes penderies. Du moins s'en occupait-elle ce matin avant que je ne sorte. Sur les conseils de Kat, je lui ai confié la haute direction de ma garde-robe et le tas de ce qui partira à Oxfam est déjà énorme. Si j'ai bien compris, c'est elle qui va choisir les tenues adaptées à mes nouvelles responsabilités.

— Ce n'est pas bête, dit Robert d'un ton pensif.

Il laissa passer quelques instants puis sortit de sa poche une feuille pliée en quatre.

— Je voudrais que tu regardes cela, Elizabeth. C'est quelque peu catastrophique mais tu ne dois pas t'affoler…

— Qu'est-ce que c'est ? dit-elle en le coupant net.

— Commence par le lire pour que nous puissions en parler. Ensuite, nous passerons commande.

Il s'agissait d'un ordre de transfert de fonds entre banques, signé Mary Turner Alvarez et daté de trois ans plus tôt. Mary avait transféré cinquante millions de livres sur le compte de son mari, à Madrid. Foudroyée, Elizabeth ne pouvait détacher les yeux du chiffre. Une terrible colère l'envahit soudain, faisant trembler sa main crispée sur le document.

— Je n'y crois pas ! dit-elle d'une voix contenue. Elle devait être folle ou aveuglée par l'amour, à moins qu'il lui ait fait un lavage de cerveau.

Une idée insupportable traversa l'esprit d'Elizabeth.

— D'après toi, dit-elle à voix basse, c'était l'argent de la Deravenel ou le sien ?

— Je l'ignore. On ne peut pas le savoir avec le seul ordre de transfert.

— Selon Cecil, elle aurait investi soixante-quinze millions dans les programmes immobiliers de Philip. Tu le savais ?

— J'ai entendu des rumeurs affirmant qu'elle s'était montrée d'une générosité démesurée mais j'en ignorais le montant.

— S'il te plaît, Robin, ne dis pas à Cecil que je t'en ai parlé.

— Promis !

Elizabeth lui lança un regard intrigué.

— Robin, comment as-tu mis la main sur ce document ?

— C'est mon problème.

— À moi, tu peux bien le dire, non ?

— Je préfère que tu l'ignores… Bon, disons que j'ai travaillé à la Deravenel pendant des années, comme mon père et mon grand-père avant moi, et que les gens ont la mauvaise habitude de ne pas changer les serrures.

Elizabeth prit un air entendu.

— Tu veux dire que tu as beaucoup de clés ?

— Tu as tout compris.

— Ce que tu m'as apporté est une copie, n'est-ce pas ?

— Oui, l'original est à sa place. Tu peux garder la copie mais ne l'apporte pas au bureau. Il vaut mieux que tu la ranges dans ton coffre-fort personnel, chez toi. En réalité, j'ai trouvé ce document par hasard ; je voulais que tu sois au courant… Une femme avertie en vaut deux ! Dieu sait ce que tu découvriras quand tu commenceras à creuser les dossiers. Je tenais à ce que tu aies une longueur d'avance.

— Il faut que j'en parle à Cecil. Je suis certaine que ces cinquante millions provenaient du compte personnel de ma sœur.

— En effet, il doit être informé.

Il se tut et l'observa pendant quelques instants.

— Tu n'es pas aussi affectée que je le craignais, dit-il pensivement.

— Moi ? Je suis folle de rage, si tu veux savoir la vérité ! Mais malheureusement, ce que Cecil m'a appris la semaine dernière m'oblige à reconnaître que ces soixante-quinze millions pourraient n'être que la partie visible de l'iceberg.

Robert m'a été d'une grande aide, encore une fois. Me convaincre de visiter mon bureau était une idée de génie. Je n'ai plus peur d'y aller. Je redoutais ce retour, après un an d'absence, à cause de tous les souvenirs qui s'y rattachent, bons et mauvais. Tous les mauvais concernent Mary. À partir du jour où elle a pris la tête de la compagnie, elle s'est conduite comme un tyran, en particulier envers moi. Agressive, soupçonneuse et traîtresse, elle a tout fait pour me réduire à rien et a fini par me chasser.

Mon travail m'a beaucoup manqué mais je ne pouvais m'élever contre sa décision. Elle était le P-DG et m'avait licenciée. Je suis partie à Ravenscar et, bien qu'elle détestât la maison et n'y vînt jamais, j'ai continué à redouter ses sautes d'humeur et ses crises de colère. Même de loin, elle restait mon ennemie. Je ne savais jamais à quel moment elle me frapperait.

Les bons souvenirs, eux, sont liés à mon père et, quand j'ai vu son bureau à nouveau comme il l'était de son vivant, je me suis sentie heureuse. Je n'ai jamais bien compris pourquoi Mary l'avait complètement transformé et avait fait descendre les beaux meubles anciens dans les réserves pour mettre à leur place du mobilier moderne sans âme. Peut-être cherchait-elle à s'affranchir de l'influence de Père ? Elle lui avait toujours gardé rancœur d'avoir rejeté sa mère. Je crains qu'elle ne le lui ait jamais pardonné même si elle a été suffisamment fine pour le cacher.

Je suis tout excitée d'avoir revu ce bureau dans l'état qui a été le sien des siècles durant. Tous les bons souvenirs sont revenus. Quand mon père m'a rappelée auprès de lui, il a pris l'habitude de m'emmener régulièrement avec lui, le matin. Je m'installais sur le vieux canapé Chesterfield avec des livres sur nos vignobles français, nos mines de diamants en Inde et d'or en Afrique. Il m'abreuvait d'informations sur la Deravenel avant de m'emmener déjeuner au Savoy ou au Rules. Au fil du temps, il en est venu à se vanter d'avoir une fille aussi intelligente et instruite que moi. Je pense que c'est à partir de là que Mary ne m'a plus supportée. Elle était jalouse. Elle le haïssait quand il me félicitait et elle me haïssait moi à cause de ma ressemblance avec lui. J'avais l'air d'un Harry Turner en miniature. Père me disait souvent que j'étais bâtie tout en finesse comme mon grand-père Henry Turner, le Gallois qui avait épousé Bess Deravenel et pris la tête de la compagnie. C'était vrai et j'en étais fière.

J'avais douze ans quand mon père est mort mais j'avais eu la chance de connaître quelques années merveilleuses à ses côtés, avec Edward, mon demi-frère. Nous étions souvent ensemble, Edward et moi, et nous nous aimions beaucoup. Il y avait aussi ma nouvelle belle-mère, Catherine Parker. Elle nous avait adoptés et s'est toujours montrée affectueuse, douce et très maternelle avec nous, y compris Mary.

Mon père m'a fait beaucoup de mal quand j'étais petite mais, par la suite, il a su se faire pardonner. J'ai appris énormément avec lui et, à la fin de sa vie, il était devenu mon héros. C'était un homme remarquable et il a dirigé la Deravenel bien mieux que son père qu'il appelait parfois « le gardien du sanctuaire ». Un jour, il m'a raconté que son père avait du mal à desserrer les cordons de la bourse et n'a jamais laissé sa femme se mêler de quoi que ce soit à la Deravenel. Or, en réalité, elle en était l'héritière par son père, Edward. Mon père estimait que l'exclure de la direction avait été une erreur. Il adorait sa mère qui l'avait élevé avec sa jeune sœur, Mary. Ils allaient souvent à Ravenscar. Je pense que c'est la raison pour laquelle il aimait cette maison par-dessus tout. Sa mère a eu une influence déterminante sur sa vie. C'est elle qui l'a instruit de l'histoire et de toutes les traditions des Deravenel.

Père m'a légué ce même héritage et, demain, c'est de plein droit que je prendrai sa suite dans son bureau. Je suis l'héritière de mon père. C'est mon droit !

Blanche ouvrit la porte du bureau.

— Elizabeth, peux-tu venir voir tes vêtements, s'il te plaît ? demanda-t-elle de sa voix à l'accent chantant.

— Oui, tout de suite !

Assise dans son fauteuil devant le feu, Elizabeth était plongée dans ses souvenirs mais elle se reprit immédiatement et se leva d'un bond.

— Le violet te va vraiment très bien, ajouta Blanche.

— C'est ce que je pense, moi aussi.

Elizabeth suivit la belle Galloise. Blanche était ravissante avec ses joues roses, ses cheveux noirs et lisses remontés dans une simple torsade, et ses yeux noirs brillants. Elle était toujours souriante et cherchait constamment à faire plaisir. Elizabeth n'était encore qu'une petite fille quand elle s'était prise d'affection pour Blanche. Elle appréciait sa nature chaleureuse et tendre, sans parler de son don pour s'habiller et habiller les autres. Pour elle, Blanche faisait partie de la famille.

— Je sais que tout est en désordre, dit Blanche d'un ton navré en entrant dans la chambre. Mais, en réalité, je sais exactement où se trouve chaque chose.

— Le contraire m'étonnerait !

Elizabeth se tourna vers les penderies qui occupaient tout un mur. À sa grande surprise, il y restait de nombreux habits.

— Tant mieux ! Je suppose que nous gardons tout cela, n'est-ce pas ?

— Oui, je n'aime pas l'idée de me débarrasser de très bonnes choses, sans parler des pièces de haute couture. Tout ce qui reste est très bien.

Blanche désigna ensuite plusieurs piles de vêtements sur le sol.

— Tout cela peut aller chez Oxfam ou dans d'autres organisations caritatives qui possèdent des boutiques d'occasion. Sur le lit, j'ai mis ce qui a besoin d'être repris, les jupes dont la longueur est démodée et les vestes qui me semblent trop justes ou trop grandes pour toi. Sur la chaise, c'est ce qui va au nettoyage.

Elizabeth eut une petite grimace admirative.

— Tu as fait un travail fantastique, Blanche, merci beaucoup. J'en aurais été incapable.

— Je veux bien te croire. Tu n'es pas assez stricte en matière vestimentaire. Il est vrai que peu de femmes le sont. Elles gardent des tenues qu'elles ne mettront plus jamais en se disant qu'elles vont perdre du poids, ou en reprendre, ou qu'elles auront une occasion de les porter, mille mauvaises raisons de ce genre pour ne rien jeter.

— Je suppose que je suis censée faire des essayages, maintenant…

— Cela pourrait se révéler utile pour faire un choix, tu ne crois pas ? dit Blanche avec son humour pince-sans-rire.

— Si ! Il faut que je sélectionne une tenue pour ma première journée à la Deravenel. Il me semble que le mieux serait un ensemble élégant mais discret. Un de ces tailleurs pantalons, peut-être ?

— Ce sera parfait avec un chemisier blanc, approuva Blanche en se tournant vers la penderie. Tu sais quoi ? On va préparer maintenant tes tenues pour toute la semaine. Cela te fera gagner du temps.

Thomas Parrell était installé dans le bureau d'Elizabeth, devant la télévision. En réalité, il ne la regardait pas et n'écoutait qu'à moitié. Il s'était contenté d'allumer, comme par réflexe. Ramassant la zappette, il éteignit le poste.

La pièce retrouva instantanément son calme. On n'entendait plus que les crépitements du feu et le discret tic-tac de l'horloge de voyage sur la cheminée.

Thomas s'étira dans son fauteuil et allongea confortablement les jambes.

Il avait toujours aimé cette pièce élégante mais intime, ses murs tendus de soie vert mousse, son tapis de la même teinte, et ses doubles rideaux de brocart vieux rose, assortis aux fauteuils et au canapé. Les rayons de la bibliothèque en acajou qui couvrait tout un mur débordaient de livres de toutes sortes. Il se souvint avec amusement du surnom qu'il avait donné à Elizabeth quand elle n'était encore qu'une très jeune fille, le « rat de bibliothèque » ! Cela lui avait plu, et elle avait beaucoup ri. Jamais l'expression n'avait mieux convenu à quelqu'un. Elle était constamment plongée dans un livre et cela n'avait pas changé. Elizabeth avait toujours aimé apprendre et avait été très appréciée par ses précepteurs pour sa culture. Thomas n'oublierait jamais la stupéfaction et la fierté de Harry Turner en découvrant l'intelligence précoce et l'étendue des connaissances de sa fille.

Ce que Thomas appréciait le plus chez Elizabeth, toutefois, était sa rigueur intellectuelle, sa dureté même. Il s'était rendu compte, depuis peu, qu'elle pensait avec sa raison et non avec ses sentiments. En réalité, elle n'avait pas eu le choix. Il était bien placé pour savoir que, sans sa froideur et sa vivacité d'esprit, Elizabeth n'aurait pu éviter de graves ennuis, en particulier à cause de Mary.

Mais à présent Mary était morte et enterrée et Elizabeth allait pouvoir donner sa pleine mesure. Thomas n'en était pas seulement soulagé ; la situation l'enthousiasmait. Il travaillait pour Elizabeth depuis plusieurs années. Il tenait sa comptabilité et lui servait en quelque sorte de directeur financier. C'était Harry

Turner qui l'avait chargé de gérer les intérêts financiers d'Elizabeth, et Thomas lui en avait été reconnaissant. Il aimait son travail. On parlait souvent de sa sœur, Blanche, et de lui-même comme de membres de la « mafia galloise », ces employés de la Deravenel qui étaient gallois comme les Turner et bénéficiaient de leurs faveurs. Un jour, il l'avait raconté à Elizabeth qui avait piqué un fou rire. « J'adore cette idée ! Et c'est moi le Parrain ! » avait-elle décrété.

Entendant des pas dans le vestibule, il se leva. Elizabeth entra et il la salua affectueusement.

— Désolée de t'avoir fait attendre, Thomas. Ta sœur m'aidait à préparer mes tenues pour la semaine. Veux-tu boire quelque chose ?

— Avec plaisir. Je prendrai un sherry, s'il te plaît.

Elle lui servit un verre de sherry, prit de l'eau gazeuse pour elle-même et ils allèrent s'asseoir devant le feu.

— Je devais te voir ce soir, Thomas, parce que la semaine va être très chargée…

— Je n'en doute pas !

— Comme je te l'ai dit au téléphone, Kat va s'occuper de mes diverses propriétés. Je lui ai également demandé de faire l'inventaire des coffres et des chambres fortes. J'ai donc besoin de t'expliquer la situation. Ces salles se trouvent dans différentes banques et, d'après Cecil, débordent de bijoux et d'objets en or ou en argent. Pourrais-tu aider Kat à dresser cet inventaire ?

— Bien sûr ! Ce sera un plaisir et il me semble qu'elle aura besoin d'aide, d'après ce que tu dis.

Il réfléchit quelques instants, sirotant son sherry.

— Il faudra tout faire évaluer, reprit-il. Pièce par pièce. Si tu veux, je peux aussi m'en occuper.

— S'il te plaît, oui. Je tiens à ce que cela se fasse aussi vite que possible.

Elizabeth tourna la tête en entendant la porte s'ouvrir.

— Blanche, viens donc t'asseoir avec nous ! Il est temps que tu t'arrêtes, tu travailles depuis ce matin.

— J'ai fini de tout préparer pour la semaine, expliqua Blanche en s'approchant du feu. Demain, je ferai la même chose pour la semaine suivante.

— Tu dois être masochiste ! s'exclama Elizabeth.

— Oui, depuis toujours, tu le sais bien !

6

Debout sur le trottoir du Strand, Elizabeth contemplait le bâtiment vieux de plusieurs siècles qui se dressait devant elle. Cet endroit imposant et remarquable allait devenir son lieu de travail. La compagnie Deravenel !

Elizabeth prit une grande inspiration, poussa le lourd battant et entra. En la voyant, le concierge de service se redressa.

— Bonjour, mademoiselle Turner !

Elle le salua de la tête avec un grand sourire.

— Bonjour, Sam !

Elle traversa le hall monumental et monta l'escalier à pas lents. Elle se sentait très excitée par la situation, mais également intimidée et anxieuse, pleine d'espoir et d'attente. Elle jubilait à l'idée que son heure était venue et que tout cela lui appartenait. Elle se dit que sa tension était normale, qu'une aventure fabuleuse démarrait en cet instant même.

Arrivée dans son bureau, elle accrocha son manteau et s'arrêta au milieu de la pièce pour regarder autour d'elle. L'image des trois hommes qui l'avaient précédée s'imposa à elle... Son arrière-grand-père, Edward Deravenel, son grand-père Henry Turner et son père, Harry, qui lui avait tant appris. Des hommes intègres, brillants et qui connaissaient le sens du mot « honneur ». Elle sentait leur présence. Ils lui souhaitaient la bienvenue.

Elle alla enfin s'asseoir à son bureau. Une nouvelle vie commençait !

J'étais née pour occuper cette place, pour m'asseoir dans ce fauteuil, aujourd'hui, lundi 25 novembre 1996. Née pour prendre le contrôle de la compagnie, la diriger comme elle doit l'être, lui permettre de surmonter la crise qu'elle traverse, lui rendre sa puissance ! Je ne dois pas avoir peur, de rien ni de personne. J'aurai besoin de détermination, de discipline, de persévérance, de concentration et de dévouement. Je ne dois plus penser qu'à la Deravenel. Elle m'appartient, maintenant. Je dois lui rendre sa grandeur et je le ferai !

Il y a deux hommes sur lesquels je peux totalement m'appuyer, deux hommes à qui je confierais ma vie, Cecil Williams et Robert Dunley. Nous formerons le triumvirat qui hissera la compagnie au premier plan, comme au temps de mon père. Je sais que j'ai des ennemis dans ces murs, l'ancienne coterie de Mary qui cherchera à poursuivre sa politique. Il n'est pas question de les laisser faire ! Mary avait opté pour des choix désastreux qui nous coûtent très cher. Il faut donner un grand coup de balai. Kat m'en a parlé, hier soir. Elle m'a dit que je devais donner un grand coup de balai. Elle aime ces expressions imagées. Elle réussit toujours à me faire rire quand j'en ai besoin et que personne ne peut y arriver. Ma chère Kat, qui ne m'a jamais laissée tomber !

On frappa à la porte et, sans attendre, Cecil entra.

— Bonjour, Elizabeth ! Tu arrives très tôt.

— Le monde appartient à ceux qui se lèvent tôt ! répondit-elle en usant d'un des proverbes favoris de Kat. De plus, ce n'est pas une journée comme les autres, n'est-ce pas ?

— En effet !

Il prit une chaise en face de la jeune femme et désigna des yeux le planisphère accroché dans son dos.

— Je suis content de voir que cela aussi a repris sa place légitime. Sais-tu que cette carte fait partie de mes souvenirs d'enfance ? Cela date de l'époque où mon père travaillait pour ton grand-père.

— Je n'ai pas compris pourquoi Mary l'avait fait retirer. D'ailleurs, je crois que je ne comprendrai jamais la plupart des décisions qu'elle a prises quand elle était ici ! Tiens, voici l'ordre de transfert, ajouta-t-elle en sortant le document de son attaché-case.

Elle le lui donna en expliquant que Robert voulait qu'elle le lui montre avant de le mettre à l'abri chez elle.

— Bonne idée, approuva Cecil.

Il étudia le document de près quelques instants puis releva les yeux.

— Je ne peux avoir de certitude avant d'avoir tout vérifié, mais je pense qu'il s'agit de son argent personnel.

— Il n'empêche que c'est maintenant mon argent, quel que soit le compte dont il provient ! répondit Elizabeth avec fermeté. Tout ce qu'elle avait, elle l'avait hérité de notre père et cela m'appartenait autant qu'à elle ! Elle n'avait aucun droit de le donner.

Elle se pencha par-dessus le bureau et fixa Cecil d'un air déterminé.

— Avons-nous une chance de récupérer ces cinquante millions de livres ?

— En toute honnêteté, je l'ignore, Elizabeth. Je dois d'abord éplucher les comptes et chacun des dossiers de Mary. Avec un peu de chance, je mettrai la main sur les pièces justificatives…

— S'il y en a !

— Exactement, s'il y en a… Et je crains de ne rien trouver. Je commencerai les recherches après la réunion. À propos, j'ai décidé de demander un audit à un cabinet extérieur. Je suis sûr que tu conviendras que c'est d'une nécessité indiscutable.

— Tout à fait ! Nous devons rassembler tous les éléments d'information possibles, et dans le délai le plus bref, si nous voulons prendre des décisions adaptées.

Cecil approuva de la tête.

— Et qu'est-ce qui te semble adapté en particulier ?

— D'abord mettre de l'ordre, Cecil ! Cela fait des jours que j'y pense et je suis arrivée à la conclusion que nous devons nous défaire de cinq cents personnes.

— Cinq cents ? En une seule charrette ?

— Pas nécessairement, mais il y a beaucoup de bois mort à la Deravenel. Je m'en suis rendu compte quand je travaillais ici et Robin me l'a confirmé. Dans la plupart des cas, il s'agit de départs à la retraite. Cela semble t'étonner ? Tu n'es pas d'accord ?

— Si, Elizabeth, mais nous devons agir avec prudence. Je ne veux surtout pas inquiéter la City, laisser croire que nous avons des difficultés majeures. Un licenciement massif inquiéterait tout le monde et donnerait lieu aux pires supputations.

— Je comprends qu'il faille agir de la façon la plus correcte, la meilleure pour nous comme pour les employés. Pas question de prêter le flanc aux ragots ! Il y aura certainement des gens ravis d'accepter un départ à la retraite anticipé.

Ils échangèrent un regard entendu.

— Cecil, ne faudrait-il pas également réduire les effectifs dans nos bureaux à l'étranger ?

— Oui, sans hésitation ! Nous avons à peine effleuré le sujet, la semaine dernière, mais je suis conscient que nous avons trop de monde. Je pourrais mettre Sidney Payne sur ce dossier. C'est un remarquable diplomate et on aura besoin de beaucoup de diplomatie pour gérer notre cure d'amincissement ! Comme je viens de te le dire, la Deravenel ne peut pas se permettre de paraître en danger.

— Oui, je comprends bien. Jeudi dernier, quand nous sommes revenus de Ravenscar, tu m'as dit que nous avions besoin d'argent. Où penses-tu en trouver, Cecil ? Du moins, si tu as eu le temps d'y réfléchir ?

— Un peu, oui, et je crois que nous devrions tenter de récupérer l'argent donné à Philip Alvarez. Par ailleurs, je pense qu'il faudrait vendre certains éléments de notre patrimoine immobilier. Nous pourrons voir cela en détail cet après-midi, si tu veux.

— Oui, volontiers, mais je tiens à ajouter que je peux, si nécessaire, réinjecter personnellement de l'argent dans la Deravenel.

— Certainement pas ! s'écria Cecil d'un ton horrifié. Je ne te laisserai jamais donner la moindre livre à la compagnie, Elizabeth ! Jamais ! Il pourrait arriver que tu lui prêtes des fonds, éventuellement, ou que tu rachètes les parts d'un des actionnaires. Mais donner ! Jamais de la vie ! Je ne l'accepterai pas. Maintenant, voici la liste des membres du conseil d'administration. Libre à toi de la regarder quand bon te semblera mais n'oublie pas que tu n'as pas quinze jours devant toi.

Elizabeth prit le document et s'enfonça plus profondément dans son fauteuil.

— Pas de changements pour la réunion de ce matin ? demanda-t-elle.

— Non, tous les membres qui ont reçu une convocation ont confirmé leur présence.

— Je n'ai pas prévu de les inviter à déjeuner. Et toi ?

— Moi non plus. Il y a trop à faire pour cela. J'ai été absent pendant cinq ans et j'ai beaucoup à rattraper.

Une fois seule, Elizabeth remit l'ordre de transfert signé par Mary dans son attaché-case puis se pencha sur la liste des administrateurs. Lesquels pourrait-elle amener à démissionner sans difficulté ? Trois noms arrivaient en tête car il s'agissait d'hommes très âgés ou incapables de lui opposer la moindre résistance. Ensuite, il y avait deux hommes qui ne l'aimaient guère. Ceux-là devaient partir à tout prix. « Comment m'en débarrasser ? » marmonna-t-elle.

Des coups énergiques frappés à la porte lui firent lever la tête. Robert entra d'un pas vif. Il souriait et apportait un vase plein de fleurs, des roses rouges entourées de roses blanches et festonnées de feuillage.

— Livraison en mains propres, mademoiselle Turner, dit-il en posant le vase sur la table basse. Des roses rouges pour les Turner et des blanches pour les Deravenel.

— Bonjour, Robin ! Merci, tes fleurs sont superbes.

Elle l'embrassa avec élan et le serra dans ses bras.

— Je suis passé pour te souhaiter bonne chance, dit-il en lui rendant son étreinte, un peu plus longtemps que ne l'aurait fait un simple ami.

— J'ai montré l'ordre de transfert à Cecil, dit Elizabeth après avoir rejoint son bureau. D'après lui, cet argent doit provenir du compte personnel de Mary.

— Nom de nom ! Si c'est le cas, Philip Alvarez aura beau jeu de prétendre que c'était un cadeau de mariage, par exemple, et alors on aura toutes les peines du monde à le récupérer. J'espère que ce sont des fonds de la compagnie.

— Dans tous les cas, c'est mon argent, et je te promets que je le reprendrai à ce sale type, répliqua Elizabeth.

Elle avait usé du même ton froid et professionnel qu'avec Cecil. Debout au milieu de la pièce, Robert l'observait avec étonnement. À voir sa concentration et la dureté de son regard, on ne pouvait se méprendre sur la volonté d'Elizabeth d'arriver à ses fins. Robert se souvint d'avoir plus d'une fois, au fil des ans, vu son amie se comporter avec un soupçon d'intransigeance. Mais peut-être y avait-il plus qu'un soupçon.

— Pourquoi me regardes-tu ainsi, Robin ? Tu penses que je suis trop dure ?

— Non, pas du tout ! répondit-il. Je pense très sincèrement que, dans ce genre de situation, tu dois l'être et même, si nécessaire, te montrer sans pitié. J'ai réfléchi au cas de Philip Alvarez. J'ai l'intention d'en apprendre davantage sur sa société immobilière et sur son projet de résidence de vacances à Marbella. Je veux tout savoir…

— Très bonne idée, Robin ! N'hésite pas à te rendre en Espagne, tu seras mes yeux et mes oreilles !

— Laisse-moi d'abord faire quelques recherches indispensables.

Elizabeth lui lança un regard pénétrant.

— Quel style de programme construit-il à Marbella ? s'enquit-elle.

— Un ensemble de villas avec parcours de golf et terrain de polo, le tout clôturé et avec un portail où il faut s'identifier, comme dans une résidence américaine. Philip voulait que j'y aille avec Ambrose pour superviser la réalisation du terrain de polo, les plans pour les écuries et tout ce qui concerne les chevaux.

— Je vois. S'il ne veut pas rendre l'argent, nous nous attaquerons à ce programme. Nous pourrions peut-être en faire un investissement rentable, par exemple en y ajoutant un spa. Actuellement, les spas rapportent beaucoup d'argent et ils sont de plus en plus à la mode.

— Il pourrait avoir réussi, dit Robert, et avoir rentabilisé son investissement mais je ne le pense pas. Je me souviens d'avoir lu quelque chose à ce sujet, il y a quelques jours… Il me semble que les travaux ont été arrêtés très brusquement. Peut-être a-t-il réellement des ennuis.

— Je n'ai nullement été étonnée de ne pas le voir aux funérailles de Mary, il préférait peut-être éviter des questions embarrassantes à ce sujet. Cela expliquerait son absence, n'est-ce pas ?

— Je le pense aussi et je saurai la vérité, tôt ou tard.

Tout en parlant, il s'était levé et dirigé vers la porte.

— Je te vois tout à l'heure au conseil, dit-il avant de sortir.

Elizabeth se replongea dans les dossiers ouverts sur son bureau mais ses pensées se tournèrent bientôt vers Robert. Elle devenait très sensible à son charme, à sa gentillesse et, pour être honnête, à sa virilité. Baissant la tête, elle respira l'odeur laissée par Robert sur sa veste, une eau de Cologne irrésistible. Un petit frisson la parcourut. Pourquoi avait-elle soudain ce genre de pensées au sujet de son ami d'enfance ? Revenant aux documents qu'elle étudiait, elle sourit en elle-même. Elle savait très bien pourquoi.

7

Les trois jeunes hommes assis dans le bureau de Cecil formaient le noyau de son équipe de direction. Cecil et Elizabeth avaient suivi leur évolution au cours des dernières années car ils étaient tous trois doués, habiles, dignes de confiance et efficaces, sans mentionner leur absolue loyauté.

Assis à l'autre bout de la pièce, ils discutaient avec animation. Cecil les regarda d'un œil amusé. Outre les qualités intellectuelles et morales qu'ils partageaient, ils avaient également en commun d'être grands et élégants. Enfin, ils savaient se rendre sympathiques à n'importe qui avec la plus grande aisance, qu'il s'agisse d'un homme, d'une femme ou d'un enfant.

À vingt-cinq ans, Robert Dunley était le plus jeune de ce trio ainsi que le plus grand et le plus beau. Il se distinguait aussi par un certain dandysme qui lui faisait aimer les costumes impeccablement coupés de Savile Row, griffés Armani ou Saint Laurent. Il s'habillait toujours avec un goût parfait. Par ailleurs, il avait déjà plusieurs années d'expérience à la Deravenel et son dévouement, sa loyauté s'enracinaient dans la longue collaboration de son père et de son grand-père avec les Turner et, avant cela, avec les Deravenel.

Robert était l'unique compagnon d'enfance d'Elizabeth et sans conteste son favori parmi ses amis d'aujourd'hui. C'était la seule personne capable de la faire changer d'avis, ce qui était logique puisqu'il connaissait Elizabeth mieux que personne, y compris Cecil.

Ils avaient été très proches dans l'enfance, en particulier quand Elizabeth se trouvait en butte à l'hostilité de son père et de Mary. Robert la comprenait et savait comment gérer ses sautes d'humeur, ses petites faiblesses et sa mauvaise santé chronique. Cecil connaissait lui-même Robert depuis longtemps, comme il avait connu son père avant lui, et une solide amitié s'était nouée entre eux.

À côté de Robert, se trouvait Francis Walsington, son aîné d'un an. Francis comme Cecil avaient fait leurs études à Cambridge et ils se trouvaient sur la même longueur d'onde. Ils faisaient des affaires ensemble depuis quelques années. Cecil se réjouissait de l'avoir à ses côtés. Il appréciait sa remarquable finesse d'analyse doublée d'un sens de la psychologie hors du commun. Francis était capable d'affronter n'importe quelle situation avec autant d'aplomb que de talent. Spécialiste des questions de sécurité, d'espionnage et de terrorisme, il possédait de nombreux contacts aussi étranges qu'utiles dont Cecil préférait tout ignorer. Cela ne l'empêchait pas d'être très satisfait de savoir qu'ils existaient.

Pendant le règne de Mary à la Deravenel, Francis avait voyagé dans toute l'Europe. Il était rarement à Londres. Encore plus que le style de direction très particulier de Mary, sa ferveur religieuse lui était insupportable. Pour Francis, la dévotion à l'Église catholique romaine que Mary avait héritée de sa mère relevait d'un zèle ostentatoire, incompatible avec le goût de la discrétion qu'il tenait de son éducation protestante. Il était revenu à Londres en toute hâte depuis quelques semaines, conscient du fait qu'Elizabeth prendrait la tête de la compagnie. Son arrivée avait particulièrement réjoui Cecil.

De l'autre côté de Robert, était assis Nicholas Throckman, le plus âgé des trois. Il avait quarante-trois ans et avait travaillé pour la compagnie de longues années avant de prendre la fuite en voyant la conduite et les actions insensées de Mary. Il était très bien informé de tout ce qui concernait la Deravenel. En effet, non seulement il y avait travaillé à l'époque où Edward Selmere était administrateur, mais il connaissait Elizabeth depuis l'adolescence. Enfin, il était apparenté à la sixième et dernière femme de Harry, Catherine Parker, qui avait été la belle-mère et l'amie d'Elizabeth.

Cecil considérait Nicholas comme le plus doué de l'équipe pour la diplomatie, vraisemblablement parce qu'il avait plus d'expérience. Le matin même, Elizabeth lui avait dit qu'ils avaient besoin d'une équipe restreinte mais très compétente. Elle avait raison, pensa Cecil, et c'étaient trois des membres de cette équipe qu'il avait devant lui.

Il se leva, rejoignit ses amis et prit un fauteuil face à eux.

— Tout va bien ? dit-il. Êtes-vous satisfaits des offres qu'Elizabeth vous a faites la semaine dernière ?

— Très satisfait ! s'exclama Robert. Qui ne le serait pas ?

— Même chose pour moi, renchérit Francis.

— Je suis très content, Cecil, dit Nicholas d'un ton plus discret. Vraiment très content !

— Je suis ravi de l'entendre, répondit Cecil. Je devais vous poser la question car Elizabeth va annoncer vos nouvelles fonctions à la réunion et je ne veux pas de problèmes de dernière minute. Je souhaite que la passation de pouvoir s'effectue sans le moindre heurt.

— Cecil, comment cela s'est-il passé, jusqu'à présent ? demanda Francis.

— Très bien ! J'ai vu John Norfell vendredi dernier dans la matinée et ensuite Charles Broakes. Charles m'a paru très soulagé de la rapidité avec laquelle nous avons occupé les lieux et il a coopéré avec beaucoup de bonne volonté.

— Et Norfell ? demanda Nicholas.

— Il s'est montré tout à fait raisonnable. Je me méfiais de lui. Il ne faut pas oublier qu'il était très proche de Mary, qu'il a beaucoup de pouvoir dans la maison et qu'il fait partie de la direction depuis longtemps. J'y suis allé sur la pointe des pieds. Elizabeth a assez d'ennemis, inutile d'en créer de nouveaux. Je pense avoir réussi à rassurer Norfell. Lui confier l'organisation des funérailles de Mary n'a sans doute pas été inutile.

Robert fixa un instant Cecil de ses yeux noirs au regard intense.

— N'empêche qu'il vaut mieux le garder à l'œil, dit-il. Tu peux me croire !

— J'en suis aussi convaincu que toi, répondit Cecil. Elizabeth se méfie également de lui. Je voudrais vous dire encore un mot au sujet de la réunion. Elizabeth veut que tout le monde soit là avant elle. Elle veut faire son entrée toute seule. C'est elle qui mènera la discussion, ce qui nous obligera à improviser en fonction de ses interventions. Il faudra faire très attention à ce que vous direz, ne pas laisser deviner nos intentions et nos projets. D'accord ?

Les trois hommes acquiescèrent solennellement.

Robert Dunley était assis à la droite d'Elizabeth. Il l'écoutait attentivement et se sentait très fier d'elle. Calme, maîtresse d'elle-même, pleine d'assurance, elle parlait avec éloquence de la Deravenel. Robert était également fier de son allure. Belle tout en restant professionnelle avec son ensemble bleu marine à rayures tennis, son chemisier blanc ouvert au col et ses grosses perles d'oreilles, elle était parfaitement dans le ton.

Ils avaient à présent tous pris place autour de la grande table en acajou de la salle du conseil. Jusqu'à l'entrée d'Elizabeth, quelques minutes plus tôt, ils étaient restés debout, bavardant les uns avec les autres. À une extrémité de la salle, s'étaient retrouvés Charles Broakes, Sidney Payne, Nicholas Throckman et Francis Walsington. Plus loin, Cecil était en grande conversation avec les cousins d'Elizabeth, Henry Carray et Frank Knowles. Quant à lui-même, il parlait à John Norfell et à Howard, le grand-oncle d'Elizabeth. Ce dernier commençait à prendre de l'âge mais faisait toujours partie des dirigeants et restait un consultant avisé. Ils étaient neuf et Robert était sûr de sept d'entre eux. John Norfell, en revanche, représentait un grand point d'interrogation. Robert s'était toujours méfié de lui à cause de son amitié avec Mary.

— Vous avez certainement compris que je ferais l'impossible pour assurer la prospérité de la Deravenel au cours des prochaines années et la développer suffisamment pour répondre aux défis du vingt et unième siècle.

Elizabeth s'arrêta quelques instants et, tout sourire, fit du regard le tour de la table, avant de reprendre.

— À présent, je vais vous faire part de mes premières décisions.

Elle se tourna vers Cecil, assis à sa gauche.

— Je travaille depuis plusieurs années avec Cecil Williams ; il s'occupe de mes affaires personnelles. À partir d'aujourd'hui, il prend la direction des divisions financière et juridique.

Ensuite, elle se tourna vers Robert.

— Robert Dunley est le nouveau directeur exécutif. Je le nomme également à la tête de la division des transports. M. Williams et M. Dunley dirigeront la Deravenel avec moi.

Cecil et Robert prirent la parole à tour de rôle pour la remercier et le reste du conseil approuva les nominations en applaudissant. Elizabeth poursuivit d'un ton énergique.

— J'ai choisi Nicholas Throckman pour diriger le département des relations publiques. Il sera également l'ambassadeur itinérant de la compagnie. Quant à Francis Walsington, il devient dès à présent directeur de la sécurité de la Deravenel dans le monde entier.

La même petite cérémonie eut lieu : remerciements puis entérinement de la décision, par signes de tête ou applaudissements. Le regard d'Elizabeth se posa sur Sidney Payne et elle lui sourit.

— Sidney, dit-elle, je sais que Cecil s'est entretenu avec vous hier, et vous a transmis mon désir de vous voir devenir mon directeur des ressources humaines. Permettez-moi de vous dire à quel point j'ai été heureuse d'apprendre que vous étiez vous-même heureux d'accepter !

Sidney travaillait depuis longtemps pour la Deravenel et faisait partie des plus chauds partisans d'Elizabeth.

— Merci, Elizabeth, dit-il avec un grand sourire. Toutefois, je dois avouer que je suis peut-être encore plus enthousiaste qu'heureux !

Elle accepta gracieusement le compliment d'une inclinaison de la tête et s'apprêta à conclure.

— Je ne ferai pas d'autres nominations aujourd'hui, mais il y en aura d'autres au cours des deux prochaines semaines.

Elle se concentra sur John Norfell et Charles Broakes.

— John, Charles, je vous proposerai de nouvelles responsabilités dans quelques jours. Quant à vous, Henry et Frank, vous faites aussi partie de mes projets.

Elle sourit à ses cousins qui la remercièrent d'un signe de la tête. Puis, enfin, elle se tourna vers son grand-oncle Howard qui lui sourit affectueusement quand elle s'adressa à lui.

— Et vous, mon oncle, vous conservez bien entendu toutes vos prérogatives. J'espère que vous accepterez de devenir aussi l'un de mes conseillers. J'en serais très heureuse.

— Je serai ravi de pouvoir me rendre utile, répondit-il.

Il paraissait très satisfait et très fier de l'importance qui venait de lui être accordée.

— Messieurs, dit Elizabeth, c'est tout pour aujourd'hui. Je vous remercie tous d'être venus. À présent, si vous voulez bien m'excuser, je dois vous laisser.

— Je n'ai jamais vu quelqu'un s'en aller aussi vite, dit John Norfell d'un ton vexé. Elle a certainement mieux à faire, un déjeuner avec ses copines ou avec un nouveau petit copain. À votre avis ?

Cecil, choqué et fâché par ces réflexions désobligeantes, eut beaucoup de mal à retenir une réplique vigoureuse mais jeta un regard glacial à Norfell.

— Je vous remercierai de ne pas parler de Mlle Turner sur ce ton, John. Ce qu'elle fait ne nous regarde pas, ni vous ni moi. Sans compter qu'elle est majeure et vaccinée, elle est aussi notre P-DG et l'actionnaire majoritaire de la compagnie. En d'autres termes, c'est elle qui commande !

John Norfell n'avait pas l'habitude de s'excuser mais il eut la bonne grâce de paraître embarrassé. Il prit quelques instants de réflexion et répondit à Cecil d'un ton plus conciliant :

— Je suis simplement déçu, Cecil. J'avais espéré qu'elle nous ferait l'honneur de déjeuner avec nous mais…

L'air chagriné, il leva les mains dans un geste exprimant l'impuissance.

— Elle ne nous a pas laissé la moindre chance de l'inviter. Elle est tout bonnement partie !

— C'est sa façon d'être. Le travail, le travail et encore le travail ! Si vous voulez savoir la vérité, elle est retournée travailler dans son bureau.

Cecil avait réussi à parler d'une voix maîtrisée alors qu'il bouillait de colère.

— Elle ne déjeune jamais, reprit-il, et n'accepte jamais d'invitation à déjeuner. Il vaudrait mieux vous y habituer tout de suite. Elizabeth considère cela comme inutile, voyez-vous, en particulier les prétendus déjeuners d'affaires ! Elle estime que l'on ne peut pas vraiment apprécier ce que l'on a dans son assiette ni discuter correctement des choses importantes.

— Je vois. Maintenant que nous sommes au courant, nous n'attendrons plus qu'elle… qu'elle participe à notre vie sociale.

— Ce serait l'attitude la plus sage, dit Cecil d'une voix sourde.

Norfell ne put se retenir de poser la question qui le hantait.

— Qu'est-ce qu'elle a en tête, en ce qui me concerne ? lâcha-t-il avec anxiété.

— Elle ne m'a parlé de rien.

— J'ai du mal à le croire, Cecil. Allons, soyez chic, elle n'a pas de secrets pour vous !

Cecil préféra ignorer la remarque.

— Je sais seulement que vous aurez une promotion.

— Ah ! Merci, mon vieux. Je suis content de savoir qu'on ne va pas me sacquer, conclut Norfell avec un gros rire.

Au grand soulagement de Cecil, Sidney Payne les rejoignit et, après quelques banalités, Norfell alla parler à Charles Broakes qui se trouvait à l'autre bout de la salle.

— J'espère que j'ai bien fait de vous interrompre, Cecil. J'ai vu que tu étais fâché et j'ai décidé de venir à la rescousse.

— Merci, Sidney, c'était bien vu ! répondit Cecil avec un rire bref. Je n'ai jamais apprécié Norfell, et Elizabeth non plus. Mais il a beaucoup de pouvoir et il vaut mieux le caresser dans le sens du poil.

Sidney sourit à son vieil ami.

— Une toute petite caresse devrait suffire, non ?

Riant sous cape, Cecil fit signe que « oui » et, entraînant Sidney vers la sortie, lui parla à l'oreille.

— Je suis très content que tu aies accepté l'offre d'Elizabeth. Tu sais, quand tu lui as dit que tu te sentais très enthousiasmé par la tâche qui t'attendait… Tu lui as vraiment fait plaisir car tu n'hérites pas du travail le plus facile.

— Nous libérer du bois mort ? C'est bien à cela que tu fais allusion ?

Cecil se contenta de hocher la tête. Oui, il fallait licencier ou mettre à la retraite de nombreux salariés du groupe.

— Je me débrouillerai pour que cela se passe bien, le rassura Sidney.

8

— J'ai de bonnes et de mauvaises nouvelles, déclara Robert depuis la porte qui séparait son bureau de celui d'Elizabeth. Lesquelles veux-tu entendre en premier ?

Elle se raidit dans son fauteuil et lui lança un bref coup d'œil.

— Pourquoi me poses-tu cette question ? Tu sais bien que je préfère les mauvaises nouvelles en premier !

Robert lui donna la chemise qu'il tenait à la main avant de s'asseoir en face d'elle.

— Qu'est-ce que c'est ?

Elle prit la chemise avec répugnance et jeta un regard inquiet à Robert.

— C'est une copie du courrier que ta demi-sœur a envoyé à celui qui allait devenir son mari, juste après le transfert d'argent. Quand je dis « une copie », je parle de la copie que Mary avait faite elle-même. Autrement dit, c'est le même document que l'original que Philip Alvarez doit avoir conservé. Le contraire m'étonnerait !

Elizabeth ouvrit la chemise et lut rapidement le document. Elle reconnut aussitôt l'écriture de sa sœur et fit la grimace. La lettre était brève mais typique de Mary. C'était à en avoir la nausée. Elizabeth referma la chemise. Quelle idiote ! Comment Mary avait-elle pu agir aussi stupidement ? Philip l'avait roulée dans la farine.

Elle ferma les yeux quelques instants pour se calmer. C'était consternant.

— Il s'agissait donc d'un cadeau de mariage, dit-elle enfin d'une voix étranglée. Je ne pourrai pas récupérer mon argent, Robin, n'est-ce pas ?

— C'est ce que je crains. Je suppose qu'Alvarez le considère comme une sorte de dot.

— Tu te rends compte qu'elle lui a pratiquement donné tout ce qu'elle avait ? Cecil m'a dit que son compte personnel est presque à zéro.

— Il m'en a aussi touché un mot. Je pense sincèrement que tu peux faire un trait sur cet argent. Mais, écoute-moi ! Nous avons trouvé les contrats qui concernent le programme immobilier de Marbella et nous n'avons aucune hésitation, Cecil et moi : nous pouvons attaquer Alvarez et sa société pour l'obliger à nous rembourser les soixante-quinze millions.

— À mon avis, on ne les récupérera pas non plus ! Mary n'a vraiment fait que tout désorganiser et prendre des risques insensés. On peut bien dire d'Alvarez que c'est un grand homme d'affaires, ce n'est qu'une baudruche !

— C'est exact mais j'ai acquis la certitude que le gâchis est moins grave que nous l'avons craint. Nous devons faire face à plus d'un problème, bien sûr, mais la société d'audit avance rapidement et Cecil a déjà réglé plusieurs dossiers gênants, tout comme moi. Nous avons stoppé l'hémorragie et nous commençons à redresser la barre. Nous ne pourrons aller que vers la croissance.

Elizabeth hocha la tête en silence. Elle savait que Robert disait la vérité mais cela ne l'empêchait pas de se sentir d'humeur très sombre. Robert se pencha sur le bureau et la regarda droit dans les yeux.

— Tu n'as pas envie d'entendre les bonnes nouvelles ?

Son visage s'éclaira instantanément. Robert avait toujours su comment lui remonter le moral.

— Bien sûr que si ! Je t'écoute, Robin.

— J'ai organisé un week-end en dehors de Londres.

— Mais je ne peux pas m'absenter ! Tu as perdu la tête ! Nous avons tous les deux beaucoup trop de travail pour partir en week-end.

— Mais non ! Nous avons tous les deux besoin de faire une coupure. Les deux dernières semaines ont été épuisantes sur tous les plans. Nous n'avons pas pris un instant de repos. Je suis fatigué, et toi aussi. Inutile de prétendre le contraire !

— Tu n'as jamais été en plus grande forme, Robert Dunley, s'écria-t-elle d'un ton indigné. Je te trouve même éblouissant, ce matin, et très séduisant. Tu n'as absolument pas l'air épuisé !

— Mais toi, Elizabeth, si ! Tu es plus blanche que jamais, tu as les traits tirés et les yeux cernés. Tu n'as presque pas bougé d'ici depuis deux semaines. Ce n'est pas très recommandé pour la santé, d'autant que nous avons tous les deux toujours été très sportifs. Cela nous fera du bien d'aller prendre l'air et galoper dans la campagne.

Elle savait que Robin disait la vérité, comme toujours, et qu'il se souciait réellement de sa santé. En effet, elle était épuisée, à bout de fatigue. Le calendrier de son bureau indiquait la date du jeudi 5 décembre. La date du dimanche était cerclée de rouge. Elizabeth avait promis à Grace Rose d'aller prendre le thé chez elle ce jour-là. Le lundi 9 était également marqué au rouge : réunion du conseil d'administration. Penser à cette réunion et à ceux des administrateurs qui y participeraient la décida.

— Où pensais-tu aller, Robin ?

— À Waverley Court.

— Mais la maison est fermée !

— Plus maintenant... J'ai téléphoné à Toby Watson, hier soir. Il m'a appris que tu lui avais demandé de laisser un peu de chauffage pendant tout l'hiver à cause des canalisations. Il m'a longuement expliqué que, grâce à cela, il fait très bon dans la maison. Il n'a qu'à ôter les housses des fauteuils et allumer le feu dans les cheminées. Il peut aussi demander à Myrtle de faire quelques courses...

Elizabeth le dévisageait, stupéfaite, et l'interrompit d'un ton incrédule :

— Tu as appelé le gardien !

— ... et j'ai dit à Toby de le faire, conclut Robert.

— Comment cela ? Faire quoi ?

— Je lui ai dit d'envoyer Myrtle faire les courses ! Nous aurons besoin de manger un peu, Elizabeth.

Bouche bée, elle mit un certain temps à pouvoir parler.

— Mais, protesta-t-elle enfin, Cecil a organisé des rendez-vous pour demain et je dois y être !

— Il les a reportés à la semaine prochaine. Il pense comme moi que tu dois te reposer un peu.

— Tu as aussi comploté avec Cecil ?

101

— Bien sûr ! Pour une fois, c'est moi qui décide et j'ai décidé de m'occuper de toi pendant deux jours. Toute discussion est inutile !

Elizabeth se laissa retomber contre son dossier, et resta quelques instants sans réaction avant de capituler.

— Bien, mais je dois être rentrée dimanche après-midi pour prendre le thé avec Grace Rose. Elle y tient beaucoup et je ne veux pas la décevoir.

— Nous serons de retour à temps.

Sachant qu'il avait gagné, il eut un grand sourire, se leva d'un bond et fit le tour du bureau. Il prit Elizabeth par les bras et la mit sur ses pieds.

— Viens avec moi un instant, j'ai quelque chose à te montrer !

Il lui prit fermement la main, l'entraîna dans son propre bureau et s'arrêta devant la longue enfilade Regency en acajou qui occupait un des murs. Robin fit glisser ses doigts sur le bois parfaitement ciré.

— Regarde ce meuble, dit-il. N'est-il pas magnifique ? On a l'impression d'un seul meuble mais, en réalité, il y en a deux. Je trouve la patine du bois remarquable.

— Oui, l'ensemble est d'une qualité exceptionnelle, l'acajou comme le travail d'ébénisterie. J'ai toujours vu ces meubles ici et mon père les admirait beaucoup.

— Ils ont été acquis pour cette pièce par quelqu'un qui s'appelait Will Hasling. C'était le meilleur ami de ton arrière-grand-père et il occupait ce bureau.

— C'est très intéressant. J'ignorais tout cela. Mais, Robin, pourquoi me parler de ça ? demanda-t-elle d'un ton intrigué.

— Tu n'as pas oublié que, la semaine dernière, j'ai fait du tri dans un gros tas de clés ?

— Oui, et il y en avait des centaines !

— Depuis que je me suis installé dans ce bureau, après le départ de Neil Logan, l'assistant de Mary, en congé maladie, j'essaye en vain d'ouvrir les portes de cette enfilade mais, hier soir, j'ai enfin trouvé la bonne clé.

D'un air triomphal, il sortit de sa poche une petite clé en laiton, visiblement très vieille.

— La voici ! Ce n'est pas la bonne mais elle fonctionne quand même. Il sera donc inutile de faire démonter et changer les serrures, ce qui aurait abîmé ces beaux meubles.

Tout en expliquant sa démarche, Robert avait ouvert les portes et tiré un tiroir.

— La chemise que je viens de te donner se trouvait dans ce tiroir, sous une pile de magazines, de journaux divers et de dossiers. De toute évidence, Neil Logan a oublié aussi bien le document que l'endroit où il l'avait rangé. À propos, as-tu de ses nouvelles ?

— J'ai appelé sa femme, avant-hier. D'après les médecins, il ne s'agit pas seulement d'une dépression nerveuse mais d'un début de démence précoce. Je lui ai dit de ne pas s'inquiéter pour la question financière et que je mettais son mari à la retraite. Elle m'a semblé soulagée d'un grand poids.

Elizabeth contempla quelques instants les différents tiroirs puis se tourna vers Robert.

— As-tu trouvé d'autres papiers importants ?

— Non, seulement celui que je t'ai donné.

— Je suis bien contente que tu n'aies pas renoncé à identifier toutes les clés.

Elle éclata soudain de rire.

— Je suis également très contente d'aller à Waverley Court avec toi. Quand veux-tu partir ?

— Ce soir ! Et ne recommence pas à discuter, ajouta-t-il en riant.

Quand on reste longtemps absent d'une maison qu'on aime, on peut oublier sa beauté et ce qu'elle représente. C'est ce qui m'est arrivé. Sur la route du Kent, je me suis rendu compte que Waverley Court a toujours été un lieu spécial pour moi, aussi loin que je me souvienne. Kat en a fait mon foyer et, au fil des ans, j'ai appris à en connaître les moindres recoins, les secrets, les cachettes. Il y a des parties du jardin que tout le monde ignore sauf moi. J'adore le belvédère et la grève, face à la Manche, où j'avais l'habitude d'aller avec Kat. Elle me montrait les phares français qui clignotaient à l'horizon comme pour me dire bonsoir. Waverley Court est au summum de sa beauté au printemps et en été mais reste admirable même en automne ou en hiver. À Noël, avec l'aide de Toby, Kat et Blanche décoraient toujours le rez-de-chaussée de façon spectaculaire. Il y avait un grand sapin couvert de décorations qui scintillaient, des guirlandes lumineuses, des branches de houx au-dessus des tableaux et un bouquet de gui accroché au lustre dans le hall d'entrée. Noël... On y sera dans quinze jours, à présent. Nous pourrions peut-être venir passer les fêtes ici, Robin et moi, en organisant un Noël à l'ancienne. Robin est ma seule famille, la personne la plus proche de moi.

Le vendredi matin, Robert et Elizabeth se retrouvèrent à la table du petit déjeuner.

— Je suis sûr que tu as bien dormi, dit-il. C'est toujours rassurant, de se retrouver dans sa chambre d'enfant, n'est-ce pas ?

— C'est vrai, j'ai bien dormi. J'aime beaucoup mon ancienne chambre mais je crois aussi que j'étais épuisée. J'ai eu du mal à ne pas m'endormir pendant le dîner, hier soir.

Robert eut un sourire malicieux.

— Regrettes-tu de m'avoir laissé te convaincre de venir ?

— Me convaincre ? Vous ne manquez pas de culot, Robert Dunley ! Me donner l'ordre serait plus approprié.

— C'est parfois nécessaire, maintenant comme dans le passé, rétorqua-t-il sans se départir de son sourire.

Elle sourit à son tour, et ils poursuivirent leur petit déjeuner en silence pendant quelques instants.

— Veux-tu qu'on fasse une promenade à cheval, ce matin ? dit-il enfin.

Elle releva brusquement la tête, l'air perplexe.

— Il n'y a plus de chevaux ici, dit-elle.

Il la regarda longuement sans un mot, puis le sourire malicieux qu'elle connaissait si bien réapparut.

— Mais si ! Il y en a deux, un pour toi et un pour moi, Crimson Lass et Straight Arrow. Ils arrivent ce matin. J'ai demandé à mon frère Ambrose de nous les prêter. Qu'en dis-tu ?

Elle se leva d'un bond.

— Merveilleux ! On y va tout de suite. Tu as eu une idée fabuleuse. Viens, on va s'habiller.

Elle lui jeta un regard torve.

— Je suppose, puisque tu as tout organisé hier avec Ambrose, que tu as apporté une tenue d'équitation ?

— Bien sûr !

Ils quittèrent ensemble la salle du petit déjeuner et se rendirent à l'étage où Robert laissa Elizabeth devant la porte de sa chambre.

— Je te retrouve aux écuries dans dix minutes.

Lancé au galop, le cheval de Robert talonnait celui d'Elizabeth. Elle menait un train d'enfer et, comme elle arrivait très vite sur une clôture particulièrement haute, il sentit son cœur se serrer. Il avait soudain très peur, certain que le cheval accrocherait la barrière et qu'Elizabeth serait jetée au sol.

Toute petite, elle faisait déjà montre d'une grande intrépidité et d'un goût certain pour la vitesse mais, à l'âge adulte, elle était devenue une cavalière encore plus hardie. Elizabeth prenait toujours des risques importants quand elle montait. Depuis qu'ils avaient quitté Waverley Court, une heure plus tôt, ils avaient galopé à travers champs, retrouvant les chemins de leur enfance.

La jeune jument d'Elizabeth arrivait sur la clôture et Robert retint son souffle. Pourvu qu'elle passe ! À son grand soulagement, Crimson Lass enleva l'obstacle sans ralentir. Il sauta la barrière à son tour et reprit sa course derrière Elizabeth.

— Elizabeth ! cria-t-il. Attends ! Arrête !

Elle retint sa monture et se tourna sur sa selle.

— Quelque chose ne va pas, Robin ? Tu as un problème ?

— Tout va bien mais j'ai cru avoir une crise cardiaque à cause de toi !

— À cause de moi ? Comment cela ?

— J'ai eu peur que tu pousses Crimson Lass trop fort et qu'elle ne passe pas la clôture.

Elle lui décocha un sourire plein de fierté.

— Tu dois me faire confiance, Robin. Tu sais, je suis devenue une très bonne cavalière depuis notre dernier galop ensemble ! C'était il y a si longtemps…

— Dans ce cas !

Il leva le poignet pour consulter sa montre et changea de sujet.

— Si nous nous en retournions ? Il est presque midi et demi et j'ai faim. Pas toi ?

— Tu as raison, il vaut mieux rentrer. Myrtle m'a dit que le déjeuner serait servi à une heure précise.

Tournant bride, ils chevauchèrent côte à côte en silence, goûtant cette belle matinée, fraîche mais ensoleillée. Le ciel du Kent était d'un bleu parfait que mettaient en valeur de petits nuages floconneux. Les feuilles dorées ou roussies par l'automne n'étaient pas encore toutes tombées, donnant une belle couleur fauve aux arbres plantés le long des prairies. Robert pensait aux jours qu'il avait passés sur ces terres quand il n'était qu'un petit garçon. Il se souvenait des trajets jusque-là depuis Aldington, quand son père l'amenait pour tenir compagnie à Elizabeth. Une soudaine bouffée de nostalgie l'envahit. À l'époque, le monde lui semblait tellement plus beau, plus accueillant ! Chaque chose était à sa place… Dans sa famille, tout le monde était heureux et en bonne santé. Ses parents étaient encore en vie. Une vague de chagrin succéda à la nostalgie, et son visage s'assombrit. La perte de ceux

qu'il avait tant aimés lui faisait aussi mal qu'aux premiers jours.

Il se ressaisit enfin et, se redressant sur sa selle,
regarda devant lui. C'était un homme intelligent,
volontaire et ambitieux, mais par-dessus tout un optimiste. Il ne fallait pas se complaire dans les souvenirs
mais aller de l'avant. La vie continuait et il voulait…

Elizabeth interrompit le cours de ses pensées.

— Robin, m'accompagnerais-tu à Stonehurst Farm,
cet après-midi ? Je voudrais voir si tout va bien.

L'intérêt de Robin s'éveilla aussitôt.

— Bien sûr, j'irai là-bas avec toi. Kat a-t-elle eu le
temps de s'y rendre ?

— Oui, et grâce à Briney Meadows, le gardien, tout
est en parfait état. Kat estime que la propriété vaut une
petite fortune. Alison Harden a entretenu les jardins
pendant toutes ces années et ils sont restés spectacu-
laires. Souviens-toi, Robin, comme ils étaient beaux et
comme nous y allions sans cesse pour voir tante Grace
Rose. Elle nous aimait tellement ! Tu disais toujours
qu'elle était tordante et qu'elle était ton adulte préféré.

— Elle nous faisait rire en permanence avec son
humour bien à elle. En plus, elle nous laissait manger
tout ce qu'on voulait, des cakes aux fruits, de la
mousse au chocolat, des tartes. Un jour, tu as même
avalé tout un saladier de fraises à la crème ! Elle était
horrifiée !

Elizabeth éclata de rire.

— Ne m'en parle pas ! J'ai été affreusement
malade ! La gourmande du siècle, c'était moi.

Robert secoua la tête et fit mine de la gronder.

— Pas du tout ! Tu ne mangeais presque rien et Kat
se plaignait toujours de ta maigreur.

— Oh, je sais ! Elle était un peu casse-pieds, si j'ose dire, exactement comme toi.

— Je ne suis pas casse-pieds ! protesta-t-il d'un ton non seulement indigné mais quelque peu blessé.

— Il y a quelques minutes, tu t'inquiétais encore à l'idée que je pourrais ne pas passer une petite barrière et que je me briserais le cou.

— Tu sais très bien, répondit-il avec la même indignation, que s'il t'arrivait le moindre mal alors que je suis avec toi, Kat, Cecil et tous les autres m'étriperaient !

Elizabeth se contenta de lui sourire avec malice et, pour le taquiner, éperonna sa jument qui partit à fond de train.

Elizabeth et Robert se crurent revenus plusieurs années en arrière quand ils partirent faire le tour de Stonehurst Farm, quelques heures plus tard, avec Briney Meadows. Le gardien travaillait sur le domaine depuis cinquante ans et connaissait Elizabeth et Robert depuis leur enfance.

Dans la maison, les vitres brillaient de propreté, les parquets et les meubles anciens luisaient, parfaitement cirés. Les tapis semblaient nettoyés de frais et il n'y avait pas la moindre trace de poussière où que ce soit. Le moindre bibelot était à sa place.

Elizabeth sourit au gardien d'un air heureux.

— C'est comme si j'étais venue encore hier. Rien n'a changé !

— Bien sûr que non, mademoiselle Turner ! Mais il faut dire que Mme Morran est très pointilleuse. Elle a l'œil pour le plus petit détail et veut que nous fassions très attention, nous aussi. Elle a toujours été perfectionniste et elle l'est restée ! Elle m'appelle fréquemment pour me donner des instructions.

Elizabeth haussa les sourcils, très étonnée.

— J'ignorais qu'elle s'occupe toujours de la maison, dit-elle.

— Mais si, mademoiselle Turner ! C'est grâce à elle que tout a été bien entretenu pendant toutes ces années. Je regrette qu'Alison soit absente aujourd'hui. Elle aurait été très fière de vous faire faire le tour de la propriété elle-même. Comme le temps est resté très doux, le jardin en creux est toujours ravissant.

— Quand nous sommes arrivés, dit Robert, nous avons remarqué que les jardins étaient magnifiques. Tous ces hêtres avec leur feuillage doré… c'est à couper le souffle.

Briney hocha lentement la tête, visiblement heureux du compliment. Il tourna les yeux vers Robert et, au souvenir du petit garçon qu'il avait été, sourit. L'enfant était devenu un bel homme.

— Pas de grenouilles dans vos poches, aujourd'hui, hein, monsieur ? dit-il sans réfléchir.

Robert éclata de son grand rire irrésistible.

— Quelle mémoire, Briney ! Je m'intéressais beaucoup aux grenouilles, n'est-ce pas ?

— En effet, monsieur, elles vous fascinaient et vous alliez toujours remuer l'eau de la mare. J'ai souvent eu peur de vous voir tomber dedans.

— Un jour, renchérit Elizabeth, il a attrapé un crapaud pour moi et il l'a mis dans un grand pot à confiture. Robin, je parie que tu as oublié cette histoire !

— Certainement pas ! C'était un cadeau, un des premiers cadeaux que je t'ai faits.

Ils riaient tous trois en arrivant sur le perron de la maison.

— De plus, ajouta Robert, comment pourrais-je jamais oublier ce superbe crapaud ?

Elizabeth se tourna vers Briney et serra sa main noueuse, brunie par la vie au grand air.

— Merci de nous avoir montré la maison, dit-elle.

— Je vous en prie, mademoiselle, tout le plaisir est pour moi. Vous revoir tous les deux m'a rajeuni ! Vous avez réveillé mes souvenirs.

À son tour, Robert serra énergiquement la main du gardien.

— Oui, Briney, cela nous rappelé beaucoup de choses à nous aussi. Prenez soin de votre santé.

Le vieil homme les salua encore de la main en les regardant partir vers la grande terrasse dallée. Ils lui rendirent son salut avant de s'engager dans l'allée qui descendait vers le jardin en creux.

— Robin, dit Elizabeth, as-tu remarqué qu'il n'a pas mentionné Mary une seule fois ? Cela ne m'étonne pas. Toby m'a dit qu'ils ne s'appréciaient guère et que Briney la respectait mais se tenait à distance.

— C'est quelqu'un de bien, vraiment un brave homme, répondit Robert avant de poursuivre : Je me demande pourquoi ta tante Grace Rose se soucie tant de la maison. Tu m'as dit qu'elle l'avait donnée à ton père.

— C'est ce que j'avais cru comprendre, répondit la jeune femme en haussant les épaules. Elle continue peut-être à aimer Stonehurst Farm parce qu'elle y a grandi avant d'y vivre après son mariage avec Charles Morran. Pour changer de sujet, je pense que Kat a raison. Cette propriété vaut une petite fortune.

— As-tu l'intention de vendre ?

— Je ne sais pas. Mais je ne peux pas habiter dans toutes ces maisons à la fois ! Stonehurst Farm est un endroit sublime mais j'ai toujours préféré Waverley Court, sans compter que c'est plus près de Londres. Tu sais que je n'ai pas le droit de vendre Ravenscar. Le domaine est grevé et ne peut que passer à mes héritiers à mon décès, à charge pour eux de l'entretenir pour leurs propres héritiers.

— Ah, non ! Ne parle pas de mort aujourd'hui ! Nous avons une longue vie devant nous, ma vieille !

— C'est vrai, Robin, une longue vie ensemble.

Il lui jeta un regard en biais mais ne fit aucun commentaire.

9

Grace Rose s'était toujours habillée avec un goût parfait. En ce dimanche après-midi, Elizabeth la trouvait très belle avec son épaisse chevelure argentée impeccablement coiffée et son maquillage raffiné. Quant à sa tenue, elle ne pouvait que retenir l'attention : une veste souple à manches raglan en brocart de soie violet avec une blouse et un pantalon assortis en soie rose fuchsia. Pour tout bijou, elle portait de longs sautoirs en perles d'améthyste et de turquoise et des clous d'oreilles en améthyste.

Tandis qu'elle admirait Grace Rose par-dessus sa tasse de thé, Elizabeth s'étonnait comme toujours qu'elle pût avoir quatre-vingt-seize ans. Toute son allure le démentait, comme sa vivacité d'esprit, demeurée intacte. Elle ne présentait pas le moindre signe de sénilité. Grace Rose avait gardé sa vaste intelligence, son infinie curiosité et son humour subtil. Elle pouvait avoir le même âge que le siècle, ce qui faisait d'elle une très vieille dame, mais son esprit était toujours jeune. Elizabeth savait que sa tante restait très active, s'occupait de ses œuvres caritatives comme avant, gérait elle-même ses affaires et se tenait au courant de tout ce qui se passait dans le monde.

Elizabeth reposa sa tasse et sourit à sa tante.

— Je vous trouve impressionnante, tante Grace Rose. Vous êtes très en beauté.

— Merci, Elizabeth, mais je peux en dire autant à ton sujet, ma chérie. Ton ensemble vient de chez Hermès, n'est-ce pas ? Ces teintes rouille te réussissent très bien. Je les ai beaucoup portées, moi-même, mais il y a longtemps de cela ! Pour changer de sujet, Elizabeth, j'ai un service à te demander.

— Tout ce que vous voulez, tante Grace Rose !

— Accepterais-tu de m'appeler Grace Rose, comme tu l'as toujours fait jusqu'à l'année dernière ? J'ignore pourquoi tu as ajouté « tante », mais cela me donne l'impression d'être très vieille !

Elizabeth se mit à rire et répondit d'un ton solennel :

— Je vous appellerai donc Grace Rose !

— Merci !

Grace Rose arrangea les coussins du canapé dans son dos et se concentra à nouveau sur Elizabeth qu'elle étudia silencieusement.

— Elizabeth, dit-elle enfin, ne montre jamais que tu en baves.

Déconcertée par cette déclaration plus qu'étrange, Elizabeth ne sut que répondre.

Grace Rose, qui remarquait toujours tout, sut qu'elle avait réussi à surprendre sa petite-nièce comme elle le voulait. La situation l'amusait et elle sourit.

— C'est ce que mon père me disait : « Ne montre jamais que tu en baves ! » Il n'a jamais rien laissé voir, même dans les situations les plus délicates, et tu dois en faire autant, Elizabeth. Je te parle du conseil d'administration de demain.

— Certainement, Grace Rose !

En tant que détentrice de parts, sa tante avait été informée de la réunion.

— Mon père avait une autre règle de conduite dans les affaires, à laquelle il n'a jamais dérogé : « Toujours paraître sûr de soi, ne pas laisser voir ce que l'on pense. » Un jour, il m'a raconté que ces principes lui avaient été inculqués par son cousin Neville alors qu'il avait dix-neuf ans, quand il a commencé dans les affaires. Edward Deravenel en avait fait sa règle de vie et tu devrais l'imiter. Cela te sera très utile.

— Vous avez raison. Je m'y tiendrai d'autant plus que, comme vous le savez, j'ai toujours admiré mon arrière-grand-père.

Grace Rose regarda longuement Elizabeth d'un air pensif avant de remarquer :

— Il était irrésistible. Il avait un charme infini et cela ne l'empêchait pas d'être aimant, généreux et loyal.

Elle s'interrompit avec un soupir puis se redressa et reprit son récit d'une voix raffermie.

— Nous sommes les dernières, tu sais, toi et moi. Les dernières Deravenel.

Elizabeth acquiesça discrètement de la tête, estimant inutile de rappeler à sa tante qu'elle descendait aussi des Turner, mais Grace Rose poursuivit comme si elle avait lu dans ses pensées :

— Je sais que tu appartiens aussi aux Turner par ton père mais il ne leur ressemblait pas, et toi non plus. Il tenait manifestement ses gènes de Bess Deravenel, ma demi-sœur et ta grand-mère paternelle. Toi aussi, tu tiens d'elle. Tu es rousse comme nous l'étions, elle et moi. Bien sûr, mes cheveux sont blancs, à présent, mais ils ont été d'un beau roux flamboyant !

Grace Rose se détourna légèrement pour fouiller dans une pile de dossiers et de documents posés sur une petite table d'appoint à côté du canapé. Elle trouva rapidement ce qu'elle cherchait, une photo dans un cadre d'argent qu'elle tendit à Elizabeth.

— C'est Edward avec ta grand-mère et moi. Je suis à sa gauche. La photo a été prise en 1925, environ un an avant la mort de notre père.

Elizabeth, qui n'avait jamais vu ce portrait, l'étudia longuement. À voir côte à côte Elizabeth Deravenel, sa grand-mère que l'on appelait toujours Bess, et Grace Rose, on se rendait compte qu'elles se ressemblaient beaucoup, et plus encore à leur père. Ils étaient tous les trois très beaux.

— Quand on regarde cette photo, on ne peut avoir aucun doute sur l'identité du père, dit-elle en riant. Ni sur mes propres origines !

Grace Rose sourit, heureuse de la remarque d'Elizabeth.

— Pourrais-tu la remettre sur la console, ma chérie ? Tu verras tout de suite où est sa place, il y a un vide.

Elizabeth se leva, remit le cadre à sa place, puis revint s'asseoir devant le feu qui crépitait dans la cheminée du grand salon. C'était une pièce élégante, comme tout l'appartement de Grace Rose, au cœur de Belgravia.

Le salon était de belle dimension, et Elizabeth l'avait toujours trouvé décoré de façon charmante, dans un camaïeu d'ivoire, de rose et de vert pâle, avec de beaux meubles anciens et des tableaux remarquables. Grace Rose avait rassemblé une collection exceptionnelle. Elizabeth ne se lassait pas d'admirer les toiles de maîtres qui ornaient les murs de chaque pièce.

Quittant les tableaux des yeux, Elizabeth s'arrêta un instant aux petites tables disposées en différents points. Grace Rose y avait rassemblé des photographies de toute la famille Deravenel, des Turner et de son défunt mari, le célèbre acteur Charles Morran. Il y avait également des fleurs partout. Dans la tiédeur de la pièce, leur parfum se mêlait à la délicate fragrance du pot-pourri qu'utilisait Grace Rose et que préparaient des nonnes de Florence. Elle l'achetait toujours à la Farmaceutica di Santa Maria Novella et n'en aurait pas voulu d'autre.

Elizabeth reposa sa tasse de thé vide et rompit le silence amical qui s'était établi entre elles :

— Grace Rose, d'après Kat, vous aviez besoin de me voir. Est-ce exact ?

Grace Rose fixa Elizabeth de ses yeux au bleu pâli.

— Oui, ma chérie. Tu as connu une vie peu banale, sans demi-mesures et, compte tenu des circonstances, je suppose que cela va continuer.

Une fois de plus, la formulation laissa la jeune femme perplexe.

— Je ne suis pas certaine de comprendre ce que vous entendez par une vie sans demi-mesures.

— Rien d'autre que cela ! Tu n'as jamais connu que des situations extrêmes. Ta vie a été inhabituelle, peu commune. La mienne aussi a été de ce genre.

Grace Rose caressa la main d'Elizabeth avec affection.

— Tu étais toute petite à la mort de ta mère et tu l'as à peine connue. Par la suite, ton père s'est conduit de la plus abominable façon envers toi. Il t'a tenue à l'écart, nous laissant le soin de nous occuper de toi. Il t'a rejetée ! J'ai aimé Harry dès sa naissance. C'était le fils de ma sœur préférée et je reconnais que je l'ai trop gâté. Malheureusement, avec le temps, je l'ai pris en horreur, en particulier à cause de sa conduite avec toi. C'était impardonnable, et je le lui ai dit. Mais, bien sûr, il n'a rien voulu entendre.

Elizabeth fit signe qu'elle le savait puis changea vivement de sujet.

— Stonehurst Farm ne lui appartenait pas, n'est-ce pas ?

— C'est exact. Je voulais le lui donner mais il a refusé parce qu'il préférait Waverley Court. Ce n'était pas la seule raison, toutefois. Ton père n'avait guère envie d'assumer l'entretien de la maison et du parc. J'ai donc gardé Stonehurst Farm et nous avons continué d'y passer nos week-ends, Charles et moi. Tu comprendras qu'après sa mort je me sois sentie très seule, là-bas. Pourtant, j'aime toujours cet endroit où j'ai grandi, et je n'ai jamais voulu le vendre. Je suis incapable de le laisser à des inconnus.

— Comment se fait-il que Mary y soit allée si souvent au cours de ses dernières années ? Pensait-elle aussi que cela appartenait à Père et qu'elle en avait donc hérité ?

— Je crains que oui... Je lui ai donc tout de suite fourni les explications nécessaires mais elle avait tellement envie d'y passer ses week-ends que nous avons conclu un accord. Je payais l'entretien de la maison et de la propriété tandis qu'elle prenait en charge les salaires du personnel. Au contraire de toi et de ton père, pour une raison que j'ignore, Mary n'aimait pas Waverley Court.

Elizabeth se fit la réflexion qu'elle connaissait très bien cette raison mais préféra n'en rien dire et parler plutôt de sa visite à Stonehurst Farm.

— Grace Rose, j'y suis allée vendredi parce que j'étais convaincue d'en avoir hérité comme du reste. J'ignorais que c'était à vous. J'ai commencé à me poser des questions quand Briney m'a dit que vous vous occupiez toujours de la maison. Je me suis dit que, si vous étiez aussi concernée par ce que devient Stonehurst Farm, vous deviez en être propriétaire. Je vous prie de m'excuser pour mon indiscrétion. Je n'aurais pas dû y aller sans votre permission.

— Ne dis pas de sottises, ma chérie ! Tu n'as commis aucune indiscrétion, pas plus que Kat quand elle s'y est rendue, la semaine dernière. Tu peux y aller quand tu veux !

— Mais je ne comprends toujours pas... Pourquoi Père nous a-t-il laissé croire que Stonehurst Farm lui appartenait ?

— Comme je te l'ai dit, j'ai proposé de le lui donner, Elizabeth, et il en a été très heureux, très flatté. Seulement, il a compris que l'entretien d'une telle propriété était ruineux et il a décliné mon offre. À mon avis, il a dû clamer à tout va que je lui donnais Stonehurst – il a même dû s'en vanter, le connaissant ! – mais il n'a pas pris la peine d'expliquer qu'il avait refusé, ni pourquoi. Il s'est peut-être senti gêné.

Elizabeth semblait songeuse.

— Vous avez sûrement raison mais c'est une conduite tellement étrange, de la part de Père.

Grace Rose haussa légèrement les épaules et changea de sujet.

— Elizabeth, je voulais te voir pour te parler d'une chose qui me trouble mais, avant cela, puis-je te poser quelques questions ?

— Vous pouvez me demander tout ce que vous voulez.

Grace Rose fixait à présent Elizabeth de son regard perçant.

— Risquons-nous la faillite, à la Deravenel ?

— Pas du tout ! s'exclama Elizabeth. Depuis quinze jours, Cecil et moi, nous avons tout vérifié et nous avons déjà réglé un certain nombre de problèmes. Nous n'avons aucun doute sur le fait que nous allons tous les résoudre.

— Donc, tu m'assures que la compagnie ne court aucun danger ?

— Oui, Grace Rose, je vous l'affirme ! Je vous promets également de la rendre encore plus puissante et mieux organisée.

— La gestion de Mary a été catastrophique, n'est-ce pas ?

— Oui…

— Elle a donné beaucoup d'argent à Philip Alvarez.

— En effet, répondit Elizabeth avec laconisme mais sans pouvoir cacher son inquiétude à ce sujet.

— De l'argent Deravenel ?

— Oui ! Elle a investi des millions dans son projet de Marbella mais je vous garantis que nous nous en occupons très sérieusement. Soit il nous rembourse notre investissement, soit nous prenons la maîtrise du projet. Il semblerait que le señor Alvarez rencontre quelques difficultés. Nous sommes en train d'évaluer sa situation.

— Je vous fais entièrement confiance, à Cecil et à toi.

Grace Rose en vint à une autre question qu'elle se posait depuis longtemps.

— Mary lui a-t-elle donné de son propre argent ?

— Oui et je crains de ne jamais le revoir.

— Cela ne m'étonne pas qu'elle ait dû payer pour se faire épouser. Ce n'était pas vraiment une beauté ni un modèle d'élégance !

Elizabeth éclata de rire.

— Grace Rose !

La vieille dame se contenta de sourire de son air malicieux.

— Parlons un peu du conseil d'administration de demain, Elizabeth. Je pense que tu devrais éviter toute mesure... radicale.

Surprise, Elizabeth regarda sa tante avec attention.

— Vous savez que je ne suis pas favorable aux décisions radicales. Je suis très prudente et Cecil encore plus. Pourquoi me dites-vous cela ?

— Il y a trop de monde au conseil. Il est trop lourd et peu maniable, en cela nous sommes d'accord. Mais, dans l'immédiat, cela pose-t-il un problème ? Je pense que tu devrais laisser les choses en l'état, sans essayer de te débarrasser des gens qui te gênent ou leur demander de démissionner. Ne change rien...

— Pour quelle raison ?

— Pour éviter de te faire des ennemis, Elizabeth. Surtout en ce moment ! Concentre-toi sur la gestion de la compagnie. Il n'y a pas d'urgence à changer la composition du conseil. Prends le temps d'y réfléchir et fais-toi des amis plutôt que des ennemis.

— Vous marquez un point, Grace Rose.

— Tu détiens le plus grand nombre de parts, tu es le P-DG et tu as constitué une excellente équipe de direction. Donc, continue ainsi sans tout bouleverser quand tu peux l'éviter. Fais ce qu'il y a à faire, remets la Deravenel sur ses pieds ! Ensuite, mais ensuite seulement, tu feras ce que tu voudras avec le conseil d'administration.

Grace Rose venait de lui donner un avis plein de sagesse, pensa Elizabeth. Elle avait raison.

— Est-ce pour cela que vous vouliez me voir ? demanda-t-elle.

— Pas vraiment… Il y a une autre question, une question urgente et qui me perturbe.

La tante d'Elizabeth se leva.

— Viens ! dit-elle. Je veux te donner quelque chose.

10

Elizabeth suivit Grace Rose dans le salon rouge, de l'autre côté du vestibule. Cette pièce était l'une de ses favorites, chez sa grand-tante. Elle aimait les différentes nuances de rouge qui y avaient été employées, de la soie garance pour les murs et les rideaux élégamment drapés, un mélange de rouges lumineux dans le motif de la moquette, et du velours rouge vif pour le canapé et les fauteuils devant la cheminée.

Pour Elizabeth, ce décor à dominante rouge formait un cadre parfait pour les tableaux impressionnistes et post-impressionnistes accrochés aux murs. Le raffinement de ce salon ne l'empêchait pas d'être accueillant, et même intime. Les lampes aux abat-jour de soie rose créaient une ambiance très douce et chaleureuse, encore plus agréable par un sombre après-midi d'hiver.

— Assieds-toi devant le feu, dit Grace Rose.

Tandis qu'Elizabeth obtempérait, elle alla prendre un épais dossier sur le bureau géorgien qui trônait dans un angle.

— Je veux te parler d'un tableau, dit-elle en s'asseyant à côté d'Elizabeth.

Elle s'interrompit et regarda sa petite-nièce avec gravité.

— C'est pour cela que je t'ai demandé de venir, et je suis certaine que tu sais duquel je veux parler.

— Bien sûr ! Il s'agit de celui que votre père a acheté vers 1918 parce qu'il le faisait penser à vous et à Bess.

— Exactement ! Je veux que tu me promettes de ne jamais le vendre, à moins que ce ne soit indispensable pour sauver la Deravenel, mais seulement dans ce cas.

— Je vous le promets, Grace Rose. Vous avez ma parole.

— Il pourrait être tentant de le vendre aux enchères, tu sais. Je pense qu'il vaut une petite fortune, aujourd'hui.

— J'ai même une idée du prix.

— Tu l'as fait estimer ? demanda Grace Rose.

Son regard perçant ne quittait pas le visage d'Elizabeth.

— Pas vraiment, répondit cette dernière après s'être éclairci la gorge, mais je dois d'abord vous donner quelques explications. L'année dernière, j'ai pris certaines mesures au sujet de ce tableau, juste après avoir été chassée de la Deravenel par Mary. Comme j'ignorais ce qu'elle me réservait encore, il m'a paru plus prudent de me terrer à Ravenscar.

— Je m'en souviens. Tu m'as téléphoné de là-bas, pour que je sache où te trouver si j'avais besoin de toi. Continue ce que tu me disais à propos du tableau.

— Quand Mary m'a mise à la porte, je suis allée à Waverley Court. J'ai demandé à Toby de décrocher la toile et nous l'avons soigneusement emballée dans des couvertures. Je lui ai dit que je la rapportais à Londres pour la faire nettoyer et restaurer et c'est ce que j'ai fait. Le tableau se trouve à présent dans le dressing-room de mon appartement où il est en parfaite sécurité.

Grace Rose parut perplexe.

— Briney Meadows m'a pourtant dit l'avoir vu il y a seulement deux ou trois semaines ! Toby lui avait demandé de venir l'aider à réparer le système d'alarme de Waverley Court. Il y avait un problème avec les branchements.

Le visage d'Elizabeth s'illumina d'un grand sourire malicieux.

— Briney a vu la copie que j'ai fait faire après le nettoyage du tableau. Pendant que le peintre que j'avais engagé exécutait la copie, je me suis rendu compte d'un détail. Toby et Myrtle risquaient de s'étonner en voyant le tableau dans un cadre neuf, le jour où il retrouverait sa place à Waverley Court. En effet, le cadre d'origine a quelques éclats et, par endroits, la dorure est partie. J'ai donc demandé au peintre d'utiliser l'ancien cadre pour la copie et le nouveau pour l'original. De cette façon, personne ne remarquerait rien.

— Très astucieux, ma chérie ! dit Grace Rose avec amusement. Mais qu'est-ce qui t'a poussée à agir ainsi ?

— Je craignais que Mary ne s'en empare. Personne ne lui aurait refusé l'accès à Waverley Court et je me méfiais d'elle. Elle détestait ce tableau mais en connaissait la valeur. Elle n'aurait certainement pas hésité à le prendre, sans que personne puisse s'y opposer. Mais moi je refusais de la voir vendre la toile et donner l'argent à son mari.

— Bien pensé, Elizabeth ! Cependant…

Grace Rose s'interrompit, embarrassée à l'idée de ce qu'elle allait dire, avant de reprendre d'un ton prudent :

— Cependant, je suppose que le tableau lui appartenait en tant qu'héritière de Harry ?

— J'en suis tout à fait consciente mais, ce jour-là, j'ai jugé en mon âme et conscience qu'elle ne méritait pas de l'avoir.

Grace Rose réprima une exclamation jubilatoire et se contenta de presser la main d'Elizabeth avec affection.

— Ma chérie, si je m'étais trouvée dans la même situation que toi, je pense que j'aurais agi exactement comme toi.

— Je suis contente de l'entendre. Merci, Grace Rose.

Elizabeth se pencha vers sa grand-tante.

— Je peux bien vous avouer que ce tableau vaut une petite fortune ! D'après Julian Everson, un de mes vieux amis qui est marchand d'art, n'importe quel Renoir serait sans prix mais celui-ci encore plus. Non seulement « Les deux sœurs » est une œuvre de très grande qualité mais Renoir l'a peinte en 1889, en pleine possession de ses moyens. L'été dernier, quand je l'ai montrée à Julian, il a été très impressionné. Il pense que six millions de livres représenteraient un prix de départ et que le tableau vaut sans doute beaucoup plus.

— Il a raison. J'ai une estimation pour huit millions de livres. Et maintenant, le dossier ! C'est pour toi. Tu y trouveras une documentation détaillée sur les tableaux qui appartenaient à Jane Shaw, la grande amie de mon père. Sa maîtresse, en réalité. Nous avons hérité de sa collection, Bess et moi. Elle avait déjà beaucoup de valeur, à l'époque, je te laisse imaginer ce qu'elle vaut maintenant ! Je sais très bien ce que j'ai.

Le dossier contient des photos des tableaux hérités par ta grand-mère Bess. Quand tu en auras le temps, je veux que tu vérifies où ils se trouvent dans les différentes maisons dont tu as hérité. Tu le feras, Elizabeth ? Tu dois savoir où est chaque tableau, c'est important.

— Bien sûr, Grace Rose ! En fait, Kat peut commencer tout de suite à s'en charger. Elle s'occupe déjà d'autres inventaires que je lui ai confiés.

— Vraiment ? J'en suis ravie. Kat est très efficace. Je pense que certains des tableaux sont dans la maison de Chelsea où ton père a vécu après la vente de la vieille maison de Berkeley Square. D'autres ont sans doute été répartis entre Ravenscar et Waverley Court. Voilà ! Le dossier est à toi. Étudie-le quand tu auras un moment à y consacrer. Je pense que tu reconnaîtras une grande partie des œuvres.

Elizabeth s'était installée avec le gros dossier sur le bureau du salon. Grace Rose s'était absentée depuis une vingtaine de minutes pour répondre au téléphone. C'était son petit-neveu qui l'appelait d'Irlande.

Enthousiasmée par ce que montraient les photos, Elizabeth avait vite compris qu'il s'agissait d'une collection très rare. Elle ignorait que les œuvres avaient appartenu à Jane Shaw. Tout en feuilletant les documents, elle reconnut immédiatement certains tableaux. Elle savait sans erreur possible où ils étaient accrochés.

Elle s'arrêta plus longuement sur la photo d'un Pissarro qu'elle avait toujours aimé entre tous et qui représentait de vieilles maisons aux toits rouges au milieu d'un bosquet d'arbres presque nus. Ce tableau se trouvait dans la salle à manger de Waverley Court, de même qu'un très spectaculaire paysage sous la neige, peint par Armand Guillaumin. Elle avait grandi avec ces œuvres et trouvait qu'elles se mettaient réciproquement en valeur. Les toits rouges du Pissarro se mariaient bien avec les feuilles rousses sur les arbres des collines enneigées du Guillaumin.

Une autre paysage d'hiver, signé Monet et peint dans une palette de noir, blanc, jaune pâle et gris, avait été un des préférés de son père. Il se trouvait toujours à Ravenscar, dans son bureau.

Sur les autres photos, elle reconnut un Matisse, un Van Gogh, un Sisley et un Manet, mais ces quatre tableaux, qui lui semblaient pourtant familiers, n'étaient ni à Ravenscar ni à Waverley Court. Elle les découvrirait peut-être dans la maison de Chelsea.

Grace Rose revint, l'arrachant à sa contemplation.

— Je suis désolée, ma chérie. En général, Patrick ne me garde pas aussi longtemps au téléphone mais il voulait me parler de sa petite amie. Il va se fiancer et il vient à Londres avec elle cette semaine pour me la présenter.

— Quelle bonne nouvelle !

— Oui, et j'apprécie beaucoup son attention. Il me fait toujours participer aux événements familiaux. Mais revenons à nos tableaux ! Tu as dû en reconnaître une partie ?

Elizabeth remit soigneusement les photos dans le dossier et l'emporta sur le canapé devant le feu.

— Oui et je vais vous dire lesquels sont en ma possession. Je me souviens aussi d'en avoir vu d'autres mais je ne suis pas certaine du lieu... Vraisemblablement dans la maison de Chelsea... À moins qu'ils aient été vendus ?

— Nous ne pouvons en écarter la possibilité, bien sûr, mais je ne pense pas que ton père ait vendu quoi que ce soit. Il s'agit de toiles de maîtres et, même si une seule d'entre elles avait été mise sur le marché, je l'aurais su. Une vente ne serait pas passée inaperçue. Cela me permet d'affirmer que Mary n'a rien vendu.

— Je vais demander à Kat de retourner à Chelsea. Elle y est allée la semaine dernière pour commencer à faire le tri mais je n'ai pas pensé à lui parler des tableaux.

— Et la maison, Elizabeth ? Penses-tu la garder ou la vendre ?

— Je crois que je vais la vendre. C'est une vieille demeure pleine de charme, je le sais, mais... Elle me paraît un peu trop grande pour une célibataire.

— Mais tu ne vas pas rester seule ! s'exclama Grace Rose. Tu es si belle et tu as tant de qualités ! Un jour, tu te marieras et tu auras des enfants.

Elizabeth la fixa, bouche bée, l'air horrifiée.

— Je ne me marierai jamais, dit-elle. Jamais !

— Allons, ma chérie ! Ne dis pas « jamais » de cette façon-là ! Tu ignores ce que la vie te réserve. Il nous arrive tant de choses auxquelles on ne s'attendait pas.

— Non, je ne me marierai jamais. Je suis beaucoup trop indépendante pour cela. Je ne supporterais pas qu'un homme veuille me donner des ordres. Je veux... me donner à moi-même mes propres ordres ! Je ne veux être le prolongement de personne. Et enfin, je ne veux pas d'enfants, mais une carrière.

Grace Rose la regarda longuement d'un air pensif, silencieuse.

— Quand j'avais huit ans, dit soudain Elizabeth, j'ai dit à Robert Dunley que je ne me marierais jamais. Si vous lui posez la question, il vous répondra que je vous ai dit la vérité.

Grace Rose se retint de rire.

— Est-ce que sa première demande en mariage date de cette époque, Elizabeth ? demanda-t-elle d'un ton taquin.

— Vous vous moquez de moi, Grace Rose ! Non, il ne m'a pas demandée en mariage, ni à cette époque ni plus tard. Et je vous garantis que cela n'arrivera jamais !

Grace Rose ravala les mots qui lui étaient venus spontanément. Sa petite-nièce se trompait. Robert Dunley était fasciné par elle depuis… mais oui, depuis leurs huit ans. Les deux enfants passaient beaucoup de temps chez elle, à Stonehurst Farm, et elle se souvenait très bien de la façon dont il buvait les paroles d'Elizabeth, totalement subjugué.

Incapable de passer à un autre sujet, Elizabeth insista.

— Pour moi, Robin est comme un frère, il fait partie de ma famille. Et c'est la même chose pour lui.

— Encore maintenant ? murmura Grace Rose d'un ton incrédule. J'ai vu qu'il est le nouveau directeur exécutif de la Deravenel. J'espère que tu me l'amèneras bientôt. C'était un petit garçon adorable.

Sans laisser à Elizabeth le temps de répondre, elle changea de sujet.

— N'oublie pas de me tenir informée au sujet des tableaux que Kat trouvera dans la maison de Chelsea. Je suis impatiente de savoir lesquels y sont.

— Je vais lui demander d'y aller dès demain matin et je pourrai donc vous donner des nouvelles demain soir. Maintenant, je voudrais voir avec vous la liste des toiles actuellement en ma possession.

Elizabeth ouvrit le dossier, prit la photo du Pissarro et la tendit à sa grand-tante.

Après avoir quitté Grace Rose, Elizabeth repensa à son allusion à une demande en mariage de Robert. Sa grand-tante avait certainement oublié qu'il était marié depuis sept ans, avec une certaine Amy Robson. En réalité, tout le monde avait oublié l'existence d'Amy. On ne la voyait jamais.

Un jour, Blanche Parrell lui avait dit qu'Amy vivait à Cirencester et ne venait jamais à Londres car ils s'étaient séparés, Robert et elle. De son côté, Robert n'en parlait pas. Elizabeth n'avait pas pensé à Amy depuis une éternité. Blanche avait ajouté que ce mariage d'adolescents n'avait pas pu tenir. « Mariage rapide, regrets éternels », avait-elle soupiré. Beaucoup de gens avaient cru qu'il s'agissait d'un mariage de convenance mais ils avaient apparemment eu tort. Robert et Amy n'avaient pas eu d'enfants.

Robert Dunley vivait en célibataire de façon très détendue et très libre. Il habitait et travaillait à Londres, sans jamais se rendre à Cirencester. Elizabeth ne comprenait pas Amy. Comment une femme pouvait-elle laisser un homme comme Robert lui filer entre les doigts ?

11

— Diplomatie et dissimulation seront tes meilleurs atouts, Elizabeth, dit Cecil. Utilise-les à bon escient et tout ira bien.

Elizabeth l'écoutait avec attention, bien carrée dans le fauteuil de son bureau.

— Je sais que tu as raison, Cecil, et Grace Rose m'a plus ou moins dit la même chose, hier. Elle m'a conseillé de ne rien faire, de ne bousculer personne, de ne pas me faire d'ennemis mais, au contraire, de me faire des alliés.

— C'est une vieille dame avisée. D'ailleurs, quelles sont nos possibilités d'action ? Aucune, d'après moi. Tu ne peux pas commencer à écarter tel ou tel membre du conseil ou à vouloir imposer ta loi. Cela ne servirait qu'à dresser l'ensemble du conseil contre toi. Il faut y aller sur la pointe des pieds et très lentement.

Cecil s'interrompit pour prendre une gorgée de café d'un air pensif.

— Quoi qu'il en soit, ajouta-t-il, il n'y aura pas grand-monde aujourd'hui.

— Pourquoi ? demanda Elizabeth avec étonnement.

— Vendredi après-midi, Charles Broakes m'a apporté la liste des administrateurs qui se sont fait excuser.

Cecil prit dans sa poche le petit carnet qu'Elizabeth connaissait bien et l'ouvrit.

— Malcolm Allen nous a fait parvenir sa démission. Il part vivre à Los Angeles pour être près de sa fille et de ses petits-enfants. J'ai cru comprendre qu'il a récemment perdu sa femme. Deux autres membres du conseil ont la grippe et Rodney Nethers a démissionné après sa crise cardiaque de l'été dernier. Peter Thwaites a également démissionné en partant s'installer à Monaco pour échapper au fisc. Cela fait déjà cinq personnes de moins. Quant à Neil Logan, tu l'as mis à la retraite d'office quand on a su qu'il souffrait de démence précoce, et Mary, bien sûr, est décédée, tout comme Rushton Douglas au mois d'août. En tout, le conseil siégera avec huit membres de moins.

Elizabeth avait écouté Cecil, les yeux écarquillés.

— C'est incroyable ! s'exclama-t-elle. Penses-tu que certaines démissions soient liées à mon arrivée ?

— Certainement pas ! répondit Cecil avec véhémence. Cela dit, il est vrai que nous n'avons pas vérifié si la grippe de deux d'entre eux était réelle, mais l'alerte cardiaque de Rodney l'était, de même que le veuvage de Malcolm. Quant à Rushton, je crains qu'il ne soit définitivement mort ! J'ai lu l'annonce dans la rubrique nécrologique du *Times*.

Elizabeth se mordit les lèvres pour cacher son amusement.

— Avec moi, nous serons donc onze.

— Oui, et la situation sera ainsi beaucoup plus facile à contrôler. Je ne voudrais pas que ce conseil redevienne inefficace à cause de sa taille.

Cecil remit soigneusement son précieux carnet dans sa poche.

— Charles Broakes me semble être d'accord sur ce point, reprit-il. À propos, il a été très satisfait en apprenant ta décision de soutenir nos vignobles et se réjouit de sa nomination à la tête du département des vins.

— J'en suis ravie. D'après ce que j'ai constaté, il a toujours fait du très bon travail.

— Charles pense que nous devrions assister à la réunion du conseil, Robert et moi. Nous devons présenter nos rapports.

— Parfait ! De toute façon, Charles et John Norfell ne peuvent pas vraiment s'opposer à votre présence, n'est-ce pas ?

Sans attendre de réponse, elle poursuivit avec énergie :

— À ce propos, je veux que vous entriez au conseil, Robert et toi. Penses-tu qu'ils essaieront de vous en empêcher ?

— J'en doute. Charles et John voteront pour nous, de même que ton grand-oncle Howard. Les autres sont de ton côté ou, au pire, resteront neutres. Sincèrement, je serai très heureux de siéger au conseil, Elizabeth, et je t'en remercie. Je…

La porte de communication entre le bureau d'Elizabeth et celui de Robert s'ouvrit à cet instant et Robert entra en coup de vent tout en s'exclamant :

— Nous pouvons dire merci à Francis !

Elizabeth et Cecil sursautèrent.

— Que se passe-t-il, Robin ? demanda Elizabeth d'un air soudain très inquiet.

— Oh ! Désolé, je n'aurais pas dû entrer comme un sauvage mais j'ai des nouvelles intéressantes. Walsington a mené une enquête approfondie à Madrid et il a découvert que notre Philip Alvarez n'est pas un très joli monsieur. C'est un coureur de jupons et un fêtard qui mène la grande vie alors qu'il est couvert de dettes. Mais le pire, c'est le projet de Marbella. Les travaux sont arrêtés. Il risque fort de devoir se déclarer en faillite.

— Non ! s'écria Elizabeth avec un geste horrifié. S'il fait faillite, nous ne reverrons jamais nos soixante-quinze millions. Robin, c'est horrible !

Cecil avait pâli et fixait Robert qui s'était laissé tomber dans le fauteuil voisin du sien.

— Robert, il vaudrait mieux que tu prennes le premier avion pour Madrid, dit-il d'une voix tendue.

— C'est ce que je pense. En réalité, j'ai déjà fait réserver une place dans le premier vol de demain matin et j'ai demandé à Ambrose de partir dès cet après-midi. Il a rendez-vous avec Francis à son hôtel. Il n'y a pas de temps à perdre pour prendre les mesures nécessaires.

— Bien, répondit Cecil. On peut déjà être sûrs d'une chose : les informations de Walsington sont exactes. Je lui ai toujours dit qu'il aurait fait un grand espion ! Robert, as-tu contacté notre bureau de Madrid ?

— Bien sûr ! Ils suivent le dossier.

Se détournant de Cecil, il s'adressa à Elizabeth d'un ton rassurant :

— Ne t'inquiète pas, dit-il. Nous contrôlons la situation.

— Je te fais confiance, Robin, comme à Ambrose et à Francis. Si quelqu'un peut nous éviter la catastrophe, c'est bien toi. À présent, je crois que nous devrions revoir les points à aborder avec le conseil.

Elizabeth sentit l'hostilité qui régnait dans la salle du conseil au moment même où elle y entra. Elle avait toujours été très sensible aux sentiments des autres et aux ambiances. Or, l'hostilité était quasi palpable.

Elle ne s'était pas attendue à un tel accueil mais réussit cependant à conserver un visage neutre.

— Bonjour à tous, dit-elle en se dirigeant vers le haut bout de la grande table.

Cecil et Robert, qui la suivaient, s'assirent de chaque côté d'elle. Ils saluèrent également les administrateurs présents qui leur répondirent avec chaleur.

Elizabeth prit le temps de s'installer et sourit aimablement.

— Je suis très heureuse de vous voir tous ici aujourd'hui. Je vous souhaite la bienvenue…

Elle fit une brève pause puis reprit en détachant les mots :

— … au premier conseil d'administration que je préside.

De ses yeux sombres, elle fit le tour de la table et parvint à ne rien laisser paraître quand son regard se posa sur Mark Lott et Alexander Dawson, ceux-là mêmes qui avaient demandé à Cecil de les excuser pour cause de grippe. Ils avaient guéri à une vitesse exceptionnelle ! Mais elle savait à présent d'où venait cette terrible hostilité qu'elle avait sentie. Bien sûr ! Mark Lott avait été très proche de Mary qui l'invitait souvent à Stonehurst Farm. Quant à Alexander Dawson, elle ne l'avait jamais apprécié à l'époque où elle travaillait à la Deravenel.

C'était un individu sournois et tricheur, qu'elle avait plus d'une fois surpris en flagrant délit de mensonge. Ce sont eux, mes ennemis, pensa-t-elle. J'ai intérêt à les garder dans le collimateur.

— Le premier point à l'ordre du jour, commença-t-elle, est l'entrée au conseil de Cecil Williams et Robert Dunley. Comme vous le savez, ce sont mes deux directeurs exécutifs. Ils dirigeront le groupe Deravenel avec moi. Il est donc essentiel qu'ils siègent au conseil d'administration et je suis honorée de vous présenter leur candidature. Qui vote pour eux ?

— Moi, dit Charles Broakes à l'autre bout de la table. J'appuie l'entrée au conseil de Cecil Williams et Robert Dunley.

— Moi aussi, dit John Norfell de sa voix tonitruante. Que tous ceux qui votent « pour » lèvent la main, et je veux voir toutes les mains !

D'un rapide coup d'œil, Elizabeth constata que toutes les mains se levaient et se réjouit. Lott et Dawson n'oseraient plus s'opposer à elle à partir du moment où Broakes et Norfell la soutenaient. Leur donner plus de pouvoir et une belle promotion les avait mis d'humeur à coopérer.

Charles Broakes fit le tour des présents de son regard assuré.

— Je déclare que, par un vote unanime à main levée des administrateurs présents, Cecil Williams et Robert Dunley sont élus au conseil d'administration du groupe Deravenel. Bienvenue parmi nous, messieurs, et toutes mes félicitations.

Les autres administrateurs prodiguèrent à leur tour leurs félicitations. Elizabeth laissa à Cecil et à Robert quelques instants pour remercier tout le monde puis reprit la parole avec autorité :

— À présent, j'aimerais revenir aux affaires. D'abord, nous devons parler de l'état de nos finances. Je ne peux pas encore vous donner un tableau complet de la situation car le cabinet d'audit, les comptables et les analystes n'ont pas fini d'examiner les comptes. Je suis toutefois en mesure de vous affirmer que, tout en ayant enregistré de lourdes pertes en raison de mauvais investissements, la Deravenel reste solide.

Elle s'était contrainte à rester impassible pour faire cette déclaration car elle savait qu'elle mentait, même si c'était seulement par omission. Il était inutile d'entrer dans les détails aujourd'hui, se dit-elle, ni d'exposer la gravité de la situation en Espagne. Pourquoi les affoler ?

Dawson se pencha légèrement, les yeux fixés sur Elizabeth.

— Vous nous affirmez que le groupe se porte bien ? demanda-t-il.

— En effet, je vous l'affirme. À présent, j'aimerais vous présenter certains de nos projets dans les grandes lignes. Comme vous le savez, Charles Broakes et John Norfell ont été nommés directeurs de leurs départements dans tout le groupe…

Mark Lott l'interrompit brusquement :

— Vous voulez dire que vous leur avez donné autorité sur les directeurs de chaque pays ?

— C'est exact, répondit-elle froidement. Je veux que le groupe Deravenel de Londres soit dirigé depuis Londres. À l'avenir, nos directeurs à l'étranger travailleront avec leurs supérieurs de Londres au lieu de prendre, sans en référer à qui que ce soit, des décisions susceptibles d'avoir des conséquences pour tout le groupe.

Elle laissa passer un instant de silence puis adressa un signe discret à Cecil pour lui donner la parole.

— Il s'agit d'une mesure destinée à mieux contrôler ce qui se passe, expliqua-t-il. Nous devons nous assurer que nos entreprises à l'étranger sont menées selon nos décisions, selon notre vision de l'avenir de la Deravenel. Nous allons réorganiser la plupart de nos bureaux dans le monde. Cela entraînera quelques… disons, quelques tiraillements, bien sûr, et quelques personnes…

Dawson ne lui permit pas de terminer sa phrase.

— J'espère que vous ne prévoyez pas de licenciements massifs ! s'écria-t-il avec violence. Il ne faudrait pas plus de deux heures pour que le monde entier nous croie en pleine déroute !

— Nous devrons procéder à quelques licenciements et mettre un certain nombre de personnes à la retraite, rétorqua Elizabeth avec froideur. Mais cela se fera graduellement, sur plusieurs mois, peut-être même cela nous prendra-t-il toute l'année à venir. Il est hors de question d'alarmer qui que ce soit, d'autant plus qu'il n'y a aucun motif d'inquiétude. Comme je viens de vous le dire, la Deravenel est en bonne santé mais il est nécessaire de rationaliser son organisation pour gagner en efficacité.

Elle se tourna vers Robert.

— Robert, pourrais-tu indiquer au conseil les grandes lignes des modifications que nous avons décidé d'apporter à la gestion du groupe ?

Jusque-là, les administrateurs qui avaient pris la parole étaient restés assis pour le faire. Robert, lui, se leva, élégant et plein d'une autorité naturelle. Sans avoir besoin de la moindre note, il exposa les principaux axes de la réorganisation qu'ils avaient mise au point,

Elizabeth, Cecil et lui. La clarté de ses explications lui valut des applaudissements unanimes.

Ensuite, Elizabeth demanda à Cecil de donner des précisions sur la fermeture de certains bureaux de la Deravenel à l'étranger. Comme Robert, il se leva et s'adressa au conseil avec tout autant de clarté et d'autorité avant de répondre sereinement à une rafale de questions. Son calme apaisa les craintes de ceux des administrateurs qu'inquiétaient ces fermetures et leurs conséquences pour l'image du groupe.

John Norfell parla ensuite de ses projets pour la chaîne d'hôtels que possédait la Deravenel dans le monde et Charles Broakes s'étendit longuement sur l'avenir des vignobles dont il avait la responsabilité. Ils parlèrent tous deux en hommes sûrs d'eux-mêmes et qui connaissaient parfaitement leur sujet.

Il y eut encore des questions et des réponses. Des points furent abordés qu'Elizabeth aurait préféré éviter. Elle réussit pourtant à les traiter avec cette intelligence et cette habileté qui la caractérisaient depuis toujours. Sa vie lui avait très tôt appris la dissimulation et elle était devenue une actrice consommée. Des qualités qui lui furent utiles pour mener à bien sa première réunion du conseil d'administration, en ce froid matin de décembre.

Quand ils eurent enfin terminé, il était midi et demi. Elizabeth fit le tour de la salle pour serrer la main de chacun et échanger quelques mots plus personnels. Puis elle s'éclipsa, laissant le soin à Cecil et Robin d'accompagner les administrateurs présents dans la salle à manger privée de la Deravenel et de leur faire la conversation.

12

Robin me manque. Je n'aurais jamais cru que quelqu'un puisse me manquer autant ! Il est parti à Madrid pour régler nos problèmes avec Philip Alvarez. J'ai des journées bien remplies mais son absence crée un vide. Je m'ennuie, sans lui. Le bureau me semble triste en son absence, sans ses grands sourires, ses plaisanteries, ses taquineries, son rire insolent et son sens de l'humour. Mais aussi ses conseils. C'est Robin et nul autre qui sait me calmer quand je m'inquiète. Il a le don de me faire voir le fil conducteur de dossiers complexes et embrouillés. Sa rationalité me rassure.

Le matin, en arrivant ici, je vais dans son bureau et j'allume toutes les lampes pour ne les éteindre que le soir, quand je m'en vais. Cela m'aide à me sentir moins seule. Qu'il y ait de la lumière dans son bureau me donne l'impression qu'il va arriver d'une minute à l'autre.

Il est, en ce moment, à la tête d'une équipe composée de son frère Ambrose, de Nicholas Throckman et de Francis Walsington. Hier soir, ils pensaient avoir fait quelque progrès dans la résolution du problème. Je l'espère ! Je veux que la question

Philip Alvarez soit réglée à mon avantage. Ensuite, je n'aurai plus à me soucier de ces soixante-quinze millions. Et, tout aussi important pour moi, Robin pourra rentrer !

Il n'y a personne comme lui et le lien particulier que nous avons noué dans l'enfance est toujours aussi fort. Quand je regarde en arrière, je vois à présent tout ce que nous avons raté entre la fin de notre adolescence et le début de notre vie d'adultes. Il y a eu quelques années pendant lesquelles nos chemins se sont rarement croisés. Il était au loin dans une école préparatoire puis il est allé à l'université. Comme Cecil et plusieurs de mes alliés à la Deravenel, c'est un ancien de Cambridge.

La première fois que j'ai travaillé pour la compagnie, Robin était en poste à New York. Au bout de deux ans, on l'a envoyé en Inde au siège de la division des mines, à New Delhi. Nous n'avons repris contact qu'à son retour en Angleterre. C'est également le moment où il a découvert que Mary voulait l'écarter, lui aussi. Robin a été adorable avec moi et m'a beaucoup soutenue contre ce tyran qu'était Mary.

Toute l'année dernière, il est souvent venu me voir à Ravenscar pour travailler avec Cecil et moi et préparer nos plans. Nous avons bien fait de prendre de l'avance ; nous avons ainsi gagné beaucoup de temps, ce qui nous a permis de lancer les opérations dans un délai très bref après notre entrée en fonctions.

Et nous voilà maintenant, œuvrant ensemble dans un accord total, presque fusionnel. Il est vrai que nous nous sommes compris dès notre première rencontre. À huit ans, nous avions déjà les mêmes goûts et cela n'a pas changé. Nous aimons tous les deux nous dépenser physiquement, par la marche, la danse, le tennis et, surtout, l'équitation. Robin est un remarquable cavalier, bien meilleur que moi ! J'ai certes un très bon niveau mais je n'arrive pas au sien. Nous aimons aussi aller au cinéma ensemble, au concert, à l'opéra et au théâtre. Parfois, pour le taquiner, je lui dis qu'il devrait monter sur les planches à cause de son côté comédien. De plus, il a une voix de velours, une voix envoûtante. Il me rappelle Richard Burton dont la voix captivait le public. En général, Robin me répond que je suis une meilleure comédienne que lui, et il n'a peut-être pas tort.

C'est un homme d'une intelligence exceptionnelle, brillant et capable d'aller au cœur des choses avec une facilité déconcertante, en particulier en affaires. C'est un don. À ses côtés, j'apprends beaucoup, et tous les jours. Comme Cecil, il est profondément loyal et protecteur envers moi. Je tiens beaucoup à eux. De plus, je suis très heureuse de voir naître une amitié profonde entre eux. Ce sont deux des personnes qui comptent le plus pour moi et ce serait affreux s'ils ne se supportaient pas !

À la Deravenel, tout va tellement vite que j'ai parfois du mal à reprendre mon souffle. Cecil a été fabuleux ! Grâce à lui, les changements les plus urgents ont été immédiatement mis en œuvre. J'ai la certitude viscérale que nos projets pour les années à venir seront bénéfiques pour le groupe. En attendant, toute la City a les yeux tournés vers nous. On nous observe, on nous écoute, on attend de voir les résultats. Nous n'avons pas le droit à l'erreur. Je me suis juré que cela n'arriverait pas.

Robin m'a promis d'être rentré à temps pour passer Noël avec moi. J'espère que nous pourrons aller à Waverley Court. Cela nous ferait du bien. Nous sommes devenus de vrais drogués du travail, tous les deux...

La sonnerie du téléphone fit sursauter Elizabeth qui décrocha brusquement.

— Elizabeth Turner.

— C'est moi !

— Robin ! Je me demandais justement quand tu allais m'appeler.

— Eh bien, c'est fait ! Et il se pourrait que je sois le porteur de bonnes nouvelles.

— Ne me dis pas que tu as obtenu qu'il nous rembourse ? Si c'est cela, tu es un génie !

Elle en criait presque d'excitation.

— Non, répondit-il d'un ton plus calme, mais j'ai bien avancé. Je devrais plutôt dire que nous avons avancé. C'est vraiment le résultat d'un travail d'équipe, et tu en fais partie.

— Que veux-tu dire ?

— Il t'a toujours appréciée, Elizabeth, et il semble avoir gardé une certaine tendresse pour toi. Il comprend très bien ce que tu ressens au sujet de l'argent investi par Mary dans ses affaires et il veut être correct avec toi. Il a mis de sa poche à peu près la même somme dans le projet de Marbella et vous êtes donc, en un sens, partenaires à parts égales. Plus exactement, lui et la Deravenel sont partenaires dans le projet. Mais la question n'est pas là. Le chantier ne se déroule pas comme prévu et il voudrait que nous reprenions les choses en main.

— Il voudrait nous céder sa place ? dit Elizabeth avec incrédulité.

— Exactement ! Il n'a aucune expérience dans la gestion des résidences privées, ce qu'est en réalité ce programme. Si nous ne prenons pas le contrôle de l'affaire, c'est la fin. Quant à nous, nous perdrons définitivement nos millions.

— Tu veux dire qu'il est au bord de la faillite ?

— Pas personnellement, non, et la plupart de ses autres sociétés sont solides. Mais le programme de Marbella pourrait être anéanti, et nous ne reverrions jamais notre argent.

La main d'Elizabeth qui tenait le combiné se crispa un peu plus.

— Resterait-il notre partenaire ? demanda-t-elle.

— Oui, mais je pense pouvoir négocier un accord en notre faveur. En d'autres termes, nous aurions tout pouvoir pour diriger le projet…

— Le beurre et l'argent du beurre !

— Et la boutique avec ! répondit-il d'un ton amusé.

— Cecil est au courant ?

— Pas encore. Je voulais d'abord t'appeler. Toi, qu'en penses-tu ? Devrions-nous prendre les rênes ?

— Nous avons les compétences et le personnel pour le faire. En tout cas, il n'est pas question de renoncer à tous ces millions sans bouger.

Elle avait prononcé ces derniers mots d'un ton assombri.

— Je suis d'accord, et cela signifie que nous n'avons pas le choix. Je dois te dire qu'il y a une masse de questions à voir avec Philip Alvarez mais, avant d'aller plus loin, je voulais d'abord connaître ta réaction et celle de Cecil. Si vous êtes partants tous les deux, je bouclerai le projet d'accord avec Philip dès demain. Bien sûr, les contrats et divers documents devront attendre que Noël soit passé mais, si nous parvenons à une situation claire avec Philip maintenant, toute l'équipe pourra rentrer à Londres très vite.

— Et toi, Robin ? À ton avis, que devrions-nous faire ?

— Mon instinct me dit que nous devons accepter les propositions de Philip... du moins à ce stade des négociations. Si je réussis à lui faire signer un contrat qui nous avantage, nous pourrions être les grands gagnants de l'affaire, au bout du compte.

— Dans ce cas, fonce ! Appelle Cecil maintenant, tu veux bien ? Je vais de ce pas le rejoindre dans son bureau. Et merci, Robin !

— Je t'en prie. Je serai rentré demain soir, si tout va bien.

— J'en serai heureuse. Tu me manques.

— Toi aussi, tu me manques.

Il raccrocha et elle reposa son téléphone d'un geste plein d'entrain avant de sortir de son bureau en coup de vent et de traverser le couloir. Elle frappa machinalement à la porte de Cecil et entra sans attendre de réponse, au moment même où le téléphone se mettait à sonner.

— C'est Robin, annonça-t-elle d'un ton grave.

Elle s'assit en face de lui tandis que, d'un signe de tête, il lui indiquait avoir compris de quoi il s'agissait. Il décrocha sans se départir de son calme un seul instant puis écouta en silence.

— Oui, elle est ici, Robert, dit-il enfin. Tu peux continuer.

146

Cecil écouta encore, levant plusieurs fois les yeux vers Elizabeth d'un air entendu.

— Je suis d'accord avec vous deux, dit-il quand Robert eut terminé. Je ne vois pas d'autre possibilité. Autant nous entendre avec Alvarez. Mais tu sais que tu devras nous obtenir un contrat très avantageux pour nous, n'est-ce pas ?

Elizabeth se renfonça dans son fauteuil, n'écoutant plus qu'à demi. Quand Cecil raccrocha, elle se redressa et le fixa droit dans les yeux.

— Alors ? Qu'en penses-tu ?

— Comme je l'ai dit, je suis d'accord avec Robert et toi. Nous n'avons rien à perdre, du moins à ce stade. Nous n'en sommes qu'aux discussions. Rien n'a été signé.

Elizabeth se leva.

— Cecil, je suis certaine d'une chose. Si John Norfell s'occupe du programme Marbella, il va en faire une poule aux œufs d'or. C'est taillé sur mesure pour lui. Si c'est lui qui gère l'affaire, au cas où nous prendrions le contrôle, je dormirai tranquille.

— Moi aussi.

Elizabeth consulta sa montre.

— Je dois te laisser. J'ai rendez-vous avec Thomas et Kat à la maison de Chelsea. Ils ont fait les mystérieux quand je leur ai parlé, hier.

— Espérons que ce soit pour de bonnes nouvelles, là-bas aussi ! répondit Cecil avec l'un de ses rares sourires.

13

Le style Regency de la maison révélait sa date de construction sans que l'on puisse s'y tromper. De proportions parfaites, elle possédait de nombreuses fenêtres et de hautes cheminées, le tout d'une grande élégance. Ce bijou d'architecture, enchâssé dans un ravissant jardin au bord de la Tamise, se dissimulait derrière de hauts murs de brique.

À l'origine, la propriété avait été acquise par Neville Watkins pour sa femme, Nan. Après le décès de Neville, Edward Deravenel l'avait rachetée à Nan pour l'offrir à son frère Richard. Richard, à son tour, l'avait transmise à sa nièce préférée, Bess Deravenel, peu avant qu'elle ne devienne une Turner. Harry, le fils de Bess et Henry Turner, en avait hérité et y avait habité un certain temps. Après lui, sa fille Mary y avait vécu jusqu'à sa mort. Au cours du siècle qui s'était écoulé depuis l'achat initial, les propriétaires successifs de la maison l'avaient tous beaucoup aimée et, par conséquent, très bien entretenue, à l'intérieur comme à l'extérieur. Et avant eux, il en avait été de même. Pour toutes ces raisons, il s'agissait d'un bien de grande valeur.

Cette propriété représente un vrai trésor, se dit Elizabeth en poussant le portail de fer forgé qui s'ouvrait dans le mur d'enceinte en brique rouge. Elle s'arrêta dans le jardin pour examiner la maison et, tandis qu'elle l'admirait, des souvenirs inattendus surgirent dans son esprit.

Les images se bousculaient, venues d'époques différentes. Elle revoyait les jours passés ici avec son père et son petit frère… Ces jours heureux du début des années 1980… Son père, si gentil… Puis encore son père, mais avec Catherine, sa sixième et dernière femme… La douce et maternelle Catherine qui avait pris l'orpheline sous son aile et l'aimait. Des femmes que son père avait épousées après la mort de sa mère, Catherine avait été la préférée d'Elizabeth. Puis ce fut l'image de Thomas Selmere qui lui apparut, l'homme avec qui Catherine s'était remariée après le décès de Harry. Un homme qui avait aussi aimé Elizabeth. Car il l'avait aimée, n'est-ce pas ?

Une ombre ternit le regard de la jeune femme et, avec un effort, elle repoussa le souvenir de Thomas, le si dangereux Thomas. Elle eut un frisson incontrôlable et sentit sa nuque se hérisser. Ces souvenirs lui donnaient la chair de poule. Thomas aurait pu détruire la vie d'Elizabeth, mais elle avait réussi à garder son sang-froid et à toujours présenter le visage de l'innocence. Elle s'était montrée réservée et souvent silencieuse. Grâce à sa conduite irréprochable et à son intelligence, grâce aussi à sa chance, Elizabeth avait évité de graves ennuis. Ce qui n'était pas le cas de Thomas. Pauvre Thomas ! Quel idiot !

Elizabeth sonna et la porte de la maison s'ouvrit quelques instants plus tard sur Ann Whitehead, la gouvernante, qui l'accueillit avec chaleur.

Le vestibule était si brillamment éclairé par la lumière du soleil hivernal qu'Elizabeth cligna des yeux avant de pouvoir regarder autour d'elle. De minuscules poussières dansaient dans les rais de soleil. Elizabeth soupira de contentement. Il régnait dans le vaste vestibule un calme profond dont elle se souvenait très bien. La maison tout entière, ce foyer bien-aimé qui avait été celui de sa famille depuis si longtemps, respirait la paix.

Ann la débarrassa de son manteau puis Elizabeth, l'ayant remerciée, se dirigea vers le salon. Son visage s'éclaira alors d'un grand sourire. Les trois personnes qui l'avaient élevée venaient vers elle, Kat Ashe, Blanche et Thomas Parrell. Ils avaient veillé sur elle et sur ses intérêts depuis son enfance. Elle les aimait profondément.

En un instant, ils l'entourèrent, l'embrassant et la serrant dans leurs bras, les yeux pleins d'affection. Mais outre la joie de la voir, leurs expressions laissaient présager autre chose, sans doute de bonnes nouvelles. Elizabeth les savait incapables de cacher leurs sentiments. Il lui suffisait de les regarder pour savoir si elle allait au-devant d'ennuis ou d'une bonne surprise.

— Thomas, dit-elle, si je me fie à tes yeux, tu as de bonnes nouvelles pour moi, n'est-ce pas ?

Souriante, Elizabeth s'écarta un peu de lui pour mieux le voir.

— Allez, je veux une confession pleine et entière, dit-elle.

Il se mit à rire, radieux.

— Oui, et je dirais même d'excellentes nouvelles. Viens, allons nous asseoir dans la bibliothèque.

— D'accord, nous te suivons.

Elizabeth se tourna ensuite vers Kat pour lui presser affectueusement le bras.

— Merci pour tout ce que vous avez fait, Kat, mais aussi pour les dîners tout prêts que je trouve en rentrant chez moi !

Ce fut enfin le tour de Blanche. Elizabeth glissa son bras sous celui de son amie.

— Tu as fait un travail formidable pour ma garde-robe. J'espère que le petit mot que je t'ai laissé disait clairement à quel point j'ai aimé mes nouveaux vête-ments.

— Bien sûr, je l'ai très bien compris. Tes petits mots sont toujours adorables.

Blanche, la Galloise au grand cœur, aurait fait n'importe quoi pour Elizabeth. Elizabeth, qui avait aussi du sang gallois, était émue par la profonde fidé-lité des Parrell à leurs origines.

Ils longèrent le grand couloir qui menait à la biblio-thèque, une pièce qui avait joué un rôle central dans la vie d'Elizabeth depuis ses dix ans et qui séduisait tout le monde. Elle y entra en pensant aux journées que son père y avait passées. Harry aimait beaucoup sa biblio-thèque.

Des centaines de livres reliés en cuir s'alignaient sur les rayonnages tout autour de la pièce. Un bon feu flam-bait dans la cheminée, comme à l'accoutumée, quelle que soit la saison. Des canapés et des fauteuils en cuir, très profonds et d'un confort exceptionnel, des objets d'art d'une grande rareté et une collection de toiles de maître créaient une atmosphère extraordinaire. On avait l'impression d'être hors du temps. Rien n'avait changé depuis l'époque de Neville Watkins. On avait seulement ajouté plusieurs tableaux à ceux qui s'y trouvaient déjà. Elizabeth savait à présent que les plus récents provenaient de la collection de Jane Shaw.

Elle alla s'asseoir près du feu avec ses amis.

— Thomas, dis-moi vite ces grandes nouvelles ! Je brûle de les connaître.

— Il s'agit d'une découverte dans le sous-sol, mais comme c'est Kat qui l'a faite, je lui laisse la parole.

Kat, assise au bord de sa chaise et les yeux brillants d'excitation, se lança vivement dans ses explications.

— Elizabeth, j'ai trouvé dans la chambre forte du sous-sol une incroyable collection d'objets en or et en argent. Certaines des pièces m'ont tellement impressionnée que j'ai demandé l'avis d'un expert en orfèvrerie, Alex Pollard. Il n'en croyait pas ses yeux ! J'avais fait nettoyer quelques pièces parmi celles qui me semblaient les plus remarquables et il m'a donné raison, elles sont de la main de maîtres orfèvres réputés. Connaissez-vous les noms de Paul Storr, William Denny ou Paul de Lamerie ?

Elizabeth eut d'abord un geste de dénégation puis poussa une petite exclamation.

— Mais si ! Il me semble avoir entendu mon père mentionner plusieurs fois Paul de Lamerie. Il m'a dit qu'il s'agissait de l'orfèvre le plus réputé de son époque. Je crois qu'il avait même reçu le titre d'orfèvre du roi George Ier.

Elle s'interrompit un instant, cherchant à rassembler ses souvenirs.

— Oui, reprit-elle, je suis certaine d'avoir entendu mon père parler de son admiration pour le travail de

Paul de Lamerie. Sans doute possédait-il quelques-unes de ses œuvres.

— C'est exactement ça. J'ai trouvé un trésor d'objets signés par de Lamerie.

Kat se leva et montra la direction de la salle à manger.

— Je voudrais que tu viennes voir. J'ai fait disposer toute la collection sur la table.

En dépit de ses imposantes dimensions, la salle à manger, meublée avec autant d'élégance que de commodité, donnait un sentiment d'intimité et de chaleur. Tout tenait à la gamme de teintes choisie pour la décorer : de la soie brochée rouge pour les murs ; du taffetas rouge pour les rideaux amplement drapés ; et un antique tapis français rouge et noir sur le parquet ciré.

Elizabeth, qui avait emboîté le pas à Kat, remarqua immédiatement que toutes les extensions de la table d'acajou avaient été ajoutées. Elle comprit pourquoi en voyant l'accumulation des pièces d'argenterie et d'orfèvrerie qui en couvraient chaque centimètre carré, visiblement toutes de grande valeur et disposées avec goût : chandeliers, plateaux, coupes, soupières, surtouts, présentoirs à fruits, et une multitude de gobelets.

Elizabeth prit un des gobelets avec une exclamation admirative et se tourna vers Kat.

— Quelle beauté ! Et quel savoir-faire ! On dirait une tulipe.

— Il porte le poinçon de Paul de Lamerie, comme tout ce qui se trouve sur la table, expliqua Kat. Alex

Pollard estime à dix mille livres chacun de ces gobelets. Il y en a trente…

Les yeux écarquillés, Elizabeth remarqua d'un ton incrédule :

— L'ensemble vaudrait donc trois cent mille livres ?

— Oui, et ce n'est qu'une estimation basse, d'après Alex Pollard. Ils pourraient faire beaucoup plus dans une vente aux enchères. Vous aviez raison : Lamerie, qui avait ouvert un atelier à Londres en 1712, a bien été appointé fournisseur de la cour par le roi George Ier en 1716. Il était très réputé.

Elizabeth reposa le gobelet sur la table, sourcils froncés.

— Comment a-t-il pu produire autant ? interrogea-t-elle. C'est un travail très raffiné qui doit exiger beaucoup de temps.

Kat tourna les yeux vers Thomas qui les rejoignit en quelques pas.

— Bonne question, Elizabeth, dit-il. Je me la suis posée aussi et, la semaine dernière, j'ai fait quelques recherches. Il semblerait que Paul de Lamerie ait assuré sa réussite financière en ouvrant un atelier d'une douzaine d'ouvriers. À mon avis, c'était un homme avisé qui, à côté des œuvres de commande, faisait fabriquer des pièces d'avance dans son atelier, ce qui lui permettait de répondre à une demande croissante. Lamerie était l'orfèvre le plus célèbre de son époque, en particulier pour ses pièces décoratives. Il a aussi été l'un des premiers à développer le style rococo.

Thomas désigna l'amoncellement d'objets sur la table.

— Chacune de ces pièces superbes confirme mes propos.

Kat, les yeux fixés sur Elizabeth, reprit la parole :

— Elles portent toutes le poinçon de maître, celui de Paul de Lamerie, et le poinçon anglais qui indique l'année d'exécution et certifie que la qualité de l'alliage a été vérifiée.

— Merci de ces explications, Kat, mais il y a un détail qui m'intrigue. Pourquoi cet homme qui fut l'un des plus grands orfèvres anglais porte-t-il un nom français ?

Ce fut Thomas qui lui répondit :

— Ses parents étaient des huguenots qui avaient dû quitter la France à cause de leur religion. Ils s'étaient réfugiés aux Pays-Bas. Paul y naquit puis toute la famille s'installa à Londres où Paul apprit l'orfèvrerie.

— Je comprends…

Elizabeth fit lentement le tour de la table, admirant un objet après l'autre.

— Si trente gobelets valent au moins trois cent mille livres, dit-elle à Kat, qu'en est-il du reste ? Sans être experte en la matière, tout cela me semble d'excellente qualité.

— Alex prépare un inventaire en ce moment même, avec une estimation pour chaque pièce. Nous aurons un rapport complet après Noël. En attendant, je peux vous dire que vous avez raison, Elizabeth. C'est une petite fortune que vous voyez sur cette table, et il en va de même pour le reste.

D'un geste de la main, Thomas désigna les tables pliantes dressées à côté des fenêtres et chargées, elles aussi, d'une invraisemblable quantité d'argenterie.

Thomas et Elizabeth s'en approchèrent, suivis de Kat et de Blanche.

— Un grand nombre de ces objets portent le poinçon de Paul Storr ou de William Denny, deux autres grands orfèvres anglais, expliqua Thomas. Kat peut t'en dire plus, Elizabeth, puisque c'est elle qui a fait les recherches.

— Regardez ces merveilleux présentoirs à desserts, dit Kat. Ils ont été fabriqués par Paul Storr en 1815, pendant la période Regency. L'argent a pris une patine magnifique, ne trouvez-vous pas ?

— Si, répondit Elizabeth qui s'était penchée pour observer un des deux présentoirs de plus près. C'est extraordinaire.

Elle contempla les pièces quelques instants, pensive. Elles étaient d'un dessin complexe avec un léopard encadré de deux amours sur un piédestal. De leurs bras levés, les amours supportaient une coupe d'argent doublée d'une coupe de cristal. Elizabeth porta ensuite son attention sur une paire d'élégants chandeliers.

— Sont-ils aussi de Paul Storr ?

— Oui, répondit Kat, ils datent de 1815. Le grand rafraîchissoir en argent de style Queen Anne que vous voyez à côté a été créé un siècle plus tôt, en 1720, par William Denny. Au sujet de Paul Storr, je peux vous dire qu'il était particulièrement réputé pour le raffinement de son travail. On lui doit de très nombreuses pièces exécutées en commande de présents d'argenterie. Il a réalisé, par exemple, la coupe offerte à lord Nelson en souvenir de sa victoire dans la bataille du Nil en 1798. Elle est maintenant exposée au Musée maritime national de Greenwich.

Elizabeth écoutait ces explications avec beaucoup d'intérêt.

— Et le reste ? demanda-t-elle en désignant les objets accumulés sur les tables pliantes. Il y a tellement de choses ! Des services à café, des services à thé, des coupes, des soupières, des aiguières, des gobelets, des vases, de la vaisselle, des coquetiers... Qui a acheté tout cela ? conclut-elle en riant.

— J'ai trouvé quelques inventaires dans les chambres fortes. En fait, ce sont de très grandes caves avec des étagères et de lourdes portes blindées. Les gobelets en or signés Paul de Lamerie ont été achetés aux enchères au début des années 1920 par votre arrière-grand-père Edward Deravenel. C'est aussi lui qui a acquis les présentoirs à desserts de Paul Storr. Je suppose qu'ils ont été apportés quand votre père a vendu la maison de Berkeley Square pour emménager ici.

— Je vois... Avez-vous trouvé un inventaire complet ?

— Malheureusement non, mais il y en a un pour une remarquable collection d'argenterie géorgienne qui appartenait à la mère du grand Edward, Cecily Deravenel. Certains de vos ancêtres, ajouta Kat avec un sourire, étaient plus sérieux que d'autres dans la tenue de leurs maisons, et en particulier votre quadri-saïeule. Tout ce qui lui a appartenu avait été répertorié.

— Ne crois-tu pas qu'Elizabeth doit en avoir assez, maintenant ? remarqua Blanche en s'adressant à son frère qui lui faisait face. Elle va finir par s'ennuyer avec tous ces objets. Tu sais bien que les choses ne l'intéressent pas. Elizabeth veut seulement être un tycoon, conclut-elle avec un soupir.

Tous deux attendaient dans la bibliothèque le retour d'Elizabeth et de Kat descendues à la cave.

Thomas éclata de rire, amusé comme toujours par les commentaires sans artifices de sa sœur.

— Je reconnais qu'Elizabeth ne se passionne pas pour les choses. En revanche, l'argent l'intéresse et c'est cela que ces choses, comme tu les appelles, représentent. Souviens-toi, même toute petite, elle était attirée par l'argent et s'inquiétait de ne pas en avoir assez. As-tu oublié sa panique quand il n'y en avait pas suffisamment pour renouveler sa garde-robe ? Son père se montrait assez radin, par moments.

— Très radin ! C'était un homme cupide mais, de toute façon, les Turner ont toujours été avares. L'attitude de son père a traumatisé Elizabeth…

— Nous n'allons pas la psychanalyser maintenant, Blanche !

Thomas lança un regard insistant à sa sœur en ajoutant :

— Nous pourrions peut-être descendre pour leur dire d'arrêter avant d'attraper une pneumonie ?

— Oui, en plus j'aimerais bien revoir deux ou trois choses. La plus grande partie de cette très belle porcelaine n'a jamais servi. Tout est impeccable. Il y a tout ce qu'on veut, de la porcelaine de Sèvres, de Limoges, de Worcester, de Meissen, de Dresde et du Royal Doulton. Et une montagne de très ancien Wedgwood bleu et blanc ! Il doit y en avoir pour des centaines de milliers de livres.

— Je parie que cela vient de Cecily Deravenel, dit Thomas.

— Gagné ! Thomas, à ce propos, tu devrais parler à Elizabeth de l'idée d'Alex Pollard. Le moment me paraît bien choisi.

— Tu as raison, je le ferai quand on prendra le thé.

La porte de la bibliothèque s'ouvrit à cet instant et Elizabeth entra, suivie de Kat. Frissonnant, elles se dirigèrent vivement vers la cheminée.

— Il fait glacial, en bas, dit Kat.

Comme Elizabeth, que le froid avait rendue encore plus blanche que d'habitude, elle tendit ses mains vers le feu.

Blanche se leva et prit le prétexte de demander à la gouvernante de servir le thé pour laisser Elizabeth seule avec son frère et Kat.

— Elizabeth, dit Thomas sans attendre, Kat t'a certainement parlé de la valeur de la porcelaine. Il semblerait que tout soit en parfait état.

Elizabeth se détourna du feu et s'assit sur le canapé, à côté de Thomas.

— Je suis ahurie par la quantité de choses que j'ai vues cet après-midi, Thomas, et ce n'est qu'un début. Il y a d'autres chambres fortes à Ravenscar et à Waverley Court que je n'ai jamais visitées. Et je ne parle pas de ce qu'il y a dans les différentes banques ! Je sais que tu y es allé avec Kat.

— Quand nous étions en bas, intervint Kat, j'ai parlé à Elizabeth des vingt-deux diadèmes en diamants qui sont entreposés dans la chambre forte de Coutts Bank.

Avant que Thomas puisse répondre, Elizabeth éclata de rire.

— Tu imagines cela, Thomas ? Vingt-deux diadèmes en diamants ! De toutes les formes, de toutes les

159

tailles, et qui appartenaient aux femmes de la famille avant moi ! C'est incroyable.

— Ils sont splendides, répondit Thomas. Kat a dû t'expliquer que la plupart d'entre eux peuvent être transformés en colliers. Il semblerait que ce soient ceux-là qui aient la plus grande valeur.

— Pour la bonne raison, dit Elizabeth avec assurance, que les diadèmes sont démodés. Mais je parie qu'ils se vendront quand même très bien.

Thomas jugea le moment opportun pour aborder la question importante.

— Elizabeth, je voudrais te faire part d'une idée qui vient d'Alex Pollard. Il estime que tu aurais intérêt à vendre aux enchères, chez Sotheby's ou Christie's, l'argenterie, l'orfèvrerie, la porcelaine, éventuellement les tableaux que tu ne souhaites pas garder et quelques meubles anciens. Il conseille cela surtout si tu as l'intention de vendre la maison.

Elizabeth se renfonça dans son fauteuil, pensive, et Thomas respecta son silence.

— Je ne sais pas quoi faire au sujet de cette maison, dit-elle enfin. J'hésite à la mettre sur le marché mais l'idée d'une grande vente aux enchères me plaît beaucoup. Je ne vois pas d'autre solution pour me débarrasser de toutes ces choses. Je ne veux pas de tout cela.

— Il y a aussi les bijoux, lui rappela Kat. Tu m'as dit que tu n'avais pas l'intention de garder ce que Mary t'a fait parvenir dans la mallette, à l'exception de quelques pièces. Tu pourrais aussi les mettre aux enchères.

— Sauf le collier en perles des mers du Sud ! s'exclama vivement Elizabeth. Je veux le garder, ainsi

160

que les boucles d'oreilles assorties. Mais il faudra que je revoie tout avant de prendre une décision définitive.

Thomas souriait.

— Je suis content que l'idée d'une vente Turner te plaise. Alex Pollard a suggéré de l'appeler ainsi pour donner de l'importance à l'événement.

Comme toujours, Elizabeth vit instantanément le parti à tirer de cette idée.

— Je préférerais qu'on parle de la vente des Collections Deravenel-Turner, avec des sous-catégories comme « Argenterie et Orfèvrerie, maîtres orfèvres des XVIIIe et XIXe siècles » ; « Porcelaine ancienne de grandes manufactures anglaises et continentales » ; « Tableaux de maîtres des XVIIIe et XIXe siècles » ; « Mobilier et tapis anglais anciens », etc. Et, en dernier, une catégorie « Bijoux de grands joailliers ». Qu'en pensez-vous ?

Thomas ne s'étonnait plus de grand-chose venant d'Elizabeth mais fut quand même impressionné par la rapidité de sa réaction.

— Excellent ! dit-il. Je trouve aussi préférable d'utiliser les deux noms. Cela rend la vente encore plus importante. C'est brillant, Elizabeth !

— Je suis d'accord avec Thomas, renchérit Kat, et nous pourrions ajouter une autre catégorie pour les diadèmes. N'oublions pas qu'ils sont uniques ! Attendez de les voir, Elizabeth, ils sont réellement impressionnants.

— Très bonne idée, Kat. Je pense choisir Sotheby's. À propos, quand pourrai-je rencontrer Alex Pollard ?

— Quand cela vous conviendra, répondit Kat. Accessoirement, sa femme travaille à la division immobilière de Sotheby's. Vous pourrez passer par eux si vous décidez de vendre aussi la maison.

Elizabeth lui adressa un grand sourire.

— Tout cela est parfait ! A-t-il dit quelque chose au sujet de la maison ?

— Il l'a trouvée magnifique et d'aspect très soigné. D'après lui, vous en obtiendriez au moins trente millions de livres.

— Oui, je le sais, mais je n'accepterai jamais ce prix-là. Je ne la vendrai pas à moins de soixante-dix millions.

Kat et Thomas en restèrent bouche bée mais, avant qu'ils aient pu réagir, Blanche revint, suivie de la gouvernante qui poussait une table roulante.

— Oh, que je suis contente de vous voir ! s'exclama Elizabeth en se portant à leur rencontre. C'est exactement ce dont j'ai besoin pour me réchauffer, une bonne tasse de thé.

14

Elle avait oublié la splendeur des étages dans la maison de Chelsea : des chambres immenses, de larges corridors et de vastes paliers. Le couloir principal était éclairé de hautes fenêtres, ce qu'Elizabeth appréciait particulièrement tandis qu'elle se dirigeait vers la chambre de maître.

Une fois la porte poussée, la jeune femme s'immobilisa sur le seuil et regarda autour d'elle. Elle se souvenait si bien de la dernière fois où elle était entrée dans cette chambre ! Elle était venue voir Mary, guidée par le sens du devoir familial. Sa sœur lui avait réservé un accueil glacial, sans cacher sa hâte de la voir partir.

Elizabeth avait serré les dents et avait tenu bon, s'asseyant sur la chaise placée à côté du lit pour les visiteurs. Mary, qui était convaincue de porter l'enfant de Philip, lui avait paru confortablement installée mais aussi très malade. Elizabeth savait que sa demi-sœur n'avait pas le ventre arrondi par une grossesse mais déformé par un cancer de l'estomac.

Ce jour-là, Mary lui avait parlé de façon particulièrement abominable. Elle lui avait jeté à la figure qu'il était hors de question qu'elle continue à travailler pour la Deravenel et qu'elle la déshéritait une bonne fois pour toutes.

« Va-t'en ! Hors de ma vue ! » avait-elle hurlé. Elizabeth avait été horrifiée par ses yeux sombres exorbités et son visage luisant de sueur. « Tu as toujours été une épine dans mon pied, avait poursuivi Mary sans cesser de hurler. Espèce de sale petite garce ! Tu m'as volé mon père ! Pour le bien que ça t'a fait ! Maintenant, c'est moi qui commande. Pas toi ! Tu n'auras jamais le pouvoir… »

Mary avait dû s'interrompre, pliée en deux par une quinte de toux. Elle était brutalement retombée dans ses oreillers et Elizabeth, alarmée, s'était levée et penchée sur elle. Mary l'avait repoussée d'un geste violent. Elizabeth s'était rassise, avait attendu que sa sœur reprenne son souffle, puis lui avait demandé ce qu'elle pouvait faire pour l'aider.

La réponse n'avait pas tardé. « Fiche le camp ! avait jeté Mary avec hargne. C'est la meilleure chose que tu puisses faire pour m'aider. Fiche le camp et ne reviens jamais ici ! »

Ce qu'Elizabeth avait fait.

Elle soupira et se dirigea vers l'une des fenêtres pour voir le jardin. L'hiver en avait effacé les couleurs, et les eaux de la Tamise qui le bordait étaient d'une sinistre teinte plombée. Elizabeth se détourna du triste paysage et contempla le grand lit à baldaquin avec ses draps blancs impeccables et ses oreillers à larges volants de dentelle. Au-delà de Mary, elle voyait tous les membres de sa famille qui s'étaient succédé dans cette chambre.

Il y avait eu son grand-oncle Richard Deravenel et sa femme, Anne Watkins. Sa grand-mère Bess avait beaucoup aimé son oncle Richard. Le père d'Elizabeth lui avait un jour longuement parlé de Richard et de l'amour qu'il portait à son frère aîné, Edward Deravenel, ainsi qu'à ses nièces et neveux, en particulier Bess, l'aînée des enfants d'Edward, et la mère de Harry Turner, le père d'Elizabeth. *Les neveux…* Elle s'attarda quelques instants sur le mystère que représentait la disparition des deux petits garçons sur la grève de Ravenscar. On n'avait jamais compris ce qui était arrivé même si l'on savait à présent qu'un enfant disparaît toutes les cinq minutes, enlevé par un parent ou par des étrangers dans un but criminel. Les statistiques le montrent, pensa-t-elle. Un enfant disparaît toutes les cinq minutes dans le monde, et l'on n'en retrouve pas la moitié.

Avec un petit frisson, Elizabeth revint à la réalité du moment. Dans la maison de Chelsea, avaient aussi vécu son père, Harry Turner, et sa troisième femme, Jane Selmere, laquelle avait donné à Harry son unique héritier mâle. Elle avait également deux frères, Edward et Thomas, qu'Elizabeth estimait aussi dangereux qu'ils étaient beaux.

Quittant la chambre de maître, elle se dirigea d'un pas vif vers son ancienne chambre. Le crépuscule approchait et la pièce se remplissait d'ombre mais elle put constater que rien n'avait été changé depuis son départ. Elle referma la porte et s'appuya, dos au battant, laissant son regard s'arrêter sur un meuble, un objet.

Soudain, tout bascula, les années furent effacées. Elizabeth se retrouva plongée dans le passé.

Quand j'avais découvert sa présence, il se tenait debout dans le coin, près de la fenêtre.

Grand, mince, les cheveux noirs et si beau ! Malgré la pénombre qui régnait dans ma chambre, j'avais deviné le rire dans ses yeux noisette, ces yeux qui exprimaient si souvent la passion et le désir. Son désir pour moi...

J'avais refermé la porte de la salle de bains mais sans faire un pas de plus.

« Approche-toi, mon chou, m'avait-il dit de sa voix grave. Viens vite dans mes bras, Elizabeth ! Je t'ai attendue... »

Je n'avais pas bougé, pétrifiée. Je n'avais pas le moindre doute sur ce qu'il voulait de moi. Je tremblais. De peur, mais aussi de jouissance anticipée. Il m'avait appris cela, mon marin, il m'avait appris à désirer sentir ses mains sur moi, sa bouche sur la mienne. C'était mal et je le savais mais il était... irrésistible. Malgré moi, je m'étais avancée vers lui et il m'avait prise par les bras, m'avait serrée contre lui. Il était si fort ! Je sentais son cœur battre sous sa chemise en coton fin. Il s'était baissé pour m'embrasser, m'avait fait presque mal tant il y avait mis de passion. Et j'avais répondu à son baiser. Mes jambes se dérobaient sous moi et je m'étais accrochée à lui. Il m'avait serrée encore plus fort contre lui et, avec un frisson, j'avais senti son désir, dur contre mon ventre.

« Touche, Elizabeth, touche-moi, avait-il chuchoté contre mon oreille. Tu te rends compte de ton effet sur moi, mon petit cœur ? C'est à toi, c'est pour toi. »

J'avais soudain eu peur que l'on nous surprenne et j'avais voulu me dégager de son étreinte mais en vain. Il m'avait coincée contre le lit et avait relevé ma chemise de nuit pour me regarder longuement. « Elizabeth, j'ai tellement envie de toi ! Je te veux tout entière, ma petite chérie. »

« Non, Tom, il ne faut pas », avais-je gémi en me débattant pour me redresser. Mais il m'avait repoussée et s'était penché sur moi. Il avait recommencé à m'embrasser puis avait glissé sa main entre mes jambes pour me caresser à sa façon, subtile et savante. Pendant tout ce temps, il ne cessait de me murmurer des mots tendres. Puis, comme ses caresses se précisaient, je n'avais pu résister au plaisir qui montait en moi. « Cela te plaît, Elizabeth ? Tu m'aimes, hein ? »

J'étais brusquement revenue à moi, muette de crainte, et je l'avais repoussé de toutes mes forces. Mon instinct de survie s'était réveillé en même temps que ma raison. « Tom, avais-je réussi à dire, il ne faut pas faire ça. Pas ici, c'est trop risqué ! » J'avais cherché ma robe de chambre à tâtons et je l'avais mise en la serrant contre moi. « S'il te plaît, Tom, tu dois t'en aller. S'il te plaît ! Pense à ce qui arriverait si quelqu'un entrait... »

Cela l'avait fait rire. « Personne n'entrera, Elizabeth, il n'est que sept heures du matin. Mais je me rends compte que tu as peur. Promets-moi de venir me retrouver tout à l'heure, au Ritz ! » Il avait pris une clé dans la poche de son pantalon et était allé la mettre dans le tiroir de ma coiffeuse. « Je t'attendrai à deux heures. Je veux que nous puissions enfin faire l'amour comme il faut ! Monte directement au sixième étage, le numéro de la chambre est sur la clé. D'accord ? »

À l'idée de me trouver dans ses bras, dans le même lit, avec tout notre temps au lieu des quelques minutes volées de-ci de-là, une vague de désir m'avait envahie.

J'avais pourtant très peur de franchir le pas. Cela pouvait déclencher une catastrophe. Comme j'hésitais, le problème de la réponse m'avait été évité. La porte s'était ouverte à la volée, livrant passage à Kat Ashe.

« Que se passe-t-il ? Amiral Selmere, que faites-vous dans la chambre d'Elizabeth à cette heure-ci ? » Elle l'avait toisé d'un regard furieux.

« Je suis seulement venu demander à Elizabeth si elle avait une aspirine », avait-il répondu d'une voix calme, l'air impassible. Il avait sorti de la poche de son pantalon un flacon de comprimés et le lui avait montré avant de lui décocher son plus beau sourire. Il était sorti après m'avoir lancé : « Merci, Elizabeth ! »

Kat s'était approchée de moi et avait plongé ses yeux dans les miens. « Cela ne me plaît pas, Elizabeth. Il ne devrait pas entrer dans votre chambre, surtout quand vous n'êtes pas habillée. Ce n'est pas bien. N'oubliez pas que c'est le mari de votre belle-mère. »

Je m'étais félicitée d'avoir remis ma robe de chambre avant son arrivée. « Je sais, mais il voulait seulement de l'aspirine. »

« Je comprends mais cela donnait une autre impression, quand je suis entrée. De plus, le personnel pourrait aisément se méprendre sur sa présence dans votre chambre. Vous n'aimeriez pas faire l'objet de ragots, n'est-ce pas ? À l'avenir, fermez votre porte à clé. »

« Mais il n'y a pas de serrure », lui avais-je fait remarquer.

« Je vous garantis qu'il y en aura une sans tarder ! » avait répondu Kat. Elle était repartie en oubliant de me dire pourquoi elle était venue.

De nouveau seule, je m'étais recouchée en pensant
à mon marin. Si beau mais si dangereux ! Devais-je le
rejoindre au Ritz ? Je ne savais pas quoi faire.

Quand Elizabeth regagna la bibliothèque, Thomas se
chauffait devant le feu.

— Alors ? demanda-t-il en souriant. Tu as revu les
étages ?

— Oui, et cela me conforte dans ce que j'ai dit tout
à l'heure. Cette maison est une merveille, Thomas, et
je veux en obtenir le prix le plus élevé possible.

— Donc, vous êtes décidée à vendre ? demanda
Kat.

Elizabeth répondit d'un signe de tête, soudain incapable de prononcer un mot. Les souvenirs de la scène
qui s'était déroulée dans sa chambre autrefois étaient
encore trop présents.

— Je pense que c'est une sage décision, reprit Kat.

Blanche se contenta d'acquiescer de la tête tandis
que Kat poursuivait :

— Voulez-vous que j'en parle à Alex Pollard ? Il
peut vous organiser un rendez-vous avec sa femme.

Elizabeth, qui avait eu le temps de se reprendre, alla
s'asseoir devant la cheminée.

— J'aimerais le rencontrer pour discuter de la vente
mais, pour la maison, je préfère attendre, répondit-
elle. Dites-m'en un peu plus sur la vente et sur la date à
laquelle elle pourrait se tenir.

Elle ne parvenait pas à trouver le sommeil.

Trop de pensées s'agitaient dans son esprit :
l'incroyable trésor qu'elle venait de découvrir dans sa

maison de Chelsea, la beauté de ces objets, leur valeur… Elle essayait de calculer le produit de la vente, le prix de toutes ces choses qui lui appartenaient à présent, les bijoux, les diadèmes, l'orfèvrerie, les tableaux et le mobilier ancien, y compris tout ce qui se trouvait à Ravenscar et à Waverley Court. Il y avait de l'argent partout ! Car c'était à cela que tout se résumait : beaucoup d'argent.

L'argent ! La malédiction de son enfance… D'après Kat et Blanche, il n'y en avait jamais eu assez pour couvrir ses besoins. Et aujourd'hui encore cela restait un problème, mais cette fois à cause de Mary. L'instinct d'Elizabeth lui disait depuis peu que l'aventure espagnole ne serait pas aussi simple que Robin le croyait. Tout était allé trop vite et trop bien. Il y avait certainement un écueil quelque part ! Et cet écueil serait le manque de liquidités, elle le sentait au plus profond d'elle-même.

Cecil s'était insurgé contre l'idée qu'elle puisse donner de l'argent à la compagnie. Il ne le lui permettrait jamais, avait-il dit. Mais, en cas d'urgence, ne pouvait-elle à tout le moins prêter des fonds à la Deravenel ?

Son arrière-grand-père, Edward Deravenel, l'avait fait pour financer la Deravco Oil en Perse. Il s'était associé avec deux prospecteurs américains, Javis Merson et Herb Lipson, en qui il avait toute confiance. Quand ils avaient trouvé leur premier gisement, d'une richesse extraordinaire, et que la société avait commencé à gagner de l'argent, Edward Deravenel avait revendu la Deravco à la Deravenel. La société pétrolière avait été un apport très rentable pour la vieille compagnie et Edward en avait retiré une vraie fortune.

Edward Deravenel avait engendré Bess Deravenel qui elle-même avait donné naissance à Harry Turner, le père d'Elizabeth. Et elle était bien la fille de son père ! Elle lui ressemblait presque trait pour trait et, comme Harry tenait d'Edward, tout en elle criait son appartenance à la lignée Deravenel. Elle portait les gènes Deravenel et les gènes Turner. Mais, apparemment, les premiers l'avaient emporté : toute sa vie tournait autour de la lignée Deravenel.

Elle revint en pensée à la maison de Chelsea et réfléchit longuement. Elle s'était surprise elle-même en déclarant qu'elle en voulait soixante-dix millions de livres. Cependant, plus elle y pensait, plus elle se rendait compte que c'était du domaine du possible. En réalité, elle pourrait même en obtenir encore plus. La maison était vraiment magnifique. Elizabeth avait été tentée de la garder mais, au cours de l'après-midi qu'elle venait d'y passer, elle avait compris que c'était impossible. Trop de mauvais souvenirs y étaient attachés : la violence avec laquelle Mary l'avait chassée ; le rejet de sa belle-mère après qu'elle l'eut surprise dans les bras de Thomas ; et le souvenir de ce dernier, si douloureux.

Elle avait été folle de flirter avec lui, d'autoriser ses caresses. Dieu merci, elle n'avait jamais couché avec lui ! Mais sa sottise avait indirectement provoqué la disgrâce de Thomas. L'insouciant, le charmant Thomas, si amusant, avec son irrésistible beauté et son terrible pouvoir de séduction. Mais aussi son absolu manque de bon sens. Il n'avait pas eu de pire ennemi que lui-même.

Après avoir quitté la Royal Navy avec le titre de contre-amiral, le plus jeune dans le grade depuis des siècles, il était entré à la Deravenel comme conseiller de la division des transports maritimes et des bateaux de croisière. Mais il avait eu des démêlés avec son frère Edward Selmere, qui n'avait pas hésité à renvoyer son cadet. Abandonné et veuf, car Catherine était décédée, Thomas Selmere s'était établi en France où il avait trouvé la mort dans un accident de voiture.

Un accident de voiture ! pensa Elizabeth avec amertume. Cette histoire lui avait semblé difficile à croire. Elle s'était demandé si le contre-amiral n'avait pas été assassiné, et ses doutes ne l'avaient jamais quittée.

Oui, elle allait vendre la maison de Chelsea, ne serait-ce que pour se débarrasser de ces mauvais souvenirs. Sa décision était prise, elle voulait aller de l'avant, sans se retourner.

15

Robert Dunley jeta un regard distrait à son reflet dans le grand miroir de sa chambre et redressa machinalement le col de sa chemise blanche qu'il portait ouvert. Il ne pouvait se concentrer sur autre chose que son travail et il avait hâte de rejoindre son bureau.

D'un geste vif, il cueillit la veste de son costume bleu marine sur le dossier d'une chaise, l'enfila, et alla s'asseoir devant sa petite table de travail. Un gros dossier y était posé, qu'il ouvrit. Il l'avait déjà étudié la veille au soir dans l'avion qui le ramenait de Madrid mais il ajouta encore quelques notes en marge de certains documents puis remit le tout dans son attaché-case.

Cinq minutes plus tard, il était dehors et hélait un taxi. À cette heure matinale, six heures et demie, il ne dut pas attendre longtemps et se trouva très vite en route vers le siège de la Deravenel.

Il resserra les pans de son manteau et, confortablement enfoncé dans son siège, se concentra sur Elizabeth, Cecil et le dossier en cours. Pourvu qu'ils approuvent le projet d'accord qu'il avait proposé à Philip Alvarez ! Ils avaient passé des heures, son équipe et lui, à le peaufiner et il était certain d'avoir tout prévu. Il prit le temps de repasser les différents points dans son esprit, essayant d'envisager les objections ou les difficultés qu'ils pourraient soulever, mais il ne trouva rien de sérieux.

La voix du chauffeur de taxi le tira de ses réflexions.

— On y est !

Ils avaient fait le trajet en un temps record. Robert descendit, paya sa course et franchit le seuil de la Deravenel à grandes enjambées, saluant au passage le concierge de service. Sans ralentir, il grimpa les marches deux à deux, pressé de se mettre au travail.

Dans son bureau, la lumière était allumée. Les voix d'Elizabeth et de Cecil lui parvinrent depuis le bureau d'Elizabeth à travers la porte de communication. Il jeta son attaché-case sur une chaise, se débarrassa de son manteau et entra dans le bureau voisin.

— Ne me dites pas que j'arrive en retard ! s'exclama-t-il. Bonjour, vous deux !

— Bonjour, Robert, répondit gaiement Cecil. Content de te revoir !

Elizabeth s'était levée d'un bond et l'avait embrassé sur la joue.

— Non, tu n'es pas en retard, dit-elle. Nous venons seulement d'arriver.

Robert la suivit dans la partie de la pièce où était aménagé un espace salon et prit un fauteuil à côté de Cecil.

— Ambrose et Nicholas sont partis à Marbella hier en fin d'après-midi, dit-il. Ils voulaient prendre d'autres photos du chantier et du site en général. Ils en profitent pour vérifier deux ou trois points. Ils doivent rentrer demain.

— Je sais que tu as envie de tout nous raconter mais laisse-moi d'abord te poser une question.

Elizabeth avait pris place sur le canapé et lança un regard pénétrant à Robert.

— Tout s'est passé trop facilement, dit-elle. Je ne peux pas m'empêcher de penser qu'il y a un problème, et que ce problème est d'ordre financier.

— Tu as raison ! Avant de pouvoir prendre la direction du domaine de Marbella, nous devrons d'abord terminer la construction et cela va nous coûter cher.

— Combien ? demanda Cecil.

— Environ soixante-dix millions.

— Soixante-dix millions ? répéta Elizabeth d'un ton horrifié. On tombe de Charybde en Scylla !

— Non, on ne peut pas dire cela car nous pouvons tout terminer et programmer le lancement pour la fin de 1997. Je pense sincèrement que cela peut être une formidable réussite, une vraie poule aux œufs d'or. Par ailleurs, je vois la chose comme un investissement à court terme. Si nous décidons de nous lancer dans ce projet – et je dis bien « si » –, je pense qu'il faut avoir conscience dès le départ que notre intérêt sera de revendre dans les cinq ans. À cette condition, nous récupérerons notre investissement, plus un très joli bénéfice. Je prévois un développement énorme de l'industrie des loisirs, en particulier pour des complexes de luxe comme celui de Marbella.

Cecil, qui écoutait avec attention et, comme d'habitude, prenait des notes, approuva de la tête les commentaires de Robert.

— Parle-nous un peu plus de ce complexe, Robert, demanda-t-il. Qu'a-t-il de si spécial ? Pourquoi penses-tu qu'il peut être si rentable ?

— Pour commencer, il s'élève sur un immense terrain très bien situé, très beau, et qui donne directement sur la plage. Le golf et son club-house sont terminés, de même que le terrain de polo mais, là, le club-house reste à construire. Le petit hôtel est également fini mais, comme pour le club-house du golf, il faut encore faire la décoration intérieure. Enfin, il faut construire les villas.

Cecil haussa les sourcils, étonné.

— Les villas ? Tu n'as jamais parlé de villas. Cela risque de coûter cher.

— Non, parce que ce ne sont pas vraiment des villas mais plutôt des bungalows, un peu comme ceux du Beverly Hills Hotel. Philip préfère dire « villas », cela sonne mieux. Chacun des bungalows se compose d'un salon et d'une ou deux chambres, plus la salle de bains. Le plan est assez simple et on peut les construire dans un délai relativement court.

— Je comprends… Il y en a combien de prévus ?

— Six, mais il y a beaucoup de terrain disponible et on pourra en construire d'autres si nécessaire.

— Et si on ajoutait un spa ? intervint Elizabeth. Un complexe de vacances d'un certain niveau n'est pas complet sans spa. Il y a une grande demande pour ce type de prestations. En fait, c'est presque devenu indispensable.

— Je suis d'accord, répondit Robert, et les plans existent pour un spa à Marbella mais ils ne m'ont pas emballé. Ce qui a été prévu est trop petit et pas assez luxueux. Il faut aussi ajouter une piscine et des courts de tennis si l'on veut en faire une résidence de loisirs du style que j'imagine. Il faut pouvoir y trouver l'offre sportive la plus large possible.

176

Robert se leva.

— J'ai des photos dans mon attaché-case. Je vais les chercher.

Il revint s'asseoir quelques secondes plus tard sur le canapé, à côté d'Elizabeth. Elle examina longuement les clichés puis les tendit à Cecil.

— Tu as raison, Robin, dit-elle. Le site me paraît très beau. Je ne comprends pas pourquoi cela a mal tourné. Pourquoi Philip Alvarez n'a-t-il pas terminé les travaux ?

— En toute sincérité, je ne suis pas certain d'avoir la bonne réponse. Je pense qu'il s'est laissé distraire par ses autres activités. Peut-être même qu'il s'est désintéressé du projet et, maintenant, il est dans les ennuis jusqu'au cou. Si personne ne l'aide, il coule. Ses banquiers le harcèlent.

Cecil reposa les photos sur la table basse.

— Oui, c'est un bel endroit. Mais revenons à l'essentiel. Si nous décidons de reprendre le dossier, nous devrons sortir soixante-dix millions pour terminer les constructions et ensuite lancer l'affaire. De plus, il faudra financer les premiers mois de fonctionnement.

Robert acquiesça de la tête. Cecil semblait pensif.

— Qu'as-tu proposé à Alvarez ? demanda Elizabeth en se tournant vers Robert. Et quel rôle lui réserves-tu ?

— Je lui ai fait la proposition suivante. D'abord, il laisse dans le projet les soixante-douze millions qu'il y a investis, et nous, les soixante-quinze millions que Mary avait investis avec lui. Ensuite, il peut avoir un siège d'administrateur dans la nouvelle société que nous créerons pour gérer le complexe mais il n'a pas le droit d'intervenir dans la gestion au quotidien. Il doit nous laisser nous en occuper. Enfin, il ne touche pas un sou tant que nous n'aurons pas revendu, et cela dans un délai de cinq ans. À la condition que nous décidions de vendre ! Il a tout accepté.

— Il n'a pas le choix, fit remarquer Elizabeth.

— Rien de plus vrai ! répondit Robert avec un sourire. Il accepterait presque n'importe quoi car, sans nous, il est fini. Or, il tient à protéger ses autres activités.

— Hier, dit Cecil, quand nous nous sommes parlé au téléphone, tu m'as dit qu'il était d'accord pour attendre notre décision jusqu'après Noël. Dans l'hypothèse où nous déciderions de reprendre l'affaire, quand penses-tu que nous devrions le faire ?

— À la mi-janvier, ce serait parfait.

— Mais je croyais avoir compris que ses banques étaient près de le lâcher ? remarqua Cecil en fronçant les sourcils.

— Je lui ai promis que, pour les calmer, nous lui adresserions une lettre d'intention où nous exposerions notre offre, à la condition que les documents fournis par lui nous aient satisfaits et que notre conseil d'administration nous ait donné le feu vert.

Elizabeth se tourna vers Cecil, le regard interrogateur.

— Je suppose que nous ne pouvons pas nous passer du conseil ?

— Non, répondit-il, mais je ne pense pas que cela pose un problème. À première vue, l'affaire me paraît excellente. Par ailleurs, il ne faut pas oublier que nous avons déjà soixante-quinze millions en jeu. Le conseil devrait approuver notre souci de protéger cet investissement, n'est-ce pas ?

— Où allons-nous dénicher les soixante-dix millions nécessaires pour terminer le chantier ? demanda Elizabeth.

— Nous pouvons trouver une partie de la somme dans notre division hôtellerie, répondit Cecil. J'en parlerai à Broakes et à Norfell. Pour le reste, je suis certain que nos banques nous suivront.

— Ne croyez-vous pas que John Norfell devrait aller à Marbella pour surveiller l'avancement des travaux ? suggéra Elizabeth.

— C'est exactement ce que j'allais proposer, répondit Robert. Mais, bien sûr, il faudra attendre que Noël soit passé.

— Robert, demanda Cecil, Alvarez a-t-il besoin rapidement de notre lettre d'intention ? En d'autres termes, combien de temps avons-nous pour éplucher ses documents comptables avant de la lui envoyer ?

— Il affirme pouvoir tenir jusqu'au début de janvier. Ambrose et Nicholas nous apporteront des informations supplémentaires demain, ainsi que les plans de l'architecte, les croquis d'ensemble et d'autres photos.

— Parfait !

Cecil vérifia sur son carnet de notes qu'il n'avait rien oublié puis le referma.

— Je vais en parler à quelques-uns des administrateurs, en privé. Franchement, je ne vois pas pourquoi ils s'opposeraient à ce projet, compte tenu des enjeux. Bien sûr, nous devrons débourser une très grosse somme pour ne pas perdre la mise de fonds initiale, mais je suis d'accord avec toi : il s'agit d'un investissement à court terme. Par ailleurs, je pense que, non contents de récupérer l'argent donné par Mary, nous en gagnerons beaucoup.

Elizabeth gardait une expression soucieuse.

— Robin, es-tu certain que Philip Alvarez ne nous mettra pas de bâtons dans les roues quand nous aurons pris le chantier en main ?

— Sûr et certain ! répondit-il d'un ton assuré. Tout simplement parce qu'il n'en aura pas la possibilité. Nous veillerons à établir un contrat qui le ligote. S'il y a quelqu'un qui ne doit pas te donner d'inquiétude, c'est bien lui. Mon petit doigt me dit que notre ami n'a qu'une idée en tête en ce moment : sauver sa peau. Si nous le libérons du piège de Marbella, en particulier en terminant les travaux, il nous en sera éternellement reconnaissant.

Elizabeth lui lança un regard sceptique mais n'ajouta rien.

— Je vous propose, dit Cecil en se levant, de nous retrouver demain matin à neuf heures pour faire le point avec Ambrose et Nicholas. Merci, Robert, tu as fait un travail remarquable.

— Travail d'équipe, Cecil !

Elizabeth se retrouva seule avec Robert.

— Je suis d'accord avec Cecil, dit-elle. Tu as fait un travail formidable ! Maintenant, je voudrais te parler d'autre chose... De Noël. On y est presque et je me demandais si tu avais toujours envie d'aller à Waverley Court.

— Non, désolé.

Elle murmura une exclamation de déception, le regard fixé sur lui.

— Et toi non plus, reprit-il. Tu ne peux pas y aller car nous avons une montagne de travail qui nous attend pour mener notre accord avec Alvarez à son terme.

J'aurai besoin de toi et de Cecil presque en permanence.

— Je comprends bien mais… le jour de Noël ?

— Je le passerai avec toi, mais à Londres, pas à la campagne.

Elle sourit, rassurée.

— Veux-tu que nous déjeunions ensemble, aujourd'hui ? proposa Robert.

Elizabeth fit non avec la tête.

— C'est impossible, Robin. J'ai promis à Grace Rose d'aller chez elle et je ne veux pas la décevoir. En revanche, je suis libre pour le dîner.

— Alors, je t'emmène ce soir au Caprice, manger des croquettes de poisson avec des frites comme tu les aimes.

Elle éclata de rire.

— C'est un grand jour !

Robert rassembla les photos qu'il avait apportées et se dirigea vers la porte communicante.

— Je vais être très occupé mais n'hésite pas à me déranger si tu as besoin de moi.

Elizabeth lui fit un petit signe de tête et alla se rasseoir à son bureau. Elle était heureuse du retour de Robert et souriait encore quand elle reprit son stylo.

— Tu es superbe ! dit Grace Rose.

Elle prit la main d'Elizabeth en lui souriant avec tendresse.

— Merci, mais vous aussi, Grace Rose !

Elizabeth se pencha et embrassa affectueusement sa grand-tante.

— Viens t'asseoir avec moi quelques minutes dans le salon, reprit Grace Rose. Veux-tu un verre de sherry ?

Elizabeth refusa. La veille, elle avait dîné d'une banane et, depuis, s'était contentée de son café matinal.

— Je supporte mal l'alcool, dit-elle, surtout à l'heure du déjeuner. Je dois garder les idées claires pour retourner au travail.

— Je comprends.

Sans lâcher la main d'Elizabeth, Grace Rose l'entraîna devant la cheminée du salon où brûlait un bon feu.

— Installons-nous ici, nous aurons bien chaud. Aurais-tu la gentillesse de m'apporter un verre de sherry ? Je n'ai pas tes obligations ! Tu trouveras la carafe sur la petite table avec les verres.

— Avec plaisir.

La petite table qui faisait office de bar était à côté de la fenêtre. Elizabeth versa délicatement l'amontillado doré qu'aimait Grace Rose et, en dépit de ses bonnes résolutions, décida de s'octroyer un verre. Quelques gouttes d'amontillado ne lui monteraient pas à la tête.

Rapportant les verres devant le feu, elle sourit à sa grand-tante d'un air complice.

— Vous voyez, Grace Rose, j'en prends aussi. C'est un bon jour pour devenir adulte !

Grace Rose éclata de rire.

— Ces petits verres contiennent à peine un dé à coudre, ma chérie, tu sais ! Je te souhaite un joyeux Noël.

— Joyeux Noël à vous aussi.

— J'ai été très soulagée d'apprendre qu'il ne manquait pas un seul tableau à la collection de Jane Shaw. Mais je me demande où ils se trouvent.

— Comme je le pensais, il y en a plusieurs dans la maison de Chelsea et quelques-uns à Waverley Court, mais l'essentiel est à Ravenscar. Kat a fait l'inventaire des trois maisons et a retrouvé toutes les peintures. Elle a établi une liste détaillée et je vous en ai apporté un double.

Elizabeth posa son sherry sur la table basse et prit dans son grand sac Birkin Hermès rouge une enveloppe qu'elle donna à Grace Rose.

— À Chelsea, reprit-elle, il y a un merveilleux Sisley dans la salle à manger rouge. Hier, quand j'y étais, je me suis dit que c'était sans doute vous qui aviez décoré cette pièce. J'ai bien reconnu votre goût pour le rouge !

— C'est vrai, je m'en suis occupée mais c'était il y a bien longtemps.

— Cela n'a pas bougé, et c'est toujours aussi beau.

— Si je ne me trompe pas, il s'agit du Sisley qu'on appelle *Le Pont de Moret*, n'est-ce pas ?

— C'est exact. Il y a deux autres Sisley à Ravenscar, ainsi qu'un Rouault, deux Matisse et deux Monet représentant de petites embarcations sur une rivière.

Grace Rose poussa un léger soupir de ravissement.

— Jane Shaw avait un œil remarquable, dit-elle. Sa collection a beaucoup de valeur, Elizabeth.

— J'en suis bien consciente…

Elle fit une petite pause et se jeta à l'eau.

— Grace Rose, j'envisage d'en vendre une partie, du moins si vous ne vous y opposez pas.

Si Grace Rose fut étonnée, elle n'en laissa rien paraître.

— Ces tableaux t'appartiennent, à présent, dit-elle. Tu as le droit d'en faire ce que tu veux. Je m'inquiétais seulement... Bref, j'avais peur qu'on en ait volé. Par pure curiosité, dis-moi pourquoi tu veux en vendre. Aurais-tu besoin d'argent ?

— Pas à ce point, non, mais je ne veux pas garder une collection aussi importante. C'est une trop lourde responsabilité. Comme j'ai décidé de mettre beaucoup d'autres choses aux enchères, il m'a semblé intéressant de vendre aussi quelques-unes des toiles.

— Pas le Renoir ? demanda Grace Rose soudain sur la défensive.

— Certainement pas ! s'exclama Elizabeth. Je ne me séparerai jamais du Renoir. En fait, Kat a découvert un véritable trésor dans les chambres fortes de Chelsea, mais je n'ai ni besoin ni envie de garder toutes ces choses. Nous avons donc imaginé une grande vente aux enchères qui s'appellerait « Collections Deravenel-Turner ». Elle pourrait avoir lieu l'année prochaine et j'espère que Sotheby's acceptera de s'en occuper.

Grace Rose semblait perdue.

— Qu'est-ce que c'est que ce trésor dont tu parles ?

Elizabeth prit le temps de tout lui expliquer, décrivit la montagne d'objets variés en or et en argent, et termina en lui parlant des bijoux.

— Kat a aussi trouvé des pièces exceptionnelles de chez Cartier et vingt-deux diadèmes en diamants !

Grace Rose, qui n'en croyait pas ses oreilles, resta quelques instants pensive.

— Je pense, dit-elle enfin, que certains de ces objets ont été rassemblés par mon père, mais la plus grande partie a dû être léguée par Neville et Nan Watkins à Richard et Anne Deravenel avant de passer à ta grand-mère Bess. Il me semble que certaines de ces pièces doivent dater de plusieurs siècles, en fait, car le père de Neville était le plus puissant et le plus riche homme d'affaires du pays, à son époque. Et c'était un collectionneur réputé d'objets précieux et d'œuvres d'art.

La gouvernante l'interrompit en annonçant qu'elle était prête à servir le déjeuner.

16

Elizabeth traversa le vestibule derrière Grace Rose, admirant sa silhouette. J'espère, pensait-elle, rester comme elle en vieillissant. Pas le moindre signe d'ostéoporose ! Elle se tenait toujours aussi droite et, surtout, elle avait gardé toutes ses facultés mentales. À quatre-vingt-seize ans, Grace Rose avait l'allure et le tonus d'une femme beaucoup plus jeune.

La salle à manger était meublée avec élégance et décorée de blanc et d'un vert olive assez soutenu. Une fois qu'elles furent installées, Grace Rose reprit la conversation là où elles l'avaient laissée.

— Ton idée de vente aux enchères me plaît beaucoup, ma chérie. J'admire ton esprit d'entreprise. Je trouve moi aussi stupide d'entasser des choses dont on ne veut pas et qui sont inutiles, en réalité. Tu devrais obtenir de très bons prix, surtout pour les tableaux.

La gouvernante fit son apparition avec des assiettes de saumon fumé, accompagné de fines tranches de pain de seigle, de beurre et de citron.

— Désirez-vous que je serve le vin blanc, madame Morran ?

— Je ne pense pas que nous en prendrons, Louisa, répondit Grace Rose.

Elle interrogea Elizabeth du regard et celle-ci se tourna vers Louisa en souriant.

— Non merci, pas pour moi, dit-elle.

Elles goûtèrent le saumon en silence, puis Grace Rose reposa ses couverts et adopta le ton de la confidence :

— Je n'aime pas être indiscrète mais je vais le faire parce que je m'inquiète pour toi. As-tu des problèmes financiers ?

— Non, je vous remercie, Grace Rose, tout va bien. Comme vous le savez, mon père avait créé un fidéicommis pour moi et j'ai mon salaire. Je suis donc très à l'aise. Toutefois, je vous avoue être très heureuse que votre père se soit montré si clairvoyant.

— Que veux-tu dire ? demanda Grace Rose avec perplexité.

— Edward Deravenel a été bien inspiré quand il a créé le Ravenscar Trust Fund destiné à assurer l'entretien du domaine. Au fil des ans, l'argent a été investi avec intelligence par les dépositaires de ce fidéicommis. Les intérêts des placements couvrent l'entretien de la maison et des jardins, les travaux éventuels et les salaires du personnel. J'ignore ce que je ferais s'il n'avait pas eu la prévoyance de créer le Trust. J'aurais sans doute dû fermer presque toute la maison pour vivre dans trois pièces, ou la louer. Je n'aurais pas pu la maintenir sur le même pied. Quant à la vendre, c'est impossible.

— Je sais, la propriété est grevée. Elle ne peut être vendue, en effet, mais seulement transmise à des héritiers répondant à un certain nombre de conditions dans l'ordre de succession, répondit Grace Rose avant de pousser un soupir. Je suppose que si tu avais des difficultés financières, ce serait à cause de Mary, n'est-ce pas ?

Elizabeth fit une petite grimace en hochant la tête.

— Mais je vous promets que je n'ai pas de problème matériel, ajouta-t-elle d'un ton qui se voulait rassurant.

Elle n'avait toutefois pas pu dissimuler totalement que la question la mettait mal à l'aise et Grace Rose, respectant sa discrétion, changea de sujet.

— Tu as parlé de bijoux signés Cartier, tout à l'heure. Se trouvaient-ils tous dans la chambre forte de Chelsea ?

— La plus grande partie, oui, mais j'ai aussi quelques pièces fabuleuses que Mary m'avait fait parvenir peu avant sa mort.

— As-tu vu une parure en aigues-marines ? Il y avait une bague, un bracelet et des boucles d'oreilles. Je t'en parle parce qu'ils appartenaient à ta grand-mère. C'est son oncle qui les lui avait offerts.

Le visage d'Elizabeth s'illumina.

— Mais oui ! J'ai vu cette parure et je n'ai nullement l'intention de la vendre.

— Tu as raison. Bess l'aimait beaucoup et la portait pour les grandes occasions.

— Elle était très proche de son oncle, je crois ?

— Oui, et elle l'a toujours défendu, tout comme moi. Nous n'avons jamais pensé qu'il puisse être impliqué en quoi que ce soit dans la disparition des enfants.

Surprise par cette déclaration inattendue, Elizabeth regarda sa grand-tante d'un air intrigué.

— Y a-t-il eu des gens pour le penser ?

Grace Rose fit simplement oui avec la tête et pinça la bouche de façon presque imperceptible, comme si elle en souffrait encore.

— Quelle horreur ! s'exclama Elizabeth.

Comme Louisa entrait pour débarrasser les assiettes, elle attendit d'être de nouveau seule avec Grace Rose pour revenir sur le sujet.

— Qu'a-t-il pu arriver à vos petits frères ? L'histoire que mon père m'a racontée est tellement bizarre ! Si j'ai bien compris, ils ont disparu alors qu'ils jouaient sur la grève de Ravenscar et on ne les a jamais revus.

— C'est exact. Nous n'y avons rien compris, et la police non plus. Bess et moi, nous avions pourtant notre idée sur la question.

— Que pensiez-vous ? demanda Elizabeth.

Grace Rose ne répondit pas tout de suite, perdue dans ses souvenirs, puis elle poussa un petit soupir.

— Nous en sommes venues à croire qu'on les avait enlevés pour les empêcher d'hériter de la Deravenel. Quelqu'un voulait mettre la main sur la compagnie. Si nos frères disparaissaient, il n'y avait plus d'héritiers mâles.

— Mais, alors, c'était ma grand-mère qui devenait l'héritière.

— Bien sûr, et nous l'avions bien compris. Nous n'étions pas aveugles, tu sais. Nous savions toutes les deux que l'homme qui l'épouserait deviendrait le maître de la compagnie. Personne n'aurait jamais accepté qu'une femme occupe ce poste, même si notre père avait fait modifier le règlement intérieur. Grâce à lui, les femmes peuvent à présent hériter de la direction de la Deravenel. Cette compagnie a toujours été un haut lieu du sexisme, comme tu as pu t'en rendre compte.

— Donc, certaines personnes ont essayé de faire passer Richard pour le coupable ?

— En effet, mais pourquoi l'aurait-il fait ? Il adorait ces enfants et c'était lui qui dirigeait la compagnie. Il avait tout : le pouvoir, l'argent et les privilèges ! Et il était en place pour une quinzaine d'années, le temps que les enfants grandissent et puissent le remplacer. Pour Bess et moi, ces accusations n'avaient pas de sens.

Elizabeth se décida à poser une question délicate.

— Pensez-vous que Henry Turner ait pu être coupable ?

— Non, nous ne l'avons jamais cru, et encore moins quand nous l'avons mieux connu. Bess ne l'aurait jamais épousé si elle avait eu le moindre soupçon. En revanche, nous étions convaincues que quelqu'un avait tiré les ficelles dans l'ombre, quelqu'un qui avait intérêt à voir disparaître les enfants, peut-être dans le cadre d'un plan à long terme.

— Mais qui ? insista Elizabeth.

— Nous n'avons jamais pu avoir la moindre certitude. C'est un vrai mystère mais, peu à peu, des doutes nous sont venus au sujet d'un certain Jack Buckley, un cousin Deravenel qui avait des liens étroits avec la branche Grant de la famille. Il était en quelque sorte à cheval sur la frontière car il était marié avec Katharine, la tante maternelle de Bess. Pour nous, il avait un pied dans chaque camp. De plus, le moins que l'on puisse dire est qu'il avait soif de pouvoir.

— A-t-il bénéficié de l'arrivée de Henry Turner à la tête de la Deravenel ?

De la tête, Grace Rose fit un signe de dénégation.

— Pas vraiment, dit-elle, car il est mort brusquement d'une crise cardiaque un an plus tard.

— Et l'assassinat de Richard ? Pensez-vous que ce Jack Buckley aurait pu le tuer ?

— Pour te dire la vérité, Elizabeth, c'est une possibilité que nous avons envisagée, Bess et moi, mais nous ne pouvions rien entreprendre. Nous n'avions pas le moindre début de preuve, ni dans un cas ni dans l'autre. De plus, ne l'oublie pas, nous n'étions que deux très jeunes femmes dont la parole ne comptait pas. Nous savions que personne ne nous écouterait et, par ailleurs, nous n'avions personne à qui parler, personne en qui nous avions suffisamment confiance pour cela.

Grace Rose tourna les yeux vers Louisa qui entrait, poussant une table roulante chargée de plats divers, côtelettes d'agneau, assortiment de légumes, jus de viande et sauce à la menthe.

— Merci, Louisa, dit Grace Rose tandis que la gouvernante posait une assiette devant elle. Tout cela me semble parfait. S'il vous plaît, vous nous laisserez la sauce à la menthe. Vous savez que j'en mets des quantités sur tout !

— Moi aussi ! s'exclama Elizabeth en souriant.

Elle attaqua la viande avec appétit. Dès le début du repas, elle s'était rendu compte qu'elle avait une faim d'ogre. Une banane et un verre de lait en guise de dîner, cela ne suffisait pas, se dit-elle. Elle se promit de renoncer à ses mauvaises habitudes alimentaires.

Après les premières bouchées, elle reposa ses couverts et leva vers sa tante des yeux pleins d'affection.

Elle aimait beaucoup Grace Rose et ne voulait surtout pas lui causer le moindre désagrément.

— J'espère que cela ne vous ennuie pas de parler du passé ?

— Non, bien sûr que non, répondit Grace Rose avec un sourire. Pour te dire la vérité, le passé me paraît plus net que le présent. Je me souviens plus facilement d'événements qui datent de plusieurs dizaines d'années que de ce qui s'est passé hier.

Elle eut un de ces petits rires malicieux qui attendrissaient Elizabeth.

— Peut-être cela vient-il de ce que le passé a plus d'importance à mes yeux. Il me semble plus intéressant que ma vie présente. Non, je ne veux pas dire que je ne suis pas heureuse de vivre et d'être en bonne santé, Elizabeth ! Je n'ai pas du tout envie de partir déjà. J'ai encore plein de bêtises à faire !

Elizabeth joignit son rire au sien.

— J'en déduis que cela ne vous ennuie pas de parler de vos sœurs. Je me suis souvent demandé ce qu'étaient devenues les plus jeunes des filles Deravenel.

— Harry ne parlait donc jamais de ses tantes ?

— Non et, quand je lui posais des questions, il feignait de ne pas les avoir entendues.

— Je pense qu'il ne s'intéressait pas à elles. Donc, voyons… Bridget, la dernière, est entrée au couvent et s'est toujours montrée très satisfaite de son choix. Cecily a épousé un homme plus âgé qui ne l'a pas rendue heureuse et s'est remariée après sa mort.

Les yeux bleu pâle de Grace Rose se mirent à briller.

— Son deuxième mari était beau, séduisant, un toy boy comme on dit aujourd'hui. C'est plus joli que gigolo, n'est-ce pas ? Elle a déménagé et je suppose qu'ils vécurent très longtemps et très heureux ! Anne et Katherine se sont également mariées, avec des hommes simples et très respectables. Elles se sont installées à la campagne. Nous échangions des cartes à Noël mais nous vivions dans des mondes très différents et nous nous sommes peu à peu perdues de vue, surtout après la mort de Bess. C'était elle qui maintenait les liens entre nous.

— Et elle ? Pensez-vous qu'elle a été heureuse ?

— Heureuse ? répéta pensivement Grace Rose. C'est une notion si complexe… Tu me poses une question difficile, Elizabeth. Disons plutôt que ta grand-mère n'était pas malheureuse.

Grace Rose s'interrompit, le regard vague, à nouveau plongée dans ses souvenirs. Elle paraissait voir un monde auquel Elizabeth ne pouvait accéder, un monde peuplé de ses chers disparus. Comme elle l'observait, Elizabeth eut l'impression que son visage se creusait, ses yeux soudain pleins d'ombre. Inquiète, elle lui prit la main.

— Tout va bien ? demanda-t-elle.

Grace Rose fit oui avec la tête.

— Je vais bien, ma chérie. Pour revenir à ta question, je ne pense pas que ta grand-mère ait eu une vie de couple exaltante. Henry Turner était un peu terne, un peu balourd. Mais une chose est certaine : il aimait profondément Bess, la traitait comme une reine et lui est resté fidèle jusqu'au dernier jour. La situation était frustrante pour Bess dans la mesure où Henry ne l'a jamais autorisée à se mêler des affaires de la Deravenel, d'aucune façon que ce soit. Pourtant, c'était à elle qu'appartenait la compagnie, et elle y était très attachée. Le refus de Henry était d'autant plus regrettable que Bess possédait une grande intelligence et qu'elle lui aurait été très utile. Ta grand-mère a eu bien d'autres chagrins, pour te dire toute la vérité. Sur ses sept enfants, elle en a perdu trois très tôt et l'aîné, Arthur, est mort à quinze ans. Cela a été un choc terrible pour elle, une douleur inimaginable. Nous avons tous beaucoup souffert d'avoir perdu Arthur. C'est à partir de ce moment-là que Bess a reporté toutes ses attentions sur son autre fils, ton père. Elle l'a absolument pourri ! Il est vrai que Harry avait toujours été très proche d'elle. D'après moi, elle voyait revivre Edward Deravenel en lui.

— C'est vrai, elle le comparait souvent à son grand-père. À la mort de Bess, mon père m'en a parlé. Il se sentait perdu sans sa mère. En revanche, je ne suis pas certaine qu'il aimait beaucoup son père.

— Moi non plus… Ils s'entendaient cependant très bien. Pauvre Bess ! Elle était trop jeune pour mourir. Trente-sept ans, c'est beaucoup trop tôt. J'ai eu un chagrin abominable. C'était ma meilleure amie depuis presque toujours.

Elizabeth n'avait pas quitté sa grand-tante du regard. Si sa voix était restée ferme et assurée, ses yeux s'étaient remplis de larmes. Émue, elle lui prit à nouveau la main.

— Je suis désolée, Grace Rose, je ne voulais pas vous faire pleurer en parlant du passé. Je vous en prie, ne pleurez pas !

Grace Rose se força à sourire et à paraître gaie.

— Mais non, tout va bien ! Je tiens à mes souvenirs, tu sais. Que deviendrait une vieille dame comme moi sans ses souvenirs ? Ne t'inquiète pas, Elizabeth.

Revenons plutôt au présent, veux-tu ? Que se passe-t-il à la Deravenel ?

— Une bonne nouvelle ! Je pense que nous avons trouvé une solution pour récupérer l'imprudent investissement de Mary en Espagne.

— Vraiment ? Raconte-moi tout ! Je veux tout savoir.

Contente de pouvoir changer de conversation, Elizabeth entreprit le récit des derniers événements, sans rien omettre.

Ce soir-là, Elizabeth éprouva le besoin de regarder les albums de photos que son père lui avait donnés. « Cela t'intéressera plus qu'Edward ou Mary, lui avait-il dit avec un de ses sourires malicieux. Mary se fiche de mon passé anglais. Seuls comptent les ancêtres espagnols de sa mère. Quant à Edward, à part ses cours, il ne s'intéresse pas à grand-chose. Cela dit, c'est très louable. »

La pile d'albums était donc devenue sa propriété. Elizabeth en tourna quelques pages, puis se concentra sur une série de clichés pris à Ravenscar dans les années 1920. Elle poussa une petite exclamation d'étonnement en reconnaissant Grace Rose qui posait avec Bess. Mais qui était l'homme derrière elles ? Elizabeth se pencha pour lire l'inscription en pattes de mouche sous la photo : c'était le célèbre – pour de bonnes ou de mauvaises raisons – Richard Deravenel. Elle scruta l'image quelques instants puis reposa l'album et se pelotonna dans les coussins de son canapé.

Richard Deravenel… Un homme de bien injustement accusé ? Ou un kidnappeur doublé d'un assassin ? Où était la vérité ? En ce qui la concernait, elle ne pouvait émettre le moindre jugement, mais Grace Rose avait affirmé ne jamais avoir cru, pas plus que Bess, à sa culpabilité. « Mais il avait des ennemis, avait-elle ajouté. Et ils l'ont tué. »

À vrai dire, toute la famille avait des ennemis, pensa Elizabeth, les Deravenel comme les Turner. Étaient-ce leur richesse et leur prestige qui engendraient tant de jalousie et de haine ? Elle connaissait très bien la réponse.

Et moi ? se demanda-t-elle enfin. Ai-je des ennemis ? C'était plus que vraisemblable. Qui étaient-ils ? Elle frissonna et mit son chandail sur ses épaules. Elle ne connaissait pas encore leurs noms, mais elle les saurait très vite. Ils finiraient par se trahir. Un nouveau frisson la parcourut. Avoir des ennemis pouvait se révéler dangereux. Elle devrait rester sur ses gardes en permanence.

DEUXIÈME PARTIE

L'amour n'attend pas

Mon amour possède mon cœur, et moi le sien,
L'un pour l'autre équitablement échangés.
Son cœur m'est cher, il ne peut douter du mien,
Meilleur accord on ne pourrait rêver.

Sir Philip SIDNEY

Comment je t'aime ? Laisse-moi te dire comment !
Je t'aime aussi loin, aussi fort, aussi clair
Que mon âme peut atteindre, dans sa quête aveugle
Vers l'infini de l'Être et de la Grâce parfaite.
Je t'aime avec la simplicité des désirs si paisibles
De chaque jour, dans la lumière du soleil comme de la chandelle.

Elizabeth BARRETT BROWNING

17

— Je me demande s'il n'y a pas eu des cachots, ici, dit Robert à Elizabeth en éclairant de sa torche la cave de Ravenscar.

— Je crains que tu aies raison.

Elle cherchait à tâtons l'interrupteur de l'éclairage et l'actionna sans attendre. L'immense sous-sol s'illumina.

— C'est souvent ce que j'ai pensé, reprit-elle. Si on descend encore, on trouve plusieurs salles voûtées avec de lourdes portes métalliques équipées de judas. Pourtant, mon père ne m'a jamais dit que c'étaient des cachots alors qu'il me donnait souvent des détails intéressants sur l'histoire de Ravenscar.

— Je n'aurais pas du tout aimé être emprisonné ici. Il fait horriblement froid. Heureusement que tu as insisté pour que je mette un pull et mon Barbour. C'est glacial.

— Je sais mais nous n'en avons que pour dix minutes. Allez, jeune homme ! On se bouge ! La cave la plus grande, connue sous le nom de salle numéro dix, se trouve droit devant.

— Dix comme pour dire « le meilleur » ? demanda-t-il d'un air taquin.

— Probablement, répondit-elle en riant. Je sais qu'il s'y trouve un tas d'écrins. Tous les grands noms de la joaillerie de luxe y sont. D'après l'inventaire de Kat, on y a également entassé des tapis et des tapisseries d'Aubusson, et encore des tonnes d'argenterie et d'orfèvrerie. Elle était sidérée. Blanche et Thomas n'en croyaient pas leurs yeux, eux non plus. Tous les trois pensent que cela doit être inclus dans la vente aux enchères et je suis certaine qu'ils ont raison. Kat a fait un travail extraordinaire.

— Kat est l'efficacité même et je suis très content qu'elle s'occupe de tout cela car tu n'en aurais vraiment pas le temps.

— En effet, répondit Elizabeth avant de pousser un petit cri satisfait. Ah ! Nous y sommes.

Elle s'arrêta devant l'une des portes du passage principal et tendit à Robert une grosse clé.

— Je te laisse ouvrir, Robin. Kat m'a prévenue que la serrure est dure.

— Elle doit avoir besoin d'un peu d'huile.

Il farfouilla quelques instants dans la vieille serrure puis la clé accepta de tourner. Il fit ensuite basculer l'ancien loquet de la porte et dut pousser de toutes ses forces pour l'obliger à s'ouvrir, non sans force craquements et grincements.

L'unique ampoule suspendue au plafond ne donnait qu'une lumière parcimonieuse mais ils se rendirent compte de l'immensité de la salle.

— Je n'y crois pas ! s'exclama-t-il. On se croirait à la Banque d'Angleterre. As-tu aussi les clés des portes que je vois là-bas ?

Elizabeth lui tendit un trousseau dont chaque clé était numérotée. Ils ouvrirent l'une après l'autre les

portes tout autour de la grande cave. Chacune condui-
sait à une autre cave, plus petite et aux murs couverts
d'étagères chargées de mille objets précieux.

Quand Elizabeth découvrit les piles d'écrins à
bijoux entassés dans l'une d'elles, elle fit signe à
Robert de la rejoindre.

— Robin, c'est ahurissant ! Quel luxe insensé !

Elle prit une demi-douzaine d'écrins sur l'une des
étagères.

— Kat m'a demandé de lui dire ce que je veux faire
de chacun des bijoux. Que dirais-tu de tout emporter
dans la salle à manger ? On fera le tri là-haut.

— Nous ne pouvons pas le faire ici, c'est sûr ! On
n'y voit presque rien et on gèle. Nous allons attraper la
mort si nous traînons trop longtemps.

— Alors, aide-moi à tout déménager. Je te propose
de déposer les écrins sur les premières marches de
l'escalier, de refermer ici et, ensuite, d'aller nous
mettre au chaud dans la salle à manger.

— Et on demandera à Lucas de nous faire du thé ou
une soupe, ajouta-t-il en frissonnant.

Robert la suivit et prit autant d'écrins qu'il le pouvait.

— Nous aurons vraiment besoin d'une boisson
chaude, dit-il encore.

— Lucas et Martha sont allés faire des courses à
Scarborough, répondit Elizabeth, mais je peux préparer
du thé.

— Ne t'inquiète pas pour cela maintenant. Nous
aurons déjà assez à faire pour tout remonter.

Ils eurent beau travailler aussi vite que possible, il
leur fallut plus d'une demi-heure pour transférer les

201

écrins de la cave au pied de l'escalier. Il y en avait de toutes les formes et de toutes les tailles.

Robert, qui s'étonnait rarement de quoi que ce fût, était estomaqué. Quand ils eurent enfin terminé, il referma d'abord les portes intérieures puis celle de la cave numéro dix.

— À mon avis, dit-il, la solution la plus rapide serait de mettre les écrins dans de grands sacs-poubelle. Et si nous n'en avons pas assez, nous pourrons toujours utiliser des taies d'oreiller.

— Quelle bonne idée, Robin ! Je te déclare premier de la classe !

Elizabeth s'était pelotonnée sur la causeuse de la bibliothèque, aussi près du feu que possible. Les flammes s'élevaient haut et clair mais elle sentait encore dans ses os le froid de la cave, comme si elle avait été transformée en bloc de glace.

Robert avait pris le temps d'entasser plusieurs bûches supplémentaires dans l'âtre et de pousser le chauffage central, puis il l'avait laissée. Quand son pas retentit sur le seuil de la pièce, elle tourna la tête. Il tenait un verre d'alcool dans chaque main.

— Je sais que tu n'aimes pas l'alcool, mais je veux que tu boives ça.

— Qu'est-ce que c'est ? demanda-t-elle avec un regard méfiant.

— Du calvados.

— Pourquoi as-tu pris des verres à liqueur ?

— Ne pose pas de questions, contente-toi de le boire comme je fais !

Joignant le geste à la parole, il vida son verre d'un seul élan et le reposa sur la table basse d'un air incrédule.

— J'en ai le souffle coupé ! C'est affreusement fort, mais ça fait du bien. Bois-le d'un trait, c'est la seule façon d'y arriver.

Elle hocha la tête, dubitative, mais obéit. Le choc la fit sursauter.

— Bon sang ! C'est fort, tu peux le dire ! Mais c'est supposé me faire quoi ?

— Cela va te faire chaud à l'intérieur.

Elle se mit à rire, les yeux pétillants de gaieté.

— Qu'y a-t-il ?

Robert semblait décontenancé par cette soudaine hilarité.

— C'est exactement la phrase que tu employais quand je ne voulais pas manger la soupe aux légumes de Kat et qu'elle m'y forçait !

— J'ai dû être un petit garçon très sage.

Elizabeth resta silencieuse un instant, contemplant les flammes sans les voir.

— Je dirais même un petit garçon à l'ancienne, dit-elle d'une voix rêveuse. Et tu disais cette phrase comme si tu en étais convaincu.

— Je l'étais et je le suis toujours. Le calvados va te réchauffer jusqu'au bout des pieds.

Il vit cependant qu'elle tremblait encore de froid. Il s'assit alors à côté d'elle sur la causeuse et la serra contre lui.

— Je vais essayer de te réchauffer.

Il se mit à lui frotter le bras et la serra un peu plus fort.

— Tu te sentiras mieux dans une minute ou deux. La science a démontré que le meilleur remède à l'hypothermie est la chaleur humaine.

Ta chaleur en particulier, se dit Elizabeth. Elle se laissait aller au bonheur d'être dans les bras de Robert. Elle sentait la vitalité et l'énergie communicative de ce grand corps robuste, plein de vie, et cela la remplissait de joie. Elle le regarda discrètement entre ses cils puis ferma les yeux et posa la tête sur son épaule solide, tandis que remontait le souvenir… du contre-amiral. Tom Selmere ressemblait à Robert, avec ses cheveux noirs et ses yeux expressifs, même si ceux de Robert étaient plus sombres. Ils avaient la même taille, la même silhouette, de longues jambes et un corps de sportif. C'était son type d'homme, à n'en pas douter. Elle avait toujours été attirée par des hommes qui ressemblaient à Robert, son « Robin », son adorable et affectueux Robin… Son meilleur ami, sa famille, l'homme qu'elle aimait. Oh non !

Elizabeth réussit à se contrôler et resta immobile. Elle osait à peine respirer. *L'homme qu'elle aimait !* Pourquoi avait-elle pensé cela, d'un coup, sans que rien le laisse présager ? Non, c'était faux. Elle l'aimait depuis très longtemps, mais ne se l'était jamais avoué. Comme si toutes les portes s'ouvraient d'un seul coup, une vague de désir l'envahit. Elle le voulait ! Elle voulait qu'il lui appartienne. Mais n'était-ce pas déjà le cas ? Non, pas encore… Mais il sera à moi, pensa-t-elle. Il est à moi ! Et soudain, elle se souvint de sa femme, Amy, l'épouse dont Robert ne parlait jamais et que, apparemment, il ne voyait plus souvent. Elizabeth avait de longue date décidé d'oublier l'existence de cette femme et y avait très bien réussi. Robert l'avait épousée sept ans auparavant, dans un élan de jeunesse, mais il avait dû dépasser ce stade depuis longtemps. Elizabeth était certaine de cela : il avait laissé Amy derrière lui.

— Tu es bien ? demanda Robert.

Il s'écarta un peu et, d'une main, leva son visage vers la lumière pour mieux l'examiner.

— Très bien, répondit-elle d'une petite voix. Pourquoi ?

— Parce que tu es subitement devenue très calme, très silencieuse.

— C'est… Je me suis détendue et j'ai commencé à me réchauffer, c'est tout.

Il serait plus juste de dire que je brûle, que je suis très troublée et très excitée ! se fit-elle la réflexion. Mais elle préféra s'arracher à ses bras et se leva d'un bond, le laissant déconcerté.

— Lucas a préparé le déjeuner. Je n'ai plus qu'à le passer au four. Je vais m'en occuper tout de suite.

Elle avait parlé d'un ton haché très inhabituel chez elle et, pivotant sur ses talons, sortit de la bibliothèque comme si elle avait le diable aux trousses.

Cette sortie précipitée laissa Robert sans voix. Son premier mouvement fut de courir derrière elle mais il renonça. Il lui fallait quelques instants pour se calmer. Il tremblait de désir. Cela faisait longtemps qu'il avait envie d'elle, depuis un an, en réalité, quand il avait commencé à se rendre régulièrement à Ravenscar pour préparer avec elle et Cecil l'avenir de la Deravenel. Pendant tous ces mois où ils avaient peaufiné leurs plans en attendant le décès de Mary, il avait réussi à se contrôler. Il ne s'était jamais laissé coincer dans une situation où il aurait pu être tenté de la séduire. Il l'aimait depuis toujours, depuis le jour où il l'avait vue pour la première fois, petit garçon en culotte courte tombé en adoration devant sa princesse.

Tout à l'heure, il l'avait trouvée d'une pâleur inquiétante. Le froid glacial des caves avait dû la pénétrer jusqu'à la moelle. Or, dans sa volonté de la réchauffer, il n'avait pas pris garde et avait laissé le désir l'envahir. Pauvre idiot ! se morigéna-t-il. Il se reprochait amèrement son manque de contrôle.

Elizabeth admirait particulièrement Harry Turner pour sa façon de terminer très vite et très bien ce qu'il avait commencé. Son père ne connaissait pas le sens du mot « échec ».

Tout en s'affairant dans la cuisine, elle pensait à lui. À onze ans, après son retour en grâce auprès de lui, elle lui avait fait remarquer que les cuisines de Ravenscar étaient non seulement vieilles mais peu pratiques. Plus rien n'y marchait correctement.

À son grand ravissement, sans parler de la satisfaction du personnel, il avait acquiescé et avait dépensé une fortune pour les rénover. Encore mieux, il avait demandé à Elizabeth de l'aider. Une fois la pièce débarrassée de ses vieux équipements, les ouvriers avaient posé un sol de granit vert épinard avec des plans de travail assortis. Les murs avaient été peints d'une belle couleur pêche, les placards et les portes d'un blanc éclatant. D'autres ouvriers étaient ensuite venus installer les équipements qu'elle avait choisis avec son père, deux grands réfrigérateurs modernes revêtus d'acier inoxydable, une cave à vins, un four à micro-ondes et, sa plus grande joie, une Aga. Quelle femme ne rêvait pas de cette cuisinière traditionnelle avec son four à accumulation de chaleur ? Elizabeth avait insisté pour en avoir une et, comme on n'éteignait jamais l'Aga, il régnait toujours une délicieuse chaleur dans la cuisine, de jour comme de nuit.

Profitant des bonnes dispositions paternelles, Elizabeth avait suggéré de remplacer la vieille table en pin qui occupait le milieu de la pièce par un îlot au plan de travail en granit. Elle avait aussi insisté pour que l'on prévoie une zone réservée aux repas. C'était encore elle qui avait trouvé le meilleur emplacement, à bonne distance de l'Aga pour avoir assez chaud mais pas trop.

S'arrachant à ses souvenirs, elle se dirigea vers le coin repas, disposa les sets, les couverts et les serviettes sur la table ronde, puis alla chercher des verres.

L'année précédente, quand elle vivait à Ravenscar de façon permanente, elle avait eu beaucoup de temps libre, en particulier les week-ends. Elle en avait profité pour suivre les cours d'une école de cuisine réputée dans la région. Si elle n'aimait pas cuisiner en général, elle prenait du plaisir à réaliser certains plats et elle aurait été heureuse de s'occuper du déjeuner. Cependant, Lucas avait insisté pour le faire.

Il avait tout préparé et placé les plats en évidence sur le plan de travail de l'îlot central. Elizabeth n'avait plus qu'à mettre le hachis Parmentier, les petits pois et la sauce dans le micro-ondes. Lucas avait aussi pensé aux assiettes avec les terrines de crevettes au beurre qu'Elizabeth disposa sur la table. Elle versa ensuite l'eau dans les verres puis mit du pain à griller pour les crevettes.

Debout devant le grille-pain, elle se demanda ce que faisait Robin. Au même instant, le son de sa voix la fit sursauter. Elle ne l'avait pas entendu entrer.

— J'ai faim !

Elizabeth pivota sur ses talons pour le découvrir, appuyé au montant de la porte, l'air décontracté et d'une beauté insupportable dans son pull marin écru et son simple jean.

— Qu'avons-nous, à part ces appétissantes crevettes ? demanda-t-il.

Elle lui donna le menu et lui suggéra d'une voix un peu crispée d'aller s'asseoir.

— Je te rejoins dans un instant, ajouta-t-elle.

Il fit ce qu'elle lui demandait et prit son verre d'eau. Pourquoi était-elle si tendue ?

— Elizabeth, dit-il enfin, j'ai ouvert quelques écrins. Il y a des pièces extraordinaires. Je pense même avoir trouvé quelque chose de très rare et qui doit valoir une fortune en raison de sa provenance.

— Qu'est-ce que c'est ?

— Assieds-toi d'abord, et je te le dirai. As-tu besoin d'aide ?

— Non, merci, je contrôle la situation !

Elle posa rapidement l'assiette de toasts au milieu de la table, alla tout aussi vite prendre le beurre dans le réfrigérateur et s'assit enfin à côté de Robert.

— Laisse-moi juste le temps de goûter la terrine de crevettes, dit-il. Tu sais que c'est un de mes plats préférés. Ensuite, je te parlerai de ce bijou.

Joignant le geste à la parole, il entreprit de beurrer un toast. Elizabeth fit de même et plongea sa fourchette dans le petit pot en grès où l'on voyait les crevettes prises dans le beurre durci.

— Elles sont excellentes, Robin, dit-elle après les avoir goûtées. Veux-tu du citron ?

— Non, merci.

Il savoura quelques bouchées puis, comme promis, reposa sa fourchette.

— Il s'agit d'un collier de diamants, très anciens à en juger par la façon dont ils sont taillés. Une pièce fabuleuse, Elizabeth ! Même moi je m'en suis rendu compte au premier coup d'œil. Il y avait une enveloppe dans l'écrin et j'ai reconnu l'écriture de Kat. Elle a écrit dessus « Eugénie », c'est tout. Dans une autre enveloppe, j'ai trouvé plusieurs documents importants. Il y a une notice assez longue, d'une écriture démodée et ornée, et une autre, beaucoup plus courte, indiquant que le collier avait appartenu à Elizabeth Wyland Deravenel, qu'il lui avait été offert par son mari, Edward Deravenel. Bref, ce qui nous importe est que ce collier avait été créé pour l'impératrice Eugénie. Les bijoux de la couronne de France ont été dispersés en 1887 lors d'une vente aux enchères. Une grande partie des bijoux en diamants ont été achetés par le célèbre Boucheron et ton collier en faisait partie.

— C'est incroyable ! s'exclama Elizabeth avec enthousiasme. Quelle bonne nouvelle ! Cela devrait arrondir sérieusement le produit de ma vente, n'est-ce pas ?

— J'en suis certain. Je n'ai rien vu d'aussi remarquable dans les autres écrins, mais tout est très beau, d'une qualité irréprochable. Tout cela n'a pas de prix. Nous regarderons plus en détail après le déjeuner et, ensuite, nous remettrons les écrins en bas. À première vue, tu as cinq ou six millions de livres en bijoux sur la table de ta salle à manger, Elizabeth. Peut-être même huit …

Elle l'écoutait, les yeux écarquillés. Cela lui donnait la chair de poule.

— Ce n'est pas possible, dit-elle d'une voix étranglée.

— Mais si ! Et n'oublie pas qu'il y a encore un grand nombre d'écrins dans les caves. Nous n'en avons monté que soixante-cinq ! Il en reste au moins cinquante.

En constatant qu'Elizabeth était toute rouge, il éclata de rire.

— Je me demande ce que tu vas faire de la montagne d'argent que te rapportera cette vente.

— J'achèterai autant de parts de la Deravenel que je le pourrai, répondit-elle du tac au tac.

Il haussa les sourcils, perplexe.

— Penses-tu qu'il y ait des parts disponibles ? Nous sommes une société privée et nous ne sommes pas en Bourse. À moins que tu ne veuilles faire une offre publique d'achat ?

— Bien sûr que non ! Si c'était le cas, tu serais le premier à le savoir puisque je te dis tout. Mais quelques-uns des administrateurs possèdent des parts, en particulier parmi les plus vieux, et je les veux. Ils vont bientôt se retirer du conseil d'administration à cause de leur âge et, si je leur propose une somme suffisamment intéressante, ils vendront. Fais-moi confiance.

Robert l'avait écoutée avec attention.

— Tu veux étendre ton contrôle sur la Deravenel…

— Oui ! Cependant, je n'utiliserai pas tout cet argent pour le rachat de parts. Je veux en garder une bonne partie en liquidités pour avoir une réserve en cas d'urgence.

Il hocha la tête, incapable de dire quoi que ce soit. Il savait depuis toujours que la Deravenel comptait beaucoup pour Elizabeth et qu'elle s'y dévouerait entièrement, comme son père l'avait fait. Tel père, telle fille ! pensa-t-il. Il n'avait pourtant jamais réalisé que la compagnie occupait la première place dans la vie et l'esprit d'Elizabeth.

— Zut ! s'exclama soudain cette dernière. J'ai oublié de mettre le hachis dans le micro-ondes.

Elle se leva vivement et poursuivit par-dessus son épaule :

— La suite arrive dans une minute, Robin. Le temps de réchauffer les petits pois et la sauce.

— Je ne suis pas pressé, la rassura-t-il.

Pendant qu'Elizabeth s'affairait, Robert se demanda s'il pourrait lutter contre cette totale dévotion à la Deravenel. Il semblait qu'il n'y ait rien de plus important dans la vie d'Elizabeth. Pas si vite, mon vieux ! se dit-il. Qu'est-ce qui te permet de penser qu'elle s'intéresserait à toi ? Tu es son ami d'enfance, idiot ! Le jour où elle aura envie d'avoir un homme dans sa vie, elle cherchera de la nouveauté…

Robert mit son Barbour, traversa le grand hall et franchit la haute porte vitrée à double battant qui donnait sur le jardin. De la terrasse, il chercha Elizabeth du regard et la repéra immédiatement. Elle se tenait derrière les créneaux de la vieille forteresse en ruine, au bord de la falaise.

Il frissonna en s'engageant dans l'allée pavée qui traversait le jardin en terrasses et se demanda ce qui avait pu pousser Elizabeth à sortir par cette glaciale journée de mars. On était peut-être le vendredi saint mais, sur cette côte du nord de l'Angleterre, on se serait cru en plein hiver. Robert leva les yeux vers le ciel qui se teintait d'un beau bleu profond. Le soleil se couchait. La nuit serait belle, sans nuages, une vraie nuit de pleine lune.

Il retrouva Elizabeth dans l'enceinte circulaire de l'ancienne tour de garde. Des soldats y avaient vécu, guettant l'ennemi, prêts à rejeter à la mer les envahisseurs qui avaient traversé la mer du Nord pour s'emparer d'une terre riche et fertile.

— Quelle idée as-tu eue de venir ici ? demanda-t-il.

Elizabeth se retourna au son de sa voix et lui sourit.

— J'avais besoin de grand air après l'atmosphère confinée des caves mais j'avoue qu'il ne fait pas très chaud !

— C'est le moins qu'on puisse dire ! Tu ferais mieux de rentrer. En plus, il commence à faire noir.

— Oui, c'est le crépuscule… J'ai toujours aimé ce mot.

Elle n'était toutefois pas pressée de rentrer et reprit son poste derrière le parapet, tournée vers la mer.

— C'est si beau, à la tombée du jour, quand on a une belle lumière comme ce soir.

À cet instant, une bourrasque la frappa de plein fouet. Vacillant, elle recula d'un pas qui la rapprocha de Robert. Il lui passa un bras autour des épaules et l'entraîna vers les jardins. Pendant un moment, elle se laissa faire sans rien dire puis s'arracha à son étreinte et s'élança sans prévenir.

— Le premier arrivé ! cria-t-elle.

Il ne put la rattraper que sur la terrasse et la suivit dans le grand hall. Elle ôtait déjà sa doudoune et sa longue écharpe de laine. Robert se débarrassa de son Barbour.

— Que s'est-il passé ? demanda-t-il.

Elle tourna les yeux vers lui et le fixa sans un mot. Il vit alors qu'elle était livide, plus pâle que jamais, et qu'elle tremblait. Il s'aperçut bientôt qu'elle avait les yeux pleins de larmes.

— Quelque chose ne va pas ? dit-il d'un air inquiet.

Elle ne put que secouer la tête en signe de dénégation. Robert voulut s'avancer vers elle mais elle recula immédiatement. Il la regardait dans les yeux et elle lui rendait son regard, sans que ni l'un ni l'autre puissent rompre le contact.

Robert ne pouvait plus respirer, la gorge nouée d'émotion. Il reconnaissait l'expression d'Elizabeth. Elle reflétait exactement ses propres sensations. Le désir ! Un désir total et absolu.

— Elizabeth… dit-il d'une voix tremblante, presque inaudible. Ma chérie…

— Robin, gémit-elle. Oh ! Robin…

Un même élan les précipita dans les bras l'un de l'autre. Il se pencha sur elle, trouva ses lèvres et l'embrassa fougueusement. Plus rien n'existait autour d'eux, si bien qu'ils n'entendirent même pas Lucas, venu remettre des bûches dans le feu de la bibliothèque.

Robert s'interrompit un instant pour murmurer à son oreille.

— Veux-tu que nous allions dans ta chambre, mon amour ?

— Je voudrais que nous y soyons déjà…

18

Ils montèrent l'escalier main dans la main et longèrent le couloir tout en s'embrassant. Elizabeth mettait le chauffage central assez fort, et, quand ils entrèrent dans sa chambre, ils se sentirent aussitôt baignés dans une douce tiédeur.

— Il fait bon ici, dit Robert.

Comme dans toute la maison, un feu brûlait dans la cheminée ; il y ajouta plusieurs bûches et les flammes jaillirent.

— Voilà, ce sera parfait !

Elizabeth, qui avait pris le temps de fermer sa porte à clé, s'avança vers lui, le prit par la main et l'entraîna sur le grand canapé devant le feu où ils se blottirent l'un contre l'autre.

— Je crois, chuchota-t-elle enfin, que nous avons tous les deux eu une vraie révélation, tout à l'heure. Soudain, j'ai compris que je ne pouvais plus cacher mes sentiments, cacher que je t'aime, Robin.

— C'est la même chose pour moi, Elizabeth. J'ai pris conscience depuis un an à quel point je t'aime mais je ne pouvais rien te dire. Les humains sont parfois si bêtes…

Il se pencha sur elle et prit son visage entre ses mains avec une infinie tendresse avant de lui donner un baiser très doux.

— Je t'aime comme un fou, ma chérie ! Je t'aime depuis toujours et je t'aimerai toute ma vie.

Elle se serra plus étroitement contre lui et caressa son visage, ces traits qu'elle connaissait par cœur, si beaux, si bien dessinés. Avec des pommettes bien marquées, un grand front sans la moindre ride, Robert possédait les yeux les plus expressifs qu'Elizabeth ait jamais vus. C'était un homme d'une beauté exceptionnelle et Elizabeth aimait tout de lui, sa haute silhouette, ses longues jambes, sa musculature élégante et ses larges épaules. Elle se sentait si bien dans ses bras puissants !

— Robin, soupira-t-elle d'une voix tremblante. Mon amour, mon Robin ! J'ai tellement envie de toi…

— Je sais, ma chérie. Moi aussi…

Il lui donna mille petits baisers dans le cou, sur le visage, puis il reprit ses lèvres et l'embrassa, laissant libre cours à sa passion.

— Viens, dit-il enfin. Nous serons mieux sur le lit.

Il l'aida à se lever et, sans la lâcher, l'entraîna vers le grand lit à baldaquin où il ôta son pull d'un seul mouvement avant de glisser ses mains sous celui d'Elizabeth. En quelques secondes, ils furent sous les couvertures, nus, enlacés, enfin peau contre peau.

— Non, murmura Elizabeth, n'allume pas ! C'est si doux avec la lumière du feu.

Il se redressa, prenant appui sur un coude, pour mieux voir les yeux gris foncé d'Elizabeth.

— Cela fait longtemps que je rêve de ce moment. Depuis un an, en réalité !

— Robin, si j'avais su ! Nous avons perdu tellement de temps.

Il rit avec tendresse.

— Cela fait une éternité que nous perdons du temps ! Je dirais même que cela dure depuis nos huit ans.

— On a été bêtes !

— Affreusement bêtes !

Son visage prit soudain une expression sérieuse.

— Elizabeth, dit-il d'une voix hésitante, tu es certaine que tu veux…

— Il est un peu tard pour se poser la question, je pense ! Et je crois que tu connais la réponse. Robin, je n'ai jamais rien désiré aussi fort de toute ma vie.

— Moi non plus… Je t'ai seulement posé la question parce que, pour moi, il ne sera pas question de revenir en arrière. Si nous faisons l'amour maintenant, cela signifie que je m'engage totalement…

— Moi aussi !

Leurs regards ne se lâchaient plus et Robert eut l'impression de pénétrer jusqu'à l'âme d'Elizabeth, au point de sentir son cœur presque s'arrêter. En cet instant précis, il comprit qu'il appartiendrait à Elizabeth pour toujours, quoi qu'il arrive. Pour le reste de sa vie, il serait le compagnon d'Elizabeth Turner et il savait que, de son côté, elle serait sa compagne. À part lui, aucun homme ne la toucherait jamais car elle n'en voudrait jamais aucun autre que lui.

Leurs premières caresses furent lentes et douces. Puis, toute timidité oubliée, celles de Robert devinrent plus précises et il la sentit soudain se raidir. Il s'arrêta aussitôt et la regarda, intrigué.

— Oui, gémit-elle. Continue, Robin !

Il reprit ses caresses, aussi tendres que savantes, conscient d'avoir de plus en plus de mal à se contrôler. Cependant, comme il voulait que cela dure très longtemps pour savourer chacun de ces instants qu'il avait tant espérés, il s'interrompit.

— Qu'y a-t-il ? demanda Elizabeth. Pourquoi t'arrêtes-tu ?

— Je ne veux pas aller trop vite... C'est notre première fois et je veux connaître chaque centimètre de ta peau. Ma chérie, j'ai trop attendu ce moment pour tout bâcler en quelques minutes !

Elizabeth reprit son souffle. Elle sentait Robert, tout contre elle, et savoir qu'il la désirait avec une telle force la faisait trembler. Elle le voulait, elle aussi, si ardemment que c'en devenait douloureux. Brûlante de désir, elle n'était pas certaine de pouvoir patienter. Comme s'il avait lu dans son esprit, il se pencha sur elle, embrassa délicatement ses seins et laissa sa main descendre vers son ventre en feu.

Elle rouvrit les yeux, éperdue, bouleversée par l'intensité du désir qu'elle lisait dans le regard de Robert. Comme elle l'aimait ! Il reprit lentement ses caresses, la faisant gémir de plaisir. Elle murmurait des mots sans suite, mais lui, sans rien dire, repoussa les couvertures et l'amena au bord de l'extase. Ne pouvant plus se retenir, il prit la bouche d'Elizabeth et, la serrant de toutes ses forces dans ses bras, il fut enfin pleinement son amant.

Ils jouirent ensemble et Robert, dans un soupir, murmura le nom d'Elizabeth.

Ils restèrent enlacés un long moment, refusant de se séparer. Elizabeth n'avait jamais connu pareille plénitude, ni avec Thomas Selmere ni avec Murrey, l'autre homme qui l'avait poursuivie…

Elle glissa peu à peu dans une vague somnolence, s'abandonnant à ses pensées, heureuse d'entendre à ses côtés le souffle paisible de Robert, heureuse de respirer son odeur familière, qu'elle aimait tant, un parfum de propreté relevé par la note citronnée de son eau de Cologne, évocatrice de prairies et de bois. Elizabeth était au paradis, pleine d'un bonheur qu'elle n'avait jamais connu.

Il est retourné dans sa chambre pour se doucher, se raser, et s'habiller pour le dîner. Il n'avait pas envie de me quitter et, moi, je n'avais pas envie de le laisser partir. Je ne supporte pas de ne plus le voir. Il est si beau ! Je dois reconnaître qu'il l'a toujours été, même enfant. Et c'est un homme bien. Il y a quelque chose de très pur en lui et je ne permettrai à personne de dire le contraire. Or, nous allons faire jaser dans les chaumières ! On va nous envier, lui comme moi, et à juste titre. Nous avons une chance que connaissent peu de gens : nous nous comprenons sans réserve, nous connaissons dans les moindres détails les besoins et les désirs de l'autre. Et notre union est aussi bien spirituelle que charnelle. Nous avons la chance inouïe d'une entente sexuelle parfaite.

Tout à l'heure, juste avant de rejoindre sa chambre, il m'a embrassée comme un fou et m'a dit : « Nous venons de signer un engagement réciproque, toi et moi, ne l'oublie jamais ! Il n'y a pas de retour en arrière possible. » Comment pourrais-je l'oublier ? Je lui appartiens et il m'appartient. Nous ne formons plus qu'un, et pour toujours.

Une heure plus tard, quand Elizabeth entra dans la bibliothèque, Robert s'y trouvait déjà, le dos au feu, l'attendant. En le voyant si beau, elle crut que son cœur s'arrêtait. Il portait un pull rouge à col montant avec un jean et des mocassins marron parfaitement cirés. De la tête aux pieds, Robert offrait l'image de l'homme le plus soigné du monde.

Elle fit quelques pas vers lui en souriant.

— Je vais devoir t'enfermer à triple tour ! s'exclama-t-elle.

Il s'était avancé à sa rencontre et la prit par la main pour l'amener devant le feu.

— Pourquoi ? demanda-t-il.

— Tu es trop beau ! Si je te laisse sortir, on va t'enlever.

Il rit en hochant la tête d'un air attendri et lui donna un léger baiser au coin des lèvres.

— C'est parce que je suis amoureux, répondit-il à mi-voix. Je t'aime, ma chérie.

— Moi aussi, Robin.

— Tu n'es pas trop vilaine à voir, toi-même, reprit-il d'un ton guilleret en la détaillant de la tête aux pieds.

Elle avait opté pour un ensemble en lainage violet, pull-over et jupe longue, avec une grande écharpe rose en pashmina élégamment drapée sur ses épaules.

— Ces couleurs ont toujours été parfaites pour toi, dit-il.

— Oui, cela vaut mieux que le vert auquel on condamne les rousses, n'est-ce pas ? As-tu envie de prendre un verre avant le dîner ?

— Pourquoi pas ? Lucas a apporté une bouteille de Veuve Clicquot. Qu'en penses-tu ?

— Beaucoup de bien !

Il remplit deux flûtes en cristal du beau liquide doré et les apporta devant le feu. Ils portèrent un toast à eux-mêmes et burent une gorgée sans se quitter des yeux.

— Je te remercie de ton aide pour ces fichus bijoux. Je n'aurais jamais pu me débrouiller toute seule.

— Je suis heureux d'avoir pu t'aider mais tu ne devrais pas médire de ces bijoux ! Ils vont figurer en bonne place dans ta vente. À propos, la date est-elle arrêtée ?

Elizabeth s'assit sur le petit canapé devant le feu et s'adossa confortablement aux coussins.

— J'ai rencontré la direction de Sotheby's. Pour eux, quatre mois sont encore nécessaires pour finir les inventaires et rédiger le catalogue. En principe, la vente pourrait avoir lieu en automne ou au début de l'hiver.

— De cette année ?

— Je l'espère ! J'ai hâte que tout cela soit fini.

— Et la maison de Chelsea ? Tu la mets en vente ?

— Je pense que je vais me décider.

Elle s'apprêtait à lui expliquer pourquoi elle n'avait pas envie de la garder. Trop de mauvais souvenirs étaient attachés à cette maison. Elle préféra, cependant, se taire car elle ne voulait pas parler de Thomas Selmere. Mieux valait changer de sujet.

— Il reste encore plusieurs écrins en bas, dit-elle. Penses-tu que nous aurons le temps de nous en occuper demain ou dimanche ? Quand j'aurai tout vu, Kat pourra les emporter et les mettre à l'abri dans une des banques.

— Le mieux, à mon avis, serait de le faire aussi vite que possible demain matin pour ne plus avoir à s'en préoccuper. Elizabeth, je voulais te parler d'autre chose. Il m'est venu une idée sous la douche. La semaine prochaine, je dois aller à Madrid. Pourquoi ne me rejoindrais-tu pas à Marbella pour le week-end ?

— Oh ! quelle bonne idée, Robin ! Ce sera merveilleux d'être avec toi. Nous pourrons nous détendre un peu et profiter de la douceur du climat. De plus, j'ai hâte de voir le site de la résidence. Il y a juste une chose...

Elle s'interrompit avec une petite grimace soucieuse.

— Qu'y a-t-il ? Voyons, dis-le-moi !

— J'espère vraiment ne pas être obligée de voir Philip Alvarez.

— Bien sûr que non ! Il ne sera même pas dans la région. Mais pourquoi cela t'ennuierait-il tellement ?

Il la dévisageait, intrigué, et elle se mit à rire nerveusement.

— Parce que, répondit-elle d'un ton embarrassé, il me... Comment dire ? Il me pourchassait ! Je ne vois pas de meilleur mot pour décrire son attitude. Quand personne ne regardait, il cherchait toujours à me pincer les fesses ou à m'attraper d'une façon ou d'une autre.

— Le salopard !

Bien que très en colère, Robert ne put s'empêcher de rire.

— Je t'avoue que, même s'il a mal agi, je le comprends. Tu es des plus appétissantes, ma chérie ! Une vraie tentation pour les mains !

Il s'assit auprès d'elle et lui pressa les doigts dans un geste rassurant.

— Je te garantis qu'il ne sera pas à Marbella et que, si par hasard, il osait se montrer, je te protégerais de lui. Je te le promets.

Elle se tourna pour lui faire face et, voyant la lueur malicieuse dans ses yeux, sourit malgré elle.

— Robert Dunley, j'ai toujours su que tu serais un jour le chevalier en armure blanche bien astiquée capable de me défendre contre tous les méchants !

Ils furent interrompus par l'entrée de Lucas.

— Excusez-moi, mademoiselle Turner... Le dîner est servi.

— Merci, Lucas, nous arrivons.

Ils terminèrent leur champagne et passèrent dans la salle à manger. Lucas réapparut quelques instants plus tard avec du pâté de campagne, des toasts et des cornichons, une entrée qu'il servit avec du vin blanc.

— Désirez-vous autre chose, mademoiselle Turner ?

— Non merci, Lucas, c'est parfait.

Il s'inclina et disparut en direction de la cuisine.

— J'éprouve la sensation très agréable d'être très gâté, ce week-end, remarqua Robert. Tu as choisi tout ce que j'aime. Des crevettes en terrine et du hachis Parmentier pour le déjeuner, et maintenant du pâté et des cornichons !

— C'est mon côté lèche-bottes ! répondit-elle en riant.

Elle se sentait plus heureuse que jamais.

Robert lui adressa une petite grimace de complicité.

— Te souviens-tu du jour où nous avons dévoré un énorme bocal de cornichons ? C'était à Waverley Court. Nous avons eu affreusement mal au ventre et Kat était très fâchée. Elle nous a dit que c'était bien fait pour nous et que cela nous apprendrait à nous empiffrer !

Elizabeth, qui finissait d'en croquer un, se resservit allègrement.

— Cela ne m'a pas empêchée de continuer à les aimer, même si je me limite, maintenant.

— Oserais-je te demander ce qu'il y a ensuite ? demanda Robert avant d'avaler une bouchée de toast garnie de pâté.

— Un autre de tes plats préférés, mon chéri, dit-elle avec attendrissement. Du haddock pané avec des frites et des pois cassés.

— Génial ! J'espère que Lucas servira le poisson et les frites dans un cornet en papier journal ! Il faut savoir respecter les traditions, ajouta-t-il avec un clin d'œil.

— Je crains que tu ne sois déçu, mais ce sera aussi très bon sur une assiette ! Pour revenir à Philip Alvarez, est-ce que tout ce qui a été dit à son propos est exact ? Je veux parler de ce que Francis Walsington a appris l'année dernière, son donjuanisme, ses dépenses et ses dettes ?

— En ce qui concerne les dettes, c'est la vérité, mais, d'après Francis, il est en train de régler le problème. Quant au reste, cela ne regarde que lui, tu ne crois pas ?

Elizabeth acquiesça.

— C'est vrai. Il a eu de la chance que nous décidions d'intervenir et de reprendre le chantier de Marbella.

— Oui, beaucoup de chance.

— Je voulais te demander autre chose…

— Je t'en prie !

Robert avait terminé son pâté. Il s'adossa à sa chaise et attendit, l'air interrogateur.

— Combien d'ennemis ai-je dans la compagnie ?

— Moins que tu le penses, répondit-il aussitôt d'un ton très calme. Bien sûr, il y a ces indécrottables misogynes qui ne supportent pas de voir les femmes s'imposer dans le monde des affaires et qui, par conséquent, détestent toutes les femmes, quoi qu'elles fassent. Je sais que nous possédons quelques beaux exemplaires de ces dinosaures ! Après tout, la Deravenel a longtemps été un club de machos de la pire espèce. Trêve de plaisanterie : je ne te connais que deux adversaires, deux hommes qui n'approuvent pas ta gestion. Je pourrais les considérer comme des ennemis, mais je ne pense sincèrement pas qu'ils représentent une menace sérieuse pour toi.

— Je suppose que tu fais allusion à Alexander Dawson et à Mark Lott ?

— Tu vois ! Tu connaissais la réponse.

— J'ai cru comprendre qu'ils ne m'aimaient pas beaucoup ; ils ont manifesté leur hostilité à mon égard lors du conseil d'administration. Tu dois avoir raison, pourtant, Robin. Ils ne peuvent pas me faire beaucoup de tort. À moins que tu ne penses le contraire ?

— Non, je ne le pense vraiment pas. Mark Lott était un adorateur de Mary et ne peut donc que prendre ombrage de voir quelqu'un d'autre occuper sa place. Quant à Dawson, pour dire les choses gentiment, c'est un mauvais sujet.

— Je sais, et il sait que je le sais. Je l'ai plusieurs fois surpris en flagrant délit de mensonge, et sur des points importants. C'est aussi un sale petit sournois. Je l'ai vu à l'œuvre.

— Tu m'en as parlé, en effet, mais revenons à l'essentiel. Dawson ne peut rien faire pour te nuire, si ce n'est s'opposer à toi pendant les conseils d'administration sur un point ou un autre, mais sa position ne sera jamais majoritaire. La plupart des administrateurs sont dans ton camp. En plus de Cecil et de moi-même, tu auras toujours les voix de ton grand-oncle Howard, de Nicholas, de Francis et de tes cousins Henry et Frank. Quant à Mark Lott, Mary n'est plus là pour le soutenir. C'est toi qui détiens le pouvoir et Mark Lott possède un remarquable instinct de survie. Tu n'as aucun risque de le voir se dresser contre toi ou même comploter dans l'ombre. Il sait qu'il perdrait. Elizabeth, conclut-il en levant son verre, je parie sur toi !

— Moi aussi, Robin ! Mais je voulais te poser une autre question. Ta sœur vient-elle travailler avec moi, ou non ?

Robert eut un grand sourire.

— Si tu le veux réellement, c'est oui ! Merry m'a demandé de te dire qu'elle accepterait sur-le-champ au cas où tu le lui proposerais.

— Marché conclu !

Lucas entra pour débarrasser et servir le haddock.

— Vous n'aurez qu'à sonner si vous avez besoin de moi, mademoiselle Turner, dit-il avant de regagner la cuisine.

Elizabeth et Robert avaient les mêmes goûts en matière de nourriture, avec une affection particulière pour la solide cuisine familiale de leur enfance. Le haddock pané avec des frites, des pois cassés et de la sauce tartare en faisait partie.

Quand ils furent restaurés, Robert la regarda d'un air pensif et reprit la conversation où ils l'avaient laissée.

— Pour revenir à tes ennemis, Elizabeth, je crois que tu en as un vrai, ou plutôt « une », qui est en train de rassembler ses forces.

Stupéfaite, elle reposa son verre d'un geste brusque.

— Ne me dis pas que Marie Stewart recommence ?

— Je le crains.

— Mais pourquoi, Robin ? Pourquoi m'en veut-elle ?

— Elle est convaincue d'être la seule héritière légitime de la Deravenel et, d'après moi, rien ne la fera changer d'avis. De plus, elle a goûté au pouvoir et elle a certainement envie de passer à un stade supérieur.

— Goûté au pouvoir ? Mais comment ? demanda Elizabeth d'une voix soudain plus aiguë.

— Comme tu le sais, elle a épousé François de Burgh l'année dernière. De Burgh est l'héritier du conglomérat Dauphin qui appartient à son père. Le groupe n'est pas aussi puissant que celui de Bernard Arnault ou de François Pinault, mais il occupe une place importante. François travaille avec son père et Marie les a rejoints. C'est une jeune femme très ambitieuse et elle doit penser qu'elle peut mettre la main sur la Deravenel pour l'inclure dans le groupe de son beau-père. Cela ferait monter sa cote en flèche auprès de son beau-père.

— Mais c'est impossible ! Le testament de mon père est inattaquable. De plus, elle descend par sa grand-mère de la branche maternelle de la famille et cette branche est exclue de la succession.

Elizabeth était visiblement très en colère.

— C'est à elle qu'il faut le dire. Sa grand-mère était Margaret Turner, la fille aînée de Bess Deravenel et de Henry Turner, c'est-à-dire la grande sœur de ton père.

Marie a hérité de la société Scottish Heritage par sa grand-mère mais cela ne semble pas lui suffire. Elle veut plus.

— Et zut ! Que puis-je faire ?

Elizabeth était livide de rage.

— Tu vas rester calme et garder ton sang-froid, ma chérie, comme toi seule sais le faire. Nous nous contenterons d'observer les manœuvres de Marie pendant que Francis Walsington mènera l'enquête. S'il existe dans la vie de Marie le moindre élément susceptible de lui nuire, il le découvrira. Il est très doué pour trouver des solutions intelligentes aux problèmes les plus compliqués.

Robert prit la main d'Elizabeth dans un geste protecteur.

— Je t'ai dit tout à l'heure que, s'il faut parier sur quelqu'un, je parierais sur ta victoire, Elizabeth. Nous sommes là pour protéger tes arrières, Cecil et moi. Nous ne laisserons personne te faire le moindre mal ou essayer de te prendre la Deravenel. Fais-moi confiance

Avec un grand soupir, elle se renfonça dans sa chaise et fit un effort pour se détendre.

— Je te fais confiance, mon chéri. Je vous confierais ma vie sans hésitation, à Cecil et à toi. À nous trois, nous allons rendre la Deravenel inattaquable et plus puissante que jamais.

— Pour ça aussi, tu peux nous faire confiance ! répondit-il d'une voix ferme.

19

Robert s'éveilla et tendit la main, cherchant Elizabeth, mais le lit était vide. Il se redressa et regarda autour de lui. La chambre baignait dans la douce lumière de la lune. Debout devant une des hautes fenêtres, Elizabeth contemplait la mer du Nord.

Robert rejeta les couvertures et la rejoignit.

— Quelque chose ne va pas, ma chérie ? Tu n'arrives pas à dormir ?

Elle ne répondit pas. Intrigué, Robert la prit par les épaules et se rendit compte qu'elle était crispée des pieds à la tête. Ne comprenant pas ce qui arrivait, il la fit doucement pivoter vers lui. Elle pleurait en silence.

— Elizabeth ! Qu'y a-t-il, ma chérie ?

Il la prit dans ses bras et la serra contre lui, bouleversé.

— Dis-moi ce qui te rend triste. Tu sais que tu peux tout me dire.

— Je n'arrivais pas à dormir, chuchota-t-elle enfin, et je pensais à mille choses... Et soudain... Je me suis souvenue d'Amy !

Il ne fit pas un geste, ne dit pas un mot. La serrant toujours contre lui, il lui caressa longuement les cheveux.

Elizabeth finit par se calmer et renversa la tête pour le regarder.

— Je ne suis pas jalouse, ne crois pas cela ! J'ai seulement besoin de savoir où vous en êtes, elle et toi. J'ai besoin de connaître la vérité et je sais que tu me diras la vérité, Robin, parce que tu ne m'as jamais menti.

Il lui caressa la joue et l'embrassa sur le front.

— Viens, allons nous asseoir devant le feu et je te dirai tout ce que tu as besoin de savoir.

Ils s'installèrent chacun dans un angle du canapé pour pouvoir se parler face à face.

— Nous sommes séparés, dit-il, et nous le sommes depuis longtemps.

— C'est-à-dire ?

— Depuis cinq ans. En fait, cela n'a pas duré, entre Amy et moi.

— Je n'ai jamais compris pourquoi tu l'avais épousée, Robin.

Il leva les mains dans un geste d'ignorance.

— Je peux seulement mettre cette erreur sur le compte de ma jeunesse. À dix-huit ans, je ne savais rien de la vie ni des femmes. J'ai été victime de mes hormones. Amy était très séduisante, et je la voulais à n'importe quel prix. Comme dit souvent Ambrose, un homme en rut n'a plus d'intelligence ! Je voulais la mettre dans mon lit, je voulais coucher avec elle et je ne connaissais qu'une seule façon d'y arriver, le mariage. Donc, je l'ai épousée et, un an plus tard, j'étais plein de regrets et d'inquiétude pour mon avenir. C'était comme si j'avais sauté au milieu de l'océan alors que je voulais seulement faire quelques brasses, si tu me pardonnes la comparaison.

— Vous n'avez pas réussi à résoudre vos problèmes ?

— Nous n'avions pas de problèmes. Amy était plutôt satisfaite de la situation. C'est moi… Je n'avais rien à lui dire. Nous n'avons rien en commun. Amy préfère vivre à la campagne, elle aimait paresser en attendant l'heure où je rentrais à la maison, et elle nous imaginait avec des enfants. Mais il n'y a pas eu de bébé et j'ai fini par ne plus rentrer chez nous. Je mourais d'ennui avec elle. Nous sommes aux antipodes l'un de l'autre !

Elizabeth hocha la tête. Elle commençait à comprendre.

— Pourquoi n'avez-vous pas divorcé ?

— Je crois qu'elle ne s'en est jamais souciée, et moi non plus. Maintenant, la situation a changé et je vais lui en parler le plus vite possible. Je suis certain que cela ne posera aucun problème.

— Je n'attache pas d'importance au fait que tu divorces ou non, Robin. Je n'ai pas l'intention de légaliser nos relations.

Il la regarda, les yeux écarquillés.

— Ah ! Je constate que tu n'as pas changé d'avis au sujet du mariage, n'est-ce pas ?

Le premier instant de surprise passé, la situation lui semblait plutôt amusante.

— Non, je n'ai pas changé d'un iota ! répliqua-t-elle avec vivacité. Je suis bien trop indépendante pour me marier. Je ne veux avoir de comptes à rendre qu'à moi-même ! J'ai mentionné Amy uniquement parce que j'ai besoin de connaître la réalité de la situation. Maintenant, je peux comprendre et tout va bien. Il n'y a aucun problème, Robin.

Elle se rapprocha de lui, déplaçant les coussins pour mieux s'installer.

— Nous devons toujours nous dire la vérité, Robin. Sincérité et honnêteté, c'est tout ce que je te demande.

— Et l'amour ? Tu n'en veux pas ?

— Bien sûr que si ! J'en veux beaucoup ! Et je sais que tu m'aimes, comme je t'aime. Tu le sais, n'est-ce pas ?

— Oui, mon amour, oui, répondit-il entre deux baisers. Crois-moi ou pas, tu es la seule femme que j'aie jamais aimée de toute ma vie.

— C'est-à-dire vingt-cinq ans !

— Tu n'en as que vingt-cinq, toi aussi. Suis-je le seul homme que tu aies jamais aimé ?

— Oui.

— Et l'amiral ? Tu ne l'aimais pas ?

Elizabeth ne répondit pas tout de suite, gagnée par une grande colère. La question de Robert semblait flotter dans l'air, comme une menace. Elle se reprit et répondit d'une voix maîtrisée :

— Non, je ne l'aimais pas. Je dirais plutôt qu'il m'avait séduite et me faisait rêver. Il était beau, élégant, et j'étais très jeune.

— Je sais. Mon père trouvait sa conduite scandaleuse, compte tenu de ton âge.

— Vraiment ? Ah… Et toi ? Tu le pensais aussi ?

— Non. Était-ce scandaleux ?

— Je n'en suis pas certaine.

— T'a-t-il fait l'amour ?

— Nous n'avons pas eu de relations sexuelles au sens strict du terme, si c'est ce que tu demandes.

— Mais, d'une certaine façon, vous avez quand même fait l'amour…

231

— Nous nous sommes beaucoup… caressés. Tu vois ce que je veux dire…

— Des caresses intimes ? insista-t-il, ses yeux plantés dans les siens.

Elle se contenta de hocher la tête.

— Thomas te ressemblait beaucoup…

— Ah non !

Robert s'était redressé d'un bond, la bouche dure.

— Non, je ne pense vraiment pas qu'il me ressemblait !

— J'allais dire « en apparence », mais tu as raison, il n'était pas comme toi, du moins en ce qui concerne le caractère. D'une certaine façon, Tom était immoral. De plus, il lui manquait ton intelligence. En fait, c'était un homme assez stupide. Amusant, mais sans esprit véritable.

— Mon père disait la même chose.

Elizabeth se laissa retomber dans les coussins, le regard dans le vague, regardant le feu sans le voir. Ils se turent un long moment, tous deux perdus dans leurs réflexions. Ce fut lui qui brisa le silence en attirant Elizabeth dans ses bras.

— Je t'aime de toutes mes forces, Elizabeth. Tu me rends fou.

— Robin… Je n'ai pas couché avec l'amiral, c'est la vérité.

— Je te crois mais, de toute façon, cela n'a aucune importance, que tu l'aies fait ou pas. En un sens, tu m'as toujours appartenu, depuis l'enfance, et maintenant tu m'appartiens réellement, comme je t'appartiens. Donc, si nous retournions au lit pour nous le prouver ?

Elle ouvrit la bouche mais, d'un baiser, il l'empêcha de parler. Puis il la souleva et la porta jusqu'au lit.

— On se moque du passé ! murmura-t-il en s'allongeant à côté d'elle. C'est le présent qui compte.

— Quand tu penses à moi, quelle est la première image qui te vient à l'esprit ? demanda Elizabeth.

Robert lui tournait le dos et, allongée contre lui, elle lui caressait pensivement l'épaule. Ils étaient fatigués d'avoir tant fait l'amour mais n'arrivaient pas à dormir.

— Je te revois quand nous étions petits, répondit-il d'une voix un peu étouffée par l'oreiller. Tu étais un vrai garçon manqué ! Oui, c'est cette image qui me vient à l'esprit.

Elle feignit de se vexer et poussa un petit grognement aussitôt contredit par un baiser sur l'épaule.

— Cela manque de romantisme.

— Oui, mais tu étais vraiment impressionnante. Tu avais tellement de cran ! J'étais stupéfait de voir comment tu tenais tête à ton père.

— Robin, ton imagination te joue des tours. Je ne lui ai jamais tenu tête et, pour te dire la vérité, j'ai toujours eu un peu peur de lui.

Robert se retourna, incrédule.

— Je ne te crois pas ! Tu étais la personne la moins peureuse que j'aie jamais connue, et tu n'as pas changé.

— Quel beau compliment ! Je te remercie, Robin, mais, par moments, mon père me terrifiait. C'est la vérité.

— C'est étrange car je trouve qu'il se montrait…
indulgent – voilà, c'est le mot ! Il se montrait indulgent
avec toi, après t'avoir fait revenir auprès de lui.

— Il était plus gentil, en tout cas. Il ne commettait
plus d'abus à mon égard.

— Il a vraiment… abusé de toi ?

Le visage de Robert s'était soudain durci.

— Non, pas physiquement, ce n'est pas ce que je
veux dire. Mais il a été très violent envers moi, sur le
plan verbal et émotionnel. Souviens-toi de la façon
dont il m'a reniée. Il m'a rejetée alors que je n'étais
encore qu'un bébé ! Pendant ces années-là, il m'a horriblement maltraitée. Tout le monde le considérait
comme un père épouvantable.

Elizabeth avait la gorge serrée en évoquant ces souvenirs pénibles.

— Je suis certain que c'était à cause de ta mère.

— Que veux-tu dire ?

— Je me souviens d'avoir entendu mes parents évo-
quer son attitude à son égard. Il me semble qu'il a pris
ombrage de la volonté d'Anne de ne pas renoncer à sa
carrière de décoratrice. Il est devenu méfiant et a
commencé à la soupçonner de le tromper. Et puis il y a
eu cet affreux accident de voiture en France, où elle a
été tuée avec son frère et deux de ses amis…

— Je sais qu'elle est morte dans un accident, mais
je ne comprends pas très bien ce que tu veux dire.

— J'avais l'impression que, pour une raison ou une
autre, il tenait ta mère pour responsable de cet accident, mais je n'en suis plus si sûr. Il y a si longtemps
de cela ! Il reste que, d'après mon père, Harry a insinué
beaucoup de choses au sujet de ta mère. Il a mis en
cause son honnêteté, sa fidélité…

— C'est ce que j'ai entendu, moi aussi. Mary ne se gênait pas pour me le répéter aussi souvent que possible. À une époque de sa vie, mon père était devenu un monstre.

Robert hocha la tête avec incrédulité.

— Comment a-t-il pu se marier autant de fois ? dit-il. Six femmes ! Je comprends que le mariage ne te tente pas. Il ne t'a pas donné un très bon exemple, n'est-ce pas ? Quel don Juan !

— Certes, mais il ne faut pas oublier qu'il voulait absolument un héritier mâle. Ma sœur et moi ne lui suffisions pas. Il voulait un garçon et il en a eu un, qui est mort très jeune. Mon père a fait souffrir beaucoup de gens pour rien…

— Nous ne savons jamais ce que la vie nous réserve, répondit Robin.

Il se tut mais, voyant l'expression pensive d'Elizabeth, ajouta :

— Maintenant, c'est mon tour ! Comment me vois-tu ?

Elle sourit, autant pour lui que pour elle-même, et lui lança une œillade aguicheuse.

— L'image que j'ai de toi date d'il y a un an ou deux, quand Mary nous avait bannis de son royaume. Tu m'avais apporté un ravissant bouquet de pois de senteur et tu m'as dit que tu serais toujours là pour moi. Il y a aussi cette autre fois où tu m'as fait parvenir de l'argent. T'en souviens-tu ?

— Bien sûr ! Je voulais t'aider parce que je t'aimais.

— Pas tout à fait de la même façon qu'aujourd'hui !

Il eut un sourire charmant, de très jeune homme.

— C'est la vérité, mademoiselle Turner.

— Maintenant, chuchota-t-elle à son oreille, j'ai de nouvelles images de toi, toutes très romantiques et excitantes... Sais-tu que tu es un homme très sexy, Robin ? Je parie que je ne suis pas la première à te le dire...

Pour toute réponse, il la serra contre lui et l'embrassa passionnément. Quelques minutes plus tard, il lui démontrait une fois de plus à quel point il l'aimait... Ils passèrent le reste de leur week-end dans les bras l'un de l'autre.

20

C'est ainsi qu'a commencé notre histoire d'amour, pendant un glacial week-end de mars à Ravenscar. Aujourd'hui, nous sommes en juin et à Paris. Comme toujours, chacun des moments passés dans la Ville lumière nous réjouit.

Je suis passionnément amoureuse de Robin et il m'aime autant que je l'aime. Lui, il dit « fou d'amour », et je comprends ce que cela signifie car il y a une certaine folie à être ainsi dévoré d'amour. Nous vivons ensemble dans une petite bulle étrange et merveilleuse où le reste du monde n'existe pas.

Nous trouvons tous les deux bizarre d'être tombés amoureux à vingt-cinq ans, alors que nous nous connaissons depuis si longtemps ! Robin appelle cela « prendre un tracteur sur la tête » et il a raison. Un jour, nous étions les meilleurs amis du monde et, le lendemain, nous sommes devenus amants. Nous ne nous séparons plus, maintenant, nous passons nos journées ensemble, ainsi que nos nuits. Robin a emménagé chez moi et nous vivons ensemble. Il a quand même gardé son appartement et il y va régulièrement s'assurer qu'il n'y a pas de problème, mais il y passe très peu de temps. Nous ne supportons pas d'être loin l'un de l'autre et je sais que ce sera ainsi toute ma vie car Robin fait partie de moi. Il est dans mon cœur, dans mon âme, dans tout ce qui fait que je suis moi. Sans lui, ma vie serait triste et vide. Il est tout pour moi. Sans Robin et la Deravenel, je n'existe plus.

Il est vrai que le travail perturbe notre vie privée quand il doit partir en déplacement. En ce moment, il fait sans cesse l'aller et retour entre Londres et Marbella pour surveiller l'avancement du chantier. Il est très content de la tournure que prend la résidence et, quand j'y suis allée, en avril, cela m'a fait bonne impression à moi aussi. Le site est admirable et, à mes yeux, le succès ne fait aucun doute. Philip Alvarez aura au moins eu le flair d'acheter ce terrain.

Les ragots sur Robert et moi ont commencé dès notre retour de Marbella. La nouvelle de nos relations s'est répandue dans les couloirs de la Deravenel à la vitesse d'un incendie ! Il y a eu beaucoup de remarques traîtresses ou ironiques mais nous n'y avons pas fait attention. Les gens peuvent penser ce qu'ils veulent, cela ne nous concerne pas. Nous sommes seuls au monde !

Nous n'avons pas cherché à nous cacher, bien au contraire. Nous sortons beaucoup. Robert adore la vie sociale, tout comme moi. Nous aimons surtout le théâtre, dîner chez nos amis et les recevoir. Par ailleurs, comme nous considérons qu'il est juste de redistribuer les richesses, nous faisons des dons à des organisations charitables et participons aux soirées qu'elles donnent pour collecter des fonds. En conséquence, nous figurons souvent dans la presse mondaine, dans les potins comme dans les pages de photos.

Cela ne fait qu'ajouter de l'huile sur le feu, évidemment.

En ce qui concerne Amy, nous n'en avons plus jamais parlé depuis cette nuit à Ravenscar où j'ai pleuré quand je me suis souvenue de son existence. Robin m'a demandé pourquoi je pleurais et je lui ai dit la vérité.

Qu'il divorce ou pas n'a aucune importance pour moi. Il le sait très bien, mon Robin chéri, comme il sait que je ne veux pas me marier. C'est une décision que j'ai prise petite. Quand nous avons évoqué le sujet, il a mis le doigt sur une des raisons de ce choix. Mon père a été un très mauvais exemple. Mais il y a aussi eu l'amiral. Thomas Selmere n'était pas précisément ce que l'on appelle un mari parfait ! D'être marié avec la veuve de mon père ne l'empêchait pas de vouloir me mettre dans son lit. Et que dire du cinquième mariage de mon père ? Sa femme, Katherine, était très jeune et adorable mais elle a pris des amants et s'est conduite comme une sotte, avec tant d'indiscrétion qu'elle a été prise sur le fait. Mon père a obtenu le divorce en un temps record et l'a expédiée aussi loin que possible. Non, le mariage ne me tente pas. Je suis heureuse comme je suis. Robin m'aime sincèrement et cela me suffit.

Nous allons souvent à Paris pour avoir un peu d'intimité. J'aime beaucoup l'hôtel que Robin a déniché il y a sept ans, le Relais Christine, pas très loin du Quartier latin. Pas très grand et d'un charme un peu désuet dont je raffole, il est installé dans ce qui reste d'une abbaye du XIIIᵉ siècle. Notre suite donne sur une cour à petits pavés ronds pleine de fleurs. Nous avons une terrasse privée, qui n'est pas pour rien dans notre choix. Pour couronner le tout, il y règne un silence rare en pleine ville. Nous avons l'impression de nous trouver à la campagne alors que nous sommes au cœur de Saint-Germain-des-Prés et à quelques minutes de Notre-Dame...

En entendant la clé jouer dans la serrure, Elizabeth, qui avait guetté le bruit familier, quitta la terrasse de leur suite et alla à la rencontre de Robert.

Il referma la porte en souriant, posa rapidement les sacs dont il était chargé puis la serra contre lui de toutes ses forces avant de l'écarter à bout de bras.

— Laisse-moi te regarder, ma chérie... Je suis heureux de constater que tu as meilleure mine. Tu semblais épuisée, tout à l'heure.

— Je me sentais un peu fatiguée mais cela va mieux. Dis-moi plutôt ce que tu as acheté, poursuivit-elle en désignant les sacs du regard. J'ai l'impression que tu as fait des folies.

— Assieds-toi et je vais te montrer.

Il prit les quatre sacs, griffés de grands noms, qu'il avait déposés en arrivant et la rejoignit sur le canapé, près des portes-fenêtres qui menaient à la terrasse.

— Celui-ci, c'est pour toi.

— Chanel ? Oh, merci, Robin ! Qu'est-ce que c'est ?

— Ouvre le paquet et tu verras...

Elle déchira le papier avec impatience et poussa un cri de joie.

— Le sac dont j'avais envie ! Tu es un amour, Robin. J'avais demandé à Blanche de m'en acheter un, mais il n'y en avait plus à Londres.

— Eh bien, le voici ! Je suis heureux que cela te fasse plaisir, ma chérie.

Elle sauta sur ses pieds et l'embrassa gaiement.

— Et les autres paquets ?

— Un sac Chanel pour Merry. Ce n'est pas le même que le tien mais je sais qu'elle avait très envie de ce modèle. J'ai aussi pris un portefeuille pour Ambrose et quelques cravates pour Cecil Williams. Les deux derniers cadeaux sont de notre part à tous les deux.

— C'est vraiment gentil d'y avoir pensé, Robin. Je suis sûre que cela leur fera plaisir. Mais dis-moi, comment cela se passe-t-il, à la Deravenel ?

— Comme d'habitude ! Notre agence de Paris marche très bien et j'apprécie beaucoup Jacques de Langeais. Il dirige son équipe d'une main de fer dans un gant de velours mais aussi avec beaucoup de flair. J'aimerais que tous nos dirigeants à l'étranger lui ressemblent. Nous avons passé des moments difficiles avec certains d'entre eux.

— C'est normal puisque nous avons diminué les effectifs pour réduire les coûts de fonctionnement. Comment auraient-ils pu apprécier la mesure ? Mais je trouve que tu t'en es très bien tiré.

— Compliments immérités, Elizabeth ! Tout le mérite en revient à Nicholas. Il a été remarquable dans l'organisation des départs à la retraite comme des départs volontaires. Tout le monde ayant reçu une indemnité confortable, personne ne nous en veut. Bien sûr, cela nous coûte cher mais, à long terme, nous économiserons une fortune en salaires. Grâce à lui, tout s'est passé en douceur.

— Il est très doué pour faire passer les mauvaises nouvelles facilement parce qu'il en a en général une bonne pour compenser. Dînera-t-il avec nous, ce soir ?

— Oui, et il a insisté pour nous inviter au Grand Véfour. D'après lui, c'est ton restaurant préféré.

— Il a raison ! répondit-elle avec un grand sourire. J'ai toujours aimé le décor mais, surtout, l'idée que Napoléon y emmenait Joséphine pour dîner en amoureux me séduit infiniment.

Robert éclata de rire.

— Tu dis toujours la même chose, au sujet des restaurants ! Tu parles du décor mais jamais de la table. Inutile de protester : je sais que la nourriture ne t'intéresse pas beaucoup.

Elle se contenta d'un petit signe de la tête pour montrer qu'elle ne protesterait pas et fit courir ses doigts sur le sac Chanel en tissu matelassé rouge.

— C'est exactement ce que je voulais… murmura-t-elle comme pour elle-même.

Robert, qui l'observait, la trouva d'une maigreur inquiétante et s'étonna de ne pas l'avoir remarqué plus tôt. Peut-être cela venait-il de ce qu'elle portait une robe noire ? Pourrait-elle avoir encore perdu du poids ? Les mauvaises habitudes alimentaires d'Elizabeth le rendaient soucieux. Depuis qu'il la connaissait, il ne l'avait jamais vue manger que du bout des lèvres. De nature très tendue, elle s'était plusieurs fois évanouie au cours des dernières semaines et s'était montrée assez irritable.

— Qu'y a-t-il, Robin ? Pourquoi me regardes-tu de cette façon ?

— Je t'admire, mon cœur. Je trouve cette petite robe noire très chic !

Elle lui adressa un grand sourire tendre.

— Je suis contente que tu aies fait entrer Merry dans l'équipe. Elle est devenue mon bras droit et je ne pourrais plus me passer d'elle.

— J'en suis ravi et je dois dire que c'est la même chose pour moi avec Ambrose, du moins en ce qui concerne Marbella. Il m'a déchargé d'une grande partie du dossier et, franchement, sans lui, je devrais y aller beaucoup plus souvent. Il me remplace parfaitement !

Elle acquiesça de la tête et lui caressa le bras avec tendresse.

— Je trouve très agréable d'être entourée par des membres de ta famille, Robin, et je te remercie de les avoir fait venir.

— Ma famille, du moins ce qu'il en reste, t'aime beaucoup, Elizabeth, et ils feraient n'importe quoi pour toi. Ils t'aiment et ils te respectent.

Il se pencha vers elle et lui déposa un baiser sur la joue avant de poursuivre :

— Cecil t'a-t-il parlé de moi ou de notre relation ?

— Non, et cela m'étonne mais, depuis quelque temps, je l'ai plus d'une fois surpris à me regarder d'une façon curieuse. Il m'a paru perplexe.

— Je vois… D'après ce que m'a dit Nicholas cet après-midi, on ne parle que de nous dans les couloirs de la Deravenel. Il estime néanmoins que nous ne devons pas y prêter garde car les gens finiront par se calmer et nous oublier.

— Je suis d'accord avec lui et, en toute sincérité, guère étonnée. La presse nous a accordé beaucoup d'attention, ces derniers temps. La jeunesse, la beauté, la réussite et l'amour avec un grand A ! C'est parfait, pour les gros titres.

Robert se leva et aida Elizabeth à en faire autant. Il la prit par la taille et la fit passer dans la chambre.

— Une petite sieste avant le dîner nous ferait du bien, qu'en penses-tu ?

— La sieste ? Certainement pas ! Mais j'aimerais assez m'allonger auprès de toi, mon beau chevalier, pour faire l'amour comme des fous !

— Vos désirs sont des ordres, ô ma dame !

Le Grand Véfour, niché sous les galeries du Palais-Royal, fut fondé avant la Révolution. En 1784, à sa création, il s'appelait le Café des Chartres. Au fil des années, de nombreuses célébrités en firent leur lieu de rendez-vous favori, Napoléon et Joséphine, Victor Hugo puis Colette, ainsi que d'innombrables hommes politiques, de grands peintres, des célébrités du théâtre ou du cinéma.

Elizabeth y était allée pour la première fois avec Grace Rose qui l'avait emmenée à Paris pour ses dix-neuf ans. Depuis, elle n'y était retournée qu'une fois mais n'avait jamais oublié le merveilleux décor du restaurant.

Quand elle y entra, elle retrouva cette impression qu'elle avait eue de voir la salle flotter autour des clients attablés. Les anciens miroirs patinés par le temps au plafond et aux murs reflétaient les lumières dans toutes les directions. Leurs cadres dorés et sculptés alternaient avec des peintures néoclassiques de femmes, de fleurs et de guirlandes, protégées par des vitres en raison de leur ancienneté. L'atmosphère était magique et, une fois de plus, Elizabeth se sentit transportée à peine le seuil franchi.

Nicholas les attendait à la table qu'il avait réservée et se leva en les apercevant. Il les accueillit gaiement, embrassa Elizabeth avec affection et leur désigna la banquette de velours rouge.

— Je vous en prie. Vous y serez bien, tous les deux.

Mais Robert fit un signe de dénégation.

— Si cela ne t'ennuie pas, je préfère prendre une chaise.

Ils attendirent qu'Elizabeth fût installée sur la banquette, puis Robert s'assit en face d'elle sur une chaise d'époque noir et or et Nicholas à côté d'elle.

— J'ai commandé une bouteille de Krug, dit Nicholas en se tournant vers Elizabeth. Nous allons porter un toast à la réussite de ta future vente aux enchères ! Ce que Robert m'a expliqué cet après-midi au sujet de tes projets m'a fasciné. Je n'arrive toujours pas à croire que tu pourrais obtenir cinquante millions de livres.

— Il y a une impensable quantité d'objets divers, Nicholas. Les héritages se sont accumulés et personne n'a rien vendu. Moi-même, j'ai du mal à y croire, mais les experts de Sotheby's m'affirment que ce sera la vente la plus importante de l'année. Il y a d'innombrables œuvres d'art de la meilleure qualité, des tableaux de maîtres, des montagnes de bijoux de chez Cartier, entre autres joailliers, des pièces d'argenterie et d'orfèvrerie à ne savoir où donner de la tête, et des salles entières de meubles de toutes les époques ! Cela représente une fortune.

— Robert m'a dit que tu veux vendre la maison de Chelsea. Je l'aime beaucoup, c'est un vrai bijou.

— Oui et j'espère bien qu'un oligarque russe ou un milliardaire quelconque l'enlèvera pour soixante ou soixante-dix millions de livres !

— Ah ! s'exclama Robert avec amusement. Le prix a monté ! Il y a quelques jours, nous n'en étions qu'à quarante millions.

— C'est la marque de Sotheby's là aussi, Robin. Pour leur département immobilier, cette maison est unique en son genre. Comme tu le sais, elle a été construite sous la Régence et elle est en parfait état. La cuisine et les salles de bains ont été refaites à neuf. De plus, il y a un très grand jardin qui descend jusqu'à la Tamise. Pour toutes ces raisons, ils pensent que je pourrais en obtenir pratiquement n'importe quel prix.

Elle se tut en voyant le garçon arriver avec le champagne, au frais dans un seau en argent. Il fit sauter le bouchon, les servit puis s'éloigna avec une brève inclinaison de la tête. Nicholas leva sa flûte en regardant ses invités.

— Aux Collections Deravenel-Turner ! dit-il.

Ils parlèrent pendant quelques minutes de choses et d'autres puis Elizabeth s'adressa plus particulièrement à Nicholas.

— J'ai une question à te poser, dit-elle. C'est très important, pour moi.

— Tu peux me demander tout ce que tu veux, Elizabeth.

— Parmi les détenteurs de parts de la Deravenel, connais-tu quelqu'un qui accepterait de me vendre les siennes ? Je suis prête à payer le prix fort.

Nicholas hocha la tête d'un air pensif.

— A priori, non, je ne vois pas… Il pourrait cependant y avoir des possibilités du côté de certains porteurs, en particulier parmi ceux qui ont récemment pris leur retraite ou parmi les héritiers d'anciens dirigeants. Comme je te connais bien, je devine que tu t'inquiètes à cause de Marie Stewart mais elle a moins de parts que toi, beaucoup moins !

— C'est vrai, cependant nous ignorons si elle ne contrôle pas d'autres parts détenues par des hommes de paille…

— Nous l'ignorons, c'est exact, dit Robert, mais il sera facile de le savoir. Il suffit de demander à Francis de mener sa petite enquête, et nous aurons très vite la réponse.

Depuis le début de cet échange, Nicholas regardait Elizabeth d'un air intrigué.

— Est-ce le but de ta vente aux enchères ? demanda-t-il. Tu veux pouvoir acheter d'autres parts ?

— Oui et non. J'ai besoin d'argent pour cela, mais je veux aussi constituer un trésor de guerre au cas où la Deravenel aurait un soudain besoin d'importantes liquidités ou si je devais me battre contre… la Française.

Elizabeth prit pensivement une gorgée de champagne avant de poursuivre :

— Et puis, ce ne sont pas les seules raisons de cette vente, Nicholas. Je ne veux pas m'encombrer de toutes ces choses. C'est un fardeau, un boulet plutôt qu'autre chose. Les temps ont changé ! Nous ne vivons pas à la même époque.

— Je comprends.

Nicholas se renfonça dans la banquette. On voyait qu'il réfléchissait à toute vitesse.

— Je n'ai aucun doute, reprit-il à mi-voix, comme s'il se parlait à lui-même, au sujet de Marie Stewart, la

Française comme tu dis. Tôt ou tard, nous entendrons parler d'elle. C'est plus fort qu'elle, elle veut la Deravenel, même si c'est une bataille perdue d'avance. Tu n'as vraiment pas à t'inquiéter, Elizabeth. Le testament de ton père est inattaquable. Aucun tribunal ne donnerait raison à Marie.

Robert se pencha par-dessus la table.

— Elizabeth, tu peux faire confiance à Nicholas. Il te dit la vérité. N'oublie pas que tu es entourée de juristes extrêmement compétents, à commencer par Cecil et Francis Walsington. Ta position est d'une solidité à toute épreuve.

— Marie Stewart n'aurait une chance de mettre la main sur la Deravenel que dans le cas où tu mourrais sans héritier, ajouta Nicholas.

— Pas forcément ! rétorqua Elizabeth. Il y a les Greyson ! Mon frère Edward tenait beaucoup à eux et ce sont aussi mes cousins. Ils sont en bonne place dans la succession. De plus, j'ai le droit de désigner un héritier moi-même, non ?

— Je crois, oui, mais il serait préférable d'en demander la confirmation à Cecil, dit Nicholas. Bien sûr, tu pourrais décider de te marier et d'avoir un enfant…

Robert intervint promptement et caressa la main d'Elizabeth.

— Cesse de t'inquiéter à cause de cette femme ! dit-il. Elle peut être pénible mais certainement pas menacer ta situation. Et maintenant, ma chérie, je propose d'appeler le garçon, car je meurs de faim.

Le garçon leur présenta les menus en expliquant quelles étaient les spécialités du jour. Elizabeth choisit la sole grillée tandis que Robert et Nicholas optaient pour le pigeon farci au foie gras. Ils attendirent en savourant leur bouteille de Krug et en bavardant à bâtons rompus.

Robert avait l'art de distraire Elizabeth. Il réussit très vite, avec quelques remarques pleines d'humour, à la faire rire, et elle lui donna la réplique sur le même ton.

Nicholas Throckman riait avec eux, soulagé de la voir oublier un peu Marie Stewart. Contrairement à ce qu'il avait dit pour rassurer Elizabeth, il considérait cette femme comme une dangereuse faiseuse d'histoires. Elle lui donnait des cauchemars depuis un moment mais il était hors de question de la laisser gâcher cette belle soirée.

21

— Francis, quelle bonne surprise ! s'exclama
Elizabeth.

Ils terminaient de dîner et Francis venait de les
rejoindre, un grand sourire illuminant ses traits virils.
Elizabeth se tourna vers Nicholas.

— Pourquoi ne m'as-tu pas prévenue ?

— Ce n'aurait plus été une surprise, n'est-ce pas ?

Francis envoya à Elizabeth un baiser du bout des
doigts, s'assit sur la chaise vacante à côté de Robert,
demanda un cognac au serveur qui s'était approché et
prit la main d'Elizabeth avec affection.

— Je suis heureux de te voir et de pouvoir te féli-
citer de vive voix. Tu as fait des miracles, Elizabeth !
En six mois, tu es parvenue à réparer la plus grande
partie des dommages causés par ta sœur en cinq ans.
C'est une très belle réussite.

— Merci, Francis, mais je n'aurais rien pu faire
sans Cecil et vous trois. Ce que tu appelles ma réussite
est le résultat d'un travail d'équipe efficace.

Il accepta ces remerciements implicites d'un simple
signe de tête et poursuivit :

— Le dossier Marbella est également un succès.
Robert ! Ambrose et toi, vous avez fait un travail

remarquable, au point que je me demande si nous ne devrions pas rénover une partie de nos hôtels en nous inspirant de vos plans.

Nicholas poussa une exclamation à la fois étonnée et enthousiaste.

— J'y ai pensé, moi aussi ! Toutefois, je ne suis pas certain que John Norfell serait d'accord.

Elizabeth fronça les sourcils.

— Et pourquoi pas ? demanda-t-elle.

— Il dira que cela nous coûterait trop cher, répondit Robert.

— Oui, renchérit Nicholas. Il va hurler que nous n'avons pas assez d'argent pour faire des travaux dans le monde entier ! Mais je sais que les banques nous prêteront les sommes nécessaires si nous montons un solide dossier de modernisation de notre parc hôtelier.

Elizabeth regarda longuement Nicholas puis Francis.

— Je pourrais aussi prêter de l'argent à la Deravenel, dit-elle paisiblement. C'est une des raisons pour lesquelles j'ai décidé de faire cette vente aux enchères : je veux me constituer un trésor de guerre pour financer les projets que la Deravenel ne pourrait pas financer elle-même. Nous devons préparer la compagnie à entrer dans le vingt et unième siècle et nous n'avons pas beaucoup de temps pour cela.

— Or, la seule façon d'y parvenir est de moderniser nos entreprises, ajouta Robert.

— Charles Broakes m'a fait part d'une idée intéressante, au début de la semaine, reprit Elizabeth. Robin, je t'en ai parlé et cela t'a plu, n'est-ce pas ?

— En effet. Voilà de quoi il s'agit, dit-il en se tournant vers Francis et Nicholas. Il se demandait si nous ne pourrions pas offrir dans nos vignobles la possibilité à des clients de séjourner sur le domaine, participer à des dégustations de nos vins, assister à des conférences œnologiques, et bien manger, évidemment ! Cela m'a paru astucieux car, sur deux de nos domaines, nous avons des châteaux qui ne servent plus que de bureaux. Il serait plus intelligent de les rentabiliser. À mon avis, nous aurions tort de ne pas exploiter l'idée de Charles.

— Je suis d'accord, approuva Francis. Il vaudrait mieux construire un petit bâtiment moderne et pratique pour les bureaux, et transformer les châteaux en hôtels-boutiques. C'est bien cela que Charles a imaginé, n'est-ce pas ?

— Oui, répondit Elizabeth qui riait de plaisir. J'ai même pensé que nous pourrions y installer un spa car les femmes ne sont pas toutes passionnées par le vin. Elles pourraient se faire chouchouter pendant que leurs maris suivent des cours d'œnologie. Nous ne gagnerions pas des fortunes mais ce serait cependant très rentable. Et surtout, je vois cela comme une excellente opération de relations publiques car cela amènerait plus de gens à s'intéresser à nos vins.

— Je trouve l'idée brillante ! dit Nicholas. Je suppose que Charles pensait à notre domaine de Mâcon et à celui de Provence ?

— Exactement ! répondit Elizabeth. Il y a un autre aspect de la modernisation de la Deravenel. Créer de nouvelles activités est indispensable, mais il faudrait aussi fermer celles qui perdent de l'argent, non qu'il y en ait beaucoup. Dans l'ensemble, nous n'avons pas à nous plaindre, néanmoins je pense qu'il faut mettre un peu d'ordre.

La conversation sur l'évolution de la Deravenel se poursuivit avec animation. Toutefois, quand on leur servit le café, Francis Walsington devint silencieux. À le voir déguster le breuvage parfumé, on aurait cru qu'il écoutait les trois autres convives ; en réalité, il était plongé dans ses propres pensées.

Comme Robert et Nicholas, il était grand, beau et bien habillé. Il n'avait que vingt-sept ans mais paraissait un peu plus âgé et possédait une réelle distinction. Un de ses traits de caractère les plus remarquables était son extraordinaire confiance en lui-même. Sa force et sa capacité d'action impressionnaient les gens qui l'approchaient. Juriste de formation, il aimait ses responsabilités à la tête du service de la sécurité de la Deravenel. Son intelligence éclatait dans ses prises de décision comme dans leur exécution.

Francis connaissait Elizabeth depuis de nombreuses années. Au cours du règne de Mary, c'était à Elizabeth qu'il était demeuré attaché et loyal, au point de démissionner quand Mary avait hérité de la compagnie. Il avait choisi de s'installer à Paris, sa ville préférée après Londres.

Ce soir-là, tandis que les trois autres poursuivaient leur conversation, il observait discrètement Elizabeth et ne pouvait s'empêcher de l'admirer. Elle portait une robe en soie rouge avec un grand collier de perles et des boucles d'oreilles assorties. Sa chevelure flamboyante, qu'elle avait laissée pousser, lui encadrait le visage et conférait une certaine douceur à ses traits plutôt anguleux. Elizabeth était une femme à la personnalité unique et qui retenait l'attention.

Quand il les avait rejoints, il l'avait trouvée rayonnante. Sa relation avec Robert la rendait encore plus belle. Francis était heureux de voir ses deux amis aussi amoureux. Jusque-là, Elizabeth n'avait pas eu une existence très gaie et elle méritait son bonheur. Quant à Robert, il l'admirait et lui accordait une entière confiance. Leur amitié était née plus de dix ans auparavant et ils s'entendaient très bien. Francis était souvent amusé d'entendre certaines personnes dénigrer Robert sous prétexte qu'il était trop beau ou trop bien habillé. Il avait remarqué très tôt son intelligence et son sens des affaires. Pour ces qualités, ainsi que pour sa totale loyauté envers Elizabeth, Francis le respectait profondément. Il avait aussi compris que ce serait elle, avec Cecil et Robert, qui dirigerait la Deravenel. Il aurait fallu être stupide pour ne pas le comprendre et les sous-estimer. Stupide et indifférent au risque de ne pas survivre dans la société. Ils formaient le triumvirat de direction, détenaient le pouvoir, et c'était pour longtemps.

Francis et Nicholas avaient vécu à Paris et connaissaient la ville par cœur. Ils s'étaient toujours entraidés et soutenus dans les moments difficiles et s'étaient protégés l'un l'autre pendant le règne de Mary Turner. Ils continuaient à se méfier de ceux qui avaient fait partie de ses proches et les tenaient à distance.

Ils évoquèrent ces années pénibles en marchant sous les arcades du Palais-Royal. Après le dîner, ils avaient décidé de regagner à pied la place Vendôme et le Ritz où ils étaient descendus, comme à leur habitude. Ils étaient heureux de bénéficier de ce moment de tranquillité pour parler de la Deravenel et de la femme qui avait su s'attacher leur loyauté.

Se dirigeant vers le Louvre d'un pas paisible, ils laissèrent s'installer entre eux ce silence particulier que permet une véritable amitié. Ils savouraient sans arrière-pensée la douceur du soir, la beauté de Paris et le ciel illuminé par les lumières de la ville. Francis s'arrêta soudain de marcher et prit Nicholas par le bras, l'obligeant à s'arrêter lui aussi.

— Tu sais, dit-il, cela me fait de la peine pour nos deux tourtereaux. Tous ces bavardages ridicules à leur sujet, ils doivent les trouver pénibles.

— Sincèrement, je ne pense pas qu'ils y prêtent beaucoup d'attention. Mais si quelqu'un devait me faire une remarque, je défendrais toujours Elizabeth. Son père était un salaud et l'a très mal traitée quand elle était petite. C'est une chose que je n'ai jamais pu comprendre. Harry avait quelque chose de froid et de cruel. Pense à la façon dont il s'est conduit avec Catherine ! Ils avaient été mariés pendant presque vingt ans, et ils étaient heureux, et voilà que passe Anne Bowles…

— Anne l'a joliment fait courir… répondit pensivement Francis. Tu le sais aussi bien que moi. Il a mis six ans avant de pouvoir entrer dans son lit mais cela n'a pas empêché les choses de tourner si mal que j'ai encore des difficultés à le croire.

— Il a rendu Anne responsable de tout, évidemment ! C'était typique de son comportement. Rien n'était jamais de la faute de Harry Turner. J'ai rarement rencontré un homme aussi égoïste que lui. Je l'ai connu quand j'ai commencé à travailler à la Deravenel et je t'avoue que je ne l'ai jamais apprécié. Pour moi, c'était un prétentieux affligé d'un ego surdimensionné qui aimait faire étalage de sa richesse.

— Revenons à Elizabeth et Robert, pour l'instant. Il y a quelques semaines, elle m'a confié qu'elle était tout à fait satisfaite de la situation. Elle ne veut pas se marier.

— Pourtant, il va divorcer, je suppose, non ? Ce serait plus normal s'il redevenait célibataire. Mais je n'ai pas la moindre idée de ce qu'il va faire, conclut Nicholas en haussant les épaules. Et toi ?

Francis se contenta de soupirer et prit Nicholas par le bras en se remettant à marcher. Nicholas laissa passer un long silence puis, n'y tenant plus, le rompit :

— Dis-moi, que signifiait ce grand soupir, tout à l'heure ? On aurait dit que tu avais tout le poids du monde sur les épaules. Tu veux m'en parler ?

— Les ragots ont traversé la Manche… Il semblerait qu'on critique Elizabeth dans certains cercles. On lui reproche d'entretenir une relation illicite avec un collègue de travail qui est déjà marié. Je suis sûr que tu vois qui est à l'origine de ces racontars ?

— Une Française en kilt ?

— Bravo ! Elle joue les saintes-nitouches et raconte à qui veut l'entendre que, tôt ou tard, elle dirigera la Deravenel à la place de son immorale cousine !

— Elle n'a aucun droit sur la compagnie ! s'exclama Nicholas.

— Évidemment ! Mais elle s'amuse comme une folle à gâcher l'existence d'Elizabeth tout en cherchant à acheter toutes les parts possibles.

— Je ne pense pas qu'il y ait beaucoup de détenteurs de parts de la Deravenel désireux de les vendre.

— Je ne le pense pas non plus, et le testament de Harry est inattaquable. Cecil nous a rassurés à ce sujet. Malheureusement, les ragots, les insinuations sordides, les confidences à la presse, tous ces mensonges malveillants nuiront à la Deravenel si on laisse faire. Il serait très regrettable de voir le nom de la compagnie à la une des journaux à scandale.

— Ne peux-tu rien entreprendre pour obliger la Stewart à se taire ? demanda Nicholas.

— J'ai plusieurs idées mais la plupart sont réprimées par la loi ! répondit Francis en riant.

Nicholas grogna de regret tandis qu'ils s'engageaient dans une petite rue transversale en direction du Ritz. Juste avant de pénétrer dans l'hôtel, il s'arrêta sans crier gare.

— Francis ? Je voulais te poser une question. Pourquoi Robert se méfie-t-il autant de John Norfell ?

— Allons nous asseoir au bar, je te dirai ce que j'en pense devant un calvados.

Nicholas accueillit sa proposition d'un hochement de tête affirmatif et, tournant le dos à la place Vendôme, les deux hommes franchirent le seuil de l'hôtel.

22

— Vous avez recommencé !

En entendant la voix de Kat Ashe, Elizabeth sourit et leva la tête du dossier qu'elle étudiait. Cependant, son sourire s'évanouit quand elle découvrit l'expression fâchée de Kat qui se tenait sur le seuil de la bibliothèque.

Elizabeth se leva d'un bond et se porta à la rencontre de son amie avant de se figer brusquement, incertaine de la conduite à suivre. Quelque chose n'allait pas et, tout au fond d'elle, elle savait de quoi il s'agissait.

En temps normal, Kat se serait précipitée pour l'embrasser. Or, elle restait aussi immobile qu'Elizabeth. Elle hésitait sur le seuil de la porte, visiblement très mal à l'aise.

Le visage d'Elizabeth se crispa.

— Vous semblez contrariée…

Elle ne put continuer et se contenta de regarder cette femme qui était son principal repère depuis l'enfance. Elle inspira profondément ; elle savait qu'elle n'échapperait pas à une verte remontrance. Elle serra les dents.

— C'est le moins qu'on puisse dire ! s'exclama Kat. Je suis absolument furieuse contre vous,

Elizabeth. Comment avez-vous pu faire cela ? Comment avez-vous osé recommencer ?

Elizabeth était prête à tout pour éviter une confrontation qui les blesserait toutes les deux.

— De quoi parlez-vous ? marmonna-t-elle en espérant retarder l'orage.

— Vous le savez très bien ! Comment avez-vous pu commencer une relation avec un autre homme du style de Selmere ?

— Robin n'est pas comme Tom !

— Parce qu'il n'est pas marié peut-être ? rétorqua Kat d'un ton scandalisé.

— Et alors ? Je ne veux pas me marier, Kat. Vous, plus que quiconque, vous savez ce que je pense du mariage. Le statut marital de Robin n'a aucune importance à mes yeux.

— Et pourtant, c'est important. Vous êtes impliquée dans un scandale, et ce pour la deuxième fois ! C'est une deuxième affaire Selmere.

— Non ! répliqua Elizabeth d'une voix forte.

— Si ! Vous entretenez une relation illicite avec un homme marié. De plus, alors que vous dirigez la Deravenel, vous couchez avec un collègue de travail, ce qui est mal, comme il était mal de coucher avec le mari de votre belle-mère.

— Je n'ai jamais couché avec Tom Selmere ! s'emporta Elizabeth.

Sa voix était montée dans les aigus d'une manière très inhabituelle chez elle. Elle était devenue livide et luttait pour cacher l'émotion qui la ravageait, mais Kat revint à la charge.

— Vous étiez très… disons, très intime avec lui, et vous l'avez encouragé. C'est pour cette raison qu'il vous a courtisée après la mort de votre belle-mère. Et c'est parce qu'il a recherché votre compagnie que son frère était furieux et vous a causé des ennuis, à vous et à ce pauvre idiot de Thomas Selmere !

— Kat, je n'ai jamais encouragé Tom. Il voulait m'épouser mais je ne savais même pas qu'il en avait parlé à son frère. Je ne l'ai appris que quand Tom a commencé à avoir de gros problèmes. J'ai été impliquée dans la situation sans que l'on me demande mon avis et vous le savez, Kat. Vous savez également ce que je pense du mariage.

Kat ne sut que répondre et parut soudain un peu embarrassée.

— Kat, reprit Elizabeth d'un ton plus calme, ne restez pas plantée là ! Entrez et fermez la porte, s'il vous plaît.

Kat entra d'un pas nerveux, se dirigea vers la cheminée, prit une chaise et fixa Elizabeth avec une expression d'attente.

— Quoi que vous en pensiez, dit Elizabeth, Robin et moi avons été très discrets au bureau. Nous ne nous permettrions jamais d'étaler notre relation sur notre lieu de travail ni en public.

— Mais on vous voit sans arrêt dans les rubriques mondaines et dans les pages de potins. Vous pouvez dire ce que vous voulez, vous faites scandale !

— Ce n'est pas notre faute si la presse nous pourchasse. Ce qui est vrai, c'est que nous assistons à des réceptions et à des événements mondains variés car nous ne nous cachons pas et n'avons pas l'intention de nous cacher. Nous sommes ensemble et c'est tout. Il ne faut pas oublier que Robin et Amy sont séparés depuis cinq ans.

— En ce cas, il devrait mettre sa situation conjugale en ordre, déclara Kat d'un ton ferme mais plus calme. Il doit divorcer le plus vite possible et se rendre libre pour vous.

— Cela n'a aucune importance pour moi.

— Mais les gens se tairaient enfin !

— Je me moque des ragots et des amateurs de scandale.

Kat soupira.

— Vous avez toujours été très têtue, même quand vous étiez toute petite.

Elizabeth se pencha vers Kat et lui prit affectueusement le bras.

— Que j'aie une relation amoureuse avec un collègue de travail n'a aucune importance. Cela arrive à beaucoup de gens. De nos jours, on passe plus de temps sur son lieu de travail qu'ailleurs. C'est là que les gens se rencontrent ! De plus, nous sommes en 1997. Les temps ont changé, comme les comportements. Il y a eu un assouplissement de ces règles de conduite rigides qui datent de... d'il y a longtemps !

— Je sais, reconnut Kat, mais cela ne m'empêche pas de m'inquiéter pour vous.

— Je vous en prie, essayez de comprendre que je suis heureuse pour la première fois de ma vie. J'aime Robin et il m'aime. En réalité, je crois que nous avons toujours été amoureux l'un de l'autre. Vous savez que nous avons été très proches dès notre rencontre. Je l'aime de toutes mes forces, c'est l'homme de ma vie. Mais je ne l'épouserai pas ! Kat, il vaudrait mieux vous habituer à l'idée que je ne me marierai jamais.

Kat poussa un profond soupir tandis que sa colère achevait de se dissiper. Elle n'avait jamais su rester fâchée très longtemps contre Elizabeth.

— Je sais bien que je me montre trop protectrice, Elizabeth. Je ne peux pas m'en empêcher. Cela date de l'époque où votre père vous a confiée à mes soins. Pour tout vous dire, je ne veux pas que vous souffriez.

— Robin ne me fera pas souffrir, Kat, dit doucement Elizabeth. Je sais que vous vous souciez de moi et que vous m'aimez. Vous me l'avez souvent prouvé. C'est juste que… Je suis libre, Kat. Libre ! Pour la première fois de ma vie, je peux faire ce que je veux, tout ce que je veux. Plus personne ne peut me dire ce que je dois faire ou pas. Les gens qui ont contrôlé ma vie pendant si longtemps – mon père, mon demi-frère, ma demi-sœur – sont morts et enterrés. Je n'ai plus à rendre de comptes à qui que ce soit. Je suis libérée !

Kat se leva, prit Elizabeth par les mains pour l'obliger à se lever elle aussi, et la serra longuement dans ses bras. Quand elle relâcha son étreinte, elle regarda Elizabeth dans les yeux et lui dit avec tendresse :

— Je veux seulement ce qu'il y a de mieux pour vous, c'est tout.

— Je le sais, Kat, et vous connaissez Robert depuis très longtemps. Vous connaissez son caractère et je vous affirme qu'il veut ce qu'il y a de mieux pour moi, lui aussi ! À présent, je vais vous faire une promesse. Il va divorcer. Cela vous convient-il ?

— Oui, fit Kat qui retrouvait son sourire. Je veux qu'il redevienne célibataire pour que personne ne puisse vous montrer du doigt ou parler de vous en mal, Elizabeth.

— Il a prévu d'expliquer la situation à Amy dès la semaine prochaine, à son retour de Marbella. Il m'a dit qu'il irait la voir chez elle, à Cirencester. Il s'agit d'une séparation à l'amiable qui ne posera aucun problème. Ils n'ont plus rien en commun et elle est assez intelligente pour le comprendre. Ils ne se sont pas vus depuis des années !

— Je me sens très soulagée, répondit Kat. Je crains de m'être monté la tête pour rien.

— Cessez de vous faire du souci et mettons-nous au travail ! Si vous voulez bien m'apporter les inventaires, nous allons en revoir quelques-uns. J'aimerais faire une estimation de ce que peut me rapporter la première vente.

— Sotheby's a décidé de commencer par les tableaux et leurs experts sont en train de tout préparer. Ils vont également estimer les bijoux. J'ai pris des notes et j'aimerais bien vous en parler, ainsi que d'une ou deux idées qui me sont venues.

Elizabeth eut un grand sourire heureux.

Au cours de l'heure qui suivit, elles passèrent en revue l'inventaire des bijoux qui avait demandé à Kat plusieurs mois de travail. Elle expliqua à Elizabeth comment elle avait choisi certaines pièces et parures qui lui paraissaient particulièrement intéressantes et susceptibles d'atteindre les plus hauts prix.

— Par exemple, dit-elle en prenant une photographie, je pense que ce collier de diamants, qui a été créé pour l'impératrice Eugénie et faisait partie des bijoux de la couronne de France, devrait battre un record.

— C'est-à-dire ? demanda Elizabeth qui scrutait la photographie.

— On devrait atteindre deux millions de livres, peut-être plus... J'ai rendez-vous chez Sotheby's la semaine prochaine. Il y a des décisions à prendre sur la meilleure façon d'organiser la vente. Il y a aussi des colliers de Winston, Cartier et Mauboussin des années 1950 et 1960 pour lesquels les enchères monteront très haut.

Comme pour le collier de l'impératrice, Elizabeth étudia longuement les photographies et hocha la tête d'un air pensif.

— Je me souviens de ceux-là, dit-elle. Quand nous les avons trouvés, Robin et moi, dans les caves de Ravenscar, nous avons été très impressionnés. Il y a des diamants énormes, certains de vingt ou trente carats, et le travail de joaillerie est extraordinaire. Je suppose qu'on parle encore de millions de livres, n'est-ce pas ?

— Tout à fait ! Les experts de Sotheby's sont enthousiastes. Ils pensent que la collection dépassera de très loin leur première évaluation. On ne trouve rien de comparable, actuellement. Vous avez hérité d'un trésor rare, des bijoux qui sont aussi des œuvres d'art.

— Je commence à m'en rendre compte, Kat, et je vous suis très reconnaissante de la peine que vous avez prise pour les trier. Je ne sais pas ce que j'aurais fait sans vous.

— En réalité, je prends beaucoup de plaisir à tout cela, dit Kat.

Elle arrangea les coussins du canapé dans son dos et se détendit, heureuse que la situation soit redevenue normale.

— Elizabeth, dit-elle, je suis désolée, pour tout à l'heure. J'ai eu tort et je vous prie de m'excuser. Je crains d'avoir fait une affirmation hâtive en disant que vous aviez couché avec Thomas Selmere. Ce n'était pas gentil de ma part. Je vous en prie, pardonnez-moi.

— Kat ! Voyons, ne dites pas de sottises ! Vous n'avez rien à vous faire pardonner. Je sais très bien que vous prenez mes intérêts à cœur. C'est moi qui espère vous avoir rassurée sur la situation de Robin.

— Oui, je suis soulagée de savoir qu'il va tout mettre en ordre.

— Vous n'avez plus aucune raison de vous inquiéter. À présent, je dois aller au bureau. Nous avons prévu de nous y retrouver vers midi, Cecil Williams et moi.

— Très bien ! Je vais terminer ce que j'ai à faire ici et vous préparer quelques fiches supplémentaires. Blanche passera tout à l'heure avec un choix de chemisiers blancs pour vous. Nous déjeunerons ensemble.

— Embrassez-la de ma part ! À plus tard, Kat.

Cecil regarda Nicholas, assis de l'autre côté de son bureau, d'un air pensif.

— Je croyais, dit-il, que tu connaissais la sympathie de John Norfell pour Mary Turner.

— Non, je l'ignorais jusqu'au moment où Francis m'en a parlé, à Paris. D'après lui, Norfell est une planche pourrie et cela explique la méfiance de Robert à son égard.

— Ta description me semble très juste, Nicholas ! Je pense la même chose depuis longtemps.

— Je me demande ce qui avait pu les rapprocher…

— Ils fréquentaient la même église et s'occupaient tous deux de l'administration de la paroisse, au niveau des implications politiques, je crois bien. Je suis certain que Norfell s'en occupe toujours.

Nicholas parut très étonné puis hocha la tête de l'air d'un homme qui comprend enfin beaucoup de choses.

— Donc, John Norfell est catholique romain... C'est curieux, je ne m'en serais jamais douté. Cela dit, je n'ai pas l'habitude d'interroger les gens sur leurs convictions religieuses.

— Tu étais à Paris pendant presque tout le règne de Mary Turner et moi, je vivais à la campagne. Nous n'avions aucun moyen de savoir qu'ils étaient si proches.

— Francis était également à Paris. On se voyait souvent.

Nicholas se leva et alla se poster devant la fenêtre. Le ciel était d'un bleu profond, sans le moindre nuage. Il avait hâte de voir arriver l'après-midi pour prendre sa voiture et aller passer le week-end dans le Gloucestershire. Le mois de juin était idéal pour aller à la campagne. C'était la période de l'année qu'il préférait.

Cecil se renversa dans son fauteuil et observa longuement Nicholas avant de briser le silence.

— Que Francis t'a-t-il encore dit, le week-end dernier, à Paris ?

— La situation d'Elizabeth et de Robert commence à faire jaser là-bas aussi, mais il ne semble pas s'en inquiéter outre mesure. Pourtant, il m'a rapporté que Mme de Burgh, également connue sous le nom de Marie Stewart, tient des propos désobligeants sur le compte d'Elizabeth. Elle lui reproche sa conduite immorale, ce genre de choses. Les sottises habituelles de sa part, tu vois.

— Je suis très content que Harry Turner ait été aussi maniaque pour tout ce qui touchait aux questions légales, en particulier pour sa succession. Shakespeare a écrit : « Commençons par tuer tous les hommes de loi. » Harry Turner disait : « Commençons par remercier les hommes de loi ! »

À ce souvenir, Cecil eut un sourire amusé.

— J'ai toujours entendu mon père citer cette phrase, poursuivit-il. Pour revenir aux choses sérieuses, si Marie Stewart voulait nous créer des problèmes, elle pourrait le faire.

— Pour quelle raison ?

— Pour le simple plaisir de nous mettre des bâtons dans les roues.

— Elle ne peut pas lancer d'offre d'achat, n'est-ce pas ? répondit Nicholas d'un ton calme. La Deravenel est une société privée.

— En effet, mais, au fil des ans, un certain nombre de parts ont été distribuées à divers dirigeants de l'entreprise à titre de bonus, ainsi qu'à des membres de la famille. Dans d'autres cas, on leur a permis d'en acheter et ils les ont léguées à leurs descendants. Les détenteurs actuels de ces parts pourraient être tentés de les vendre à quelqu'un de l'extérieur. Pourtant, je ne pense pas que nous courions le moindre risque. Une offre d'achat n'irait pas très loin en raison des statuts de la compagnie et de la façon dont elle est structurée. Il y a encore une autre raison à cela. Seul un Deravenel, homme ou femme, a le droit de diriger la compagnie. Et enfin, Elizabeth contrôle une majorité de parts grâce aux dispositions testamentaires de son père.

— Marie Stewart en a quelques-unes, d'après Francis. Si j'ai bien compris, elle les tient de sa grand-mère Margaret, la sœur de Harry Turner.

— C'est exact, mais elle n'en a pas autant qu'Elizabeth.

— Pourquoi Francis est-il tellement inquiet à son sujet ?

— Elle pourrait chercher à saper la direction actuelle et nous ennuyer de façon générale. Nous n'avons pas besoin que quelqu'un répande des rumeurs susceptibles de nuire à la Deravenel. Nous devons avoir l'air parfaitement sûrs de nous pour compenser la mauvaise impression laissée par Mary Turner. Il était évident qu'elle ne comprenait rien à la direction d'entreprise. Jusqu'à présent, nous y sommes parvenus avec beaucoup d'efficacité.

— Heureusement ! s'exclama Nicholas en reprenant son siège en face de Cecil. Nous contrôlons la situation.

— Quant à John Norfell, Robert est convaincu qu'il mène sa propre partie. Norfell est un homme avide de pouvoir et c'est pour cela que Robert se méfie de lui. Il pense que ce genre d'homme est capable de tout, y compris de trahir tout le monde pour parvenir à ses fins.

— Francis semble du même avis.

— Un avis que j'ai également tendance à partager, répondit Cecil.

L'air pensif, Nicholas s'enfonça dans son fauteuil,

— Cecil, demanda-t-il, as-tu parlé à Elizabeth au sujet de sa relation avec Robert ?

— À quoi bon ? Elle ne veut rien entendre. Une femme amoureuse n'écoute que l'homme qu'elle aime.

23

Miranda Phillips entra dans le bureau d'Elizabeth d'un pas pressé.

— C'est la folie, ce matin, dit-elle. Le téléphone n'arrête pas de sonner.

Elizabeth lui sourit. Merry, ainsi qu'on appelait la sœur de Robert, était son assistante personnelle et l'une des plus belles femmes qu'elle connût, avec des cheveux aile de corbeau et des yeux de la couleur des bleuets.

— J'ai commencé à regarder les messages, dit-elle, il y en a un de Grace Rose. A-t-elle dit pourquoi elle appelait ?

Merry s'installa dans le siège en face d'Elizabeth et se mit à rire.

— Pour la même raison que d'habitude ! Elle veut te voir mais, je la cite, « sans trop attendre parce que je suis en sursis ! » Ce sont ses mots et je dois ajouter que cela l'a fait rire. Je lui ai promis que tu la rappellerais aujourd'hui.

— Je n'ai pas grand-chose de prévu pour le week-end. Comme Robin est à Marbella, je suis relativement libre. J'inviterai peut-être Grace Rose à déjeuner dimanche au Dorchester. Elle aime ces petits rituels. Je vais l'appeler tout de suite.

Elizabeth allait décrocher le téléphone quand la porte s'ouvrit à la volée devant Cecil. Il paraissait soucieux et troublé.

— Qu'y a-t-il ? demanda Elizabeth, aussitôt inquiète. Un problème, Cecil ?

— Oui, dit-il en traversant la pièce à grands pas. Je viens de parler avec Robert au téléphone. Ne t'affole surtout pas, ils vont bien mais ils ont eu un accident d'avion, ce matin, Ambrose et lui.

Elizabeth poussa un gémissement d'horreur puis se tourna vers Merry qui était devenue livide.

— Ils n'ont rien de grave, dit Cecil d'un ton rassurant. Je te le promets, Elizabeth, et à toi aussi, Merry. Tes frères vont bien. Ils s'en tirent surtout avec des bleus, même si Ambrose a un genou démis et Robert un poignet cassé.

— Où s'est produit l'accident ? Sont-ils à l'hôpital ? demanda Elizabeth qui prenait déjà son téléphone.

— Une chose à la fois, Elizabeth ! Ils ont reçu les premiers soins dans la petite unité médicale de notre complexe et ensuite on les a emmenés dans une clinique privée à Marbella. Ils ont été examinés sous toutes les coutures, soignés et libérés. Robert ne devrait pas tarder à t'appeler. Je lui ai demandé d'attendre une dizaine de minutes pour pouvoir te parler de la pollution pétrolière.

Elizabeth sursauta.

— Quelle pollution ? Personne ne m'a parlé de pollution.

— Le gouvernement espagnol n'a pas encore fait de déclaration officielle. C'est Robert qui m'a communiqué les premières informations, il y a quelques minutes. Il semblerait qu'un pétrolier ait explosé ce matin au large des côtes espagnoles et…

— Pas l'un de nos pétroliers, j'espère ! s'écria Elizabeth.

Une vague d'angoisse la submergea. Elle n'avait vraiment pas besoin d'avoir des ennuis avec la Deravco Oil.

— Non, nous ne sommes pas impliqués, répondit Cecil, mais cela pourrait néanmoins nous embarrasser. Si les nappes de pétrole dérivaient jusqu'à Marbella, nous serions confrontés à une catastrophe écologique.

— Mon Dieu…

Elizabeth ferma brièvement les yeux, luttant pour maîtriser la peur qui la gagnait. Ils risquaient de perdre les énormes sommes déjà investies. Elle lança un regard soucieux à Cecil.

— Ce serait idéal pour ruiner notre complexe de vacances, reprit-elle. Une mer polluée, des oiseaux de mer couverts de pétrole, des poissons morts, et des plages noires ! Cecil, dis-moi que cela ne peut pas arriver !

— Espérons que le pétrole ne va pas dériver avec les courants, observa Merry d'un ton calme.

Elle ne comprenait que trop bien ce qui était en jeu, pour la Deravenel comme pour Elizabeth en sa qualité de P-DG de la compagnie.

Elizabeth respira profondément pour se calmer.

— Et le pétrolier, Cecil ? Je pense à l'équipage. Y a-t-il des morts ?

— Je l'ignore. Nous n'avons que peu d'informations, Robert craint qu'il y ait plusieurs blessés. Il m'a dit qu'on était en train de les secourir au moment où nous parlions. Il m'a expliqué qu'en entendant la nouvelle de l'explosion, ils ont décidé, Ambrose et lui, de prendre un de nos petits avions pour aller voir ce qui se passait. C'est pendant le trajet de retour à Marbella qu'un des moteurs a calé. Le pilote n'a pas réussi à le relancer et il a dû faire un atterrissage d'urgence dans un champ à une dizaine de kilomètres de notre complexe. Malheureusement, le terrain était caillouteux et très irrégulier et l'atterrissage s'est mal passé mais, comme je te l'ai dit, ils n'ont rien de grave. Ils ont pu marcher sans problème vers une maison.

— A-t-on une idée de ce qui a causé l'explosion ? s'enquit Elizabeth.

— J'ai posé la question à Robert. Il l'ignore mais il dit que le gouvernement espagnol contrôle la situation et fera une déclaration avant midi.

Elizabeth fronça les sourcils.

— Où était le tanker quand l'explosion a eu lieu ?

— Dans le détroit de Gibraltar...

La sonnerie du téléphone interrompit Cecil. Elizabeth décrocha fiévreusement.

— C'est moi, chérie, dit Robert. Je suis à Marbella, je n'ai rien.

— Oh, Robin ! Je suis si heureuse de savoir que vous n'êtes que blessés, Ambrose et toi. Vous auriez pu vous tuer.

— Mais nous ne sommes pas morts et nous allons bien. Cecil doit être avec toi. Il ne t'a rien dit ?

— Si, bien sûr ! Et comme Merry est également là, elle est au courant. Écoute, je vais prendre un avion cet après-midi pour être avec…

— Non, Elizabeth, non ! Il est inutile que tu te déplaces. Je suis sincère. S'il te plaît, ma chérie ! Je te répète que nous allons bien. Nous voulons continuer ce que nous avons à faire ici et voir si nous pouvons apporter notre aide. Les secours sont en train d'héli-treuiller les hommes d'équipage qui ont été blessés. Les équipes spécialisées ont la situation bien en main. Le gouvernement espagnol a réagi très vite, avec beaucoup d'efficacité. Tu n'as aucune crainte à avoir.

— Aucune crainte ? C'est impossible ! protesta Elizabeth. Je veux être avec toi.

Robert ne put s'empêcher de rire, ce qui eut pour vertu de rassurer enfin Elizabeth.

— Ce n'est qu'un poignet cassé, mon amour. Je devrais survivre assez longtemps pour t'embrasser encore partout.

— Tu as intérêt !

— Je te rappellerai plus tard. Embrasse Merry de ma part. Je t'aime.

— Quand reviens-tu ? demanda encore Elizabeth d'un ton pressant.

— La semaine prochaine, comme prévu. Je dois terminer le travail que je suis venu faire ici, Elizabeth. À bientôt, ma chérie, et, surtout, cesse de t'inquiéter !

— Je vais essayer.

Elle regarda le combiné d'un air incrédule. Robert avait raccroché.

Elizabeth se tourna vers Merry et leva les yeux au ciel.

— Et voilà ! C'est tout lui de raccrocher sans prévenir.

Mais elle souriait, soulagée.

— Ton frère t'embrasse, Merry, ajouta-t-elle. Cecil, sais-tu comment on nettoie après une marée noire ?

— À ma connaissance, on utilise des barrages flottants, des récupérateurs et des dispersants chimiques. On pratique également le brûlage volontaire sur site, mais c'est plus rare. Il y a plusieurs possibilités, rien n'est entrepris sans l'avis des experts. Il faut prendre en compte plusieurs facteurs comme le lieu où s'est produite la marée noire et la possibilité d'avoir recours à telle ou telle méthode de nettoyage.

— Comment fonctionnent les barrages flottants ? demanda Elizabeth, toujours curieuse d'en apprendre davantage.

— Ce sont des sortes de barrières que l'on déploie autour des nappes d'hydrocarbures pour les contenir et permettre aux récupérateurs d'entrer en action. Les navires récupérateurs fonctionnent soit par pompage soit par écrémage. Quant aux sociétés qui utilisent les dispersants chimiques, elles doivent posséder une expertise de haut niveau pour éviter d'aggraver la pollution. Ces produits fragmentent le pétrole en gouttelettes moins nocives pour l'environnement. Si tu veux plus de précisions, il vaudrait mieux interroger l'un des spécialistes de la Deravco. Veux-tu que je demande à Spencer Thomas de nous rejoindre ?

— Non, c'est inutile mais je te remercie de ta proposition. Merci également pour ces informations. C'est exactement ce que j'avais besoin de savoir. Espérons que je n'aie jamais à en savoir plus sur le sujet !

274

À présent, veux-tu que nous passions au problème de Charles Broakes ?

Cecil acquiesça de la tête.

— En effet, j'aimerais bien en être débarrassé, dit-il.

Merry se leva d'un mouvement preste.

— Elizabeth, si tu as besoin de moi, je serai dans mon bureau.

Elle referma soigneusement derrière elle, laissant seuls Elizabeth et Cecil.

— Qu'est-ce qui ne va pas avec Charles Broakes ? demanda Elizabeth. Tu m'as dit qu'il faut discuter de son programme mais je croyais qu'il était prêt à se lancer. Nous lui avons donné le feu vert, n'est-ce pas ?

— En effet, mais nous n'avions pas prévu la réaction de John Norfell.

— Ah… Ne me dis pas qu'il bloque nos projets ?

— C'est pourtant ce que je crains. Il clame à qui veut l'entendre que la division hôtellerie ne paiera pas les travaux de redécoration, pas plus que la construction d'un bureau ni celle d'un spa, sous prétexte que ce sera le département vins qui engrangera les bénéfices.

Elizabeth se renversa dans son fauteuil, le regard au plafond.

— D'une certaine façon, il n'a pas tort, si ? dit-elle pensivement.

Se redressant, elle darda son regard volontaire sur Cecil.

— Mais je ne crois pas que le département vins a les moyens d'investir, ajouta-t-elle.

— C'est exact.

Cecil avait quelques feuillets à la main et en consulta un, l'air contrarié.

— Je voudrais vraiment qu'on puisse avancer sur ce projet, mais je n'ai pas de solution, dit-il.

— La solution, Cecil, c'est l'argent. Je vais devoir en trouver quelque part. On devrait leur demander de venir en parler avec nous, d'accord ? Prenons le temps de les écouter se plaindre !

Elle lui adressa un sourire malicieux, sa bonne humeur revenue.

— Le département hôtellerie ne peut pas et ne paiera pas la modernisation des vignobles ! jeta John Norfell d'un ton féroce. C'est mon dernier mot !

Il lança un regard noir à Charles Broakes.

— J'ajoute que je ne veux plus en entendre parler. La discussion est close !

Charles lui rendit son regard sans ciller. Les deux hommes étaient à couteaux tirés depuis plusieurs jours. Charles se sentait frustré, très en colère. Cependant, il était assez fin pour savoir qu'il ne gagnerait pas contre Norfell et préféra donc s'adresser à Elizabeth, en ignorant son collègue.

— Que vais-je pouvoir faire ? dit-il d'un ton calme.

Il luttait pour conserver son flegme, sachant l'horreur d'Elizabeth pour les scènes, en particulier dans les relations professionnelles.

La jeune femme lui renvoya un regard de compréhension et soupira en haussant discrètement les épaules.

— Je l'ignore, Charles, répondit-elle paisiblement. Je ne sais vraiment pas ce que vous, vous pourriez faire, compte tenu des circonstances.

— Vous trouviez que l'idée de transformer nos châteaux en hôtels-boutiques était excellente. Auriez-vous changé d'avis ?

— Non, pas du tout ! Mais le département vins ne semble pas disposer des fonds nécessaires pour mener le projet à bien et la division hôtellerie campe sur sa position.

Elle lança un regard scrutateur à John Norfell puis se tourna vers Charles Broakes.

— La division de John crie misère, Charles ! Vous ne le voyez donc pas ?

Elle pinça les lèvres en se retenant de rire. Charles Broakes était un ami de longue date et l'un de ses plus chauds partisans. Il saisit l'éclat malicieux dans les yeux d'Elizabeth et comprit alors le jeu qu'elle jouait. Elle allait faire le nécessaire pour l'aider mais n'était pas prête à le dire tout de suite. Elizabeth voulait jouer au chat et à la souris avec Norfell. Charles s'installa le plus confortablement possible dans son fauteuil et attendit la suite. Cela promettait de devenir très amusant.

— Charles, dit Cecil, je n'aime pas du tout l'idée que ce projet puisse tomber à l'eau faute d'un peu d'argent. Car il ne s'agit pas d'une somme énorme, si je ne me trompe.

— C'est exact, nous aurions assez avec cinquante mille livres.

John intervint avec un mouvement de colère.

— Cinquante mille ! Mon œil ! Tu ne comptes pas les spas alors que cela coûte une fortune. Je ne vois aucune raison pour que ma division paye la construction de spas dans les vignobles !

— Ah... murmura Elizabeth. Le coût des spas n'était pas inclus... Quel dommage que nous ne puissions pas nous le permettre. J'adore cette idée de spas... Il est vrai qu'elle vient de moi, n'est-ce pas ?

— C'est vrai, confirma Charles.

Elle se tourna vers John Norfell, toujours aussi furieux.

— C'est donc votre dernier mot ? Vous n'avez pas les moyens de financer ce projet ?

— Absolument ! Et vous ne pouvez pas me forcer à le faire simplement parce que vous avez une idée fixe, que vous vous êtes toquée de ces maudits spas !

Ce ton agressif et persifleur ne pouvait que déplaire à Elizabeth. Son visage se ferma et sa voix se fit plus sèche quand elle répondit.

— John, je n'ai jamais eu d'idée fixe, comme vous dites, à aucun sujet que ce soit ! Et surtout pas quand il s'agit des affaires de la Deravenel. Les affaires n'ont rien à voir avec les idées fixes ou les toquades. Si j'en ai une, c'est de gagner de l'argent ! Je vous serai donc très reconnaissante de ne pas me sous-estimer.

John Norfell rougit violemment, submergé par une terrible colère. Comment osait-elle le réprimander devant Charles Broakes et Cecil Williams ? Elle, une simple gamine ! Quel culot !

Comme si elle avait lu dans ses pensées, Elizabeth reprit en détachant bien les mots :

— Vous me prenez probablement pour une jeune femme ignorante et dépourvue de la moindre expérience des affaires. Qui suis-je pour vous dire ce que vous devez faire ? En fait, je n'ai pas l'intention de vous dire quoi faire, John. Je n'en vois pas l'utilité. C'est vous qui dirigez la division hôtellerie. C'est donc votre responsabilité, pas la mienne… C'est votre carrière qui évolue en fonction de la réussite ou de l'échec de ce département… Votre sort est indissociable de celui de la division dont vous avez la charge. Quant à mon expérience des affaires, n'oubliez jamais que j'ai appris avec un maître en la matière. Car si mon père était un génie, c'était bien dans le domaine des affaires !

Norfell en resta bouche bée. Était-elle capable de lire dans les pensées des autres ? Elle avait mis dans le mille et cela le rendit muet. Il avait perdu de sa superbe. Cette femme était une dure à cuire et il ne faudrait pas commettre l'erreur de la prendre à la légère.

Il fit un grand effort pour se calmer et dissimuler son trouble.

— Je n'avais pas l'intention de vous offenser, Elizabeth, quand j'ai parlé d'idée fixe. Je vous prie de m'excuser si cela vous a semblé déplacé. Quant aux spas, je sais ce que cela coûte. Nous venons de moderniser ceux de nos hôtels de La Jolla en Californie et de Los Cabos au Mexique. On a déboursé des fortunes ! Si vous voulez avoir des spas dans les vignobles, il vaut mieux vous préparer.

— Mais je suis préparée, John ! On ne me prend jamais au dépourvu, pour quoi que ce soit. Ne vous y trompez pas !

John lui sourit. Elle avait parlé avec beaucoup de douceur et il n'avait pas noté le sous-entendu sarcastique de ses paroles. En revanche, cela n'avait pas échappé à Cecil et Charles qui échangèrent un regard complice.

Elizabeth se leva et, les mains dans le dos, satisfaite de sa mise au point, alla se mettre à la fenêtre. On était vendredi et cela circulait mal ; les voitures avançaient pare-chocs contre pare-chocs. Dans le ciel, il y avait un peu de bleu et un rayon de soleil égayait la rue. Les beaux jours sont là, pensa Elizabeth, et je n'ai pas l'intention de laisser Norfell gagner la partie.

— Voici ce que je pense, dit-elle en revenant à son bureau. Je vais créer une société indépendante et, en cas de succès, je la vendrai à la Deravenel comme mon grand-père l'a fait avec la Deravco : il l'a vendue au groupe quand elle est devenue rentable. Ma société aura pour objet la conception et la construction de spas.

Elle se rassit et fixa Charles, curieuse de sa réaction.

— Comment pourrais-je l'appeler ? reprit-elle. Ecstasy ? Ah, non ! C'est le nom d'une drogue. Voyons… Que diriez-vous de Forever Bliss ? La félicité éternelle ? Cela me paraît très attractif. Les femmes aimeront l'idée d'un bonheur éternel. Charles, voudriez-vous engager ma société pour construire vos spas ?

Il acquiesça, entrant dans son jeu. Il avait compris.

— Je le ferais dans l'instant, dit-il d'une voix sourde, mais je crains de ne pas en avoir les moyens !

— Oh ! Ne vous inquiétez pas pour cela, répliqua-t-elle gaiement. Nous pouvons faire un contrat par lequel vous vous engageriez à rembourser dans deux ans l'argent que je vais vous prêter. Qu'en pensez-vous ?

Charles se mordit les lèvres pour ne pas éclater de rire. Ce n'était ni le lieu ni le moment. Il répondit d'un ton contenu :

— Cela me semble très sensé, Elizabeth.

Elle lui tendit la main par-dessus son bureau.

— Affaire conclue, topez là !

Ce qu'il fit avec enthousiasme.

Elizabeth s'adressa ensuite à Cecil d'un air de conspiratrice :

— Je pense que les dix ou quinze premiers lots de ma vente aux enchères me rapporteront environ vingt millions de livres. Je vais aussi demander à la banque un prêt de dix millions en donnant les bijoux en garantie. Cela me permettra de lancer Forever Bliss. Il faut que tout soit en place lundi soir pour que Charles puisse commencer les travaux à Mâcon et en Provence dès qu'il le voudra.

Le concept de Forever Bliss prit réellement corps dans l'après-midi. L'esprit d'Elizabeth bouillonnait d'idées. Quand elle rentra chez elle, à neuf heures du soir, elle avait tout en tête et était particulièrement impatiente d'aborder la phase de réalisation.

Au cours des mois passés, elle avait décidé de créer des spas dans tous les hôtels de la Deravenel. Selon elle, c'était indispensable. Les spas étaient à la mode, de même que les salles de sport. Dans un hôtel-boutique, il aurait été suicidaire de ne pas en installer. Elle avait répété à Cecil et à Robert qu'il fallait moderniser les hôtels du groupe et que la meilleure façon d'y parvenir était d'implanter spas et salles de fitness. Ils avaient été d'accord avec elle et, heureusement, le conseil d'administration les avait suivis. Les travaux avaient démarré sans tarder.

Ce jour même, elle avait eu une autre idée. Les spas n'avaient pas besoin d'être rattachés à un hôtel. Elle pouvait ouvrir un spa Elizabeth Turner sous le nom de Forever Bliss partout où elle le voudrait. Ce serait une activité indépendante qu'elle financerait et contrôlerait entièrement. Elle entrevoyait des possibilités innombrables. En dehors des spas dans les châteaux des vignobles, elle allait en ouvrir à Londres, à Leeds, Manchester, Édimbourg et peut-être Paris et New York. Elle se sentait inspirée par ce projet, certaine que ce serait un succès. Comment en douter ? Elle avait la volonté de réussir, l'énergie nécessaire et les moyens d'y arriver.

Pour son dîner, elle trouva dans le réfrigérateur une assiette de saumon fumé avec du pain de seigle beurré. Elle ôta la serviette blanche posée par-dessus, emporta l'assiette dans la bibliothèque et s'installa à son bureau.

Elle relut les notes qu'elle avait prises au cours de l'après-midi et sourit, contente de son travail : elle avait tout prévu. Les Spas Elizabeth Turner seraient blancs avec une touche de vert pâle, des teintes qui suffisaient à créer une ambiance dans un décor minimaliste, avec une musique de fond à peine audible, des bougies parfumées et des pots-pourris, de beaux peignoirs et des serviettes moelleuses. Il fallait proposer une vaste gamme de services, des massages du monde entier, des soins du visage, des enveloppements et des séances de réflexologie. La clientèle devait pouvoir y trouver tous les soins de beauté imaginables, sans oublier un salon de coiffure. Il n'y avait rien de pire pour une femme que de quitter un spa toute décoiffée. Elizabeth ne le savait que trop bien ! Ensuite, elle...

La sonnerie du téléphone la fit sursauter.

— C'est ton homme préféré !

— Tu veux parler de ma propriété endommagée ? rétorqua-t-elle en riant.

Quel bonheur d'entendre la voix de Robin !

Il lui répondit en adoptant le ton d'un voyou de cinéma :

— Je peux te rassurer, poupée ! L'essentiel n'est pas abîmé…

— Tant mieux ! Comment te sens-tu ?

— Je vais très bien. Mon poignet me gêne un peu mais rien de grave. Tu es restée au bureau très tard, n'est-ce pas ?

— Oui, j'ai eu une idée qui m'excite beaucoup. Écoute…

D'une voix vibrante d'enthousiasme, elle lui expliqua rapidement ses projets et les décisions prises dans l'après-midi.

— Quelle idée formidable, Elizabeth ! Cela va marcher. Je comprends que tu doives financer les spas toi-même mais, à long terme, je suis certain que cela tournera à ton avantage. Surtout, personne ne pourra entraver tes mouvements puisque ton initiative te permet de contourner le conseil d'administration. Enfin, à mon avis, ces spas seront un excellent atout dans la modernisation de la Deravenel en général. C'est également vrai du complexe de Marbella.

— Où en est la situation, là-bas ? A-t-on pu récupérer tout l'équipage ? Et la pollution ?

— L'équipage est sain et sauf et le nettoyage a commencé. Quant à notre plage, je pense qu'elle ne sera pas touchée. Il semblerait que la marée noire nous épargne. En tout cas, nous croisons les doigts.

— Ouf ! J'ai tremblé toute la journée à l'idée de subir une catastrophe écologique qui nous interdirait d'ouvrir à la date prévue.

— Cela m'inquiétait beaucoup, moi aussi, mais je me sens plus optimiste, ce soir. Les nouvelles sont bonnes. Elizabeth, il y a autre chose dont je veux te parler. D'après l'un des contacts de Francis au gouvernement espagnol, il se pourrait que l'explosion n'ait pas été accidentelle mais d'origine terroriste, pour provoquer un désastre écologique en Méditerranée. Francis trouve cela très alarmant. Il veut renforcer les mesures de sécurité à la Deravco dès maintenant et je suis d'accord.

— Moi aussi, Robin. Dis-lui de prendre toutes les décisions qu'il jugera nécessaires sans se soucier du coût. En fait, il y a longtemps que l'idée d'une attaque contre nos pétroliers me trotte dans la tête. Nous sommes des cibles toutes désignées. Il faudra qu'on en discute de façon approfondie dès ton retour. Dans l'immédiat, si nous parlions de notre escapade dans le sud de la France ? Nous n'avons rien arrêté de précis et j'ai besoin d'en savoir plus pour m'organiser.

— J'ai pensé que…

Et pendant le quart d'heure qui suivit, Robert lui expliqua en détail ce qu'il avait imaginé pour leurs vacances d'été.

24

Grace Rose ne passait pas inaperçue. Une vraie star !
pensa Elizabeth. Elles occupaient une des meilleures
tables au centre du grill-room à l'hôtel Dorchester et
l'on aurait pu croire qu'il s'agissait de la reine elle-
même, assise au milieu de sa cour.

Le personnel défilait pour la saluer, du maître
d'hôtel au sommelier. Tous les gens qui passaient
devant leur table s'arrêtaient pour lui adresser quelques
mots, qu'ils la connaissent ou pas. Du moins Elizabeth
en avait-elle l'impression.

Grace possédait un rayonnement rare. On aurait pu
parler de charisme mais Elizabeth préférait le mot
d'aura, une aura de dignité, d'élégance, de majesté
même. Oui, elle avait l'étoffe d'une star, d'une étoile
plus brillante que les autres. Elizabeth sourit en elle-
même. Elle ne pouvait trouver meilleur terme.

Pour une femme de quatre-vingt-dix-sept ans, Grace
Rose était remarquable. Elle ne paraissait pas du tout
son âge et était restée très belle. Ses cheveux d'un
blanc de neige étaient impeccablement coiffés. Son
teint « de pêche et de rose » – cette expression
surannée lui était spontanément venue à l'esprit et
Elizabeth en fut amusée – aurait pu rendre jalouses des

femmes bien plus jeunes. Tout en elle parlait d'harmonie, son maquillage comme sa tenue, un tailleur de soie bleue avec un chemisier de mousseline de soie dont le jabot moussait de façon très féminine. Des boucles d'oreilles en aigue-marine assorties à une broche en aigue-marine et diamant rappelaient la couleur de ses yeux dont le bleu avait pâli avec l'âge mais qui, ce jour-là, pétillaient de jeunesse.

— Voilà encore quelqu'un, Grace Rose, chuchota Elizabeth sur un ton d'avertissement.

Grace Rose adressa un de ses sourires pleins de vivacité à Elizabeth.

— Sans doute une femme qui veut savoir où j'ai acheté mon chemisier, répondit-elle à mi-voix. En général, c'est le genre de choses qu'on me demande. À propos, Elizabeth, je te trouve très belle en blanc. Tu devrais en porter plus souvent.

— Merci, Grace Rose ! Mais cette fois, c'est un homme. Je veux dire, c'est un homme qui se dirige vers nous. Il doit vous connaître, à en juger d'après son sourire.

Avant que Grace Rose ait pu dire un mot, l'homme était arrivé à leur table et se penchait pour baiser la main qu'elle lui tendit aussitôt.

— Bonjour, madame Morran. Je suis Marcus Johnson. J'ai été l'attaché de presse de votre mari.

— Marcus, bien sûr ! Je suis ravie de vous voir. Comment allez-vous ?

— Très bien, je vous remercie. Vous me semblez, vous-même, en très grande forme, madame Morran.

— Je reconnais que je ne peux pas me plaindre. Je voudrais vous présenter ma petite-nièce, Elizabeth Turner.

Elizabeth lui sourit et il inclina la tête en lui rendant son sourire, avant de se tourner de nouveau vers Grace Rose.

— Je pensais encore à votre regretté mari hier matin, madame Morran. Charles nous manque beaucoup ; il avait une personnalité tellement originale ! Je ne vois pas de meilleure façon de le dire.

— Vous avez raison, Marcus, il n'y avait personne comme lui. Je me souviens du plaisir qu'il avait à travailler avec vous.

— Je vous remercie. C'était un grand plaisir pour moi aussi. Bien, je ne veux pas vous déranger plus longtemps. Je vois qu'on vous apporte votre champagne. J'ai été vraiment ravi de vous rencontrer, madame Morran.

Après un dernier échange de politesses, Marcus Johnson les quitta.

— Il a fait un travail remarquable pour Charles, remarqua Grace Rose en le suivant du regard. Si jamais tu as besoin d'un attaché de presse, Elizabeth, pense à lui. Il est droit comme un I, d'une honnêteté absolue et bourré de talent. Tu pourrais trouver pire.

— Je vous remercie du conseil, et je ne l'oublierai pas.

Le serveur posa les flûtes de champagne devant elles et s'éclipsa aussi discrètement qu'il était venu.

— Tchin tchin ! dit Grace Rose en levant son verre. À toi et à ta nouvelle aventure, Elizabeth ! Je bois au succès de tes spas.

Elles choquèrent délicatement leurs flûtes et le cristal chanta tandis qu'Elizabeth remerciait sa grand-tante pour ses vœux de réussite.

— J'ai eu une journée très bizarre, vendredi, dit-elle. Il s'est passé tellement de choses, l'accident d'avion de Robin et Ambrose, la marée noire qui menaçait la plage du complexe de Marbella, les histoires entre Norfell et Broakes, et, en plus, je me suis disputée avec Kat ! Elle était très fâchée…

Elizabeth se mordit les lèvres. Elle en avait dit plus qu'elle ne le voulait. Pourquoi parler de cette anicroche ?

Hélas pour elle, Grace Rose ne laissait rien passer.

— Que se passe-t-il avec Kat Ashe ? demanda-t-elle vivement. Contre quoi ou qui était-elle fâchée ?

— Rien d'important, marmonna Elizabeth qui aurait voulu se cacher dans un trou de souris.

— Allons, raconte-moi cela. Tu sais que tu peux me dire tes secrets sans craindre qu'ils soient répétés.

— Oh, ce n'est pas un secret…

Le mal était fait, mieux valait tout dire, pensa Elizabeth qui prit son courage à deux mains avant de se lancer à l'eau :

— Kat m'a entreprise au sujet de ma relation avec Robin. Elle m'a dit que je me conduisais de façon scandaleuse en ayant une liaison avec un homme marié.

— Tu n'es pas la première ni la dernière, je peux te le garantir ! Les hommes et les femmes ont toujours eu des relations illicites. Je suppose qu'elle s'inquiète à cause des mauvaises langues ?

Elizabeth lança un regard alarmé à sa grand-tante.

— Vous aussi avez entendu des horreurs sur nous ?

— Comme tout le monde, ma chérie. On ne parle que de cela, en ville. Bien sûr, je n'y ai pas prêté attention car je te comprends et je me fie à ton jugement. Au début, j'ai été un peu étonnée mais seulement parce que j'avais oublié le mariage de Robert. Cela me paraît si lointain ! Je t'avoue que je n'ai jamais cru que cela tiendrait longtemps avec la petite Amy Robson. Je suppose que Robert s'occupe de reprendre sa liberté ?

— Oui. Ils sont séparés depuis plus de cinq ans et cela se passe à l'amiable. Il n'y aura pas de problème.

Grace Rose se pencha légèrement vers la jeune femme.

— Elizabeth, mon chou, il faut savoir se protéger. Rentre la tête et laisse passer la tempête.

— Que voulez-vous dire ?

— C'est le meilleur conseil que je puisse te donner. À partir d'aujourd'hui, apprends à faire profil bas. Robert devrait en faire autant. Tenez-vous à l'écart des projecteurs, ne vous montrez plus en public et évitez les photographes. En d'autres termes, faites-vous rares dans les réceptions londoniennes. Il ne faudra pas plus de deux ou trois semaines pour qu'on vous oublie. Les médias ont la mémoire courte. Les cancans peuvent être blessants mais tu ne dois plus y penser. Quand on racontait des horreurs sur son compte, mon père disait toujours que, pendant ce temps, on ne médisait de personne d'autre ! Garde cela en mémoire. Courage, Elizabeth ! Maintenant, bois ton champagne et choisissons notre menu. Le rosbif me tente. Il est excellent, ici. La viande fond comme du beurre.

Elles commandèrent du saumon fumé et du rosbif puis Grace Rose se renfonça dans sa chaise et, pendant quelques instants, contempla Elizabeth en silence. Quand elle reprit la parole, ce fut d'un ton pensif :

— Ma chérie, quand nous nous sommes parlé au téléphone, vendredi soir, tu m'as dit que tu allais demander à ta banque un emprunt de dix millions de livres et proposer de le garantir avec une partie des bijoux que tu vends aux enchères. Ai-je bien compris ce que tu veux faire ?

— Oui, c'est le seul moyen dont je dispose. Financer moi-même la construction de nos spas en France m'a paru la meilleure solution pour sortir de l'impasse créée par le refus de Norfell. J'ai la conviction que l'idée de Charles Broakes de transformer ces deux châteaux en hôtels-boutiques sera un succès. Par ailleurs, je pense depuis longtemps que les spas représentent un bon investissement. Quand je me suis entendue dire à Charles que je financerais moi-même son projet, j'ai soudain compris à quel point j'aimerais avoir ma propre société. Bien sûr, la Deravenel m'appartient et je la dirige, mais avec Cecil et Robert. Créer quelque chose moi-même serait différent et j'en ai très envie. Je pourrais gérer cette société sans en référer à personne et faire ce que je veux.

— Je comprends bien ce que tu veux dire, Elizabeth, mais pourquoi emprunter dix millions ? C'est une grosse somme.

Elizabeth eut un sourire espiègle.

— Vous allez me dire que je suis impatiente, mais je veux que ce soit fait tout de suite, je veux une réussite immédiate et, pour y arriver, je vais commencer les travaux en même temps sur tous les sites. Je veux pouvoir ouvrir mes spas en rafale, avec une énorme publicité. C'est mon concept « impact total immédiat » ! Je vois déjà l'annonce : les « Spas Elizabeth Turner, Forever Bliss » !

— Je l'imagine aussi très bien, ma chérie, mais c'est terriblement ambitieux. Cela dit, je crois au courage et à l'ambition. Grands projets, grands résultats ! Je parie donc sur ton succès. Si quelqu'un est capable de réussir un coup pareil, c'est bien toi. Mais laisse-moi te donner un autre petit conseil : n'oublie pas le nom de Marcus Johnson. D'après mon expérience, il a du talent, certes, mais aussi quelque chose de plus que j'appellerais du génie, et pas seulement comme attaché de presse. Marcus a un don pour le marketing.

— On dirait que c'est le destin qui nous l'a fait rencontrer aujourd'hui. Je suivrai votre conseil et je le contacterai dès que je serai prête. Grace Rose, il m'est venu une autre idée, cette nuit. On utilise toutes sortes de produits de soin dans un spa et je me suis demandé : pourquoi ne pas lancer ma propre marque ? Je pourrais charger un laboratoire de créer une ligne à mon nom que j'utiliserais et vendrais dans mes spas. Ce serait un autre moyen encore de faire rentrer de l'argent.

Grace Rose éclata de rire.

— Elizabeth, tu es une vraie Deravenel, même si tu portes le nom de Turner ! Tu me rappelles mon père. Il avait toujours de grands projets et des idées extraordinaires. Quant à ton propre père, il ne faut pas oublier qu'il a été le roi du rachat d'entreprises, à une époque. Harry avait du génie pour les affaires.

— Je le sais et j'ai eu le plaisir de le rappeler à Norfell, vendredi. J'ai appris ma leçon avec le meilleur des maîtres.

Grace Rose eut une petite moue qui trahissait une soudaine perplexité.

— Norfell reste une énigme, pour moi, dit-elle. Il faisait partie de la clique de ta sœur et, si je n'avais pas su ce qu'il en était, j'aurais même dit qu'il partageait sa couche. Elle ne pouvait pas lui plaire sur ce plan. John Norfell ne s'intéresse qu'aux jolies femmes. C'est un homme à femmes, tu sais.

— Incroyable ! répondit Elizabeth avec une grimace. Quelle femme pourrait se sentir attirée par lui ? Il n'a aucun pouvoir de séduction.

— C'est vrai mais il possède deux choses auxquelles beaucoup de femmes ne résistent pas, le pouvoir et l'argent. Comme disait mon mari, on ne regarde pas le manteau de la cheminée quand on attise le feu !

Elizabeth éclata de rire.

— Grace Rose, vous êtes unique ! Dites-moi ce que vous pensez de mon idée des produits de soin à mon nom. Je sais exactement quels types de parfums je veux et je pense pouvoir créer une ligne originale si j'ai de bons chimistes.

— Oh ! Ton idée me plaît infiniment. Je suppose que tu choisiras des notes florales ? Tu aimais beaucoup mes jardins quand tu étais petite et tu cueillais tout le temps des fleurs.

— C'est amusant que vous vous en souveniez. Vous avez raison, je pensais à des senteurs florales, en particulier le jasmin, la rose, la jacinthe, l'œillet et le muguet. J'aime aussi les senteurs plus vertes, les jeunes feuillages de printemps ou l'herbe en été. Un bon chimiste doit être capable de traduire ce que j'ai en tête.

— Tu as pensé à tout, ma chérie ; cela me rend très confiante en ta réussite.

— J'espère ne rien oublier, Grace Rose. Ah ! Voici notre saumon fumé. Imaginez-vous que, pour une fois dans ma vie, j'ai vraiment faim !

— Explique-moi donc à quoi ressembleront tes spas, veux-tu ? dit Grace Rose avant de goûter son saumon.

Pendant la demi-heure suivante, tout en mangeant avec un appétit, en effet, inhabituel, Elizabeth détailla ses plans d'une voix pleine d'enthousiasme.

— Je vois de grands volumes blancs, avec une touche de vert pâle très discrète, des rideaux en mousseline fine, aucun objet d'art. L'espace doit rester vide, minimaliste. Mais je veux d'immenses vases vert céladon avec des arrangements de fleurs blanches et des orchidées, également blanches. À part cela, tout sera blanc. Je ne veux rien pour distraire le regard. Seulement la plus parfaite simplicité. Je veux que les femmes viennent pour y trouver les meilleurs soins existants, ceux qui leur procureront une vraie sérénité. Je veux qu'elles sentent qu'on est aux petits soins pour elles, de façon à oublier tous leurs soucis. Je veux qu'elles se relaxent en profondeur, qu'elles aient la sensation de vivre un moment de rêve.

— Je comprends, et je peux te dire une chose : « vivre un moment de rêve » est exactement le genre d'idée dont Marcus Johnson pourrait tirer le maximum.

— Je me débrouille bien, n'est-ce pas ? répondit Elizabeth avec un regard malicieux. On pourrait peut-être l'utiliser dans les campagnes publicitaires.

Grace Rose sourit à cette remarque pleine d'autodérision.

— Elizabeth, tu es une jeune femme dynamique et tu vas soulever des montagnes, j'en suis persuadée.

J'admire ton attitude positive, ta détermination, ton enthousiasme et ton goût du risque. À présent que tu m'as tout expliqué, je prédis un grand succès à Forever Bliss !

Le lundi matin, Cecil et Elizabeth se retrouvèrent dans le bureau de cette dernière. Cette réunion matinale en début de semaine était devenue un rituel. En général, Robert y assistait également mais, ce jour-là, il était retenu à Marbella.

Elizabeth aborda d'emblée le sujet qui lui tenait à cœur.

— Quand penses-tu voir les banques pour le financement de mes spas ? demanda-t-elle à Cecil.

— J'appellerai après notre réunion et j'insisterai pour avoir un rendez-vous dès demain matin. Cela étant, tu n'as pas besoin d'attendre leur accord pour commencer. Ils te prêteront cet argent sans discuter. Si tu veux lancer les travaux dès aujourd'hui, fonce ! Je sais que tu en brûles d'envie.

— Vraiment, je peux ? C'est formidable, Cecil ! Je veux consulter des architectes et des décorateurs dès à présent. Il faut aussi contacter les agences immobilières les mieux cotées. Écoute, j'ai décidé de créer ma propre ligne de produits de soin. Il faut donc que je cherche les meilleurs laboratoires et les meilleurs chimistes.

— Parles-en à Melanie Onslow de la division hôtellerie. C'est son domaine d'expertise. Nous lui avons confié la sélection des produits à utiliser dans les spas qu'on vient de terminer dans nos deux hôtels américains.

— Suis-je sotte ! J'aurais dû tout de suite penser à Melanie. Elle a fait un travail fantastique. Je l'appellerai tout à l'heure.

Cecil prit un ton plus grave :

— Je sais que Robert t'a parlé des inquiétudes de Francis au sujet d'éventuelles attaques terroristes. Je crains que Francis ait raison. Nous devons renforcer la sécurité de tous nos sites, quitte à employer les services d'une agence spécialisée. Qu'en penses-tu ?

— La même chose que toi. Cela fait un moment que j'ai des angoisses à ce sujet. Le danger est de plus en plus présent et nous constituons des cibles idéales. J'ai remarqué que le gouvernement espagnol reste très prudent dans ses déclarations mais, vendredi soir, Robin m'a dit que, d'après les contacts de Francis, il s'agissait bien d'un acte de terrorisme. On a fait volontairement sauter ce pétrolier.

— En général, on peut se fier aux informations de Francis et je suivrai toujours ses recommandations. Dois-je lui demander de faire le point sur la sécurité à la Deravco ?

— Absolument ! Il n'y a pas une minute à perdre.

Une fois cette question réglée, ils traitèrent différents dossiers en cours puis Cecil regagna son propre bureau. Elizabeth commença à passer les coups de téléphone nécessaires pour lancer sa société de spas.

— Robin, que voulais-tu dire par « l'amour n'attend pas » ? demanda Elizabeth.

Ils étaient assis dans la cuisine de Ravenscar, et Elizabeth, les coudes sur la table, le dévisageait dans la lumière dansante des bougies.

— Rien d'autre que cela : l'amour n'attend pas. Il faut le saisir quand il se présente, s'y accrocher solidement de peur de le voir disparaître très vite. On pourrait le comparer à ces éphémères qui ne vivent pas longtemps. L'amour s'évanouit dans l'air, comme ça !

Robert souligna son propos d'un claquement de doigts.

— Hop ! Et on s'aperçoit qu'il n'y a plus rien.

— Toi et moi, nous ne l'avons pas laissé passer, n'est-ce pas ?

— Non, vraiment pas ! répondit-il avec élan.

Il lui prit la main et lui embrassa le bout des doigts.

— Je t'aime, Elizabeth. Je t'ai toujours aimée mais, un jour, je suis tombé amoureux de toi et cela ne pouvait attendre. Cela s'est passé de la même façon pour toi, n'est-ce pas ? Et au même moment… C'était écrit !

— Oui. Je t'aime, Robin, tu es toute ma vie. Je déteste les jours où tu dois t'absenter. Juin et juillet ont été horribles pour moi. Tu étais sans cesse parti à Madrid ou à Marbella. Je suis heureuse que ce soit terminé.

— Du moins pour quelque temps, corrigea-t-il en se levant.

Il fit le tour de la table, posa les mains sur ses épaules et l'embrassa sur le dessus de la tête, au milieu de ses boucles rousses. Puis il la fit se lever à son tour et la serra contre lui en la regardant dans les yeux avec une expression soudain sérieuse.

— Puis-je vous convaincre, ma dame, de monter dans notre chambre ?

— Vous n'avez pas à me convaincre, mon prince ! Je m'y rendrai très volontiers.

Elle le prit par la main, souffla les bougies et ils montèrent à l'étage.

La lune brillait dans le ciel d'août, inondant la chambre d'une douce luminosité qui estompait les contours et créait une atmosphère rêveuse. Robert mit une bûche sur les braises dans la cheminée et prit Elizabeth dans ses bras. Tout en l'embrassant, il s'émerveillait de la façon dont leurs deux corps s'accordaient. Ils étaient tous les deux grands et minces, si semblables ! Elizabeth le tenait dans ses bras et il sentait leur chaleur dans son dos tandis qu'elle posait sa tête contre son épaule. Ils restèrent quelques instants sans bouger, sans parler, savourant la douceur de leur étreinte.

Subitement, sans crier gare, Elizabeth s'écarta et entreprit de déboutonner la chemise de Robert. Il se laissa faire et se pencha vers elle, cherchant ces lèvres qu'il aimait tant embrasser. Elle savait éveiller son désir et, la prenant par les hanches, il la ramena contre lui. Il la voulait à en perdre le souffle. Elizabeth vit son visage transformé par le désir.

— Souviens-toi ! murmura-t-elle. L'amour n'attend pas.

D'un seul mouvement, elle ôta son tee-shirt et fit tomber sa jupe à ses pieds. Elle se tenait devant lui, toute droite, au milieu de la chambre.

Robert se déshabilla tout aussi vite, souleva Elizabeth et la porta jusqu'au lit, où il l'allongea.

— L'amour n'attend pas et je vais te le prouver ! chuchota-t-il d'une voix rauque.

Une pluie de baisers se déversa sur Elizabeth. Robert ne négligea aucun recoin de sa peau, l'embrassa, la caressa, la fit trembler de plaisir.

— J'ai l'impression que c'est la première fois, souffla-t-il. J'aime cette sensation de découverte toujours renouvelée. C'est comme ça, avec toi. Comme si, à chaque fois que nous faisions l'amour, c'était la première fois.

— Oui, gémit Elizabeth d'une voix presque inaudible.

Elle ferma les yeux, abandonnée aux caresses de son amant sans la moindre réserve. Une merveilleuse chaleur l'envahissait, qui lui faisait perdre la tête. Elle aimait se sentir fondre sous les mains de Robert, tendue dans l'attente du plaisir. Se donner à lui l'emplissait de bonheur. Elle ne pensait plus qu'à lui et à son désir. En ces instants-là, plus rien n'avait d'importance, hormis leur lien physique.

Quand ils furent enfin rassasiés, ils restèrent longuement sans bouger, serrés l'un contre l'autre, bras et jambes mêlés. Robert fut le premier à se redresser.

— C'était fabuleux, n'est-ce pas ?

D'un regard brûlant, il fixait Elizabeth dont les yeux sombres brillaient d'amour pour lui.

— Merveilleux, Robin ! C'est de mieux en mieux.

— Mais nous devons continuer à nous entraîner, je pense…

Elle sourit, bouleversée par la force de ce qu'elle éprouvait.

— Tu ne cesseras jamais de me faire l'amour, Robin, n'est-ce pas ?

— Une charge d'éléphants ne pourrait m'en empêcher, répondit-il avec un début de fou rire.

Plus tard, assis devant le feu et pelotonnés dans leurs robes de chambre, ils ouvrirent la bouteille de champagne que Robert était allé chercher dans la cuisine.

Elizabeth contemplait les flammes rêveusement mais ses préoccupations reprirent vite le dessus.

— Robin, à ton avis, que va-t-il se passer avec le groupe français ? Penses-tu que François de Burgh va prendre la direction de Dauphin ou bien que les directeurs des différents départements continueront à diriger le groupe comme du temps de son père ?

— Je l'ignore, il est encore très jeune. Oups ! Excuse-moi, tu es la dernière personne à qui je devrais dire cela.

Il souriait, ravi de pouvoir la taquiner.

— D'après ce que m'a dit Francis, tout le monde est sous le choc, chez Dauphin, reprit-il plus sérieusement. Cela se comprend. Qui aurait imaginé que Henri de Burgh soit tué par son cheval pendant une partie de chasse à Versailles ?

— Surtout avec le crâne défoncé à coups de sabot !

— C'est d'autant plus incroyable qu'il avait la réputation d'un excellent cavalier. Il a joué de malchance.

— Comme nous le savons tous les deux, la vie nous réserve parfois des tours étranges, tu ne crois pas, Robin ?

— C'est curieux, Ambrose m'a dit exactement la même chose, l'autre jour. Penser que nous avons perdu tous nos frères l'un après l'autre… On a du mal à le croire. Je pense que nous en resterons marqués toute notre vie. Ambrose et Merry ressentent la même chose que moi.

— On ne gagne jamais avec la mort… Quand l'heure est arrivée, il n'y a rien à faire.

— Elizabeth, dit Robert en changeant de ton, j'ai parlé à Amy au sujet du divorce.

Elle en resta sans voix, la bouche ouverte sur un « Oh ! » muet.

— Elle m'a demandé d'aller la voir à Cirencester le mois prochain.

— Tu iras ?

— Bien sûr ! Je dois me rendre libre pour toi. C'est bien ce que Grace Rose t'a dit, non ?

Elizabeth opina.

— Je suppose que tu…

Elle s'interrompit, la tête légèrement penchée pour mieux entendre.

— Je crois que c'est ton portable.

Robert se leva d'un bond, fouilla les poches de son pantalon et en sortit son téléphone.

— Ah ! C'est toi, Ambrose ? Oui, tout va bien. Que se passe-t-il pour que tu m'appelles aussi tard ?

Il écouta ce que son frère avait à lui dire, se déplaçant vers la fenêtre où la réception du signal était meilleure.

— Non, je suis certain que cela ne posera aucun problème, dit-il en se tournant vers Elizabeth. Ma chérie, cela te dérange-t-il si mon frère vient déjeuner demain ? Il doit aller à Harrogate.

— Au contraire ! J'en serai très heureuse.

— Elle dit qu'elle en sera très heureuse, Ambrose. À demain !

Alors qu'elle se promenait sur la grève de Ravenscar avec Robert et Ambrose, Elizabeth se fit la réflexion que la famille Dunley détenait certainement le prix de beauté pour toute l'Angleterre.

Sans être aussi exceptionnel que Robert, Ambrose était un homme d'une beauté étonnante et leurs sœurs, Merry et Catherine, faisaient tourner toutes les têtes. Elles pouvaient rivaliser avec les plus belles stars de cinéma. Tous les quatre avaient les cheveux noirs et des yeux marron ou noisette, sauf Merry qui avait de magnifiques yeux couleur de bleuet. Leurs frères décédés avaient également été très beaux.

Une histoire étrange que celle des Dunley... Le grand-père, Edmund, travaillait pour son grand-père à elle, Henry Turner. John Dunley, fils d'Edmund et père de Robert, avait travaillé pour Harry Turner. Harry Turner avait chanté les louanges de John Dunley jusqu'au jour où, comme son père avant lui, John était tombé en disgrâce.

C'était Mary qui avait asséné à John le dernier coup, aussi injuste que les autres. Elle l'avait banni à vie de la Deravenel. John n'avait en rien mérité pareil traitement, pas plus que son père avant lui. Elizabeth s'employait aujourd'hui à réparer ces injustices et s'assurait que les membres de la famille Dunley faisaient une belle carrière à la Deravenel.

Robert partageait le pouvoir avec elle à la direction de la compagnie et sa sœur Merry était devenue son assistante. Quant à Ambrose, il avait la responsabilité du dossier Marbella. Dans quelques semaines, ce serait Anne, la femme d'Ambrose, qui rejoindrait l'équipe au titre de seconde assistante d'Elizabeth, chargée de la gestion de la société des Spas Elizabeth Turner.

Les deux frères étaient lancés dans une grande conversation et Elizabeth ne les écoutait qu'à moitié, plongée dans ses propres pensées. Elle était au courant des ragots qui couraient à la Deravenel. Certains cadres de haut niveau n'avaient pas de mots assez durs pour commenter le retour des Dunley. John Norfell était le plus acharné contre eux et donc, par ricochet, contre elle. Robert avait eu raison de se méfier de Norfell et elle-même le surveillait de près, à présent qu'elle le connaissait mieux.

Elizabeth glissa un regard subreptice à Robert, l'homme qu'elle aimait de toute son âme. Son homme ! Il était d'une grande élégance avec son pull à col roulé noir sous une veste en tweed à dominante lie-de-vin qui avait pris une belle patine avec les années, son pantalon beige et son écharpe en cachemire également lie-de-vin. Ambrose portait le même style de tenue : pull, veste en tweed et jean. En dépit du soleil de cette fin d'août, le temps restait frais, à Ravenscar. Le vent qui soufflait de la mer du Nord, comme d'habitude, amenait du froid.

Robert l'arracha à ses pensées.

— N'es-tu pas d'accord ? lui demanda-t-il à brûle-pourpoint.

— Oh ! Excuse-moi, j'étais ailleurs. De quoi parlais-tu ?

— Je disais que Tony Blair a quelque chose…

Il leva les mains pour appuyer ses propos, dans un geste très personnel.

— Disons, quelque chose de spécial.

— C'est vrai, il a ce qu'on appelle du charisme. Des tonnes de charisme, Robin. J'admire sa façon d'être. Imagine-toi que j'aimais aussi John Major, notre ancien Premier ministre. C'est un des plus grands charmeurs que j'aie jamais rencontrés !

Ambrose lui sourit affectueusement.

— Je suis bien d'accord avec toi, Elizabeth. Malheureusement, on l'a beaucoup sous-estimé. C'est un homme bien de sa personne, intelligent et agréable à fréquenter. Je ne comprends pas pourquoi les gens ne s'en sont pas rendu compte. C'est vraiment dommage.

— Je suppose que cela dépend de l'image que l'on donne de soi, répondit-elle. Il ne passait pas très bien à la télévision, en tout cas certainement pas aussi bien que dans les rencontres personnelles.

Elle glissa son bras sous celui de Robert et changea de sujet.

— Robin, as-tu parlé du groupe Dauphin avec Ambrose ?

Ambrose répondit lui-même, sans laisser à son frère le temps de réagir :

— Oui et je pense que François de Burgh va recevoir la formation nécessaire pour succéder à son père. Il travaille pour le groupe depuis un certain temps, tout comme sa femme. Je pense que, dans peu de temps, nous apprendrons qu'ils ont pris le contrôle et dirigent tout eux-mêmes.

— François de Burgh est-il donc si intelligent et si doué pour les affaires ? demanda Elizabeth avec une mimique sceptique.

— Francis le croit rusé et plus expérimenté que nous le pensons. Il a aussi une mère d'une intelligence exceptionnelle qui saura s'assurer que le pouvoir est concentré dans les mains de son fils aîné et non pas dans celles de salariés, même de haut niveau. Si je me fie aux informations de Francis, je suis certain qu'elle va tout surveiller de près.

— Et cette Marie Stewart de Burgh, officiellement ma cousine ? Penses-tu qu'elle puisse nous créer des ennuis ?

— Je n'ai aucune certitude mais, a priori, je pense qu'elle sera trop occupée à aider son mari pour s'intéresser à la Deravenel.

— Je l'espère, murmura Elizabeth qui ne put retenir un frisson.

Robert s'en aperçut et la prit par les épaules.

— Tu as froid, ma chérie ?

— C'est le vent…

Mais ce n'était pas le vent. Elle avait soudain la chair de poule, la sensation que, quelque part, quelqu'un lui voulait du mal, beaucoup de mal.

— Veux-tu rentrer ? demanda Ambrose.

— Oui, répondit-elle. Le champagne nous attend.

Elizabeth et Ambrose gagnèrent la bibliothèque pendant que Robert allait à la cuisine prévenir Lucas de leur retour.

Ambrose remit plusieurs bûches dans le feu et tisonna les braises pour le faire repartir. Quand les flammes jaillirent, hautes et claires, il s'installa dans un fauteuil en face d'Elizabeth.

— Il fait nettement plus froid ici qu'à Harrogate, dit-il. Ce matin, quand je suis parti, le temps était très doux.

— C'est l'influence de la mer du Nord, expliqua Elizabeth. Nous avons toujours une brise de mer très fraîche, même pendant les jours les plus chauds. On ne peut pas se passer de gros pulls, ici !

— Un jour, ma mère m'a raconté que mon grand-père Edmund n'aimait pas venir voir ton grand-père Henry quand il séjournait à Ravenscar, à cause du temps glacial. Il disait qu'il partait pour le cercle polaire !

Elizabeth se mit à rire. Elle aimait beaucoup Ambrose qui avait toujours fait partie de ses amis proches, comme sa sœur Merry.

— Je serai éternellement reconnaissante à mon père d'avoir fait installer le chauffage central. Cela rend la vie plus facile, en hiver.

— Je te crois volontiers ! Ces vieilles bâtisses immenses sont impossibles à chauffer, sans même parler de la facture.

Il s'enfonça dans ses coussins, étendant ses longues jambes devant lui. Elizabeth se pencha vers lui, contente de ce moment en tête à tête.

— Ambrose, je tiens à te remercier pour tout ce que tu as fait à Marbella. Il y avait un énorme travail et tu as réussi au-delà de ce que l'on pouvait espérer. Tu as tout remis sur pied en un temps record.

— Merci, Elizabeth. Il y a eu des moments difficiles mais l'enjeu en valait la peine. Quand ce sera fini, nous aurons un complexe de vacances fabuleux, même si je suis mal placé pour le dire !

— Je suis très heureuse que tu travailles maintenant pour la Deravenel à plein temps et que Merry ait bien voulu devenir mon assistante. J'ignore comment je me débrouillais sans elle ! Quand Anne aura pris ses fonctions dans ma société de spas, tout sera parfait. Je t'avoue que j'aime me sentir entourée par les Dunley ! Cela me donne l'impression d'avoir une famille.

— Mais nous sommes réellement ta famille, Elizabeth ! Ce sera encore plus vrai quand Robert aura réglé la situation avec Amy et que vous serez mariés. En fait, nous espérons, Anne et moi, que vous accepterez de faire la réception chez nous. Après tout, comme tu viens de le dire, nous sommes ta famille.

Elizabeth réussit à peine à acquiescer de la tête. Elle s'était figée, stupéfaite et très embarrassée. Elle avait l'impression d'avoir pris un coup sur la tête. Pourquoi Robin avait-il annoncé leur mariage ? Il savait pertinemment qu'elle n'avait pas l'intention d'épouser qui que ce soit. Au moment où elle s'y attendait le moins, elle apprenait qu'il avait trahi sa confiance.

Ce fut à cet instant que Robert les rejoignit, suivi de Lucas qui apportait une bouteille de Krug dans un seau en argent rempli de glace. Lui-même s'était chargé des flûtes en cristal.

— Et voici le champagne ! s'exclama-t-il gaiement.

Lucas remplit leurs verres, annonça que le déjeuner serait servi à une heure et regagna sa cuisine.

Ils burent à la santé les uns des autres et discutèrent longuement de l'ouverture du complexe de Marbella au printemps prochain. Ensuite, Robert encouragea Elizabeth à parler à Ambrose de la vente des Collections Deravenel-Turner.

Les mâchoires encore crispées, Elizabeth fit un effort pour se détendre. Avec l'aide du délicieux champagne, elle réussit à repousser les paroles d'Ambrose à l'arrière-plan de ses préoccupations. Sa colère se calmait peu à peu.

Elle se lança dans une grande explication au sujet des divers aspects de la vente mais s'adressa presque exclusivement à Ambrose, incapable de regarder Robert en face.

Quand elle eut terminé son exposé, Ambrose poussa une exclamation enthousiaste.

— Ce sera une vente absolument fabuleuse ! Tu vas en tirer des millions. Je ne raterais cela pour rien au monde. Toi non plus, Robert, n'est-ce pas ?

— J'y serai, bien sûr ! Je serai à côté d'Elizabeth, et je prierai pour que le moindre objet atteigne un prix faramineux !

Comme Lucas venait d'entrer et d'annoncer le déjeuner, Elizabeth posa sa flûte et se leva.

— Je suggère que nous passions à table, dit-elle.

Sans attendre, elle les précéda vers la salle à manger. Même si elle la maîtrisait, sa colère ne s'était pas entièrement apaisée.

26

— Ambrose pense qu'il a pu te blesser sans le vouloir, dit Robert appuyé contre le chambranle de la porte du bureau.

Assise à sa table de travail, des documents étalés devant elle, Elizabeth leva instantanément la tête au son de sa voix.

— Non, répondit-elle enfin d'une voix traînante. Il n'a rien fait.

Il comprit qu'elle était encore fâchée, comme elle l'avait été pendant tout le déjeuner. Sa voix trahissait son irritation et son visage restait crispé. Robert alla se planter devant le bureau.

— Quelque chose ne va pas. Je te connais trop bien pour ne pas le voir. Inutile de le nier !

Elle garda le silence, indécise. Elle n'avait pas envie d'une dispute en cet instant. Puis, elle décida de lui dire la vérité.

— C'est contre toi que je suis fâchée, pas contre ton frère. Il n'y est pour rien.

Le visage de Robert exprimait l'incompréhension la plus totale.

— Moi ? Que t'ai-je fait ?

— Tu as dit à Ambrose que nous nous marierons quand tu auras obtenu ton divorce. J'en ai été tellement choquée que je n'ai pas su quoi lui répondre.

Il secoua la tête avec véhémence.

— C'est faux ! Je n'ai rien dit de tel à mon frère. Si Ambrose a parlé de mariage, c'est de son propre chef. Bien sûr, il sait que je veux mettre ma situation en ordre. Je suppose qu'il en a tiré des conclusions hâtives. C'est tout !

Elizabeth le fixait d'un regard dur.

— Je ne comprends pas pourquoi tu n'as pas abordé la question avant le déjeuner, reprit-il. Car c'est évidemment à ce moment-là que cela s'est passé, pendant que j'étais à la cuisine avec Lucas.

— Je ne voulais pas être à l'origine d'une situation gênante pour tout le monde.

— À la place, tu as créé une atmosphère pénible pendant tout le déjeuner, Elizabeth, et tu le sais pertinemment ! Tu étais fermée et, quand tu daignais nous adresser la parole, c'était sur un ton d'une sécheresse incroyable ! Quant à ton silence... On aurait cru la colère divine incarnée, prête à nous foudroyer sur place ! Nous nous sommes bien rendu compte que tu étais furieuse. Tu as fait tout ce qu'il fallait pour.

— Je n'étais pas furieuse... Je dirais plutôt que je me sentais trahie.

Il soupira en levant les yeux au ciel.

— Ambrose a fait une supposition normale et sans penser à mal. Et toi, de ton côté, tu as supposé quelque chose de faux ! Comment peux-tu imaginer que je trahirais ta confiance ? Moi, entre tous ?

Elle ne sut que répondre, puis elle se rappela les paroles d'Ambrose.

— Il a dit qu'Anne et lui voulaient donner la réception de mariage chez eux ! Pourquoi en parlerait-il si tu ne lui en avais soufflé mot ?

— Oh ! Elizabeth, peux-tu cesser de te conduire comme une gamine ? Je te le répète : il a simplement supposé, sans réfléchir plus avant, que nous nous marierions dès mon divorce prononcé. Et cela me semble une pensée très naturelle, tu ne crois pas ? Je suis sûr que la plupart des gens auraient dit la même chose. Après tout, notre situation a fait beaucoup jaser et le mariage semble en être la conclusion normale aux yeux du public.

L'air buté, Elizabeth contempla ses mains serrées.

— Tu sais que je ne veux pas me marier, Robin. En ce qui me concerne, tu n'as même pas besoin de divorcer.

Ces quelques mots déclenchèrent la colère de Robert. Il posa les mains à plat sur le bureau, dominant Elizabeth de toute sa hauteur, et planta son regard dans le sien.

— Et pourquoi ne veux-tu pas m'épouser ? Où est le problème ? Je ne suis pas assez bien pour l'héritière des Turner et des Deravenel ? C'est cela ? Ou peut-être penses-tu que je cours après ton argent et ton pouvoir ?

Il était hors de lui. Elizabeth se raidit sur son siège, pétrifiée par son ton, ses paroles et l'expression très dure de son visage.

— Comment peux-tu dire ça ? s'écria-t-elle enfin. Évidemment que tu es assez bien pour moi ! Et même plus que ça ! Je sais que tu ne t'intéresses pas à moi à cause de ce que je possède. Je sais que c'est moi et rien d'autre qui t'intéresse.

— Tu as fichtrement raison ! cria-t-il à son tour. Et je veux que tu sois ma femme !

Elizabeth avait pâli et Robert fit un effort pour se calmer. Il s'écarta du bureau et reprit d'un ton plus doux :

— Elizabeth, quand je serai libre, marions-nous ! Nous pouvons... nous pouvons nous échapper pour le faire discrètement, si tu le souhaites. Veux-tu que je t'enlève ? Nous n'avons pas besoin d'un mariage en grand tralala. Nous deux et deux témoins, cela suffit.

Elle l'écoutait, bouche bée, et soudain il lui décocha ce sourire taquin, si charmant, auquel elle ne savait résister.

— Ma chérie, dit-il avec tendresse, nous devrions vraiment nous marier. Nous nous aimons et, le jour où tu seras prête, nous pourrons avoir un enfant, cet héritier qui préoccupe tout le monde. Il te faut un héritier pour assurer l'avenir de la Deravenel. Tu n'en as pas envie ?

Blême, Elizabeth était incapable de réagir. Elle se sentait humiliée et répondit soudain, sans pouvoir s'en empêcher, d'un ton cinglant :

— Non ! Je n'en ai certainement pas envie ! Je n'ai que vingt-cinq ans et j'ai tout le temps nécessaire pour penser à un héritier. Imagine-toi que je n'ai pas l'intention de mourir jeune ! En tout cas, tu t'es vexé pour rien.

— Comment peux-tu dire ça ? rétorqua Robert avec amertume.

— Parce que c'est la vérité !

— Pour rien ? Je me suis vexé pour rien, dis-tu ? Que fais-tu de moi, de mes sentiments ? Je ne compte donc pour rien dans cette relation, Elizabeth ? Je croyais qu'il fallait être deux pour former un couple. Il ne t'est jamais venu à l'esprit que je serais plus heureux si j'étais marié avec toi ?

— Tu as toujours su que je ne voulais pas de ce genre de lien. Je ne me marierai jamais et je te l'ai déjà dit quand j'avais huit ans.

Ces paroles ne firent que raviver la colère de Robert.

— Tu es une femme adulte, aujourd'hui ! Et tu entretiens une liaison avec moi, un homme adulte, pas un petit garçon en culotte courte ! Nous nous aimons et, à ma connaissance, le mariage est la conclusion naturelle d'une relation comme la nôtre.

— Je ne veux me marier avec personne, Robin ! s'obstina Elizabeth. Ce n'est pas dirigé contre toi, tu prends la chose trop personnellement.

— Bien sûr que je le prends personnellement ! hurla-t-il.

Il sortit du bureau à grandes enjambées rageuses et claqua la porte si violemment qu'un des tableaux accrochés au mur tressauta.

Elizabeth se tassa dans son fauteuil, soudain très triste. Elle n'avait pas eu l'intention de blesser Robert ou de l'humilier mais c'était pourtant ce qu'elle avait fait. Avec un soupir, elle se leva et passa sur la terrasse. Comment pouvait-elle réparer le mal qu'elle avait causé ?

Levant les yeux, elle aperçut Robert qui traversait les jardins à grands pas. Il allait certainement se réfugier dans les ruines de l'ancienne forteresse. Mieux valait lui laisser le temps d'évacuer sa colère, se dit-elle. Elle lui parlerait quand il serait plus calme. Elle devait lui faire comprendre à quel point elle l'aimait.

En dépit de ses efforts pour se concentrer, Elizabeth n'arrivait pas à s'intéresser réellement au dossier des spas. Au bout d'une heure d'essais infructueux, elle jeta son châle sur ses épaules et sortit. Le ciel, d'un beau bleu depuis le matin, avait pris une étrange teinte gris-vert. On sentait dans l'air froid venir la pluie et peut-être même un orage. Elizabeth serra plus étroitement son châle autour d'elle et descendit l'allée en courant. Elle criait le nom de Robert mais ne reçut aucune réponse.

À son grand étonnement, il n'était pas dans les ruines. Où pouvait-il être allé ? Pour rentrer dans la maison, il aurait dû passer devant la fenêtre du bureau et elle l'aurait vu. Il devait être plus loin, en pleine campagne. À moins qu'il ne soit descendu sur la grève ? Comme elle quittait l'abri des ruines, un coup de tonnerre retentit et de grosses gouttes de pluie s'écrasèrent sur les pierres.

Au bout d'une demi-heure de recherches infructueuses, elle demanda l'aide de Lucas. Par chance, ce dernier avait aperçu Robert sur la grève et c'est là qu'ils le trouvèrent. Il s'était réfugié sous l'un des amas de rochers en contrebas de Ravenscar. Les coups de tonnerre se succédaient et la pluie tombait en grandes nappes qui obscurcissaient tout.

Quand Elizabeth l'aperçut, elle courut vers les rochers, tenant un imperméable et un gros pull serrés contre elle.

— J'étais morte d'inquiétude ! cria-t-elle. Pourquoi n'es-tu pas rentré ?

— Je m'apprêtais à le faire quand l'averse a commencé.

Sous l'abri que formaient les rochers, il se débarrassa rapidement de sa veste en tweed qui dégoulinait et enfila le gros pull marin apporté par Elizabeth.

— Ouf ! Je me sens mieux. J'étais gelé. En fait, j'ai cru qu'il serait plus avisé d'attendre ici que la tempête se calme mais j'ai eu tort.

— Je crains que cela dure toute la nuit. Tiens, mets cet imperméable. Lucas ? Pouvez-vous me passer l'écharpe, s'il vous plaît ?

— Voici, mademoiselle Turner. Vous n'avez rien, monsieur Dunley ? J'espère que vous ne vous êtes pas blessé ?

— Non, tout va bien. J'ai trébuché sur les galets en courant pour me mettre à l'abri mais ce n'est rien.

— Je vous ai vu par la fenêtre de la cuisine, monsieur, et je m'habillais pour descendre à la grève quand Mlle Turner est venue me chercher. Je suis heureux que vous alliez bien.

— Merci, Lucas !

Robert acheva de nouer son écharpe, prit le parapluie que lui tendait Elizabeth, ramassa sa veste trempée et eut un sourire embarrassé.

— Merci d'être venue à mon secours !

Elizabeth lui sourit sans retenue et reprit le chemin de la maison, suivie par les deux hommes, tous trois luttant pour empêcher le vent de leur arracher leurs parapluies.

Une fois à la maison, Elizabeth insista pour que Robert aille prendre une douche très chaude. Pendant ce temps, elle prépara du thé que Lucas monta dans leur chambre.

Dix minutes plus tard, Robert la rejoignit devant le feu, enveloppé d'un épais peignoir de bain. En passant devant la fenêtre, il s'arrêta un instant.

— C'est incroyable, les quantités d'eau qui tombent ! Tu avais raison, cela va durer toute la nuit.

— Robin, dit vivement Elizabeth, je suis désolée. Je regrette tellement ce que j'ai dit… Je ne voulais pas te blesser, je me suis très mal exprimée. J'essayais seulement de t'expliquer que je ne veux pas me marier, mais cela n'a rien à voir avec toi, mon chéri. Sincèrement ! Cela ne concerne que moi. Je t'aime, je veux passer toute ma vie avec toi, et tu le sais. Jamais je ne chercherais à te rabaisser ou te blesser de quelque façon que ce soit !

Il s'installa dans un fauteuil voisin du sien, se versa une tasse de thé en y ajoutant une tranche de citron et un édulcorant, puis but tranquillement une longue gorgée réconfortante. Ayant reposé sa tasse, il prit la main d'Elizabeth, la porta à ses lèvres et y déposa un léger baiser.

— Tu n'as rien à te faire pardonner, mon petit cœur. Je reconnais que j'ai eu une réaction très vive, peut-être même exagérée. Nous éprouvons les mêmes sentiments l'un pour l'autre et moi aussi je veux passer ma vie avec toi. Simplement, tout à l'heure, j'ai réalisé que je désire t'épouser de toutes mes forces. Mais puisque la légalisation de notre relation n'a pas d'importance pour toi, qu'il en soit ainsi ! Nous continuerons à vivre ensemble comme nous le faisons déjà.

Elizabeth poussa un grand soupir de soulagement.

— Robin, je suis si heureuse de ce que tu viens de dire. Je ne supporterais pas de te perdre.

— Il n'y a aucune raison pour cela. Je serai toujours là pour toi, quoi qu'il arrive.

Elizabeth secoua la tête comme pour chasser des idées noires et poursuivit la conversation d'un ton plus serein :

— Le mariage ne m'a jamais tentée. Je n'en vois pas l'intérêt. Sans doute ai-je vu trop d'unions catastrophiques, des femmes malheureuses, des maris tyranniques. Des maris tyranniques et infidèles, dois-je préciser !

— Je sais que tu n'as eu que de mauvais exemples. Même toute petite, tu as connu des situations instables liées à des problèmes matrimoniaux. Il n'y a donc rien d'étonnant à ce que le mariage ne t'attire pas.

— Mon père a été le pire exemple de mari tyrannique, colérique et frustré, Robin. Je le soupçonne d'avoir été violent avec certaines de ses femmes, si ce n'est toutes, au moins verbalement. En tout cas, il l'a été avec moi.

— Tu sais, il a été heureux avec sa première femme, Catherine l'Espagnole. Ils étaient très amoureux, d'après ma mère qui connaissait bien Catherine. La seule ombre à leur mariage a été l'absence d'un héritier. En dehors de cela, ils s'entendaient très bien. Catherine était d'une intelligence remarquable. C'était une grande travailleuse, efficace et énergique. Elle avait reçu une excellente éducation et avait fait des études brillantes. Mais ton père s'est laissé tourner la tête par… Excuse-moi, ma chérie, par Anne, ta mère. Dès leur première rencontre, il n'a plus pensé qu'à elle. Mais je ne vais pas te raconter une histoire que tu connais mieux que moi !

— Ensuite, il a rencontré Jane Selmere et n'a plus vu qu'elle. D'un seul coup, ma mère avait tous les défauts du monde et il l'a menée au désespoir. Quand Jane est morte en donnant naissance à Edward, il a épousé l'autre Anne, l'Allemande. Mais elle était banale.

Robert haussa les sourcils d'un air surpris.

— Banale ? Tu veux dire qu'elle était franchement laide !

— Robin, c'était une femme bien et elle s'est montrée très gentille avec Edward et moi, comme avec Mary. En réalité, je pense que mon père la terrifiait. Je t'assure qu'elle a été heureuse de divorcer sans histoire. Par contre, je me suis toujours sentie profondément navrée pour Kathy Howard Norfell. Il l'affichait comme le plus beau des trophées mais elle était trop jeune pour lui et, malheureusement, pas très fine.

— Tu plaisantes ? Elle était d'une bêtise insondable ! C'est son infidélité qui l'a perdue. Mon père m'a fait plus d'une confidence à ce sujet. À cette époque, il travaillait avec ton père. Mais qui pourrait jeter la pierre à la trop belle Kathy ? Quand Harry l'a épousée, il s'était beaucoup empâté. Pour être honnête, je le trouvais monstrueux. Comment s'étonner qu'elle soit passée dans les bras d'hommes plus jeunes, plus séduisants et plus virils. Oui, elle a causé son malheur elle-même. Quel divorce de cauchemar ! Catherine Parker a eu de la chance de survivre à ton père !

— C'est alors, répondit Elizabeth, qu'arriva le beau vice-amiral, plein de charme et si séduisant… Et Catherine, qui ne rêvait que de lui depuis si longtemps, épousa l'irrésistible Thomas Selmere qui entreprit aussitôt de flirter avec moi et tenta discrètement de me séduire.

Robert se mit à rire.

— Selmere était un goujat et certainement pas du bois dont on fait les maris, n'est-ce pas mon chou ?

— Oui, c'est vrai, et l'on peut en dire autant de Philip Alvarez. Il a épousé Mary pour son argent, j'en suis certaine à présent. Et ensuite, pour dire les choses crûment, il l'a laissée tomber.

— Ce petit voyou n'est même pas venu à son enterrement !

L'expression mi-amusée, mi-scandalisée qu'il avait eue pour parler de ces hommes qu'il n'estimait pas s'effaça de son visage. Robert avait l'air subitement grave.

— Elizabeth, écoute-moi maintenant. Les hommes ne se conduisent pas tous comme ton père, ou comme Selmere et Alvarez. Je ne suis pas comme eux et nous nous connaissons depuis assez longtemps pour que tu le saches.

— Mais oui, Robin, je le sais. Ce que je veux, c'est ma liberté, mon indépendance. Je veux vivre à ma guise. Je ne veux pas de mariage, à aucun prix !

Sa voix s'était faite suppliante.

— Robin, pourrait-on changer de sujet, maintenant ? Par pitié !

— Bien sûr, ma chérie, n'en parlons plus…

Il se reversa du thé bien chaud.

— Merci d'être venue me chercher sous la pluie avec Lucas !

— Tu es certain de ne pas t'être blessé quand tu es tombé sur les galets ?

— Non, j'ai seulement été trempé et j'ai eu très froid mais, maintenant, je me sens tout à fait bien. Laisse-moi encore quelques minutes puis j'irai m'habiller et nous descendrons prendre un verre.

— Tu m'as pardonné, Robin ? Promets-le-moi !

— Il n'y a rien que tu doives te faire pardonner, répéta-t-il.

Le lendemain dimanche, Elizabeth se leva la première et ouvrit les rideaux.

— Robin, il fait très beau. L'orage a dû se déplacer plus au nord. Debout, paresseux ! On descend prendre le petit déjeuner.

Tout en grognant qu'il était à peine six heures, Robert rejeta les couvertures.

— Bien ! dit-il en cherchant sa robe de chambre et ses pantoufles. Qu'allez-vous nous préparer pour le petit déjeuner, mademoiselle Turner ?

— Je suis certaine qu'il y a tout ce qu'il faut dans le réfrigérateur. Lucas veille à ce qu'il y ait toujours des harengs fumés. En voudras-tu ? Ou bien des champignons avec des rognons ? Il y en a en réserve.

— Que dirais-tu de simples œufs à la coque avec du pain grillé ?

— Oui, c'est une bonne idée, j'en prendrai aussi.

Dans la cuisine, Elizabeth alluma la cafetière, sortit le lait et les œufs du réfrigérateur et s'installa devant l'îlot central.

— Il y a du jus d'orange ? demanda Robert.

— Tu en trouveras dans le réfrigérateur.

Robert en remplit deux verres, les posa sur la table, prit la télécommande et alluma la télévision.

— Je veux juste voir la météo…

Elizabeth se retourna, intriguée par le soudain silence de Robert. Elle s'approcha tandis qu'il montait le son : « … dans laquelle se trouvait la princesse Diana a percuté le mur du tunnel du Pont de l'Alma à minuit vingt-trois. Les secours sont arrivés très rapidement et elle a été emmenée en ambulance à l'hôpital de la Pitié-Salpêtrière où elle est décédée quelques heures plus tard… »

Elizabeth poussa un cri d'horreur.

— Ce n'est pas possible ! Non, je n'y crois pas.

Bouleversée, elle se tourna vers Robert qui semblait pétrifié. Lentement, elle posa la boîte d'œufs sur le plan de travail. Elle avait trop peur de la laisser tomber tellement ses mains tremblaient.

— Ce n'est pas possible, Robin, répéta-t-elle d'une voix étranglée. Pas la princesse Diana !

Incapable de prononcer un mot, il la prit dans ses bras, l'aida à s'asseoir puis s'installa à côté d'elle. Il fixait l'écran de la télévision sans pouvoir croire ce qu'il voyait.

Elizabeth, qui pleurait, s'essuya les yeux avec un mouchoir en papier.

— Ses pauvres enfants, gémit-elle, les pauvres enfants !

Ses larmes coulaient.

Un peu plus tard, Robert trouva la force de lui apporter un mug de café mais ils ne purent quitter la table avant plusieurs heures, écoutant avec incrédulité les informations en provenance de Paris et de Londres. On était le 31 août 1997 et la princesse Diana était morte. Comme le reste de leur pays et le monde entier, Elizabeth et Robert éprouvaient un affreux chagrin. Quelle fin tragique et prématurée pour la belle princesse qui avait su conquérir les cœurs…

27

Un silence de mort... Je n'ai jamais connu cela, à la Deravenel. Il règne un silence très pesant à tous les étages. Tout le monde a le cœur lourd. Nous travaillons comme d'habitude mais dans une ambiance d'horrible tristesse. On se déplace moins vite dans les couloirs, on parle à voix basse. Le travail est accompli avec l'efficacité habituelle mais on a l'impression de vivre dans un nuage de chagrin. Et c'est ainsi dans toute la Grande-Bretagne comme dans le monde entier.

Une belle et rayonnante jeune femme nous a quittés. Et pourtant... Elle est parmi nous. Elle vit dans nos cœurs et nos mémoires, pour toujours. La violence de sa mort, si soudaine, nous a frappés de plein fouet, nous faisant prendre conscience de notre vulnérabilité. Nous sommes tous mortels. Et nous sommes en deuil.

Cinq jours se sont déjà écoulés depuis son décès et le choc ne s'estompe pas. Personne n'arrive à croire qu'elle soit vraiment morte. J'ai l'impression qu'un beau rêve a été réduit à néant. Elle était si vivante, si exubérante, attentive aux autres et pleine d'amour pour les laissés-pour-compte, les démunis, les faibles.

Le courage de son sourire, la lumière de ses yeux bleus... Il est impensable de ne plus jamais les revoir.

La mort brutale de la princesse Diana m'a fait me sentir vulnérable, et dans bien des domaines. Il ne s'agit pas seulement de ma propre mort mais de Robert et des divers aspects de notre relation. La nuit dernière, je n'ai pas pu dormir. Je n'arrêtais pas de penser à lui. Et s'il était tué ou mourait subitement ? Que deviendrais-je sans lui ? Ma vie n'aurait plus de sens. Il est tout pour moi. Pourtant, je lui ai fait beaucoup de mal, pendant le week-end. J'ai prononcé des paroles terribles sans le ménager. Je devrais faire plus attention à ce que je dis et réfléchir avant de lancer des mots dangereux. C'était un des leitmotivs de mon père, tiré d'une de ses chansons préférées. Il avait une belle voix de ténor et chantait très bien. Il aurait pu faire carrière comme chanteur d'opéra. Je l'entends encore : « Fools rush in where angels fear to tread... », les fous se précipitent où les anges craignent de poser les pieds...

Mon père adorait la musique et composait lui-même. Il aurait pu écrire cette chanson. Un jour, je lui ai posé la question. Il m'a répondu qu'il en aurait été fier mais que les auteurs s'appelaient Johnny Mercer et Rube Bloom. Mon père et son côté romantique... Une sorte de folie romantique, en réalité ! Robert l'a traité de monstre, l'autre jour, et il en était peut-être devenu un. Mais il a aussi été le parfait golden boy. Rayonnant, beau, séduisant, irrésistible ! Les femmes tombaient à ses pieds.

Je pleure ! Est-ce pour mon père, pour Robert ou pour Diana ? Je me sens bouleversée, aujourd'hui, toutes mes émotions à fleur de peau.

Harry Turner, mon père... Je l'aimais et, à présent, je vénère sa mémoire. Ce qu'il a réussi, ce qu'il a fait de la Deravenel, tout cela me remplit d'une immense fierté.

Est-il vrai que la victime s'attache toujours à son bourreau ? Je me suis souvent demandé pourquoi mon père m'a traitée comme un paillasson quand j'étais petite, pourquoi il me parlait si brutalement. Il était méchant. J'ai été une enfant maltraitée. Il m'aboyait à la figure, hurlait des horreurs et me chassait hors de sa vue. Il était très riche mais à peine donnait-il le nécessaire pour mon entretien à Kat Ashe et nous avons souvent manqué d'argent, ces années-là. Ce sont des gens comme tante Grace Rose et John Dunley, le père de Robin, qui m'ont témoigné de la gentillesse et de l'affection. Grâce à eux, j'ai connu des moments de bonheur. John permettait à son fils de venir me voir à Waverley Court et d'y séjourner. Grace Rose m'invitait à Stonehurst Farm aussi souvent que possible. Et quand j'y allais, seule ou avec Robin, elle nous gâtait de façon invraisemblable. Nous passions des moments magiques chez elle et grâce à elle.

Pourquoi mon père m'a-t-il tellement haïe entre mes deux et cinq ans ? Parce qu'il retrouvait ma mère en moi ? L'avait-il donc détestée au point de reporter son aversion sur moi ? Je n'étais qu'une enfant innocente et il n'y avait aucun doute sur sa paternité. Mes cheveux roux et ma grande ressemblance avec mon grand-père Henry Turner en témoignaient assez. Mon père ne m'a jamais frappée mais ses paroles me cinglaient comme un fouet l'aurait fait. J'ai été sa victime et, pourtant, je l'aimais ; j'étais prête à tout pour lui faire plaisir. Était-ce parce que j'espérais de toutes mes

forces me faire aimer de lui ? Il m'a montré de l'affec-
tion et rappelée auprès de lui au moment où je m'y
attendais le moins. Je ne l'avais pas vu depuis plu-
sieurs années. Il m'a invitée à venir le voir pour
déjeuner avec lui et Mary. Je suppose que je lui ai plu,
qu'il a été favorablement impressionné par mon intel-
ligence et très content de constater que j'avais hérité
de lui son teint pâle et ses cheveux roux. C'est ainsi
que je suis rentrée en grâce. D'après Kat, il avait été
interloqué par mes connaissances. Cela l'a rendu très
fier.

Robin pense que mon refus du mariage trouve son
origine dans la peur que m'inspirait mon père et dans
l'exemple catastrophique de vie maritale qu'il m'a
donné. Il a peut-être raison, mais je ne vois vraiment
pas en quoi un bout de papier changerait quelque
chose à notre relation. Ce n'est qu'un vulgaire bout de
papier… Non, je ne peux pas dire cela. C'est un docu-
ment légal, avec des conséquences importantes pour
notre vie. Je suis amoureuse de Robin, mais pas de
l'idée du mariage. Je dois pourtant y réfléchir de façon
plus approfondie que je ne l'ai fait jusqu'à présent, et
aussi faire de mon mieux pour que Robin se sente bien.
Je dois le rassurer…

— Entre, Merry ! cria Elizabeth en réponse aux
coups frappés à la porte de son bureau.

Le beau visage de Merry apparut dans l'ouverture.

— Marcus Johnson est ici. Veux-tu que je le fasse
entrer ?

— Oui. S'il te plaît, Merry, peux-tu appeler Grace
Rose pour la prévenir que je passerai prendre un verre
avec elle à dix-huit heures, comme promis ?

— Je m'en occupe immédiatement, répondit Merry, qui s'éclipsa en refermant la porte derrière elle.

Elizabeth fit glisser le dossier noir devant elle, l'ouvrit, et parcourut des yeux la liste des points à étudier que Marcus lui avait remise. Elle avait à peine terminé que Merry faisait entrer le célèbre attaché de presse.

Elizabeth s'avança à la rencontre de Marcus et lui tendit la main.

— Bonjour, Marcus, je suis ravie que vous ayez pu venir aujourd'hui au lieu de demain et je vous en remercie.

— Bonjour, Elizabeth, ce n'était pas un problème.

— Je vous en prie, asseyez-vous, dit-elle en lui désignant un des fauteuils devant son bureau.

Tandis qu'elle-même reprenait sa place de l'autre côté du bureau, il poussa un léger soupir.

— Quelle tragédie, l'accident de la princesse Diana, n'est-ce pas ? Tout le monde est sous le choc.

— À commencer par moi ! Je suis incapable d'oublier ma tristesse. On a une impression de destin maudit. Je n'arrête pas de me dire que cet accident n'aurait jamais dû se produire.

— C'est également ce que je me dis et nous ne sommes pas les seuls ! Les gens chargés de la protéger n'ont pas fait leur travail. Il me semble qu'elle s'est trouvée dans une situation qui a échappé à tout le monde.

— Oui, je suis d'accord avec vous. Bien, fit-elle en reprenant le feuillet posé devant elle. Revenons à nos moutons ! Marcus, votre proposition me plaît beaucoup. Je dirais même que je suis emballée. J'ai donc décidé de vous confier le lancement des Spas Elizabeth

Turner. De plus, j'aimerais que vous nous apportiez votre concours pour la vente des Collections Dera-venel-Turner. Sotheby's se chargera de la plus grosse partie, bien sûr, mais j'ai l'impression d'avoir besoin de... Comment dire ? Une campagne de publicité complémentaire ? Qu'en pensez-vous ?

— Mon agence peut tout prendre en charge et je vous remercie de votre confiance, Elizabeth. Ce sont deux dossiers différents et je mettrai un chef de projet sur chacun. Je pense à une jeune femme qui sera parfaite pour s'occuper des spas. Elle a une excellente équipe. Et j'ai un autre chef de projet dont le profil conviendra très bien pour la vente aux enchères.

Il décroisa les jambes, se pencha légèrement vers Elizabeth et reprit :

— J'ai bien compris que nos propositions ont votre accord, mais j'aimerais avoir votre réaction sur un point précis : que pensez-vous de notre idée d'organiser la soirée de lancement des spas dans un hôtel plutôt que dans les locaux du Forever Bliss de Londres ?

— C'est parfait ! À mon avis, c'est la meilleure solution, dit Elizabeth en souriant. Je m'inquiétais beaucoup pour mes sols blancs, mes rideaux et mes meubles blancs, à l'idée d'une foule en train de renverser des boissons, faire tomber des miettes, poser des assiettes n'importe où et abîmer les sols à coups de hauts talons.

— J'y ai pensé, c'est un scénario de cauchemar ! En fait, mon chef de projet, Isabella Fort, a vu le problème dès qu'elle a pris le dossier en main. Elle a tout de suite suggéré la solution d'un hôtel. Comme vous avez pu le lire dans notre proposition, elle a songé au Dorchester mais peut-être préférez-vous un autre établissement ?

— Le Dorchester sera parfait. Je tiens aussi beaucoup à l'idée d'inviter des journalistes beauté, santé et mode à découvrir les locaux par petits groupes de six. Quant à la suggestion d'engager un traiteur pour leur servir ensuite un déjeuner sur place, je trouve cela parfait. Toutes vos idées me conviennent et c'est pour cela que je vous choisis ! Quand pensez-vous qu'il faille commencer ?

— Si vous prévoyez toujours d'ouvrir le premier spa à Londres en avril 1998, il faut démarrer tout de suite. Nous avons besoin de six mois pour tout mettre en place.

— Avant de signer le contrat, je vais demander à Merry de le lire puis de le confier à mes conseils juridiques. Nous reprendrons contact avec vous aussi vite que possible. En attendant, il y a deux ou trois points que j'aimerais voir avec vous.

— Aucun problème ! J'ai tout mon temps, ce matin.

Mark Lott reposa son martini.

— J'estime qu'elle va trop vite, dit-il. C'est trop gros pour elle !

Alexander Dawson eut un rire ravi.

— Tu as quelque chose contre elle, Mark, n'est-ce pas ? Mais tu préférerais peut-être être tout contre elle…

— Ne dis pas de sottises ! Crois-tu sincèrement que j'aurais envie de mettre mon bien le plus précieux au même endroit que cet enfoiré de Dunley ? Plutôt crever, mon vieux ! De toute façon, ce n'est pas mon type de femme.

— Mais elle est le sien, et pas qu'un peu ! Ces deux-là s'envoient en l'air vingt-quatre heures sur vingt-quatre, et toute la ville est au courant ! D'ailleurs, ça passe mal à la City. Il y a beaucoup d'histoires sur la patronne de la Deravenel et son bras droit. On n'a rien contre une bonne vieille fornication discrète en dehors du mariage mais faire ça au bureau, c'est très mal vu.

Mark faillit s'étrangler.

— Ils ne font pas ça au bureau, quand même ? s'exclama-t-il.

— Espèce d'idiot ! C'est une façon de parler. Ce qui est *verboten*, c'est de le faire entre collègues. Mais revenons à ce que tu disais, qu'elle va trop vite. Tu parlais des spas ?

— Bien sûr ! Ça va coûter une fortune.

Alexander fit signe au serveur et commanda deux autres martinis puis reprit la conversation.

— Je me demande où tu as la tête, mon pauvre vieux ! Ce n'est pas la compagnie qui paye pour les spas mais elle, avec son propre argent.

— Qu'est-ce que tu me chantes ? Elle n'a pas le sou ! Ce petit amour de Mary a fait le nécessaire pour ne rien lui laisser. Elle a préféré tout déposer dans les mains crochues de son escroc de mari. Cet Alvarez, il l'a possédée en beauté !

— Dans tous les sens du terme, commenta Alexander avec un clin d'œil salace. Norfell était horrifié. J'imagine qu'il aurait bien aimé mettre Mary dans son lit. Ils étaient copains comme cochons, tu sais. D'ailleurs, si ça se trouve, il se la faisait de temps en temps.

— Mon vieux, tu dis n'importe quoi ! Norfell et Mary fréquentaient la même église et c'est tout. Norfell est très difficile en matière de volailles. Il les aime très blanches de peau et très minces. Et chaudes… Brûlantes, même ! Mary n'était pas son genre ; trop brune, trop grasse et, surtout, d'une tristesse réfrigérante.

Mark termina sa phrase d'un air entendu et fit une grimace.

— Moi, je l'aimais bien, déclara Alexander.

Tout en parlant, il faisait le tour du grill-room du Dorchester d'un regard absent. Soudain, il sursauta.

— Nom de Dieu ! s'exclama-t-il. Quand on parle du diable… Regarde qui est là : Elizabeth ! Là-bas, regarde ! Je me demande qui est le beau gosse avec elle ? Ne me dis pas qu'elle a laissé tomber Dunley pour un type plus vieux ? Ce serait à crever de rire.

— C'est Marcus Johnson, imbécile ! J'étais à Eton avec lui. Son père est lord Johnson de Beverley. Une famille du Yorkshire avec du pognon à ne savoir qu'en faire. Pour autant que je sache, elle ne risque pas de l'intéresser. Marcus regarde ailleurs, du moins était-ce le cas à une époque.

Mark, qui s'était redressé sur son siège pour mieux voir, s'y renfonça et adressa un sourire plein de sous-entendus à Alexander.

— Cela dit, il est marié, conclut-il. Pour revenir à l'histoire des spas, comme je te disais, ça va coûter cher et Elizabeth a emprunté dix millions de livres à sa banque. Alors, dis-moi un peu, mon vieux, qui va payer si c'est un échec ? Elizabeth ou la Deravenel ?

Mon petit doigt me dit que ce sera la Deravenel car elle n'a pas le premier sou pour rembourser la banque.

— Tu n'y es pas du tout, répondit Alexander en secouant la tête. Tu oublies qu'elle va empocher au moins cinquante à soixante-dix millions avec sa vente aux enchères.

Mark fronça les sourcils, les yeux plissés.

— Tu es certain de ce que tu dis, Alex ? Cela me paraît beaucoup. Je me demande ce qu'elle peut bien vendre… Tu as une idée ?

— Mais oui ! Imagine-toi que ma nièce travaille chez Sotheby's et que j'étais le week-end dernier chez ses parents, dans le Hampshire. Elle y était aussi et elle a parlé de cette vente. D'après elle, c'est la vente la plus importante depuis des années. Elle dit que les collections sont extraordinaires. Il y a une montagne de diadèmes en diamants et de bijoux fabuleux mais elle était surtout emballée par les tableaux. Il y a des impressionnistes et des post-impressionnistes qui valent des millions.

— Tu te payes ma tête !

— Non, c'est vrai, insista Alexander. Tu peux me croire, Mark. Elizabeth est tombée dans la caverne d'Ali Baba et elle a hérité d'œuvres d'art exceptionnelles. Apparemment, une grande partie provient de la maîtresse d'Edward Deravenel, une certaine Jane Shaw. Elle avait une collection de Matisse, Manet, Monet, Van Gogh, uniquement des toiles de maîtres. Je vais même te dire que, d'après Venetia – c'est ma nièce –, les premières estimations sont révisées à la hausse.

— Si je comprends bien, tu es en train de m'expliquer qu'Elizabeth n'est pas du tout vulnérable comme je le croyais ? Nous n'avons donc aucune chance de la renvoyer dans ses foyers ?

— Je n'ai pas dit cela. Elle reste vulnérable, bien sûr ! Je te faisais seulement remarquer que, même si les spas ne marchent pas, cela ne la ruinera pas. Mais qui sait ? Ce sera peut-être autre chose. Quand j'y pense, Robert Dunley pourrait être la cause de sa chute. Il y a plein de gens prêts à le flinguer, à la Deravenel, et les rumeurs à leur sujet courent toujours.

Mark se pencha vers Alexander avec un sourire narquois.

— Qui veut le flinguer ? demanda-t-il. Allons, dis-le-moi !

Alexander prit soin de baisser la voix pour lui répondre.

— Norfell ! Et tu peux me croire, il ne perd pas de vue ses propres intérêts ! Il n'est pas fou, il a un pied dans chaque camp.

Sidéré, Mark fronça les sourcils et murmura :

— Dis-moi plutôt qui veut réellement dégommer Dunley ?

— Si tu l'ignores, ne compte pas sur moi pour te l'apprendre !

Comme le serveur arrivait avec les huîtres qu'il avait commandées, Alexander se recula contre son dossier et se tut. Quant à Mark, dès que son assiette de saumon fumé fut devant lui et que le serveur se fut éloigné, il s'empressa de reprendre leur conversation.

— De quels camps parles-tu ? Allons, raconte ! Qu'est-ce que tu me caches ?

— Pour être franc, Mark, je ne suis pas certain de mes informations. Pour l'instant, je me contente d'additionner un et un. Ce ne serait donc pas correct d'en parler, tu es d'accord, non ?

Mark Lott, plus rusé que la plupart de ses collègues, comprit qu'Alexander Dawson mentait. Il insista donc.

— Allons, mon vieux, donne-moi au moins un indice ! De cette façon, nous pourrons unir nos forces et faire passer Elizabeth Turner par-dessus bord.

Alexander rejeta la tête en arrière, hurlant de rire. Il lui fallut quelques secondes pour se calmer.

— J'avais un grand-oncle, reprit-il d'une voix à peine audible. Il est mort, maintenant, mais il avait lui-même un oncle qui a travaillé pour la Deravenel au début du XXe siècle. À une époque, il est devenu directeur du département minier puis il est mort dans des circonstances étranges. En fait, il est mort très brusquement et on n'a jamais compris comment. Cela reste un mystère. Mon grand-oncle semblait penser qu'on l'avait assassiné et que le coupable faisait partie de la clique d'Edward Deravenel à l'intérieur de la compagnie. Toute sa vie, il a essayé de découvrir la vérité. Il disait qu'il voulait venger cette mort.

— Alexander, est-ce que ton grand-oncle travaillait à la Deravenel ?

— Oui, au département minier, lui aussi. En fait, on lui avait donné le nom de cet oncle mort de façon suspecte.

— Comment s'appelait-il ?

— Aubrey, comme son oncle Aubrey Masters, mais lui-même était un Dawson. Aubrey Dawson.

— Je vois ! Ton grand-oncle a-t-il réussi à venger Aubrey Masters ?

— Non, c'était trop tard pour cela. Des années s'étaient écoulées et tout le monde avait oublié les faits. Il ne s'est jamais marié et, à sa mort, il m'a légué ses parts Deravenel. C'est grâce à lui que je suis entré à mon tour dans la compagnie. J'aime la Deravenel, tu sais, et je la protégerai.

— Moi, c'est par mon père que j'ai eu mon boulot. Il travaillait pour Harry Turner. D'ailleurs, mon grand-père faisait partie du conseil d'administration quand Henry Turner dirigeait la compagnie. Mais tu dois le savoir.

— Oui, bien sûr ! répondit Alexander. Les piliers de la Deravenel, c'est nous ! Nous devons protéger cette auguste compagnie, en particulier contre les bonnes femmes qui se mêlent de tout !

— Ça, on va s'en occuper, répondit Mark d'un ton assuré.

Il admirait, comme toujours, l'habileté avec laquelle Alexander avait changé de sujet.

Cecil leva les yeux du dossier qu'il étudiait. On venait de frapper à la porte de son bureau. Sans attendre sa réponse, Francis Walsington entra d'un pas pressé et referma soigneusement derrière lui.

— Francis, quel plaisir de te voir ! Je ne pensais pas que tu serais dans nos murs aujourd'hui. Il me semblait que tu prenais un week-end prolongé.

— En effet, mais j'ai changé mes projets à cause de ceci. Prends le temps de lire cet article et de le digérer…

Joignant le geste à la parole, il posa devant Cecil une page de journal pliée puis s'installa dans le fauteuil des visiteurs. Cecil lui jeta un bref regard, intrigué par sa gravité. L'article provenait des pages affaires de l'édition française de l'*International Herald Tribune*. Cecil le parcourut rapidement et poussa une exclamation furieuse.

— Tu penses que François et Marie de Burgh font référence à la Deravenel, c'est bien cela ?

— Eh bien… Je ne crois pas qu'ils s'intéressent à Marks and Spencer ! Reprends le deuxième paragraphe. Il faut lire entre les lignes.

Cecil se pencha de nouveau sur l'article. Il s'agissait d'un entretien accordé au journal par François de Burgh et sa femme. Quand il arriva au passage indiqué par Francis, Cecil le lut à haute voix.

— « Ma femme et moi-même, nous avons l'intention de développer le groupe Dauphin comme mon père le souhaitait avant son tragique accident. Nous voulons donner une dimension mondiale à notre groupe. À cette fin, notre priorité sera de nous implanter en Angleterre. Nous voulons prendre le contrôle d'un groupe diversifié, une compagnie qui a des intérêts dans le monde entier et pourra être intégrée au groupe Dauphin sans heurts. »

Cecil se cala contre son dossier d'un air pensif.

— Je pense que tu as raison, il parle de la Deravenel. Mais je ne comprends pas : tout le monde sait qu'il ne peut pas prendre le contrôle compte tenu de la structure juridique de la compagnie. Ils n'ont pas la moindre chance !

— Non, mais ils peuvent faire beaucoup de bruit autour de leur tentative et porter atteinte à notre crédibilité. Du moins peuvent-ils essayer. Nous le savons depuis toujours, toi et moi, n'est-ce pas ? Marie pense sincèrement avoir des droits sur la Deravenel. Elle se trompe mais, à mon avis, elle est quand même en train de peaufiner un plan d'attaque.

— Ce sera seulement verbal ! C'est tout ce qu'elle peut faire, et rien d'autre. Elizabeth détient beaucoup plus de parts que Marie et cela rend sa position inattaquable.

— C'est exact et le règlement intérieur de la Deravenel s'est enrichi au cours des siècles d'articles parfois étranges mais qui la protègent définitivement des aventuriers. De plus, très peu de personnes connaissent ces règles de fonctionnement. Il n'en reste pas moins que, parmi les détenteurs de parts, certains se soucient peu de l'avenir de la Deravenel et pourraient être tentés de vendre à Marie pour un bon prix.

Cecil hocha la tête d'un air entendu.

— Je suis d'accord avec toi mais, à ma connaissance, personne n'a jamais vendu ses parts de la Deravenel. Pour en revenir à cet article, comment en as-tu eu connaissance ? Es-tu abonné au *Herald Tribune*, Francis ?

— Non mais je vais le faire pour surveiller notre imprévisible couple de Burgh ! C'est un ami qui m'a appelé ce matin de Paris pour me lire l'article et me le télécopier. Comme la télécopie était à peine lisible, j'ai envoyé quelqu'un acheter le journal et ça lui a pris du temps. Penses-tu qu'il faut le montrer à Elizabeth ?

Cecil fit oui avec la tête.

— Elle doit le lire elle-même. Il n'y a aucune raison de le lui cacher. Si nous le faisions, elle nous étriperait ! Le seul problème, c'est que, pour une fois, elle a un déjeuner d'affaires. Avec Marcus Johnson. Il faudra attendre son retour.

— Robert est avec eux ?

— Non, tu as raison. Je lui demande tout de suite de nous rejoindre.

Quelques instants plus tard, Robert poussa la porte de Cecil, le regard sombre. Il traversa le vaste bureau en quelques enjambées, pressa l'épaule de Francis en guise de salut et s'assit à côté de lui.

— Quel est le problème, Cecil ?

Ce dernier lui tendit la page du *Herald Tribune*.

— Lis ! dit-il simplement.

Sa lecture terminée, Robert regarda Cecil et Francis tour à tour.

— Nous savions qu'elle attaquerait, tôt ou tard, dit-il. Je ne pensais pas que ce serait si rapide, mais la mort de son beau-père leur a donné, à son époux et elle, le contrôle total du groupe Dauphin.

Il se frotta le menton d'un air songeur puis rendit le journal à Cecil.

— Il n'y a rien à faire sinon lui clouer le bec, mais, en toute franchise, je crains que ce soit impossible.

Il réfléchit encore quelques instants puis se tourna vers Francis.

— Et toi ? Qu'en penses-tu ?

— La même chose que toi. Cela fait longtemps que nous parlons des ennuis qu'elle pourrait nous créer mais nous n'avons rien fait.

— Parce qu'il n'y a rien à faire ! dit Cecil.

— Il faut qu'Elizabeth voie cet article quand elle reviendra de son déjeuner, reprit Robert. Elle doit être au courant.

— C'est aussi ce que nous pensons, confirma Francis.

Ils laissèrent passer quelques instants, chacun plongé dans ses réflexions, puis Francis rompit le silence :

— Il me semble que nous pourrions signaler à François de Burgh que ses intentions ne nous ont pas échappé mais qu'il n'a aucune chance de parvenir à ses fins en raison des règles de fonctionnement de la Deravenel. Il vaut mieux étouffer cette affaire dans l'œuf, quitte à le menacer de saisir nos avocats si nécessaire.

— C'est une bonne idée, répondit Robert. Je me demande même si tu ne devrais pas délivrer le message en personne, Francis. Pourquoi n'irais-tu pas voir de Burgh à Paris ?

— Pourquoi pas, en effet ? dit Francis. Mais nous devons d'abord en parler à Elizabeth.

28

— J'ai suivi votre conseil, Grace Rose, j'ai engagé Marcus Johnson, dit Elizabeth en se pelotonnant dans les coussins du canapé.

Sa grand-tante se redressa, intéressée, et lui rendit son sourire.

— Bravo, Elizabeth ! Je t'assure que tu ne le regretteras pas, ma chérie. Je suppose que tu lui confies la promotion de ta chaîne de spas ?

Grace Rose prit son verre de vin blanc sur la table à côté d'elle, interrogeant sa petite-nièce du regard.

— Oui, et je lui ai aussi demandé de s'occuper de la vente Sotheby's au cas où j'aurais besoin d'un complément de publicité. Je suis certaine que Sotheby's fera du bon travail mais je ne veux rien laisser au hasard. J'ai eu plusieurs rendez-vous avec Marcus et, aujourd'hui, j'ai donné mon feu vert. Il m'a emmenée déjeuner au Dorchester pour fêter notre accord.

— Seigneur ! C'est une première ou presque ! Toi, un déjeuner de travail ?

Elizabeth fut prise d'un fou rire très joyeux.

— Presque, reconnut-elle.

Confortablement installées dans le grand salon de l'appartement de Grace Rose à Belgravia, elles se sentaient, comme toujours, très à l'aise l'une avec l'autre. Grace Rose se réjouissait de la bonne mine de sa petite-nièce qui portait un élégant tailleur gris clair avec un chemisier blanc, des perles d'oreilles et son collier de belles perles des mers du Sud.

— Je suis heureuse de voir que tu portes les perles, dit-elle. Je sais que Mary te les a fait parvenir avec d'autres bijoux avant de mourir. À l'origine, elles appartenaient à Jane Shaw. Je me souviens du jour où mon père les lui a offertes.

— Vraiment ? répondit Elizabeth en caressant le merveilleux bijou. J'ignorais cela. D'ailleurs, comment l'aurais-je su ? Il n'y avait pas la moindre explication dans la mallette envoyée par Mary.

— Jane les avait léguées par testament à ta grand-mère Bess Deravenel Turner. Bien sûr, Bess les a ensuite transmises à ton père, mais je n'ai jamais vu une seule de ses femmes les porter.

— Moi non plus ! confirma Elizabeth. Quand je les ai découvertes dans leur écrin, j'ai eu un coup de foudre ; j'ignorais tout de leur histoire. Elles prennent un sens très différent avec vos explications.

Elizabeth fit glisser ses doigts sur les petites sphères à l'orient parfait.

— Pourtant… reprit-elle, quand j'y pense, j'ai un vague souvenir de ma belle-mère Catherine Parker ayant au cou un rang de grosses perles comme celles-ci à un dîner offert par mon père au Ritz. C'était pour un Noël. Peut-être que Catherine a eu envie de les porter de temps en temps.

— Je l'espère, tout comme j'espère qu'elle l'a fait aussi souvent que possible. N'oublie jamais que des perles doivent être portées, Elizabeth ! Ne les remets pas dans un coffre-fort. Elles ont besoin d'air et de lumière, elles ont besoin de respirer. Des perles qui restent enfermées trop longtemps peuvent se craqueler et même casser. Encore une chose dont je me souviens : mon père m'a dit qu'elles sont absolument sans défaut et, donc, d'une très grande valeur.

— Je suis heureuse de les avoir mises aujourd'hui, Grace Rose, et heureuse de tout ce que vous venez de m'apprendre à leur propos.

Elizabeth prit une gorgée de champagne et revint au sujet qui l'intéressait.

— J'ai le sentiment qu'Edward Deravenel avait beaucoup de goût, je me trompe ?

C'était plus fort qu'elle, tout en parlant, ses doigts avaient à nouveau cherché les perles et les caressaient amoureusement.

— Non, tu ne te trompes pas, dit Grace Rose, mon père avait un œil extraordinaire pour tout, y compris pour les femmes… Sur ce point, ton père lui ressemblait. Quand tu m'as appelée, tu m'as dit que tu voulais me parler de lui. De quoi s'agit-il, ma chérie ?

— De la façon dont il m'a traitée quand j'étais petite. Grace Rose, il n'y a plus que vous à pouvoir m'expliquer sa conduite. Certes, Kat Ashe, Blanche et Thomas Parrell l'ont connu, mais pas comme vous. Ils ne l'ont pas vu très souvent, non plus. J'ai tellement besoin de comprendre ! Cela me perturbe. Grace Rose, pour dire les choses clairement, j'ai été une enfant maltraitée.

— En effet, et je l'ai souvent reproché à Harry ! Il t'a maltraitée sur le plan verbal, psychologique et émotionnel. Un jour, je lui ai dit qu'il méritait d'être fouetté pour sa conduite à ton égard. C'était impensable !

Elizabeth sentit sa tension intérieure lentement se relâcher, comme si tout son corps se dénouait.

— Je vous remercie de ce que vous venez de dire, Grace Rose, car c'est la conclusion à laquelle j'étais arrivée. Il y a pourtant des moments où j'ai des doutes, où je me demande si mon imagination n'amplifie pas les choses. Comprenez-moi, j'aime mon père et j'admire sa réussite. La question est de savoir pourquoi je l'aime alors qu'il s'est si mal conduit ? Ou bien est-ce vrai ce qu'on dit : que la victime s'attache toujours à son bourreau ?

— Elizabeth, tu aimes ton père parce que tu lui as pardonné. Tu avais presque dix ans quand son attitude envers toi a totalement changé et, par conséquent, la tienne envers lui. Mais je suppose que si tu repenses tellement à ces années-là en ce moment, c'est que tu as une bonne raison de le faire…

Grace Rose la fixait de son regard affectueux. On ne pouvait rien lui cacher !

— Robin veut m'épouser quand son divorce aura été prononcé. Mais moi, je ne veux pas me marier. Avec personne ! Cela n'a rien à voir avec Robin et je crois que j'ai réussi à le lui faire comprendre. Mais il répète sans arrêt que mon rejet vient du mauvais exemple donné par mon père.

— Cela me semble assez bien vu… Je serais volontiers d'accord avec lui.

Elizabeth se contenta d'un petit mouvement des épaules mais ne dit rien.

— Elizabeth, il vaut mieux aller au fond des choses. La question cruciale est la suivante : pourquoi ton père s'est-il si mal conduit avec toi ? À mon avis, c'était à cause de son propre conflit émotionnel avec ta mère, Anne.

— Il l'aimait beaucoup, n'est-ce pas ?

Elizabeth s'était redressée et penchée vers sa grand-tante, les coudes sur les genoux, le visage dans les mains. Elle dévorait des yeux la femme qui détenait peut-être l'explication de son destin.

— Harry en était fou et il a dû attendre des années avant de l'épouser. Car Catherine, la femme de ton père à l'époque, était une fervente catholique et refusait le divorce. Quoi qu'il en soit, ils ont fini par se marier mais il s'est effondré quand Anne a eu une fille au lieu du fils qu'il espérait depuis si longtemps. Cette fille, c'était toi ! Harry en a éprouvé une déception et un chagrin terribles, mais il a réussi à faire bonne figure. Ensuite, Anne a fait fausse couche sur fausse couche. Elle n'a pas pu avoir d'autres enfants, sans même parler d'un héritier. Je crois que ton père a commencé à la haïr autant qu'il l'aimait, à prendre ombrage de sa carrière de décoratrice, de ses incessants allers et retours entre Paris et Londres. Je suppose qu'il l'a soupçonnée d'avoir un amant et s'en est convaincu sans la moindre preuve. Personnellement, je n'y ai jamais cru un seul instant. Cela se passait dans l'imagination jalouse de Harry. Je me rappelle très bien le voir prendre du poids, trop manger et trop boire, être impossible avec tout le monde. Charles m'en parlait souvent.

— Donc, la déception de ne pas avoir un héritier mâle s'est transformée en une profonde amertume puis en colère et, enfin, en haine de ma mère, si j'ai bien compris ? D'où sa haine pour moi ?

— Tu as parfaitement compris, Elizabeth. C'était particulièrement vrai quand tu étais toute petite à cause de tes yeux noirs et de certaines attitudes qui lui rappelaient trop ta mère. Lorsqu'elle est morte dans cet affreux accident, il a eu un chagrin épouvantable. Quoi que tu penses savoir, tu peux me croire. Il était détruit et, quand il te voyait, cela lui était insupportable.

Grace Rose s'interrompit un moment, comme si c'était à elle que ces tristes souvenirs étaient soudain insupportables.

— Mais, reprit-elle, cela ne l'excuse en rien ! C'était un adulte et c'était ton père. Cela dit, qui peut se targuer d'expliquer la nature humaine ?

— Je pense que vous venez de le faire, Grace Rose, et je vous en remercie. Vous avez raison, j'ai pardonné à mon père depuis des années le mal qu'il m'a fait. Je commence même à voir en lui un héros même si c'est votre propre père, Edward Deravenel, qui est mon modèle… Je ne vois pas comment le dire mieux. Robin est convaincu que mon père m'a traumatisée à vie par sa façon de traiter les femmes ou, plus exactement, ses femmes. Il m'assure que c'est la cruauté de mon père envers ses épouses qui m'a inspiré mon horreur du mariage.

Grace Rose lui lança un regard scrutateur.

— Et toi ? Qu'en penses-tu ?

— En toute franchise, je ne suis certaine de rien, sauf d'une chose : je suis devenue très indépendante, et j'ai essayé d'être courageuse et forte parce que j'ai dû me débrouiller seule. C'est moi qui décide et je refuse de laisser quiconque choisir à ma place ! J'aime être moi-même, être ce que je suis et maîtriser mon destin.

— Je le comprends très bien, ma chérie, et je suis plutôt d'accord avec toi. Il faut être fidèle à ce que l'on veut, être soi-même.

Grace Rose se tut et Elizabeth respecta ce moment de silence ; elle paraissait plongée dans le passé.

— Robin insiste-t-il beaucoup pour ce mariage ? reprit enfin sa grand-tante. Est-ce la raison de cette introspection ?

— Pas vraiment… Il m'a demandé de l'épouser mais il comprend ce que j'ai subi. Grace Rose, le week-end dernier, je lui ai fait très mal et je crois que c'est cela qui me tracasse tellement.

— Je te conseille d'avancer étape par étape. Robin est toujours marié et ne peut donc pas t'épouser actuellement. Quand il sera libre, vous aurez tout le temps d'y penser et d'en reparler. Est-il prêt à vivre avec toi sans être marié et toi avec lui ?

— Oui, cela ne le dérange pas plus que moi.

— Alors, inutile de précipiter les choses !

— D'accord, Francis, je lui en parle et je te tiens au courant, dit Robert.

Il écouta attentivement les dernières explications de Francis sur l'action qu'il s'apprêtait à entreprendre à Paris puis referma son téléphone portable.

De quelques pas énergiques, il franchit les marches de l'immeuble où habitait Grace Rose et pressa le bouton de l'interphone. Une voix désincarnée lui répondit. Il déclina son identité et un bourdonnement retentit tandis que la porte s'ouvrait. Quelques secondes plus tard, il retrouvait Grace Rose et Elizabeth dans le grand salon.

— Chéri, enfin te voilà ! s'exclama Elizabeth.

Elle se leva d'un bond et courut l'embrasser.

— Francis a son rendez-vous chez Dauphin, lui glissa-t-il à l'oreille. Il part à Paris demain et il les voit lundi matin.

— Tant mieux, répondit-elle sur le même ton discret.

Le prenant par la main, elle le conduisit vers Grace Rose qui lui sourit d'un air heureux. Robert se pencha pour déposer un léger baiser sur sa joue puis se recula pour mieux la voir.

— Vous êtes extraordinaire, Grace Rose ! dit-il avec conviction. On ne devinerait jamais votre âge. J'aime beaucoup votre robe, elle vous va à merveille. Ce bleu delphinium met en valeur le bleu de vos yeux.

— Eh bien ! Robert Dunley, vous êtes d'une amabilité extrême, ce soir, vilain séducteur !

Elle lui pressa le bras en signe d'affection et poursuivit :

— Sers-toi un verre, ce sera plus rapide si tu t'en occupes toi-même. Tu trouveras du champagne et tous les poisons habituels sur la table là-bas.

— Je prendrai volontiers du champagne, merci. En veux-tu aussi, Elizabeth ? ajouta-t-il en se dirigeant vers la table des boissons.

— Non, merci. J'en ai encore.

— Elizabeth, reprit Grace Rose, il y a deux paquets cadeaux dans mon bureau. C'est pour vos anniversaires. Cela t'ennuierait-il d'aller les chercher, ma chérie ?

— Bien sûr que non ! J'en ai pour une seconde.

— Une triste histoire, la mort de Diana, n'est-ce pas ? dit Robert en s'asseyant auprès de la vieille dame. Une véritable tragédie nationale !

— Tu as raison. Les gens sont sous le choc. Ils ne comprennent pas et témoignent d'un incroyable chagrin. Les Anglais ont dû changer pour exprimer leurs sentiments en public et de façon aussi spectaculaire. Il y a une montagne de fleurs devant les grilles du palais de Kensington…

— Oui, j'ai vu les informations à la télévision, ce matin. C'est surprenant.

— Quoi donc ? demanda Elizabeth qui était de retour avec les deux petits paquets cadeaux.

— Nous parlions des fleurs que les gens déposent devant le palais de Kensington en mémoire de Diana, expliqua Grace Rose. Et maintenant, occupons-nous de choses plus gaies ! Le plus petit paquet est pour toi, Robert, avec toute mon affection. L'autre est pour toi, ma chérie.

— Merci beaucoup, dit Robert. On a le droit de les ouvrir maintenant ou bien devons-nous attendre ?

Il avait prononcé sa dernière phrase avec un regard malicieux à l'adresse de Grace Rose que cela fit rire.

— Il me semble, répondit-elle d'une voix pleine de tendresse, que j'ai déjà entendu cette question, et plus d'une fois ! Tu étais un très jeune garçon, à l'époque. Bien sûr que tu peux ouvrir ton cadeau, et toi aussi, Elizabeth !

— Tout de suite, dit Elizabeth avec émotion. Je trouve plus plaisant d'ouvrir nos cadeaux maintenant, avec vous, surtout après avoir annulé le dîner de dimanche. Nous n'étions vraiment pas d'humeur à sortir, compte tenu des circonstances.

— Je le comprends très bien, ma chérie. Tout le pays est en deuil.

— C'est toi qui ouvres ton cadeau en premier, Elizabeth, dit Robert.

— D'accord !

Elizabeth commença par lire la carte qui accompagnait le paquet et sourit. Elle défit ensuite l'emballage de papier argenté et découvrit un coffret en cuir noir. C'était un écrin à bijou ancien, légèrement marqué par l'usage. Le cuir portait la trace de quelques éraflures. Elizabeth souleva le couvercle et poussa un petit cri de surprise. Reposant sur le velours de l'écrin, se trouvait une broche de diamant en forme de nœud dont les pans se déployaient souplement.

— Grace Rose ! C'est une merveille ! Je raffole de ce style de broches anciennes. Merci beaucoup.

Elle se leva d'un geste vif et alla embrasser sa grand-tante.

— J'adore ce bijou, ajouta-t-elle. Vous me faites vraiment plaisir.

— J'en suis heureuse. Je tenais à ce que tu l'aies parce que c'était un cadeau de mon père pour Noël, il y a très longtemps de cela. Connaissant tes sentiments à l'égard d'Edward Deravenel, j'ai pensé que tu apprécierais cette broche tout particulièrement.

— Vous avez raison, Grace Rose. Je regrette de ne pas l'avoir connu et je chérirai ce bijou d'autant plus.

Grace Rose lui sourit puis tourna les yeux vers Robert. Elle ne put s'empêcher de l'admirer. La beauté de cet homme la stupéfiait. Chaque fois qu'elle le voyait, elle s'émerveillait de sa présence, de son charisme. Le petit garçon qui jouait avec Elizabeth dans son jardin était devenu le plus bel homme qu'elle ait jamais rencontré, avec sa haute taille, ses cheveux noirs et ses traits finement ciselés. Il pourrait faire du cinéma, pensa-t-elle, et devenir une star. On le sous-estimait souvent à cause de sa beauté mais elle savait à quoi s'en tenir. Robert possédait un esprit brillant, habile et volontaire.

Tandis qu'elle l'observait, il défaisait avec soin le ruban de son cadeau et dépliait le papier, qu'il mit de côté. Un écrin de cuir rouge apparut. Robert lut la carte puis ouvrit l'écrin et, à son tour, poussa une exclamation de surprise en découvrant une paire de boutons de manchette en or ornés de diamants et de rubis.

— Grace Rose, vous me gâtez beaucoup trop ! Ce sont les plus beaux boutons de manchette que j'aie jamais vus. Je vous remercie, c'est un magnifique cadeau.

Il se leva et, imitant Elizabeth, alla l'embrasser avec une grande douceur.

— Robert, dit-elle affectueusement, tu comptes beaucoup pour moi, tout comme Elizabeth. J'ai eu de la chance de pouvoir vous enlever de temps en temps à vos familles quand vous étiez petits. Je vous dois des moments très heureux.

— Et nous, nous vous devons des moments magiques, répondit Elizabeth d'une voix très émue.

Robert, qui regardait ses boutons de manchette de plus près, eut un murmure admiratif.

— Ils sont vraiment superbes ! Et je vois, d'après l'écrin, qu'ils viennent de chez Cartier. C'est un cadeau exceptionnel, Grace Rose.

— Ils appartenaient à mon mari. Je les lui avais offerts juste après notre mariage. Il les portait toujours pour la soirée qui suivait la première de ses spectacles.

C'étaient ses porte-bonheur et j'espère qu'il en sera de même pour toi.

— J'en suis certain !

Il voulait ajouter quelques mots sur l'émotion qu'il éprouverait à les porter mais son téléphone vibra dans sa poche.

— Excusez-moi, dit-il. Je dois répondre.

Il traversa le salon et se planta devant la fenêtre. Pendant qu'il parlait à son correspondant, Grace Rose se pencha vers Elizabeth.

— Ma chérie, il y a une chose que je voulais te dire, tout à l'heure. À la fin de sa vie, ton père était non seulement très fier de toi, de ta réussite universitaire et de la façon dont tu gérais ta vie, mais il t'aimait profondément. Je te dis la vérité et je te demande de ne pas l'oublier.

Elizabeth lui pressa la main.

— Merci de ces paroles, Grace Rose. Cela représente beaucoup pour moi.

On était le 7 septembre, le jour de leur anniversaire commun, et, en ce dimanche soir, ils avaient décidé de rester chez Elizabeth.

Ils avaient passé la journée à paresser, ouvrir leurs cadeaux en prenant un petit déjeuner tardif, et apprécier le bonheur simple d'être ensemble sans rien faire de spécial. Pour tous les deux, c'était une nouveauté.

Robert avait insisté pour s'occuper du dîner et, pendant qu'il s'activait dans la cuisine, Elizabeth alla se changer. Robert avait prévu un repas rapide à préparer et sans chichis, un repas comme Elizabeth les aimait. En l'attendant, il alla remettre du bois dans le feu, ouvrit la bouteille de Krug qu'il avait mise à rafraîchir, et baissa l'éclairage. Ah ! Et la musique ! Il fallait de la musique. Il choisit un de leurs disques préférés de Sinatra et le glissa dans le lecteur sans le mettre trop fort.

Il se tenait dos au feu quand les hauts talons d'Elizabeth retentirent dans le vestibule. Soudain, elle s'encadra dans l'ouverture de la porte, rayonnante.

Une expression de totale surprise se peignit sur le visage de Robert. Bouche bée, incapable de dire un mot, il la dévorait des yeux.

— Tu m'avais bien dit que c'était une soirée décontractée ! s'exclama-t-elle. Donc, j'ai mis une tenue décontractée.

Robert éclata d'un rire irrépressible.

— Décontractée ! On dirait que tu joues dans un remake des *Mille et Une Nuits* ! Tu m'as bien eu, ma chérie !

Elle rit avec lui, sachant qu'il appréciait la plaisanterie. Elle portait une chemise de nuit en soie bleu clair avec le déshabillé assorti et des hauts talons argentés de Manolo Blahnik. Mais c'étaient les bijoux qui rendaient sa tenue extravagante : son collier de perles avec les boucles d'oreilles assorties, le bracelet de perles et la bague que Robert lui avait offerts le matin même, et le nœud en diamants de Grace Rose.

— Magnifique ! dit Robert. Ma chérie, tu es magnifique !

Il s'avança vers elle, la prit dans ses bras, l'embrassa et chuchota à son oreille :

— M'accordez-vous cette danse, ma dame ?

« Oui », fit-elle de la tête, et ils restèrent simplement enlacés sur place, se berçant l'un l'autre au rythme de la musique. Ils n'avaient besoin que d'être ensemble pour être heureux, et ils le savaient.

Toujours dansant, Robert la guida jusqu'à un fauteuil devant le feu, lui apporta une flûte de champagne, se servit à son tour et vint s'asseoir à côté d'elle.

— Bon anniversaire, dirent-ils ensemble en levant leurs verres.

— Je sais, reprit Robert à mi-voix, que tu n'as pensé qu'à me faire une blague mais ta tenue est réellement spectaculaire, ma chérie. Les bijoux changent tout.

Elizabeth hocha la tête, ses yeux noirs pétillant de malice.

— J'avais envie de m'habiller comme quand nous étions petits, Robin, de mettre plein de choses qui brillent !

Elle tendit la jambe devant elle en agitant le pied.

— J'ai même mis mes Manolo pour toi. Tout pour te plaire !

— C'est réussi, tu me plais beaucoup !

Il tendit le bras de sorte que sa manche de chemise remonte, découvrant la montre Patek Philippe qu'Elizabeth lui avait offerte pour son anniversaire, et les boutons de manchette de Grace Rose.

— Moi aussi, je me suis habillé pour toi !

— Les grands esprits se rencontrent. Ce n'est pas étonnant, nous pensons de la même façon.

— J'espère que ce sera également vrai pour le dîner.

— J'en suis certaine, mon chéri, mais, de toute façon, je n'ai pas faim.

Robert eut un petit hochement de tête navré mais préféra éviter le sujet. Il s'inquiétait en permanence des mauvaises habitudes alimentaires d'Elizabeth, qu'il trouvait beaucoup trop mince. Il savait toutefois qu'elle ne faisait aucun régime. Elizabeth ne se souciait pas des apparences. En fait, elle semblait n'avoir pour la nourriture qu'un intérêt limité. C'était pour cette raison qu'il avait choisi un menu simple pour leur dîner d'anniversaire.

— Grace Rose a été très généreuse en me donnant les boutons de manchette de son mari. Cela me touche profondément. Et je sais que tu aimes ta broche, même si je soupçonne que c'est en partie parce qu'elle avait été choisie par Edward Deravenel !

— C'est vrai, mais aussi, pour être franche, je suis heureuse qu'elle soit unique, Robin. J'aime ces broches victoriennes et edwardiennes en forme de nœud. Tu sais, je suis heureuse que Grace Rose soit encore en vie, d'autant qu'elle est en bonne santé et a gardé toutes ses facultés mentales. J'ai besoin de sa présence. Elle occupe une place tellement importante dans mon passé, et dans notre passé commun ! Je comprends rétrospectivement à quel point elle nous a gâtés et s'est occupée de nous. Cela s'explique peut-être par le fait qu'elle n'a pas eu d'enfants.

Elizabeth, comme frappée par une nouvelle idée, se mit soudain à rire.

— Et il ne faut pas oublier que c'est une mine d'informations sur les Deravenel et les Turner ! C'est normal, elle est historienne, après tout.

Robin acquiesça de la tête, riant avec elle.

— Scandales en tout genre, histoires de sexe, secrets honteux, cela pourrait être leur devise ! Je veux parler des Deravenel, bien sûr, mais, en y réfléchissant mieux, cela va bien aux Turner, également. Mes parents m'ont raconté plus d'une histoire croustillante quand j'ai été assez grand pour les entendre.

La jeune femme regarda Robert d'un air de conspiratrice.

— Les histoires croustillantes ne sont rien ! Que dis-tu de nos histoires de meurtre, d'assassinat, de kidnapping et de traîtrise à répétition ? Il suffit de demander, on a ce qu'il faut en magasin ! Parfois, j'ai envie d'en savoir plus mais, très franchement, je n'aimerais pas extorquer à Grace Rose des informations peu honorables.

— La prochaine fois que nous la verrons, je pourrai peut-être la faire parler. Au sujet des secrets…

Avec un clin d'œil taquin, il se leva et s'occupa de remplir leurs flûtes.

— Robin, dis-moi ce que tu as préparé pour le dîner ! Je suis très curieuse de le savoir.

— Une dînette !

— Tu plaisantes ?

— Non, pas du tout.

La prenant par la main, il l'emmena dans la cuisine.

— Voilà ! dit-il en désignant la table roulante chargée de nombreuses assiettes.

Il ôta l'une après l'autre les serviettes blanches qui protégeaient les plats.

— Ton repas préféré, comme tu le dis toujours ! La dînette par excellence, mon amour.

Elizabeth poussa une exclamation ravie et décocha à Robert son regard le plus joyeux. Il y avait toutes sortes de petits sandwichs au pain de mie dont la croûte avait été coupée exactement comme Kat le faisait. Une rapide inspection lui apprit que Robert avait choisi les variétés qu'elle préférait : œufs mayonnaise, concombre et fromage frais, tomates en tranches, saumon fumé, sardines écrasées, terrine de viande, et même de petits feuilletés à la saucisse.

— Après les sandwichs, je te propose des scones chauds avec de la crème épaisse du Devon et de la confiture de fraises. Et pour finir, ton gâteau d'anniversaire, un roulé à la confiture comme tu les aimes.

— C'est aussi ton gâteau d'anniversaire, Robin chéri ! Tu sais que je t'aime, toi ?

— Mais je t'aime encore plus !

Ils se jetèrent d'un même mouvement dans les bras l'un de l'autre pour échanger un baiser passionné. Quand ils reprirent enfin leur souffle, Elizabeth regarda Robert dans les yeux.

— Si tu veux, murmura-t-elle, nous avons le temps de faire l'amour…

— Si je le veux ! dit-il sans un instant d'hésitation.

Il la prit par la main et l'entraîna vers la chambre.

29

Il était exactement neuf heures, ce lundi matin, lorsque Francis Walsington sortit du Plaza Athénée, avenue Montaigne. Il ne supportait plus l'idée de descendre au Ritz après le tragique accident de la princesse Diana et avait préféré réserver au Plaza, un de ses hôtels préférés. Il s'y sentait comme chez lui. Il y avait séjourné de temps à autre ces dernières années et connaissait la plupart des employés.

Son rendez-vous au siège du groupe Dauphin n'était pas avant dix heures mais il avait envie de respirer et de réfléchir avant d'y aller. D'un pas de promeneur, il remonta l'avenue en direction des Champs-Élysées.

Il faisait un temps délicieux, l'air embaumait et le ciel resplendissait de ce bleu que, pour lui, on ne voyait qu'à Paris. Après Londres, c'était la ville où il aimait le plus séjourner, quel que soit le temps. Qu'il pleuve ou que le soleil brille, Paris est unique et magnifique mais, par une journée pareille, il trouvait la ville absolument spectaculaire. Une vraie fête pour les yeux.

Tout en marchant, il pensait à Elizabeth. Elle avait prouvé qu'elle avait les qualités nécessaires à un dirigeant de grande classe, la confiance en soi, la capacité de se projeter dans l'avenir, de l'audace et du courage à revendre. C'était aussi une des personnes les plus disciplinées avec lesquelles il ait travaillé. Son dévouement total à l'entreprise et sa volonté sans faille méritaient la plus grande admiration. Cecil lui avait fait remarquer qu'elle possédait cette étincelle qui sépare l'intelligence du génie et il était d'accord. De plus, elle avait le sens de l'honneur et respectait sa parole, comme son père avant elle. Dans toute la City, on considérait alors que la poignée de main de Harry Turner valait de l'or et beaucoup s'en souvenaient encore.

Francis était heureux de savoir qu'Elizabeth avait Robert Dunley à ses côtés, non seulement comme conseiller et membre de la direction mais aussi comme compagnon. Il admirait et respectait Robert, avait toute confiance en lui et en ses capacités. Robert était un homme honnête et l'on pouvait compter sur lui.

D'une certaine façon, la belle allure et l'élégance de Robert jouaient contre lui. Trop souvent, on le prenait pour un dandy sans cervelle mais rien n'aurait pu être plus éloigné de la vérité. Francis secoua inconsciemment la tête avec consternation. La jalousie et l'envie déformaient l'esprit des gens, parfois avec de lourdes conséquences sur leur vie. Il refoula ces considérations indignes de la belle journée qui commençait et regarda autour de lui. Il arrivait sur les Champs-Élysées.

La circulation était déjà importante. Sans changer de rythme, Francis s'engagea paisiblement sur le trottoir à sa droite. Il distinguait sa destination, un grand bâtiment dans le bas de l'avenue, près du Rond-Point des Champs-Élysées. Au loin, on devinait la place de la Concorde.

Ayant constaté qu'il lui restait encore du temps avant son rendez-vous, il décida de s'offrir un café à une terrasse, presque en face du siège de Dauphin. Il commanda un café crème et un croissant puis s'installa confortablement sur sa chaise pour profiter du spectacle. Malgré le plaisir de ce moment de détente, ses pensées revinrent au couple qu'il devait rencontrer, François et Marie de Burgh.

Au cours des dernières semaines, il s'était attaché à découvrir autant de renseignements que possible à leur sujet, mais ses agents à Paris ne lui avaient rien rapporté de particulier. Apparemment, ce n'étaient pas de mauvaises gens avec de sinistres projets. Tout ce qu'on pouvait en dire, c'était qu'ils se conduisaient en enfants gâtés et que Marie, tout spécialement, se montrait très autoritaire.

François était le fils choyé d'un père français, Henri de Burgh, et d'une mère italienne qui s'appelait Catherine. Il avait plusieurs frères et sœurs mais, en sa qualité d'aîné, avait hérité d'un empire du commerce de luxe. D'après les informations rassemblées à la demande de Francis, François de Burgh était un jeune homme très fier de lui, à qui l'on prêtait un esprit habile mais en soulignant sa paresse et sa trop grande décontraction. Il était de notoriété publique que son intelligence ne valait pas celle de sa femme, qui avait quelques mois de plus que lui. Cependant, son père disparu, il était devenu le P-DG de Dauphin.

Marie Stewart de Burgh, son épouse et associée, était l'héritière et dirigeante en titre de Scottish Heritage, un important groupe d'affaires basé à Édimbourg. Toutefois, elle laissait la gestion de l'entreprise familiale à sa mère qui réussissait très bien et que l'on respectait dans son milieu professionnel. La mère de Marie était née dans une vieille famille aristocratique française et ajoutait à son haut lignage une éducation sans faille. Elle avait trois frères riches et puissants qui occupaient des places prédominantes dans la société française, en affaires comme en politique.

À cinq ans, Marie Stewart était allée vivre chez ses célèbres oncles, à Paris, et avait fait son éducation avec ces aristocrates aussi habiles qu'intelligents. Elle ne parlait que français avec eux. Elle avait reçu une instruction poussée et suivi les cours des meilleures écoles sans perdre de vue ce qu'on lui répétait sans cesse : qu'elle était destinée à de grandes choses.

Les informateurs de Francis ajoutaient qu'elle était très belle, orgueilleuse, snob et d'une ambition démesurée. Elle n'avait jamais fait scandale, pas plus que son mari, que l'on considérait comme un excellent parti.

Tout en dégustant son café, Francis compara mentalement Elizabeth à Marie Stewart et sourit. Marie Stewart n'arrivait pas à la cheville de la femme pour laquelle il travaillait, c'était impossible ! Elizabeth Deravenel Turner avait du génie, et dans plus d'un domaine. En digne fille de son père, elle avait déjà amplement démontré son talent de femme d'affaires et, même si elle avait fait des études brillantes, elle avait obtenu un diplôme beaucoup plus difficile, celui que l'on délivre à « l'école des coups durs », comme Francis l'appelait. Dotée d'un tempérament d'actrice, les circonstances avaient fait d'elle une experte dans l'art de la dissimulation. Avec un esprit vif et rusé, Elizabeth pouvait devenir extrêmement dure en affaires. Elle se servait de son cerveau et ne laissait jamais ses émotions obscurcir sa capacité de jugement.

Tout ce qu'il avait pu apprendre au sujet de Marie Stewart de Burgh ne laissait place à aucun doute sur la supériorité d'Elizabeth. Enfant chérie et gâtée à l'excès par son père et ses oncles, Marie n'avait aucune expérience des affaires et son éducation n'y changeait rien. Elle possédait des biens, une position sociale en vue, un certain charme et un beau physique, mais cela s'arrêtait là.

Il n'y avait donc aucune comparaison possible, conclut Francis en terminant son café. De plus, elle n'avait aucun droit sur la Deravenel, sauf dans son imagination.

Francis reposa sa tasse, prit quelques pièces de monnaie dans sa poche et fit signe au garçon.

Elle était belle mais certainement pas autant que certains le prétendaient. Au temps pour les légendes ! pensa Francis en foulant le grand tapis d'Aubusson ancien à la rencontre du couple de Burgh.

Marie Stewart avait la silhouette des Turner, grande, mince et souple. Son visage ovale aux traits réguliers était très pâle, comme celui d'Elizabeth, avec un teint parfait et de beaux yeux couleur d'ambre. Toutefois, c'était sa chevelure qui attirait l'attention. D'un roux doré et à longueur d'épaule, elle formait un halo lumineux autour de son visage. Marie et Elizabeth étaient .cousines et possédaient quelques gènes en commun.

Marie prit la main tendue de Francis et la serra énergiquement.

— Bonjour, monsieur Walsington, dit-elle dans un anglais où perçait un léger accent. Je suis ravie de vous accueillir chez Dauphin. Permettez-moi de vous présenter mon mari, François de Burgh, président de Dauphin.

Francis lui rendit son salut en anglais et, passant au français, serra ensuite la main de François de Burgh.

Ce dernier avait une voix grave et agréable, et parlait avec un léger accent, lui aussi. Il souriait aimablement à Francis. Plus petit que sa femme, il était aussi brun qu'elle était pâle et possédait un visage assez banal. Ils formaient un couple curieux, en particulier à cause de leur différence de taille.

Marie les entraîna à l'autre extrémité de son vaste bureau et leur désigna les fauteuils qui formaient un petit salon de réception. Elle-même s'assit au bord de son siège, l'air visiblement pressée de commencer, et se pencha vers Francis.

— Quand j'ai appris que vous vouliez nous rencontrer, j'ai tout de suite compris que c'était Elizabeth qui vous envoyait. Est-ce exact, monsieur ?

— Ce n'est pas seulement Elizabeth mais le conseil d'administration qui m'a demandé de prendre contact avec vous, madame de Burgh, ainsi que nos juristes. Nous pensions tous qu'il valait mieux vous rencontrer, compte tenu de vos déclarations.

Francis s'interrompit un instant pour s'assurer du regard que François de Burgh écoutait tout autant que sa femme.

— Vos déclarations, répéta-t-il, au sujet de l'achat d'un groupe commercial en Grande-Bretagne. Vous avez été très clairs dans l'entretien que vous avez récemment accordé au *Herald Tribune*.

La réponse de François de Burgh ne se fit pas attendre.

— En effet, c'est ce que nous voulons faire, monsieur Walsington. Comme tout le monde aujourd'hui, nous voulons donner une dimension mondiale à notre groupe.

— En essayant de racheter la Deravenel ?

— Je n'ai jamais mentionné la Deravenel ! s'exclama François de Burgh d'un ton indigné.

— C'est exact mais la Deravenel est le premier groupe commercial mondial en Grande-Bretagne et nous sommes, tout particulièrement nos juristes, très bien outillés pour lire entre les lignes.

Ses yeux d'ambre toujours fixés sur Francis, Marie de Burgh prit la parole d'un ton nettement moins aimable.

— C'est la deuxième fois que vous mentionnez vos juristes, monsieur. Seriez-vous en train de… nous menacer ?

— Loin de moi cette idée, madame de Burgh, mais nous avons l'habitude de consulter nos divers conseils juridiques à la plus légère suspicion d'une intention de rachat par une autre compagnie. Très franchement, notre conseil d'administration a jugé indispensable de m'envoyer vous parler, en particulier pour vous expliquer la complexité de la Deravenel.

Elle le scruta longuement puis demanda :

— Qu'entendez-vous par « complexité » ?

— Je vais essayer d'être aussi concis que possible. Comme vous le savez certainement, la Deravenel est une compagnie privée. Les parts ne sont jamais mises sur le marché et, dois-je ajouter, sont rarement proposées à la vente par leurs détenteurs. En général, elles changent de mains lors d'un décès. Par ailleurs…

— Mais j'ai des parts ! coupa Marie d'une voix dure.

— Je le sais, madame. Il s'agit des parts que vous a léguées votre grand-mère.

— Et c'est par elle que je suis l'héritière de la Deravenel !

Sans tenir compte de cette affirmation, Francis poursuivit son propos d'une voix ferme et froide :

— Outre cet état de choses quelque peu inhabituel au sujet des parts de la Deravenel, d'autres règles de son fonctionnement rendent impossible le succès de toute tentative de rachat. Certaines de ces règles ont été introduites au cours des soixante-dix dernières années mais les modifications ainsi apportées au règlement d'origine ne nous intéressent pas ici, à l'exception d'une seule. Nous la devons à Harry Turner qui, par testament, a interdit que la Deravenel passe à des mains étrangères. Seuls des Anglais peuvent en hériter.

— Je suis anglaise ! déclara Marie d'une voix étranglée.

Elle était livide.

— Avec tout le respect que je vous dois, madame, vous me permettrez d'émettre quelques réserves. Votre mère est française et votre père était écossais, ce qui ne peut en aucun cas faire de vous une Anglaise ! De plus, vous avez été élevée en France à partir de l'âge de cinq ans et vous avez reçu une éducation française. Votre prétention à hériter de la Deravenel ne tient pas un instant.

— Ma grand-mère était anglaise ! s'écria Marie d'une voix qui montait dans les aigus.

— Cela ne suffit pas, reprit Francis. Cela ne répond pas aux exigences du testament de Harry Turner. De plus, vous vous rappelez certainement qu'il avait hérité la compagnie de son père et, dans son testament, il avait clairement spécifié que la Deravenel devait revenir, dans l'ordre, à son fils Edward, puis à sa fille Mary et enfin à Elizabeth, dans le cas où ses deux autres enfants décéderaient sans héritiers. Toutefois, même si l'on oublie ce testament, d'autres articles du règlement de la Deravenel rendent votre projet impossible. On ne peut pas acheter la Deravenel. Enfin, Elizabeth Turner, l'actuel P-DG, détient à elle seule plus de parts que quiconque, soit cinquante-cinq pour cent de la totalité. Elle est inattaquable.

Marie se renfonça dans son fauteuil sans quitter Francis des yeux. Si elle manquait d'expérience, elle n'était pas pour autant stupide. En revanche, elle restait naïve et la certitude d'avoir des droits sur la Deravenel était ancrée en elle depuis son enfance. Sa mère et ses oncles français avaient bien fait leur travail et elle n'était pas près de renoncer.

— J'ai des droits, monsieur Walsington, martela-t-elle d'une voix claire et assurée. J'ai des droits par mon arrière-grand-père Henry Turner et sa femme Bess Deravenel Turner. Ils ont eu une fille, Margaret, la sœur de Harry, et c'est par elle que je suis l'héritière de la compagnie ! Cependant puisque Elizabeth, ma cousine, dirige la Deravenel, permettez-moi de considérer sa situation. Si elle tombe malade ou décède, je serai l'héritière ! Il n'y a personne d'autre.

— Vous oubliez, madame, que la Deravenel ne peut pas passer à une étrangère. Or, vous seriez considérée comme une étrangère.

— Mais il n'existe pas d'autres descendants de Henry Turner ! protesta-t-elle d'une voix soudain perçante.

Francis, qui savait tout ce qu'il y avait à savoir sur les personnes liées à la Deravenel, connaissait l'existence d'autres cousins, mais préféra couper court.

— Je pense vous avoir fourni des explications très claires sur la situation et vous avoir informés que vous feriez mieux d'éviter toute OPA contre la Deravenel. Vous échoueriez, parce qu'il est impossible de réussir. Croyez-moi, je vous en prie. Nous avons des règles de fonctionnement complexes et inattaquables. Vous perdriez votre temps, votre énergie et votre argent. C'est d'ailleurs valable pour toute autre personne qui voudrait faire la même tentative.

Marie paraissait songeuse, les yeux baissés sur ses mains. Comme Elizabeth, se dit Francis, elle avait des mains magnifiques, d'une forme parfaite, avec de longs doigts effilés. Finalement, elle sortit de ses réflexions, releva la tête et regarda Francis dans les yeux.

— Je vous serais reconnaissante de transmettre mes respects et mon affection à ma cousine, monsieur Walsington. Ma cousine, j'insiste sur ce point ! Et vous me feriez une immense faveur en lui demandant de bien vouloir me désigner comme héritière dans son testament.

Francis en resta muet de surprise une seconde mais il était passé maître en matière de dissimulation et ne laissa rien paraître.

— Je crains, répondit-il promptement, que cela soit un peu prématuré, madame. Elizabeth Turner n'a que vingt-six ans et va se marier…

Elle l'interrompit en haussant les épaules.

— Robert Dunley ? Il est marié !

— ... et avoir des enfants, termina Francis sans se démonter.

— Mais le lui demanderez-vous ? insista Marie. Dites-lui aussi que je voudrais la rencontrer.

— Madame, je vous promets de lui répéter notre conversation mot pour mot, répondit Francis en se levant. À présent, si vous voulez bien m'excuser, je dois vous quitter. J'ai un avion à prendre. Je vous remercie de votre accueil, madame, et vous aussi, monsieur de Burgh.

30

Francis, Robert, Cecil et Nicholas étaient assis avec Elizabeth dans son bureau autour de la table basse placée entre les fenêtres.

Depuis une demi-heure, Francis retenait leur attention en leur rapportant par le menu sa rencontre avec les de Burgh.

Les quatre hommes fixaient Elizabeth d'un regard soucieux et elle-même semblait pensive.

— Je n'ai pas l'intention de voir Marie de Burgh, dit-elle enfin d'une voix paisible. Ce serait une grave erreur et, à long terme, très dommageable pour moi.

— Cela donnerait du corps à sa demande d'être désignée comme ton héritière, répondit Cecil. Or, tu ne peux absolument pas la nommer héritière de la Deravenel. En aucune façon ! En réalité, en ce moment précis, tu n'as pas le droit de désigner qui que ce soit.

— Si tu accédais à sa demande, tu te mettrais en danger, dit Robert d'une voix tendue. On a vu plus d'un meurtre maquillé en accident !

Elizabeth lui lança un long regard entendu.

— Tu penses que Marie de Burgh pourrait commanditer un accident de voiture, par exemple ? Ce ne serait pas la première fois qu'on tuerait quelqu'un pour posséder la Deravenel, n'est-ce pas ?

— Il y a eu des rumeurs en ce sens, dit Nicholas sans laisser à Robert le temps de répondre. À mon avis, elles reposent sur des faits réels. Depuis près d'un siècle, les morts bizarres semblent avoir été monnaie courante, ici !

Il se tourna vers Francis.

— À moins que je ne me trompe ?

— Malheureusement non… Il y a eu la mort très suspecte d'Aubrey Masters qui dirigeait la division minière. Avant lui, Lily Overton, la maîtresse d'Edward Deravenel, a perdu la vie dans des circonstances plus que douteuses. Elle était enceinte de lui. Puis il y a eu l'inexplicable disparition des deux fils d'Edward Deravenel et l'assassinat de son frère Richard à coups de couteau sur la grève de Ravenscar. Dans ce cas au moins, le meurtre est une certitude. Il ne s'agissait pas d'un suicide. N'oublions pas non plus la mort prématurée de Will Hasling ! Beaucoup de gens ont pensé qu'il s'était battu avec Richard Deravenel dans ce bureau même où nous nous trouvons. D'après les rapports de l'époque que j'ai pu lire, il se serait blessé à la tête en tombant et sa chute aurait entraîné sa mort. Pour moi, cela reste un meurtre.

— Inutile de me rappeler que des gens peuvent tuer par appât du gain ou du pouvoir, remarqua Cecil. Je ne le sais que trop bien… Ce qui me ramène à notre point de départ. Elizabeth, tu ne dois surtout pas désigner d'héritier ou, si tu le fais, nul ne doit le savoir. Robert a raison. Si tu l'annonçais publiquement, tu serais en danger. Il y a des gens sans scrupule, nous le savons.

— Cela dit, intervint Nicholas, Marie Stewart a raison sur un point. Si tu disparaissais, elle deviendrait l'héritière de la Deravenel puisqu'elle descend de Henry Turner en ligne directe.

— Non ! s'exclama Robert avec fermeté. Elizabeth, n'oublie pas que tu as d'autres cousines, des cousines germaines, qui plus est. Cela les rend plus proches de toi dans l'ordre de succession que Marie Stewart qui est ta cousine au deuxième degré.

— Tu as raison, Robin, et tu es bien placé pour le savoir. En effet, j'ai des cousines au premier degré.

Elle lui fit un curieux petit sourire puis se tourna vers Nicholas.

— Tu as peut-être oublié, lui dit-elle, que Mary, la plus jeune sœur de mon père et sa préférée, avait épousé son meilleur ami, Charles Brandt. Ils ont eu deux filles qui sont donc mes cousines les plus proches. L'aînée, Frances, est mariée avec Harry Greyson. Ils ont eux-mêmes trois enfants : Jane, Catherine et Mary. J'ai l'impression que l'on aime beaucoup ces prénoms, dans ma famille ! Ces trois filles figurent également dans l'équation des cousines, évidemment.

— Pas Jane Greyson, fit remarquer Robert. Elle est décédée.

— C'est vrai, répondit tranquillement Elizabeth.

Elle se souvenait bien de Jane. Mariée à l'un des frères de Robin, elle avait trouvé la mort en même temps que lui dans un accident d'avion.

Cecil, qui avait suivi la conversation sans rien dire, intervint d'un ton soucieux.

— J'estime que tout cela implique de prendre des mesures de sécurité pour protéger Elizabeth. Qu'en penses-tu, Francis ?

— Je refuse d'avoir un garde du corps ! s'écria Elizabeth.

Francis hocha la tête d'un air peu convaincu.

— Cela serait pourtant raisonnable, Elizabeth. Tu devrais avoir un chauffeur qui te serve également de garde du corps. Je te demande d'y réfléchir. De mon côté, je te promets de choisir une armoire à glace discrète et bien élevée !

— D'accord, dit-elle en soupirant.

Elle n'avait pas envie de discuter de cela tout de suite. D'autres questions plus urgentes attendaient.

— Pour en revenir au couple de Burgh, qu'en penses-tu, Francis ? Peux-tu nous résumer ton sentiment ?

— Pour commencer, en tant qu'individus, je les considère comme de pauvres idiots. Lui est naïf et inexpérimenté, en particulier en affaires, et elle ne vaut pas mieux. Ce sont deux gamins immatures et trop gâtés. En bref, ils ont l'habitude qu'on leur cède sur tout, qu'on obéisse à tous leurs caprices. François de Burgh est à peine intervenu dans l'échange. C'est elle qui a parlé et je la soupçonne de porter la culotte, peut-être parce qu'elle a six mois de plus. Je décrirais François de Burgh comme une enveloppe vide. Quant à elle, il me paraît clair qu'elle possède un caractère obstiné, buté, même, et assez impérieux. Elle est obsédée par ses liens avec les Turner. Toutefois, il me semble que c'est surtout elle que cela impressionne. Je sais de source sûre que les gens qui dirigent réellement Dauphin se moquent totalement de sa parenté avec les Turner ! D'ailleurs, ils ne s'intéressent pas plus à la Deravenel. Hier soir, j'ai appris que l'équipe dirigeante de Dauphin a peu apprécié l'interview publiée par le *Herald Tribune*. L'idée de vouloir prendre le contrôle d'une entreprise anglaise ne leur plaît pas. Contrairement à ce que je croyais au début, le couple de Burgh semble ne pas avoir grand-chose à dire sur la direction du groupe. Nous sommes en parfaite sécurité, conclut-il avec un grand sourire.

Nicholas et Cecil se mirent à rire, imaginant la déconvenue du couple.

— Francis, demanda Elizabeth, comment est-elle ? Quelle a été ta première impression en la voyant ?

— Elle a un abord agréable mais cela ne suffit pas pour avoir du caractère et une vraie personnalité. Son mari est un faible et je pense que c'est elle la plus forte des deux. En revanche, je ne crois pas qu'elle possède un esprit très vif.

— Est-elle aussi belle qu'on le dit ? insista Elizabeth.

— Non, mais c'est une jeune femme très attirante, grande et gracieuse. Elle a hérité de la fine ossature typique des Turner, ainsi que de leur teint et leurs cheveux. J'irais jusqu'à dire qu'elle te ressemble beaucoup !

— Grand bien lui fasse !

Plus tard ce matin-là, Elizabeth alla trouver Cecil dans son bureau.

— Cecil, je voulais te parler, dit-elle. Je veux avoir autant de parts de la Deravenel que je peux en acheter.

— Tu en détiens déjà plus que n'importe qui, fit-il remarquer. Tu en as cinquante-cinq pour cent.

— Je le sais, mais j'aimerais posséder au moins soixante-dix pour cent de la compagnie. Je me sentirais mieux, plus en sécurité.

— Je doute qu'il y ait quelqu'un pour accepter de te vendre des parts, non pas parce que c'est toi et que certains prendraient plaisir à te résister, mais parce qu'elles sont très rentables, même aujourd'hui après les désastreuses décisions de Mary. Les comptes sont bénéficiaires et les mesures que nous avons prises ces dix derniers mois ont encore amélioré les résultats. Ton idée de se serrer la ceinture et d'alléger les effectifs s'est révélée très efficace. Les spas des hôtels américains font un chiffre d'affaires énorme, tout comme les hôtels eux-mêmes. Nous sommes en plein développement et les détenteurs de parts le savent.

Cecil prit le temps de lui sourire affectueusement.

— Tu peux être fière de ce que tu as réussi. Et, pour revenir à Dauphin, tu dois te sentir soulagée de savoir que la direction du groupe ne s'intéresse pas à nous.

— En effet ! Francis a été clair sur ce point. Marie Stewart se raconte des histoires.

— C'est très probable. D'après ce que j'ai compris, sa mère et ses oncles lui ont fait subir un vrai lavage de cerveau. Ils ont créé chez elle comme un réflexe de Pavlov. Elle salive en pensant à la Deravenel !

Elizabeth éclata de rire.

— Cecil, reprit-elle quand elle eut retrouvé son calme, j'ai besoin de ton avis au sujet d'une société que je voudrais racheter. Il s'agit d'une chaîne de spas qui appartient à une Américaine de New York, Anka Palitz. D'après Anne Dunley, Anka voudrait vendre. Penses-tu que ce serait une bonne idée de racheter sa société ?

— Cela dépend de l'état de ses installations, du prix qu'elle demande et de ce que cela peut apporter à ceux que tu vas ouvrir.

— Je pense que ce serait un plus. Ses installations sont luxueuses, voire très luxueuses, m'a-t-on dit.

— J'aimerais en savoir plus, répondit Cecil.

— Moi aussi. Dès que j'aurai d'autres informations, je t'en reparlerai. Maintenant, il faut que je me dépêche pour ne pas arriver en retard à mon rendez-vous chez Sotheby's. Merci, Cecil, merci pour tout.

Il la raccompagna jusqu'à la porte de son bureau et l'embrassa sur la joue, l'air amusé.

— Essaie de marcher au lieu de courir, dit-il sur le ton qu'on prend pour parler à un enfant turbulent. Tout va très bien pour nous, Elizabeth, vraiment très bien.

— Oui, grâce à toi et à Robin ! Nous formons une bonne équipe, n'est-ce pas ? Comme les trois mousquetaires !

— Plutôt le triumvirat !

Deux heures plus tard, Elizabeth se rendit à un autre rendez-vous.

— Merci d'avoir trouvé du temps pour moi aujourd'hui, Grace Rose, dit-elle. J'ai besoin de vous parler.

— Je suis toujours heureuse de te voir, ma chérie, et encore plus quand tu as besoin de moi. J'aime me sentir utile. Tu sais que je n'ai plus grand-chose à faire, à présent. Comme je te le dis souvent, je suis en sursis !

— En sursis ou pas, je vous suis reconnaissante d'être encore là ! J'ignore ce que je deviendrais sans vous.

— Tu te débrouillerais très bien, je n'ai aucun doute à ce sujet. Tout ira bien pour toi, maintenant. Bien sûr, tu auras une vie intense, mais c'est le cas depuis le début et je suis certaine que tu aimeras les défis qui se présenteront. De plus, tu les gagneras.

Elizabeth ne put s'empêcher de rire. Elle prit le temps de goûter le sherry que Grace Rose avait insisté pour lui offrir.

— Tchin tchin ! dit-elle en levant son verre. Mais il n'est que quatre heures, Grace Rose. C'est un peu tôt pour prendre un verre.

— Ne t'inquiète pas pour l'heure. C'est certainement l'heure des cocktails à un endroit du monde ou un autre, à Paris ou en Inde. De toute façon, mon enfant chérie, ce n'est pas un petit verre de sherry qui va te monter à la tête.

Grace Rose prit une gorgée, puis lança un regard interrogateur à Elizabeth.

— De quoi veux-tu me parler ? De la Deravenel, je suppose, puisque notre adorable Robert s'occupe de ta vie amoureuse !

— De la Deravenel, oui, et plus précisément de mes parts. Je détiens cinquante-cinq pour cent du total…

— Ce qui fait de toi l'actionnaire principal.

— Oui, mais j'aimerais en avoir plus pour mettre la compagnie à l'abri de toute tentative de prise de contrôle. Je pense que c'est mon devoir de veiller à la sécurité de la compagnie.

— Personne de l'extérieur ne peut en prendre le contrôle. La structure de la Deravenel est trop complexe pour cela, déclara Grace Rose avec assurance. C'est ce que m'a expliqué mon père, il y a longtemps de cela, ainsi que mon grand ami Amos Finnister. Ton père me l'a confirmé par la suite. Ton père et le mien ont modernisé une partie des règles de fonctionnement.

— Et ces modifications nous protègent contre toutes sortes d'attaques.

Elizabeth prit son courage à deux mains et se lança.

— En réalité, Grace Rose, je suis venue vous demander quelque chose. Je…

— Tu veux acheter mes parts, c'est cela ? coupa Grace Rose.

Prise de court, Elizabeth ne sut que répondre pendant quelques instants mais, quand elle reprit la parole, sa voix était ferme.

— Oui, c'est ce que je veux. Je suis consciente que vous voulez peut-être les laisser à Patrick, votre petit-neveu, mais si vous vouliez bien ne serait-ce qu'y réfléchir, je vous en serais très reconnaissante.

— Non, ma chérie, je ne peux pas te vendre mes parts parce que…

Elizabeth l'interrompit vivement. Elle ne voulait pas embarrasser sa grand-tante.

— Je vous en prie, Grace Rose, vous n'avez aucune explication à me donner. Je comprends, croyez-moi.

— Non, tu ne comprends rien du tout. Laisse-moi finir ma phrase, s'il te plaît. Je ne peux pas te les vendre parce que je te les ai déjà léguées par testament.

Elizabeth en resta bouche bée et Grace Rose éclata de rire.

— Pour une fois, je t'ai réellement surprise ! Je ne pensais pas te laisser sans voix au moins une fois !

Normalement, tu as toujours quelque chose à répondre, non ?

Ses yeux pétillaient d'amusement et de joie. Elle savait qu'elle venait d'apprendre à Elizabeth la nouvelle qui pouvait lui faire le plus de plaisir. En recevant les parts de sa grand-tante, Elizabeth disposerait d'une majorité écrasante. Grace Rose se réjouissait d'avoir rendu sa petite-nièce aussi heureuse. De son côté, Elizabeth avait enfin repris ses esprits.

— C'est la plus grande surprise de ma vie, dit-elle. J'en suis étourdie, Grace Rose. J'arrive à peine à y croire. Vous êtes d'une générosité qui me touche infiniment. Comment pourrais-je vous remercier ?

D'un mouvement spontané, elle sauta sur ses pieds et alla embrasser sa grand-tante en y mettant tout son cœur puis, toujours penchée sur elle, elle éclata de rire.

— Je n'arrive pas à y croire ! s'exclama-t-elle.

— Pourtant, c'est vrai !

Elizabeth alla se rasseoir et s'efforça de retrouver son calme. Un flot d'émotions mêlées la submergeait. Elle se sentait au bord des larmes.

Tandis qu'elle cherchait à se reprendre, Grace Rose l'observait avec affection. Elle la connaissait depuis sa naissance. Elle avait assisté à son baptême et l'avait vue grandir. Le comportement de Harry Turner envers Elizabeth l'avait révoltée. Elle s'était tout de suite attachée à cette petite fille maltraitée et l'aimait comme son propre enfant.

Grace Rose s'étonna d'éprouver tout à coup un merveilleux sentiment de paix, de satisfaction profonde et sereine. Elle avait souvent cherché à compenser la conduite méprisable du père d'Elizabeth mais n'y était jamais aussi bien arrivée qu'en cet instant.

Elizabeth était devenue une jeune femme remarquable, forte, courageuse, audacieuse et assurée.

Grace Rose prit la main de sa petite-nièce avec une infinie tendresse.

— Ma chérie, tout ce que j'ai m'a été donné par mon père, le grand Edward Deravenel. Il est donc normal que cela revienne à un membre de la famille Deravenel, c'est-à-dire à toi, Elizabeth. Tu es la dernière de notre lignée et tu es mon héritière.

TROISIÈME PARTIE

Les écueils

Ne crains pas la terreur soudaine.

Proverbes 3, 17

Car Yahvé ordonnera à ses anges de te protéger en tout ce que tu fais.
Ils te porteront de leurs mains, de peur que ton pied heurte une pierre.

Psaumes 91, 11-12

La nuit, sur ma couche, j'ai cherché celui qu'aime mon âme ; je l'ai cherché mais ne l'ai pas trouvé.

Le Cantique des cantiques, 3, 1

31

La chance est avec moi ! Tout me sourit, cette année, du moins jusqu'à présent.

D'abord, et c'est le plus important, ma relation avec Robin n'a jamais été aussi heureuse, même quand nous étions petits. Nous marchons du même pas et nous nous entendons parfaitement sur tous les plans. Nous sommes plus amoureux que jamais. Je l'aime de toute mon âme et c'est la même chose pour lui, je le sais sans hésitation. C'est une vraie rencontre d'âmes ; nous pensons et nous parlons de la même façon. Parfois, il m'ôte les mots de la bouche ou bien nous disons la même chose en même temps. C'est si troublant et si flagrant que certaines personnes sont convaincues que nous avons répété la scène ! C'est ridicule mais je les comprends.

Robert fait passer mes intérêts avant les siens, tout comme moi les siens. Quand je suis seule ou éveillée alors qu'il dort, je me demande secrètement comment cela se passerait si je portais son enfant... Un adorable Robin en miniature que j'aimerais et choierais et que je verrais grandir, devenir un homme digne de son père...

À mes yeux, il n'y a pas un seul homme qui vaille Robert Dunley ! C'est un homme généreux, aimant, et d'une attention infinie aux besoins des autres. Cela ne l'empêche pas d'être volontaire, impétueux, parfois colérique, et souvent autoritaire. En affaires, c'est un rude négociateur. Il dit que, quand il fait des affaires, ce sont des miennes qu'il s'occupe ! Il veut obtenir les meilleurs contrats pour moi et me protéger de toutes les façons possibles.

Il me fait rire et, de temps en temps, me fait pleurer. Quand je suis en colère ou très émue, il est le seul à savoir me calmer. À présent que j'y pense, je me rends compte que je passe par toute la gamme des émotions, avec Robin. Sur le plan sexuel, nous nous entendons de façon idéale. Nous avons les mêmes envies, les mêmes goûts, le même rythme. Avec lui, c'est le paradis !

Mon Robin bien-aimé est le centre de mon existence, de même que je suis le centre de la sienne. Si jamais un mariage a été écrit dans le ciel, c'est bien le nôtre ! Oui, je considère notre relation comme un mariage. Nous n'avons pas besoin que ce soit certifié par un bout de papier. Robin ne parle plus de la légalisation de notre union et j'évite d'aborder le sujet. Il est heureux de la situation telle qu'elle est, et moi aussi.

Je suis également heureuse dans un autre domaine grâce à Grace Rose. Depuis qu'elle m'a dit, en septembre dernier, que je suis son héritière, je suis sur un petit nuage rose. Elle m'a légué la chose que je voulais le plus au monde, des parts supplémentaires dans la Deravenel.

Il ne m'était jamais venu à l'esprit qu'elle ferait une chose pareille, puisqu'elle a un petit-neveu. Je n'avais pas non plus réalisé qu'elle possède dix pour cent du total des parts. Lors de ce mémorable après-midi, elle m'a tout expliqué. Ses premières parts lui avaient été offertes par son père, Edward Deravenel. Ensuite, elle en a hérité d'autres de son grand ami Amos Finnister, qui travaillait pour Edward. C'est lui qui avait trouvé Grace Rose dans une carriole abandonnée, au fond d'une impasse d'un quartier déshérité, alors qu'elle n'avait que quatre ans. Amos lui est resté attaché toute sa vie. Au décès de ses parents adoptifs, Vicky et Stephen Forth, elle a encore hérité de deux et demi pour cent des parts, atteignant ses dix pour cent actuels.

Grace Rose m'a aussi informée des divers legs qu'elle a prévus pour des organismes caritatifs et pour les gens qui l'ont servie. Elle laisse des tableaux et des bijoux à son petit-neveu, Patrick, le petit-fils de Maisie Morran qui était la belle-sœur de Grace Rose. Celle-ci avait épousé un aristocrate irlandais quand elle était une star de Broadway. Ils avaient eu un fils unique qui est décédé peu après ses quarante ans, laissant lui-même un fils unique, Patrick, qui a hérité du titre, des terres et d'une jolie fortune. Grace Rose estime que Patrick possède tout ce que l'on peut désirer mais elle lui lègue deux toiles post-impressionnistes qu'il a toujours aimées, ainsi que quelques bijoux Cartier pour sa future femme. « Tout le reste est pour toi, Elizabeth », avait-elle conclu avant de changer de sujet.

En ce qui concerne les affaires, la plupart de nos projets ont eu une heureuse conclusion. Cecil, Robin et moi, nous éprouvons une certaine satisfaction à constater que nos efforts ont porté leurs fruits. Je devrais ajouter Ambrose car c'est lui qui a mis sur pied notre superbe résidence de vacances, à Marbella.

On a ouvert en mars et nous nous sommes rendus en Espagne pour l'inauguration. Cela peut paraître partial puisque c'est moi qui le dis, mais tout y annonce le succès, jusque dans les moindres détails. C'est une réussite qui nous rapportera de l'argent.

Une autre chose m'a beaucoup excitée, l'ouverture de mes spas au mois d'avril, à Londres, à Paris et à New York. C'est Anne Dunley, la femme d'Ambrose, qui a œuvré en ce sens. Elle a la responsabilité des établissements de Londres et de Paris tandis qu'Anka Palitz dirige celui de New York. C'est une idée d'Anne, qui a facilité les négociations. Nous avons demandé à Anka de s'occuper de nos spas en Amérique, y compris les six qui lui appartenaient avant qu'elle nous les vende. Nous avons racheté sa société en décembre, à la condition qu'elle travaille pendant cinq ans pour les Spas Elizabeth Turner. C'est ainsi qu'Anka est devenue mon associée américaine.

Au début du mois de mai, j'ai rencontré un oligarque russe, Alexander Maslenikoff, une des cinq personnes intéressées par ma maison de Chelsea. Je connaissais sa réputation d'homme dur en affaires mais il m'a semblé le candidat le plus susceptible de payer le prix demandé. J'ai donc poursuivi les discussions avec lui et, au bout du compte, j'ai gagné ! Je voulais quatre-vingts millions de livres et il en offrait cinquante-cinq. J'ai dit merci beaucoup mais c'est non, et je suis partie. J'étais certaine qu'il désirait tellement avoir ma belle maison au bord de la Tamise qu'il relèverait son offre. Ce qu'il a fait dès le lendemain. Son dernier prix ? Soixante-dix millions de livres. Pas un penny de plus, m'a-t-il dit ! J'ai accepté. À partir du moment où nous nous sommes mis *d'accord sur le prix, tout est devenu très facile. Il a fait faire une rapide inspection du bâtiment par son ingénieur et son chef de chantier puis il a sorti son stylo, a signé le contrat de vente et m'a tendu un chèque de soixante-dix millions... que j'ai encaissé sans aucun problème. Et maintenant, ma belle maison pleine de mauvais souvenirs lui appartient et moi, j'ai son argent, de l'argent qui me permettra de soutenir la Deravenel si nécessaire.*

Robin me répète sans arrêt que je peux tout oser parce que 1998 est mon année. J'espère qu'il a raison et que Dame Chance restera à mes côtés...

Ce fut bientôt le mardi 26 mai 1998. Dans la soirée, aurait enfin lieu la première vente des Collections Deravenel-Turner chez Sotheby's. C'étaient les œuvres des peintres impressionnistes et post-impressionnistes qui ouvraient le bal. Robert était allé chercher Grace Rose et ne tarderait pas à revenir. Elizabeth devait finir de s'habiller. Elle avait choisi une robe de cocktail Chanel en soie pourpre qu'elle portait avec le médaillon en or qui avait appartenu au grand Edward Deravenel. Un coup d'œil au miroir de son dressing-room lui apprit qu'il rendait à merveille sur le pourpre de sa robe.

Elle se retourna et la sculpture que Robert lui avait offerte à Noël capta son regard, amenant comme toujours un sourire sur ses lèvres. Elle l'avait placée sur une table contre le mur du fond où elle se trouvait parfaitement mise en valeur. L'œuvre représentait un lit coupé en deux dans la diagonale. Une moitié se composait de roses en soie rouge vif, l'autre de clous posés sur la tête, pointe vers le haut.

L'artiste, Edwina Sandys, sculpteur et peintre, petite-fille de Winston Churchill, était une amie de Robert. De façon on ne peut plus appropriée, l'œuvre s'appelait *The Marriage Bed,* le Lit du mariage, et son humour n'avait pas échappé à Elizabeth, tout comme à Robert quand il l'avait vue pour la première fois.

Blanche entra dans le dressing d'un pas pressé.

— Elizabeth, je les ai ! Elles étaient dans l'armoire à chaussures de ta chambre. En revanche, je pense que ton sac doit se trouver ici.

— Oh ! Merci, Blanche. Tu as raison, le voilà.

Elizabeth mit ses chaussures, de hauts talons en soie pourpre assortie à celle de sa robe.

— À quelle heure Thomas vient-il te chercher ? demanda-t-elle.

— Il sera là dans quelques minutes avec Kat. Il est passé la prendre chez elle. Je lui ai dit d'attendre dans la voiture. On n'a pas le temps de se faire des politesses, dans l'immédiat.

Blanche recula d'un pas et détailla la tenue d'Elizabeth d'un regard critique.

— Inspection réussie ? demanda cette dernière en souriant. Non, si j'en juge d'après ton expression. Qu'est-ce qui ne va pas, Blanche ?

— Des boucles d'oreilles ! Voilà ce qu'il te manque. Je sais : les anneaux en or et diamant. Je vais te les chercher tout de suite. Ne bouge pas, j'en ai pour une seconde !

Elizabeth prit sa pochette Prada en soie pourpre, y glissa son rouge à lèvres, des mouchoirs en papier et divers objets. Il ne restait plus qu'à sortir de son tiroir l'étole de soie qui allait avec sa robe et mettre les boucles d'oreilles que Blanche apportait.

— Voilà ! dit-elle. Je suis prête et toi aussi, à ce que je vois. Tu es superbe, Blanche. Je t'aime beaucoup en bleu marine.

— Merci, répondit Blanche avec un grand sourire. J'imagine que tu dois te sentir très excitée. Le grand soir est arrivé.

— C'est vrai, je suis sur des charbons ardents, inquiète et même terrifiée, pour te dire la vérité.

— Si cela peut te rassurer, répondit Blanche en riant, tu as l'air aussi tranquille que si tu allais à une partie de pêche ! Tu as toujours été comédienne, même quand tu étais petite. Je disais souvent à Thomas : « N'oublions pas que c'est une comédienne, et une bonne ! » Tu aurais pu faire carrière au théâtre, tu sais.

Elles quittèrent le dressing en riant avec la complicité qui était la leur.

— D'après certaines personnes, dit soudain Elizabeth, les enchères risquent de stagner, ce soir. On dit qu'une partie des tableaux ne se vendra même pas. Cecil, lui, est convaincu que l'on va battre des records !

— Cecil sait de quoi il parle, répondit paisiblement Blanche. Et tu n'as pas besoin de moi pour le savoir.

L'interphone bourdonnait et Elizabeth alla répondre.

— C'est moi, chérie, dit Robert. Grace Rose est avec moi et Thomas attend Blanche.

— Nous descendons, répondit-elle.

32

À l'instant où ils arrivèrent devant Sotheby's dans New Bond Street, Robert sut que la soirée serait une expérience unique.

Quelque chose de spécial flottait dans l'air, un bourdonnement excité, un mélange d'attente et de tension, le sentiment que cette vente serait l'événement artistique de la saison. Le fait qu'elle ait lieu en soirée en faisait déjà un événement à part. La rumeur s'était très vite répandue que la salle serait pleine de gens riches et célèbres. C'était là qu'il fallait se montrer.

Toute l'élite de la société londonienne était présente, les femmes en tenues de cocktail, les hommes dans leurs plus beaux costumes de Savile Row.

En quelques secondes, Robert avait repéré plusieurs de ses connaissances, hommes d'affaires et collègues. La plupart des dirigeants de la Deravenel étaient déjà arrivés. Robert leva la main pour saluer Charles Broakes et Sidney Payne, venus avec leurs épouses. Il vit aussi John Norfell en grande conversation avec Jenny Broadbent, une des femmes d'affaires les plus importantes de la City et collectionneuse d'art de quelque réputation. Du coin de l'œil, il aperçut également ment Mark Lott et Alexander Dawson.

Elizabeth aussi avait noté leur présence et se pencha discrètement à l'oreille de Robert.

— Même mes ennemis sont venus voir quel sort sera réservé à ma célèbre collection d'art, chuchota-t-elle. Ces deux-là adoreraient me voir prendre une claque.

Robert lui adressa un sourire plein d'amour et d'assurance.

— Cette soirée sera un triomphe pour toi, Elizabeth, fais-moi confiance ! Je te l'ai dit l'autre jour, cette année est ton année de chance.

Elle le remercia de la tête, ses yeux sombres brillant d'excitation anticipée.

— Et vous, dit Robert à Grace Rose à laquelle il donnait le bras, vous allez être la vedette de la soirée ! Cet ensemble bleu roi vous va à merveille ; avec vos boucles d'oreilles en saphirs, on ne voit que vous.

— Merci, Robert ! Tu as l'art de donner à une vieille dame l'impression d'être importante. Quant à moi, je pense que ce sera Elizabeth la vedette du spectacle de ce soir, car c'est à cela que nous allons assister, un spectacle extraordinaire.

Cela le fit rire, comme Elizabeth qui avait tout entendu. Elle se sentait extrêmement fière de sa grand-tante, si grande, si mince et qui se tenait si droite. Avec ses cheveux argentés et son maquillage raffiné, elle produisait une impression fabuleuse, absolument royale.

Ils se frayèrent un chemin dans la foule, conscients que tous les regards étaient fixés sur eux.

— Je pense, remarqua Grace Rose, que ces gens sont ici pour acheter, Elizabeth. Il y a une odeur spéciale, l'odeur de l'argent. Et il y a aussi des marchands d'art de Paris que j'ai parfaitement reconnus. Ils sont venus pour acheter, tu peux me croire.

— Je l'espère, répondit Elizabeth d'une voix sourde.

Elle fit signe à ses cousins Francis Knowles et Henry Carray puis aperçut son grand-oncle Howard, parfaite image du patriarche qu'il était.

— Je sais que la récession générale a donné un rude coup au marché de l'art, il y a quelques années, dit Robert à Grace Rose, mais vous m'avez expliqué, le mois dernier, je crois, que les prix ont retrouvé un bon niveau.

— Oui, ils sont bien remontés, surtout pour les œuvres de grande qualité. C'est cela, l'important : la qualité. Or, je pense que les tableaux rassemblés par Jane Shaw font partie des plus beaux pour chacun des peintres concernés. Il y a un autre point essentiel à prendre en compte, Robert. La demande pour les impressionnistes et les post-impressionnistes a toujours été très forte. C'est pour cela que je ne m'inquiète aucunement. Il y a sans doute beaucoup de gens qui sont venus ici pour se montrer et s'amuser, mais je te garantis qu'il y a aussi des acheteurs sérieux.

Quand ils entrèrent dans la vaste salle où devait se dérouler la vente, on leur remit un catalogue et un petit panneau marqué d'un numéro. Ensuite, on leur indiqua les sièges qui leur avaient été réservés.

Marcus Johnson les rejoignit bientôt, souriant à la ronde, rayonnant d'enthousiasme et de dynamisme. Il adorait ce genre d'événement et avait travaillé en coulisses à sa réussite.

Il salua Grace Rose, Elizabeth et Robert, s'assura qu'ils étaient confortablement installés et se pencha à l'oreille d'Elizabeth.

— Je dois aller m'occuper des journalistes. Tout est prévu pour aller finir la soirée au Annabel's. Je vous y retrouverai après la vente et, ajouta-t-il avec un sourire confiant, nous fêterons votre succès !

Elizabeth, tendue et anxieuse, ne put que répondre par un signe de tête. Comme Marcus s'éloignait, elle tourna les yeux vers l'entrée de la salle. Les gens continuaient d'affluer, toujours plus nombreux. Elle suivait d'une oreille distraite la conversation entre Robert et Grace Rose qui était assise entre eux. Elle se sentait tout à coup très nerveuse et lutta pour se contrôler. C'est un peu d'angoisse, se dit-elle, juste une petite angoisse ! Puis, les autres arrivèrent : Blanche et son frère Thomas ; Kat Ashe avec John, son mari. Derrière eux, venaient ses chers amis Ambrose et Anne Dunley, puis Merry et son mari, Henry. Fermant la marche, il y avait Cecil, Francis, Nicholas et leurs épouses. Tous prirent des chaises derrière le premier rang, laissant Cecil, Francis et Nicholas s'installer à côté d'Elizabeth.

Cecil lui jeta un rapide coup d'œil. Elle était livide.

— Tu n'as pas à t'inquiéter, Elizabeth, dit-il à mi-voix. Tout va très bien se passer.

Elle le remercia d'une pression de la main.

— Cela ira mieux dès que la vente commencera, répondit-elle sur le même ton discret. Se débarrasser de tout cela, toutes ces vieilleries de famille, ce n'est pas rien ! Quelle responsabilité, n'est-ce pas ?

Elle leva les yeux au plafond comme si des générations de Deravenel et de Turner y siégeaient.

— Je parie qu'ils sont en train de me regarder comme s'ils voulaient me tuer ! dit-elle avec un petit sourire crispé.

Cecil se retint de rire.

— C'est une grande responsabilité, oui, mais tu as pris la bonne décision. De plus, comme tu le dis toujours, c'est pour sauver la Deravenel en cas de besoin.

Grace Rose se pencha vers eux.

— Elizabeth, tu sais que le commissaire-priseur décide seul des paliers d'enchères, n'est-ce pas ? Autrement dit, les enchères montent à chaque fois du montant qu'il a déterminé, ou descendent s'il le décide.

— Oui, Alistair Gaines qui travaille ici me l'a expliqué.

Toujours aussi tendue, elle s'agita sur sa chaise et lança un regard un peu perdu à Robert qui la rassura d'un sourire.

— Il fait trop chaud, ici, murmura-t-elle. Et c'est horriblement bruyant, vraiment insupportable.

— Certes, répondit-il, mais il n'y a plus une place de libre. On va fermer les portes dans très peu de temps. Tout le monde se taira et on va commencer à s'amuser !

Elizabeth se demanda pourquoi elle avait accepté le panneau numéroté qu'on lui avait donné à l'entrée. Elle n'avait pas l'intention d'enchérir ! Au contraire, elle vendait. Ce panneau l'encombrait sans raison, se dit-elle avec un petit sourire avant de le mettre par terre. Elle ouvrit ensuite l'épais catalogue posé sur ses genoux. La couverture portait en gros caractères : « Collections Deravenel-Turner. Tableaux impressionnistes et post-impressionnistes. »

Peu à peu, comme elle fixait les reproductions, elle se sentit envahie par un sentiment auquel elle ne s'attendait pas, celui d'une profonde fierté pour sa famille, et elle retrouva sa sérénité. Ses tensions s'évanouirent comme par miracle. À cet instant, les lumières s'éteignirent un bref instant, ce qui lui fit relever les yeux. Le commissaire-priseur avait gagné sa chaire. Il commença par prononcer quelques paroles d'accueil puis présenta la collection dans son ensemble avant de fournir des détails au sujet du premier tableau qu'il allait proposer aux enchères.

Elizabeth savait depuis le début duquel il s'agirait : son Claude Monet préféré. Elle se redressa sur son siège, concentrée sur la voix du commissaire-priseur.

Celui-ci balaya du regard la salle pleine à craquer. Des célébrités y côtoyaient des amateurs d'art, de riches collectionneurs privés et des marchands d'art du monde entier. Il désigna le tableau présenté sur un chevalet à sa droite.

— Nous avons ici un superbe exemple de l'art impressionniste porté à son plus haut niveau, un Monet intitulé « Le Petit Bras de la Seine à Argenteuil ». J'attends les offres !

À sa grande satisfaction, il vit un des panneaux numérotés se lever immédiatement.

— Une offre à ma droite pour un million de livres.

Son regard revenait déjà vers le centre de la salle.

— Un million deux cent cinquante mille, au premier rang du milieu !

Elizabeth regardait droit devant elle, raide, les mains crispées l'une contre l'autre, la gorge serrée. Les enchères montaient par paliers de deux cent cinquante mille livres. Elle avait la confirmation de son intuition : ce Monet était une des plus belles toiles dans l'extraordinaire collection de Jane Shaw.

Le prix montait rapidement, très rapidement même. La salle semblait pétrifiée, incapable de suivre la vitesse des enchères. Douze minutes plus tard, le commissaire-priseur abattit son marteau. L'acheteur emportait le Monet pour neuf millions de livres...

Elizabeth était comme foudroyée. Les mots prirent enfin tout leur sens et, rayonnante, elle saisit la main que Robert lui tendait depuis sa place, de l'autre côté de Grace Rose.

— Je n'arrive pas à y croire ! s'exclama-t-elle d'une voix étouffée. Tu avais raison, Robin !

Dans leurs yeux se reflétait le même enthousiasme.

— Je t'avais bien dit que ce serait un énorme succès. Mes félicitations, ma chérie !

Ils n'étaient pas les seuls à trembler d'excitation. Toute la salle vibrait. Il se passait quelque chose d'exceptionnel, et cela se sentait. Les enchères se déroulèrent au même rythme rapide et spectaculaire pour les onze autres tableaux. Elizabeth se retenait de crier sa joie. Ce fut Grace Rose qui, une fois de plus, prononça les mots qu'il fallait.

— Ma chérie, chuchota-t-elle en prenant la main d'Elizabeth, cette vente est fabuleuse ! Jane Shaw possédait un œil extraordinaire et c'est une très grande chance pour nous.

Elle avait dit la dernière phrase d'une voix très émue, ses yeux bleus brillant de larmes.

Deux heures plus tard, tous les tableaux proposés avaient été vendus : le Pissarro aux toits rouges, le favori d'Elizabeth ; le paysage de neige de Guillaumin avec ses arbres encore garnis de feuilles rouges ; les deux autres Monet ; un Manet ; un Van Gogh ; deux Sisley ; un Rouault et, enfin, deux toiles aux couleurs vives d'un autre de ses peintres préférés, Henri Matisse. Elle avait gagné des millions de livres et se sentait délivrée d'un énorme poids. À présent, elle avait les moyens de sauver la Deravenel de n'importe quel désastre, ou presque.

Comme le public commençait à quitter la salle, Robert se leva et aida Grace Rose à se lever à son tour. Ensuite, Grace Rose le tenant par le bras, il enlaça Elizabeth et lui donna un discret baiser sur la joue.

— Tu as réussi, ma chérie, lui glissa-t-il à l'oreille. On ne va plus parler que de toi, en ville.

Elle se mit à rire en s'écartant pour mieux le regarder.

— Pour ne pas changer !

C'était typique d'elle, pensa-t-il, ce genre de formule lapidaire qui traduisait son désintérêt d'une question ou, dans ce cas, sa résignation face à une situation contre laquelle elle ne pouvait rien.

Cecil, Francis et Nicholas l'entouraient et la félicitaient. Cecil lui montra discrètement son carnet avant de le remettre dans sa poche. Elle comprit que, comme toujours, il avait tout noté. Elle lui répondit d'un sourire complice. Les Dunley les rejoignirent avec Blanche, Kat, John et Thomas. Elizabeth s'arrangea pour remercier chacun de sa présence et de son soutien amical.

Ce fut ensuite le tour de Marcus Johnson de s'approcher d'un pas pressé. Il escortait un homme et une femme inconnus d'Elizabeth. Il se fraya aisément un chemin dans le groupe de ses proches.

— Elizabeth, dit-il à mi-voix, pouvez-vous consacrer quelques minutes à Phoebe Jones du *Daily Mail* et à Angus Todd du *Times*, s'il vous plaît ?

— Bien sûr ! Avec plaisir, répondit-elle.

Accompagnée de Marcus, elle s'isola avec les deux journalistes dans un angle de la salle.

— Qu'éprouvez-vous, mademoiselle Turner ? demanda Phoebe Jones. Très heureuse, je suppose ?

— Je crois que le mot est faible ! répondit Elizabeth. Je me sens comblée, je ne vois pas d'autre façon de le dire.

Angus Todd prit le relais.

— Saviez-vous qu'un Monet, « Le Pont du chemin de fer à Argenteuil », a été vendu par Christie's, également à Londres, en 1988, pour un montant record de douze millions six cent mille dollars ?

— Non, je l'ignorais. Cependant, mon Monet vient de partir pour un montant plus élevé, puisque cela représente environ treize millions et demi de dollars. Je trouve très satisfaisant d'avoir battu le record.

Marcus les laissa poser encore quelques questions à Elizabeth, puis s'excusa de les interrompre. Il était temps de clore l'entretien.

Marcus et Robert escortèrent Elizabeth et Grace Rose à travers la foule qui s'entassait encore à l'extérieur de la salle et ils sortirent enfin dans New Bond Street. Quand les deux femmes et Robert furent installés dans leur voiture, Marcus ferma la portière en promettant de les rejoindre aussi vite que possible chez Annabel's. Elizabeth poussa un grand soupir tandis que la voiture démarrait puis eut un large sourire. À leur arrivée devant le restaurant où elle avait invité ses amis à dîner pour fêter l'événement, elle souriait encore.

33

À peine franchi le seuil du bureau d'Elizabeth, Cecil éclata de rire en la découvrant penchée sur un petit carnet noir dont les pages étaient couvertes de chiffres soigneusement alignés.

— Bien ! s'exclama-t-il en traversant la pièce. Je vois que tu as fini par suivre mon conseil de tout noter.

Elizabeth, qui avait levé les yeux en l'entendant entrer, lui décocha un sourire éblouissant.

— C'est Robin qui me l'a offert. Il est beau, n'est-ce pas ? C'est un Moleskine, la marque célèbre dans le monde entier. Beaucoup d'écrivains et d'artistes en ont utilisé, par exemple Ernest Hemingway, Henri Matisse, Vincent Van Gogh ou encore Bruce Chatwin. J'y ai noté tout ce qui concerne mes quatre ventes aux enchères. Je peux en parler à n'importe quel moment, sans avoir à chercher des dizaines de documents. Veux-tu que nous voyions les chiffres maintenant ?

Cecil s'assit en face d'elle et sortit son propre carnet qu'il ouvrit à la première page.

— J'en ai commencé un neuf pour les ventes. Comme je te l'ai déjà dit, c'est un beau résultat. J'arrive au total, en arrondissant les chiffres, à cent vingt-trois millions de livres. En le disant à haute voix, je me rends compte que je dois corriger mon appréciation : ce n'est pas un beau résultat, c'est une fabuleuse réussite !

— Je sais, Cecil. Et, si nous ajoutons la maison de Chelsea, j'ai engrangé en tout cent quatre-vingt-treize millions de livres. Je parle en brut, bien sûr. Il y aura des taxes et déductions diverses, comme toujours.

— J'ai fait les calculs et nous pourrons en parler plus tard. J'ai demandé à mon assistante de t'apporter une photocopie du document. Ce sera prêt dans la journée. Dans l'immédiat, je dois avouer que j'ai été particulièrement étonné par le résultat de ta deuxième vente, celle des bijoux. Les prix sont montés beaucoup plus haut que je ne l'aurais cru possible, Elizabeth.

— Nicholas m'a dit la même chose. Quand nous avions commencé à trier les écrins à Ravenscar, Robin et moi, nous nous étions vite rendu compte que nous avions trouvé une mine d'or ou, plus exactement, une mine de diamants ! Quand je pense à certaines des pièces, je n'arrive pas à y croire. Vingt-deux diadèmes surchargés de diamants, pour commencer, et cet extraordinaire collier créé pour l'impératrice Eugénie ! Ces seuls lots ont rapporté des millions de livres. Quant aux bagues, il y en a au moins cinq, parmi celles qui venaient des plus grands joailliers, qui ont dépassé le million.

Elle consulta brièvement son carnet.

— En tout, la vente des bijoux Deravenel-Turner a rapporté vingt-six millions de livres et celle des tableaux quatre-vingt-deux millions. Pas trop mal, n'est-ce pas ?

Cecil hocha la tête avec conviction.

— Tout est parti au plus haut prix. C'est incroyable ! Neuf millions de livres pour l'argenterie, l'orfèvrerie et la porcelaine ; six pour les tapis, les tapisseries, les meubles anciens, et des centaines d'autres objets d'art. Je t'avoue que je suis d'accord avec Grace Rose. Cela fait des années qu'on n'avait pas vu une aussi belle vente. Tu as été inspirée de la baptiser Collections Deravenel-Turner. À mon avis, ces deux noms ont dynamisé les ventes.

— Il ne faut pas oublier la publicité très intelligente assurée par Sotheby's.

— Ni le remarquable travail de Marcus Johnson ! renchérit Cecil. Il a été brillant dans sa façon de présenter cette vente comme l'événement mondain de l'année. Il a su faire venir les gens qu'il fallait tout en faisant monter l'intérêt et l'excitation du public.

Elizabeth fit une petite grimace et répondit d'un air malicieux :

— Je crains que ma famille ait toujours été impliquée dans un scandale ou un autre, en plus de posséder argent et pouvoir. J'ai moi-même créé un scandale, n'oublie pas que j'ai fait ma part en ce domaine ! Or, le scandale est intéressant, attirant.

— À ce propos, dit Cecil d'un ton affectueux, tu sais que je n'ai pas l'habitude de me mêler de ta vie privée, mais où en est le divorce de Robert ?

— Je l'ignore et cela me laisse indifférente. Tout ce que je peux te dire, c'est qu'il va voir Amy la semaine prochaine. Il a dû retarder son déplacement parce qu'elle n'était pas bien.

— Je vois.

— Cecil, n'espère pas me voir me précipiter à l'autel. Tu sais que cela ne m'intéresse pas. Cela n'a rien à voir avec mon amour pour Robin. C'est juste que je ne veux pas me marier avec qui que ce soit !

Cecil avait depuis longtemps compris qu'elle ne changerait pas d'avis. Certaines personnes le croyaient mais il la connaissait trop bien pour cela. Elizabeth était d'une obstination rare et l'avait toujours été. Cependant, il restait la question brûlante de l'héritier. Qui lui succéderait s'il lui arrivait un accident ? Il n'en avait aucune idée et ce n'était guère le moment d'en parler. Feuilletant son carnet, il préféra aborder un autre sujet.

— Pour revenir aux chiffres, tu dois beaucoup à la banque, Elizabeth. Il y a l'emprunt qui t'a servi à ouvrir tes premiers spas et celui que tu as fait pour acheter la société d'Anka Palitz. Je pense que tu devrais rembourser cet argent le plus vite possible pour économiser les intérêts, qui sont très élevés.

Elizabeth eut un sourire à la fois amusé et complice.

— C'est exactement ce que j'étais en train de calculer quand tu es entré !

Elle ouvrit son Moleskine à la deuxième page et consulta rapidement une colonne de chiffres.

— En tout, j'ai emprunté soixante-dix millions de livres, dont dix pour financer mes spas en Europe et cinquante pour acheter les spas d'Anka. Les dix millions restants ont été investis dans ma société. Pour faire tourner les établissements ici et à Paris. Mais tu as raison ; à présent, je peux me libérer de ces emprunts. Il me restera suffisamment d'argent pour intervenir si la Deravenel avait des difficultés.

— J'ai quelques idées à ce sujet. Je pense que tu devrais l'investir dans des placements sûrs, sans risque. Tu ne peux pas laisser dormir des sommes pareilles. Il faut les faire travailler.

— Je suis tout à fait d'accord et j'ai…

Elle se tut car on frappait. C'était Francis qui referma la porte derrière lui et s'y adossa un instant ; il semblait consterné.

— Il y a un problème ? demanda Elizabeth.

Elle connaissait bien Francis qui était capable de rester de marbre devant tout le monde sauf devant elle.

— Désolé de vous interrompre, mais j'estime que vous devez savoir la nouvelle. Un deuxième pétrolier a été détruit. Le deuxième en trois mois !

Elizabeth poussa un cri d'horreur.

— Non, rassure-toi ! reprit précipitamment Francis. Ce n'est pas l'un des nôtres. Cela ne m'inquiète pas moins. Je n'aime pas ce qui se passe… J'espère que nous n'assistons pas au début d'une campagne d'attaques terroristes. Le bateau appartenait à une compagnie américaine et a explosé au large de Bali.

— Y a-t-il des blessés ? s'enquit Cecil.

— La plupart des membres de l'équipage ont été touchés, et l'explosion est aussi à l'origine d'une importante marée noire. Pour un paradis touristique comme Bali, cela risque d'être une catastrophe, sans parler du désastre écologique.

L'expression d'Elizabeth s'était durcie.

— Francis, crois-tu vraiment qu'il s'agit d'un acte de terrorisme ? J'y pense souvent depuis le naufrage de ce pétrolier, l'année dernière, au large de l'Espagne. En fait, depuis quelque temps, je me demande si je n'aurais pas intérêt à vendre la Deravco Oil.

— Je te rappelle que c'est une affaire très rentable, intervint Cecil, tu le sais aussi bien que moi. Dans l'ensemble, la Deravco rapporte beaucoup d'argent.

— Peut-être mais j'ai la sensation d'une menace permanente... au moins en imagination.

Avec un soupir, elle se renfonça dans son fauteuil de bureau.

— C'est Spencer Thomas qui te l'a appris ? reprit-elle.

— Non, répondit Francis. J'ai allumé la télévision de mon bureau il y a quelques minutes et je suis tombé sur un flash d'informations de CNN. J'ai tout de suite appelé Spencer mais il est en vacances à l'étranger. Il rentre lundi prochain.

— Nous devrions peut-être parler avec lui de mon idée de vendre ? dit Elizabeth d'un ton interrogateur. Qu'en pensez-vous, tous les deux ?

— Pour vendre, il faudrait avoir un acheteur, remarqua Cecil. Cela dit, nous pouvons en discuter avec Spencer. Je fais confiance à son jugement. Écoutons ce qu'il a à nous dire sur le commerce international du pétrole. En général, il est très bien informé de ce qui se passe dans ce milieu, et en particulier à l'OPEP.

— C'est une bonne idée, approuva Francis. En attendant, je m'occupe de rassembler le maximum d'informations sur cette explosion. Je vais aussi demander à Vance Codrill de prendre des mesures de sécurité exceptionnelles pour nos propres pétroliers bien que, en toute honnêteté, je ne crois pas que nous puissions faire beaucoup plus que ce qui est déjà fait.

— Je sais que tu es à la pointe des techniques, répondit Elizabeth en souriant. Et maintenant, j'ai une grande nouvelle à vous annoncer : je vais enfreindre ma loi de ne jamais aller déjeuner ! Nous allons au Caprice, c'est moi qui vous invite pour fêter le résultat de ma vente.

— Fichtre ! s'exclama Francis.

En riant, il se leva et alla regarder par la fenêtre.

— Il pleut, annonça-t-il. Rien d'étonnant après ce que je viens d'entendre !

Elizabeth eut une grimace de dépit.

— Vraiment ?

— Non, répondit-il avec un rire dans les yeux, ce n'est pas vrai. Où est Robert ? Il nous rejoindra ?

— Certainement, il ne devrait pas tarder. Grace Rose lui avait demandé un petit service. Écoutez, il est onze heures. Que diriez-vous de partir d'ici vers midi et demi ?

Cecil, que son invitation avait encore plus étonné que Francis, se leva.

— Je vais faire réserver une table pour quatre, dit-il.

Puis il quitta le bureau avec Francis.

Une fois seule, Elizabeth se réinstalla confortablement dans son fauteuil et prit quelques notes dans son Moleskine. Elle se livra ensuite à une rapide addition et conclut qu'elle pouvait sans problème donner un million de livres à des organisations caritatives, et peut-être même un peu plus.

Elle prit dans le grand tiroir de son bureau un document rédigé par Merry et l'étudia soigneusement. C'était une liste d'ONG et de fondations dont Merry pensait qu'elles pouvaient l'intéresser. Comme d'habitude, la sœur de Robin avait parfaitement saisi ce que voulait Elizabeth.

Elle cocha la Fondation Nationale pour la Prévention de l'Enfance Maltraitée. S'il y avait une chose qu'elle ne pouvait supporter, c'était bien que l'on maltraite des enfants ou des animaux. Merry avait aussi noté la Société Royale pour la Prévention de la Cruauté envers les Animaux et Elizabeth en cocha également le nom.

La seule idée que l'on puisse délibérément faire du mal à un enfant ou à un animal sans défense la hérissait. Ces deux bonnes causes bénéficieraient de la vente d'une partie de son héritage, la vente de toutes ces choses qui n'avaient aucun sens dans le monde moderne.

Elle se réjouissait d'avoir presque tout mis aux enchères. L'argent récolté serait bien plus utile et elle était décidée à en donner un certain pourcentage. Curieusement, personne ne lui avait jamais dit qu'il était bien de redistribuer ses richesses à des gens moins privilégiés qu'elle. Elle l'avait compris toute seule quand elle était encore très jeune. Elle voulait depuis longtemps apporter son aide à une organisation utile et, à présent qu'elle en avait les moyens, elle ne s'en priverait pas.

Ses pensées se tournèrent vers les Deravenel et les Turner qui l'avaient précédée. Elle se leva vivement et quitta son bureau pour se diriger à grands pas vers la salle du conseil d'administration. Arrivée devant les lourdes portes d'acajou, elle les poussa, entra et alluma.

Quelle belle pièce, pensa-t-elle, avec ses beaux meubles anciens aux teintes profondes, ses lustres de cristal et les magnifiques portraits à l'huile accrochés aux murs.

Ce sont tous mes ancêtres, se dit-elle en longeant un des murs. Elle ne l'avait réellement compris qu'en lisant leurs noms sur les petites plaques de cuivre fixées aux lourds cadres dorés.

De l'autre côté de la salle, se trouvaient les portraits de trois personnages qu'elle reconnaissait sans difficulté : son grand-père Henry Turner, le premier Turner à avoir dirigé la Deravenel ; ensuite son père, Harry Turner, le deuxième Turner à avoir pris les rênes de la compagnie ; et enfin Mary, sa demi-sœur. Elle scruta pendant quelques minutes leurs visages tels que le peintre les avait immortalisés, puis alla se planter devant le plus extraordinaire de ces portraits, celui de son trisaïeul, le grand Edward Deravenel.

— Qu'est-ce qu'il était beau ! s'exclama-t-elle à voix haute.

Confuse, elle jeta un rapide regard circulaire dans la salle et constata, soulagée, qu'elle avait refermé les portes derrière elle. Mais c'était la vérité. Ce portrait était celui d'un homme d'une élégance et d'une beauté rares. Un homme très séduisant ! Et je lui ressemble, se dit-elle, je lui ressemble de façon frappante.

Elle prit un peu de recul pour mieux voir ces trois hommes qui l'avaient précédée, son père, son grand-père et son arrière-grand-père. Qu'auraient-ils pensé de son geste ? De la vente aux enchères des biens qu'ils avaient amassés, comme s'ils n'avaient pas d'importance à ses yeux ? Ils en avaient, bien sûr, mais elle n'en avait pas l'usage. Le souci de constituer un trésor de guerre pour la Deravenel l'avait motivée et ils l'auraient certainement compris. En outre, sa manœuvre avait réussi au-delà de toute espérance et elle était convaincue qu'ils auraient admiré son succès. Elle sourit en elle-même. Ces trois hommes avaient été des hommes d'affaires jusqu'au bout des ongles et elle suivait leurs traces, c'était aussi simple que cela ! C'était la seule vérité qui comptait : elle était le P-DG, à présent, et avait la ferme intention d'être le meilleur qui ait jamais présidé aux destinées de la Deravenel.

Elle recula encore de quelques pas. Les portraits semblaient grandir au fur et à mesure.

— Vous n'êtes pas fâchés contre moi, s'exclama-t-elle, je le sais ! Je suis comme vous, taillée dans la même étoffe, même si je suis une femme.

Et elle se mit à rire de façon incoercible. Si quelqu'un l'avait entendue, parlant à trois portraits, il l'aurait prise pour une folle !

34

— Pour être bref, conclut Nicholas, j'ajouterai que je suis satisfait de la façon dont les choses ont tourné, au bureau de Paris. Nous avons réduit le personnel et nous avons beaucoup gagné en efficacité. Nous disposons d'une très bonne équipe, à présent.

— Sidney Payne s'est démené pour trouver les gens qu'il nous fallait, confirma Elizabeth. La Deravenel n'a jamais eu un aussi bon directeur des ressources humaines.

Elizabeth se recula sur sa chaise en souriant à Nicholas.

— Quant à toi, mon cher Nicholas, j'ignore ce que nous aurions fait sans toi !

Robert les rejoignit et prit un siège à côté de Nicholas.

— Nous étions désolés que tu ne puisses pas venir à notre soirée d'anniversaire, lui dit-il.

— Moi aussi mais, comme tu le sais, il fallait que je sois à Paris.

Il adressa un regard significatif à Robert puis se tourna vers Elizabeth.

— Il y a de nombreuses…

Il fut interrompu par Francis qui entrait à cet instant avec Cecil.

— Toutes nos excuses pour ce retard, dit Cecil, nous devions d'abord finir de régler différentes questions avec Charles Broakes et John Norfell.

Il désigna de la tête la partie du bureau où était installé le coin salon.

— Nous serions peut-être mieux là-bas ?

Ils acquiescèrent en chœur et se dirigèrent vers les fauteuils.

— Tout est réglé, entre eux ? s'enquit Elizabeth. J'espère qu'ils en ont fini avec les désaccords et les disputes.

— Tout va bien, répondit Cecil. Le fait que les châteaux des vignobles soient déjà très rentables a détendu leurs relations, dans une certaine mesure en tout cas. Il a toujours existé une hostilité plus ou moins grande entre eux. Je crois que Charles n'apprécie pas beaucoup John.

— Je me demande qui l'apprécie, celui-là ! grogna Robert entre ses dents.

— Mais je crois que nous t'avons interrompu au milieu d'une phrase, Nicholas, dit Cecil. Toutes nos excuses !

— Il n'y a pas de mal. Au contraire, je suis ravi que vous nous ayez rejoints. Je m'apprêtais à dire à Elizabeth qu'il court de nombreuses rumeurs sur François de Burgh, à Paris. On prétend qu'il a de gros ennuis de santé.

— Que lui arrive-t-il ? demanda Elizabeth, sa curiosité aussitôt en éveil.

— Il paraît qu'il souffre d'une forme de leucémie très grave et que sa mère est folle d'inquiétude, tout comme sa femme.

— Elle a de quoi, dit Francis. Si son mari meurt, Marie se trouve à la rue. C'est la mère de François qui prendra la direction de Dauphin et elle formera un autre de ses fils pour la remplacer. Catherine de Burgh est une femme intelligente qui a des années d'expérience à la tête de l'entreprise. Henry de Burgh se reposait beaucoup sur elle et son fils fait de même.

— Si François de Burgh meurt et que Marie doit quitter le groupe Dauphin, cela signifie-t-il qu'elle ira en Écosse diriger Scottish Heritage ? demanda Elizabeth.

Son imagination fertile s'était mise en branle, envisageant les différentes possibilités ouvertes par cette situation inattendue.

— En dehors du fait que Scottish Heritage lui appartient, poursuivit-elle, c'est une femme dévorée d'ambition et qui aime le pouvoir.

Francis approuva de la tête.

— C'est exactement ce qu'elle ferait, j'en suis convaincu, dit-il. Et cela veut dire qu'elle commencerait vraiment à nous harceler.

— Je ne comprends pas que nous accordions autant d'importance à cette femme, intervint Nicholas avec irritation. Elle ne peut rien contre nous, nous le savons ! Il ne faudrait pas devenir paranoïaques à cause d'elle.

Ils étaient tellement pris par leur discussion que le téléphone qui se mit à sonner dans le bureau de Robert les fit sursauter. Tandis que Robert allait répondre, Cecil répondit tranquillement à Nicholas :

— Personne ne devient paranoïaque. Tu as raison, elle ne peut rien faire de concret contre nous. En revanche, elle peut nous rendre la vie infernale…

Ce fut à son tour de s'interrompre. Figé sur le seuil, Robert les regardait d'un air hagard. Elizabeth comprit aussitôt qu'il était arrivé quelque chose de grave et se précipita vers lui.

— Qu'y a-t-il, Robin ? Que se passe-t-il ?

— Amy est morte, répondit-il d'une voix étranglée. Il y a eu un accident.

Elizabeth poussa une exclamation d'horreur et prit Robert par le bras.

— Il semblerait qu'elle soit tombée dans son escalier et se soit brisé la nuque.

L'air égaré, il secouait la tête avec incrédulité. Elizabeth se sentit soudain glacée. Elle réussit cependant à faire marcher Robert jusqu'au canapé et l'obligea à s'asseoir. Il était en état de choc et les autres ne valaient guère mieux.

— Francis, balbutia Elizabeth, je crois qu'il y a une bouteille de cognac dans son bureau. Veux-tu bien aller lui en chercher un verre, s'il te plaît ?

— Tout de suite ! répondit Francis en se levant d'un bond.

Cecil se pencha vers son ami.

— Robert ? Qui t'a appelé ? C'était la police ?

— Non, Anthony Forrest…

Il fit un effort visible pour reprendre le contrôle de lui-même et se redressa, le regard fixé sur Cecil.

— Tu l'as déjà rencontré, poursuivit-il. C'est une de mes vieilles connaissances, il s'occupe de mes affaires personnelles. Il… Il règle aussi pour moi les questions financières avec Amy. Il vit à Cirencester, comme elle...

Cecil fronça les sourcils, soucieux.

— Donc, la police du Gloucestershire a pris contact avec lui, c'est bien cela ?

— Non... En tout cas, ils ne l'avaient pas encore fait quand il m'a appelé. Mais cela ne devrait pas tarder et ils vont chercher très vite à me joindre, moi aussi.

Le choc commençait à s'estomper. Robert respira profondément. Il retrouvait peu à peu son calme et il reprit ses explications d'une voix plus ferme :

— C'est Connie Mellor, la femme de ménage d'Amy, qui l'a prévenu juste après avoir appelé les urgences et la police. Elle revenait des courses en début d'après-midi, vers deux heures, quand elle a découvert... Amy...

Il se tourna vers Elizabeth, l'air de nouveau perdu.

— Je ne peux pas y croire, dit-il.

— Moi non plus, répondit-elle d'une voix sombre.

Francis revenait avec le verre de cognac demandé. Il le tendit à Robert qui le remercia et s'empressa d'en avaler une gorgée avant de consulter sa montre.

— Il est dix-sept heures trente. Il vaut mieux que j'appelle Connie et ensuite Anthony pour lui dire que je serai à Cirencester ce soir.

Elizabeth intervint précipitamment :

— Je pense qu'Ambrose devrait y aller avec toi.

Elle alla décrocher son téléphone et demanda à Merry de trouver Ambrose. Elle se rassit ensuite derrière son bureau, plus pâle que jamais et troublée. Elle devinait très bien pourquoi la mort d'Amy était incompréhensible pour Robert. Il l'avait vue au mois d'août et ils s'étaient récemment téléphoné plusieurs fois au sujet de leur divorce.

Elle regarda l'éphéméride posée sur son bureau : on était le mardi 8 septembre, le lendemain de leur anniversaire qu'ils avaient célébré au cours du week-end précédent avec leurs familles et une centaine d'amis lors d'une somptueuse réception.

Elle se tassa sur son fauteuil, songeuse, silencieuse comme les autres. Ils étaient tous plongés dans leurs réflexions.

Quelques minutes plus tard, Ambrose et Merry firent leur entrée à pas pressés, l'air très inquiet.

Elizabeth prit la situation en main sans attendre et se leva.

— Je crains que nous ayons de très mauvaises nouvelles. Anthony Forrest de Cirencester vient d'appeler Robin pour le prévenir... Amy s'est tuée dans un affreux accident. Elle est tombée dans son escalier.

Merry étouffa un cri derrière sa main, fixant Elizabeth avec une expression de profonde incrédulité.

— Quelle horreur ! s'exclama Ambrose.

Il se précipita vers son frère, s'assit à côté de lui et lui pressa l'épaule. Merry le suivit machinalement, sous le choc.

— Ambrose, je dois me rendre le plus vite possible à Cirencester, dit Robert. Peux-tu m'accompagner ?

— Bien sûr ! Je ne te laisserai pas faire un pareil voyage tout seul.

Lorsque le téléphone sonna, Elizabeth décrocha immédiatement. L'homme qui lui répondit se présenta comme l'inspecteur Colin Lawson de la police du Gloucestershire.

— Je cherche à joindre M. Robert Dunley, je vous prie.

— Il est encore ici, inspecteur Lawson. Je vais le prévenir de votre appel. Ne quittez pas, s'il vous plaît.

Elle mit l'appareil en pause et s'écarta pour laisser la place à Robert qui s'était levé en entendant leur échange.

— Bonjour, inspecteur Lawson, dit-il. J'attendais votre appel ou, en tout cas, celui de la police de Cirencester. Mon ami Anthony Forrest m'a appris, voici quelques minutes, que ma femme a eu un accident fatal cet après-midi. D'après lui, elle serait tombée dans son escalier.

— C'est exact ! Nous voudrions vous parler, monsieur. Nous avons plusieurs questions à vous poser.

— Je m'apprête à prendre la route de Cirencester avec mon frère. Voulez-vous que nous allions directement au poste de police ou bien préférez-vous que nous nous retrouvions chez M. Forrest ?

— Ce sera très bien chez M. Forrest. Comme nous devons également lui parler, cela nous permettra de voir tout le monde en même temps.

— Cela me semble en effet le plus simple, inspecteur. Si vous me permettez, puis-je vous demander où se trouve la dépouille de ma femme, en ce moment ? À l'hôpital ou à la morgue ?

Robert sentit l'hésitation de l'inspecteur à l'autre bout de la ligne. Puis ce dernier s'éclaircit la voix.

— Je crois que la dépouille de Mme Dunley est chez le médecin légiste, pour une autopsie… J'aurai des informations plus précises tout à l'heure.

— Merci, inspecteur Lawson. Nous devrions arriver dans trois heures environ, selon la circulation.

Après avoir raccroché, Robert resta quelques instants silencieux puis se tourna vers le petit groupe qui attendait avec anxiété. Il leur résuma rapidement sa conversation avec l'inspecteur et demanda à Francis, soucieux :

— Quand je lui ai demandé où était Amy, il s'est montré évasif. Cela ne te semble-t-il pas curieux ?

— Pas vraiment, non... Il ne le savait sans doute pas encore avec précision. Je suppose que l'ambulance l'a d'abord emmenée à l'hôpital puis qu'on l'a ensuite transportée chez le médecin légiste, à moins qu'elle n'y soit pas encore arrivée. C'est la procédure normale. Je ne vois rien d'inquiétant là-dedans, Robert.

Merry intervint :

— Mais pourquoi cet inspecteur veut-il te parler ? Je ne comprends pas comment tu pourrais apporter la moindre lumière sur cet accident. Tu as travaillé ici toute la journée !

Robert haussa les épaules et lui répondit d'un ton rassurant :

— Je suppose que c'est la routine, Merry, rien d'autre. Après tout, je suis encore son mari...

— Robert a raison, Merry, c'est la routine habituelle. La police s'adresse d'abord au conjoint de la personne décédée, surtout si les causes de la mort sont sujettes à caution.

Elizabeth lança un regard perçant à Francis.

— Pourquoi dis-tu cela ? Qu'y a-t-il de sujet à caution dans la mort d'Amy ?

— Beaucoup de choses, du point de vue de la police. Quelles sont les circonstances précises de sa chute ? Était-elle seule à cet instant ? Un quelconque individu aurait-il pu s'introduire dans la maison ?

Est-ce réellement un accident ? Cela pourrait-il être un meurtre ou un suicide ? Se sentait-elle déprimée ? Avait-elle des problèmes de santé mentale ou physique ? Prenait-elle des médicaments ? Se droguait-elle ? Buvait-elle ? Il y a toute une liste de questions auxquelles la police devra trouver des réponses, conclut-il d'un ton neutre.

Le silence s'était abattu sur le petit groupe qui tentait d'assimiler les paroles de Francis, et ce qu'elles impliquaient.

Ce fut Elizabeth qui rompit ce silence. Elle lança à Francis un de ces regards de compréhension qui leur étaient propres.

— Peut-être devrais-tu accompagner Robin et Ambrose, dit-elle à mi-voix. Je me demande s'il ne vaudrait pas mieux que tu assistes à l'entretien avec l'inspecteur.

Francis fit vigoureusement non de la tête.

— Ce serait maladroit et malavisé.

— Pourquoi ?

— Parce que cela pourrait passer pour une façon de cacher quelque chose, de vouloir protéger Robert. N'oublie pas que je suis le chef de la sécurité de la Deravenel et que je suis avocat ! Je t'assure que la police le noterait aussitôt et...

— Mais il n'a rien fait, et tu le sais ! s'écria Elizabeth d'une voix aiguë, comme toujours quand elle s'inquiétait.

— Seulement, la police ne le sait pas, expliqua patiemment Francis. Bien sûr, Robert était ici aujourd'hui et nous étions avec lui pendant votre réception d'anniversaire, samedi, et au déjeuner de dimanche. Mais pour la police, cela ne signifie pas qu'il est innocent. Ils le considéreront comme suspect s'ils ont le moindre doute sur les circonstances de la mort d'Amy. Et pourquoi ? Parce que c'était son mari ! Si jamais un décès semble bizarre, les premiers à passer sous le microscope de la police sont les conjoints.

— Mais toi, Francis, demanda Elizabeth, tu penses que ce décès n'est pas accidentel ?

— Non, mais la police se posera certainement la question.

Robert passa son bras autour des épaules d'Elizabeth en un geste qui se voulait rassurant.

— Elizabeth, j'aurais pu engager quelqu'un pour la supprimer.

— Ne dis pas n'importe quoi ! s'écria-t-elle. Personne ne pourrait croire ça.

— Si, la police !

En quoi il ne se trompait pas.

35

Alicia Forrest, la femme d'Antony, les accueillit sur le seuil de Gosling's End, la demeure de style Queen Anne qui appartenait à la famille de son mari depuis plus d'un siècle.

Elle les embrassa en se réjouissant de les voir arriver plus tôt qu'elle l'espérait. Les frères Dunley faisaient partie de leurs vieux amis.

— Il y avait peu de circulation, expliqua Robert. Merci de nous héberger ce soir, Alicia. C'est vraiment très gentil de nous recevoir à l'improviste.

— Ne dis pas de bêtises, mon cher Robert ! Comme si nous allions vous laisser vous installer à l'hôtel ! Venez, Anthony vous attend dans la bibliothèque avec l'inspecteur et un petit remontant. Ambrose, dis-moi d'abord comment va Anne ?

— Elle va bien et elle t'embrasse. Que penses-tu de l'inspecteur ?

— Je le trouve assez sympathique, très calme, très courtois et bien élevé. Il a dû faire ses études à Eton ou Harrow, je pense. C'est un gentleman, aucun doute à ce sujet !

— Il doit faire partie de cette nouvelle génération de policiers dont on parle tant, suggéra Ambrose.

— C'est possible, dit Alicia.

Elle les précéda dans le vestibule et s'arrêta pour ouvrir la porte de la bibliothèque, une belle pièce lambrissée.

— Anthony, dit-elle, Robert et Ambrose sont déjà là !

Robert et Anthony échangèrent une étreinte affectueuse puis Anthony serra la main d'Ambrose.

— Content de te revoir, Ambrose, dit-il, bien que ce ne soit pas dans des circonstances très heureuses. Venez, je vous présente l'inspecteur Lawson et le sergent Fuller de la police du Gloucestershire.

Les présentations terminées, Alicia et les cinq hommes prirent place dans de confortables fauteuils.

— Si j'ai bien compris, monsieur Dunley, dit l'inspecteur, vous et votre femme étiez séparés, n'est-ce pas ?

— En effet, depuis un peu plus de six ans.

— S'agissait-il d'une séparation à l'amiable ?

— Oui, inspecteur. Nous nous étions mariés très jeunes et nous nous sommes peu à peu éloignés…

Robert s'interrompit, se souvenant subitement du conseil de Francis : ne pas donner d'informations qu'on ne lui demandait pas, se contenter de répondre aux questions. S'il te plaît, avait ajouté Francis, dis le strict nécessaire et, pour le reste, tais-toi !

— Vous occupez les fonctions de directeur exécutif à la Deravenel, monsieur Dunley, c'est exact ?

Robert acquiesça de la tête, observant Colin Lawson du coin de l'œil. Celui-ci devait avoir une petite quarantaine. De belle allure et courtois comme Alicia l'avait dit, c'était en effet un gentleman.

— Depuis combien de temps occupez-vous ce poste, monsieur Dunley ?

— Depuis 1996, inspecteur.

— C'est-à-dire depuis que Mlle Turner dirige la compagnie ?

— En effet.

— Mais vous travailliez déjà pour la Deravenel depuis plusieurs années, je crois ?

— Oui, mais par périodes, à Londres ou à l'étranger.

— En fait, vous suivez les traces de votre père et de votre grand-père ?

— C'est tout à fait ça, oui.

— Donc, vous connaissez Mlle Turner depuis longtemps ?

Robert comprenait très bien où l'inspecteur voulait en venir et décida d'ignorer les conseils de Francis, au moins sur ce point. Ses relations avec Elizabeth étaient de notoriété publique et abondamment commentées par la presse. Il se cala dans son fauteuil, tout à fait à l'aise.

— Nous nous connaissons depuis l'âge de huit ans, inspecteur. Nous sommes des amis d'enfance et nous sommes restés amis à l'âge adulte. Donc, la réponse est : oui, je la connais depuis longtemps.

— Quand avez-vous vu votre défunte femme pour la dernière fois, monsieur Dunley ? demanda l'inspecteur sans quitter Robert du regard.

— Au mois d'août, le 6, sauf erreur de ma part. Je lui avais proposé d'aller la voir pour parler de notre divorce et elle avait accepté.

— Je comprends. Comme vous me l'avez dit, vous vous étiez séparés à l'amiable. Le divorce était-il aussi à l'amiable ?

— Oui, nous avions des relations amicales, y compris pour notre divorce.

— Étiez-vous parvenu à un arrangement satisfaisant avec Mme Dunley ? Y avait-il des difficultés ?

— Aucune, inspecteur. Nous étions tous les deux d'accord pour divorcer, ma femme et moi. M. Forrest nous aidait à mettre sur pied un accord sur les modalités de notre séparation et la pension alimentaire.

— Vous êtes-vous jamais disputés à ce sujet ?

Le ton du policier restait d'une courtoisie parfaite.

— Jamais ! Si l'on vous a dit le contraire, c'est un mensonge.

Robert chercha le regard d'Anthony.

— Je pense que tu peux le confirmer, n'est-ce pas ?

Anthony acquiesça de la tête avant de prendre la parole d'un ton ferme :

— Inspecteur Lawson, M. Dunley vous dit la vérité. Il n'y avait aucun désaccord entre lui et son épouse sur les termes de leur divorce, pas plus qu'il n'y en a eu pendant leurs années de séparation. Je connaissais bien Mme Dunley, et ma femme également. Nous pouvons vous affirmer qu'elle était très heureuse de vivre comme elle le faisait à Cirencester. Tous les gens qui l'ont connue vous le diront. Quiconque soutiendrait le contraire mentirait.

— Je vous remercie de vos précisions, monsieur Forrest.

— Inspecteur, reprit Robert, quand M. Forrest m'a appelé, tout à l'heure, il m'a dit que ma femme s'était brisé la nuque. C'est bien ce qui est arrivé ?

— En effet, monsieur, mais elle avait d'autres blessures, une profonde coupure à la tête et des hématomes sur tout le corps.

— Ces blessures sont-elles dues à sa chute ? Car, si j'ai bien compris, c'est ainsi qu'elle s'est tuée, n'est-ce pas ?

— Cela pourrait être lié à sa chute, en effet, répondit l'inspecteur.

— Tout à l'heure, au téléphone, vous m'avez dit que vous pourriez m'indiquer où a été transporté le corps de ma femme.

— À la morgue, monsieur Dunley. Le médecin légiste s'en occupe en ce moment et vous pourrez le voir demain matin.

— J'y tiens beaucoup. Je suppose, poursuivit Robert en jetant un regard incisif au policier, qu'il y aura enquête. Savez-vous quand ?

— Je l'ignore, pour l'instant, mais avant la fin de la semaine en tous les cas. Ce serait un délai normal compte tenu des circonstances et dans la mesure, toutefois, où tous les éléments auront pu être réunis.

— Je comprends… L'audience aura-t-elle lieu à Cirencester ?

— Non, il n'y a pas de cour du coroner ici. Il faut aller à Cheltenham, monsieur Dunley. Il me reste deux questions à vous poser. De quand date votre dernier échange avec votre femme et l'avez-vous revue depuis le 6 août ?

— Non, je ne l'ai pas revue mais nous nous sommes téléphoné deux ou trois fois au cours des dernières semaines. Je n'ai pas les dates précises en mémoire.

— Était-ce en août ou en septembre ?

— Nous nous sommes parlé fin août et aussi le 1er septembre, ou le 2.

— Il n'y avait toujours aucun problème entre vous ? Vous étiez toujours d'accord sur tous les points ?

L'inspecteur Lawson se renfonça dans son fauteuil, étudiant les réactions de Robert.

— Oui, inspecteur, répondit Robert en fronçant les sourcils. Supposez-vous qu'il en aurait été autrement ? Ou bien y a-t-il quelqu'un pour soutenir que nous étions en désaccord sur les termes du divorce et l'arrangement financier ?

— Non, non, monsieur Dunley ! Personne ne suggère rien de semblable.

L'inspecteur se leva, imité par son sergent qui était resté silencieux jusque-là.

— Pensez-vous, demanda soudain ce dernier à Robert, que Mme Dunley aurait pu se sentir déprimée à l'idée de divorcer ?

Robert fut surpris de l'entendre parler mais aussi interloqué par la question.

— Non ! dit-il enfin. Je suis certain que non. Pourquoi ?

— Je me demandais si, au lieu de tomber, elle ne se serait pas jetée volontairement du haut de l'escalier. Ce serait alors un suicide, pas un accident.

Alicia intervint sans laisser à personne le temps de réagir, furieuse.

— Elle n'était absolument pas dépressive ! s'exclama-t-elle. Je la connaissais très bien et elle était parfaitement normale.

— Je comprends, madame Forrest, répondit le sergent.

Les deux policiers les remercièrent des éclaircissements qu'ils avaient apportés. En partant, l'inspecteur ajouta qu'il tiendrait Robert au courant de la date de l'audience préliminaire.

Alicia les raccompagna jusqu'à la porte puis se rendit dans sa cuisine pour surveiller la préparation du dîner.

Quand les hommes se retrouvèrent seuls dans la bibliothèque, Anthony s'approcha de la desserte des boissons.

— Je crois que nous avons besoin d'un solide remontant, dit-il. Robert, Ambrose, qu'est-ce qui vous ferait plaisir ?

— Un verre de vin blanc, s'il te plaît, répondit Robert en le rejoignant.

— La même chose pour moi, dit Ambrose qui avait suivi son frère. Mais, poursuivit-il d'un ton réellement inquiet, je ne comprends pas la raison de toutes ces questions.

Anthony, tout en servant du chablis dans trois grands verres en cristal taillé, lui répondit :

— À mon avis, il allait à la pêche, rien de plus. D'un autre côté, Connie Mellor a peut-être laissé entendre qu'Amy n'était pas heureuse, mais cela m'étonnerait. Pourtant, elle m'a fait une remarque curieuse, il y a quelques semaines, au sujet du divorce. Elle pourrait avoir fait de même avec Lawson. Cette Connie est une vraie commère ! Je sais que l'inspecteur s'est rendu chez Amy aujourd'hui et qu'il lui a parlé.

Robert prit le verre que lui tendait son ami et le regarda droit dans les yeux.

— Anthony, que t'a dit cette femme ?

— Elle a prétendu qu'Amy regrettait de divorcer, qu'elle était heureuse d'être ta femme et n'avait accepté la séparation que sous la contrainte. D'après Connie, Amy lui aurait confié qu'elle voulait seulement te faire plaisir car elle t'aimait toujours, même si toi, tu ne l'aimais plus.

Robert était rouge de colère.

— Comment ose-t-elle raconter de telles sottises ! Primo, je n'ai jamais exercé la moindre pression sur Amy et, secundo, elle ne cherchait aucunement à me faire plaisir. Ce qu'elle voulait, c'était de l'argent, rien d'autre ! Elle m'a dit être tout à fait décidée à acheter un appartement à Paris ou dans le sud de la France, en tout cas dans un endroit où elle s'amuserait. C'est exactement de cette façon qu'elle me l'a dit. Et pour finir, elle ne m'aimait plus !

— Je te crois, Robert, voyons ! À l'époque, j'ai expliqué à Connie qu'elle se trompait complètement mais elle peut très bien avoir répété les mêmes absurdités à l'inspecteur.

Il leva son verre pour choquer celui de Robert puis celui d'Ambrose.

— À votre santé, mes amis !

Munis de leurs verres, ils allèrent s'asseoir autour de la table basse et, pendant un moment de silence bienvenu, se détendirent en dégustant l'excellent chablis d'Anthony.

— Vous savez, s'exclama soudain Robert, je n'en croyais pas mes oreilles quand le sergent s'est mis à parler ! En tout cas, je suis certain de ce que j'ai dit : Amy n'était pas du tout suicidaire et elle ne s'est pas jetée du haut de l'escalier.

Ambrose avait réfléchi de son côté.

— Tu oublies un détail, Robert : Amy et sa passion pour les chaussures à très hauts talons, les Manolo

Blahnik et les Jimmy Choo en particulier. Elle est tombée dans l'escalier. C'était un accident et j'en suis aussi certain que toi.

Cecil fixait d'un regard soucieux Francis, qui lui faisait face à la table du restaurant.

— La presse va s'en donner à cœur joie… soupira-t-il.

Il se tourna ensuite vers Elizabeth, installée à côté de lui sur la banquette.

— Toi aussi, tu le sais, et il vaudrait mieux que tu t'y prépares.

Elle acquiesça d'un hochement de tête.

— Nous allons avoir droit à quelques gros titres sensationnels. Ils ne vont pas se gêner pour nous traîner dans la boue, Robin et moi. Un scandale de plus ! Malheureusement, je crains que nous ne puissions pas y faire grand-chose à part sourire et faire le gros dos en attendant qu'ils s'en prennent à quelqu'un d'autre.

Francis reposa sa flûte de champagne, son regard passant d'Elizabeth à Cecil.

— Si la police semble avoir le moindre doute sur le caractère accidentel du décès d'Amy, cela fera des gros titres très dommageables pour nous. Heureusement que nous avons tous les avocats nécessaires pour limiter les dégâts.

Ni Elizabeth ni Cecil n'ajoutèrent de commentaire. Plongés dans leurs pensées, ils se contentèrent pendant un moment de boire leur champagne en silence. Elizabeth gardait les yeux fixés sur le mur en face d'elle où étaient accrochés une collection de tableaux de toutes tailles, la plupart anciens, et qui représentaient uniquement des chiens. Mark Birley, le propriétaire du Mark's Club de Charles Street où ils dînaient, était un collectionneur passionné. Cet ensemble d'aquarelles et d'huiles figurant des chiens de toutes races formait un décor exceptionnel fort apprécié des clients.

S'arrachant à sa contemplation, Elizabeth chercha le regard de Francis.

— Tu ne peux quand même pas imaginer que la police essaierait de faire endosser la mort d'Amy à Robin !

— Ils ne s'y risqueraient que s'ils trouvaient des preuves l'impliquant d'une façon ou d'une autre. Or, il n'y en a pas parce que Robert n'a rien fait. Donc, tu ne dois pas t'inquiéter. Dans quelques jours, tout sera terminé.

— Je l'espère, dit-elle d'un air sombre. La presse pourrait insinuer que Robin a fait tuer Amy pour pouvoir m'épouser. Vous deux, vous savez que leur divorce n'avait aucune importance pour moi puisque je refuse de me marier.

— Personne n'osera écrire ça, Elizabeth ! répondit Cecil d'un ton ferme. Nous avons des lois contre la diffamation, dans ce pays ! Francis a raison : non seulement nous sommes juristes tous les deux mais nous avons une armée d'avocats et de juristes à la Deravenel. Garde un profil bas, ne te précipite pas à Cirencester et tout ira bien. Tu me le promets ?

— Oui, Cecil. De toute façon, Robin pense qu'il vaut mieux qu'on ne se voie pas pendant quelque temps.

— Robert est un homme avisé, dit Cecil.

Il se félicita en silence que ce fût le cas.

36

Robin n'a rien à voir avec la mort d'Amy, et moi non plus. Nous ne sommes pas des assassins, pas plus que nous n'avons commandité un assassinat. Mais il y a des gens qui nous jalousent et nous guettent, prêts à raconter les pires mensonges sur notre compte.

Tous ces ragots sont révoltants ! Depuis la parution de la nouvelle de sa mort, le lendemain de son décès, nous alimentons les gros titres. Ils font cependant attention à ne pas franchir les limites de la diffamation et prennent soin de construire leurs histoires à partir d'hypothèses pleines de points d'interrogation et en restant très vagues. D'après Francis, cela ne s'arrêtera qu'après l'audience préliminaire. Elle doit avoir lieu à la cour du coroner de Cheltenham lundi prochain. J'ai hâte que ce soit fini ! Elle aurait dû se tenir vendredi mais il y a eu un problème d'organisation. Je ne m'inquiète pas ; je n'ai aucune raison pour cela. C'est une mort accidentelle ou un suicide. Robin répète sans cesse qu'Amy ne se serait jamais suicidée et certainement pas en se jetant du haut de son escalier. D'autres personnes qui la connaissaient bien ajoutent qu'elle était en bonne santé et qu'elle avait un très bon moral. Je dois faire confiance à Alicia et

Anthony Forrest. Leur gentillesse et leur droiture sont connues. Personne ne mettrait leur parole en doute.

Alicia m'a affirmé qu'Amy ne souffrait pas d'une maladie incurable et que, deux jours avant sa mort, elle l'avait vue aussi heureuse et insouciante que d'habitude. Tout cela fait que je ne m'inquiète pas pour Robin. Il n'a rien fait de mal et la police n'a rien trouvé contre lui, ni contre qui que ce soit d'autre.

Mon amour me manque, et je sais que je lui manque aussi. Nous nous téléphonons plusieurs fois par jour et cela nous aide mais je me sens seule et un peu perdue sans sa présence aimante, son humour, son rire et sa tendresse. Il est dans le Kent, à Stonehurst Farm, chez Grace Rose. C'est elle qui le lui a proposé. Moi, je me suis réfugiée à Ravenscar que j'aime tant. Cecil et Francis nous ont tous les deux conseillé de nous éclipser, chacun de notre côté, pour échapper au harcèlement médiatique et nous avons suivi cet avis. Nous avons mis toute l'Angleterre entre nous ! Quand j'ai annoncé à Robin où j'allais, il m'a dit que je ne faisais jamais les choses à moitié, et c'est vrai. Je lui ai expliqué que je ne voulais pas rester trop près de lui, de crainte de ne pas résister à l'envie de le voir. J'ai promis à Cecil d'être raisonnable et je tiendrai ma parole.

Je ne changerai pas d'avis sur ce mariage. Je veux garder ma liberté. C'est ce que j'ai toujours dit et la mort inattendue d'Amy n'y change rien. Robin est libre de se marier, pas moi. Au cours des derniers jours, je me suis interrogée sur ce refus de ce qu'on appelle les liens sacrés du mariage. La réponse est simple : je ne désire pas franchir le pas, et c'est tout.

426

On est le jeudi 17 et l'audience préliminaire aura lieu dans quelques jours. Quand ce sera fini, Robin me rejoindra. Merry voulait m'accompagner pour me tenir compagnie mais je préfère rester seule. De plus, lui ai-je expliqué, j'ai besoin d'elle à Londres. Il faut quelqu'un pour répondre au téléphone et assurer le travail de routine. Robin, par contre, n'est pas seul à Stonehurst Farm. Son cousin Thomas Blunte, qui est plus âgé que lui, l'y a rejoint. Thomas a passé la plus grande partie de sa vie à veiller sur les Dunley. C'est un homme au grand cœur à qui Robin ferait confiance les yeux fermés. Surtout, il aime beaucoup être avec lui. Je suis contente qu'il ait un ami auprès de lui.

Les journaux sont encore pleins de rumeurs et de suppositions à notre sujet, aujourd'hui. Il n'y a rien dans ces sottises qui risque de nous faire du tort mais c'est pénible. Je me sentirai beaucoup mieux quand ils nous oublieront. Je trouve extraordinaire que l'on puisse construire une histoire aussi énorme sur du vent, de simples rumeurs dénuées de toute vérité...

Elizabeth était allée marcher sur la grève au pied des falaises. Le grand air lui faisait du bien. Le soleil brillait dans un beau ciel bleu sans nuages, il faisait chaud et l'air embaumait. C'était une de ces extraordinaires journées d'été indien comme elle les aimait tant, et que leur rareté dans le Yorkshire rendait encore plus délectables. Trop souvent, le soleil y disparaissait derrière de gros nuages noirs tandis que le vent de la mer du Nord glaçait tout.

Il n'y avait pas la moindre brise en ce bel après-midi et Elizabeth marchait à grands pas, savourant la beauté de la grève déserte. Parcourir ses terres, son pays, lui procurait un intense sentiment de liberté.

Renversant la tête en arrière, elle abrita ses yeux derrière sa main pour mieux voir le bleu du ciel. Les mouettes qui nichaient dans les falaises tournoyaient, nettement dessinées contre le ciel, et criaillaient à qui mieux mieux. Ces beaux oiseaux vivaient là depuis des siècles, comme ses ancêtres l'avaient fait. Depuis plus de huit cents ans, il y avait eu des Deravenel à Ravenscar. Avant le château élisabéthain que l'on pouvait voir aujourd'hui, une forteresse s'y était élevée. Seules en témoignaient quelques ruines au bord de la falaise, dominant la mer. Elizabeth les apercevait dans le lointain, un spectacle qui éveilla en elle le souvenir de tous les Deravenel qui l'avaient précédée en ce lieu. Elle se sentait partiale à leur égard. Ces étonnants personnages l'avaient toujours fascinée et attirée, même lorsqu'elle était petite.

Elles étaient les dernières représentantes de la lignée Deravenel, Grace Rose et elle. L'image de Richard Deravenel surgit soudain dans son esprit, avec tout ce que Grace Rose lui avait appris à son sujet. On l'avait rendu responsable de la disparition de ses deux jeunes neveux et même de leur éventuel assassinat. Cependant, Grace Rose continuait de croire en son innocence. Personne n'avait découvert la vérité et personne ne la découvrirait jamais. Le mystère demeurait.

De la même façon, la mort d'Amy resterait un mystère pour certaines personnes, quel que soit le verdict du coroner. Il y a toujours des gens pour se complaire à imaginer des complots, des conspirations. Qui a tué Marilyn Monroe ? Qui a assassiné John F. Kennedy ? Et la princesse Diana ? *Qui ? Qui ? Qui ?* Elle croyait

les entendre, toutes ces voix qui demandaient avec fré-
nésie : *Qui a fait ça ? Pourquoi ? Pourquoi ?* Il en irait
de même pour Amy. Elle deviendrait un nouvel objet
de culte, quoi que dise le coroner. Pour ces gens, il resterait toujours un doute au sujet de Robert Dunley et de
sa maîtresse.

Elizabeth soupira, sachant qu'elle n'y pouvait rien.
Elle était une Deravenel et le scandale comme les
rumeurs suivaient les Deravenel à la trace.

Pour dîner ensemble, Cecil et Francis avaient choisi
un box discret chez Wiltons, leur restaurant de poisson
préféré, dans Jermyn Street. Francis glissa délicatement sa fourchette à huître sous le délicieux mol-
lusque.

— Je pense que je devrais assister à l'audience du
coroner à Cheltenham. J'y serais en tant qu'observa-
teur et cela vaudrait mieux si Robert avait besoin de
moi.

Cecil, qui s'était montré jusque-là très hostile à ce
projet, baissa les armes.

— D'accord, vas-y si tu veux, et garde un œil sur
Robert ! Cela dit, je ne vois pas comment le coroner
pourrait prononcer un autre verdict que celui d'une
mort accidentelle.

— Moi non plus, mais on ne sait jamais d'où peuvent venir les ennuis.

Il avait prononcé ces derniers mots avec une petite
grimace de méfiance qui fit rire Cecil.

— Tu as trop lu la presse à scandale, mon vieux ! Et
dans les autres journaux, il n'y a que des mauvaises
nouvelles.

— C'est à ça que servent les journaux, Cecil, nous apprendre les mauvaises nouvelles. Et en voici une qui n'est pas dans la presse. Je la tiens de Nicholas, il y a à peine une heure. Il a vu John Norfell à Paris.

Cecil regarda Francis avec ahurissement.

— Et alors ? Norfell a le droit d'aller où il veut !

— Évidemment mais, quand Nicholas l'a aperçu, il sortait de l'immeuble qui abrite le siège social de Dauphin à côté des Champs-Élysées. Que dis-tu de cela ?

Les yeux gris clair de Cecil s'étaient assombris, pensifs.

— Pourquoi John irait-il chez Dauphin ? Pour voir Catherine de Burgh ? Ou Marie de Burgh ? Cela donne à penser, en effet…

— Il a peut-être décidé de tenter sa chance avec Marie ? Il prépare l'avenir ? Tu sais qu'il était dans les petits papiers de Mary Turner.

— Je n'ai jamais eu de certitude sur leur degré d'intimité. Quant à l'Écossaise, elle n'est pas son genre.

— Mary Turner ne l'était pas non plus mais, pendant longtemps, je l'ai soupçonné de vouloir la séduire et il l'aurait fait si elle n'avait pas épousé son gigolo espagnol.

Francis goba une huître avec gourmandise et Cecil l'imita avant de reprendre leur conversation.

— Robert répète sans arrêt qu'il faut surveiller Norfell et il se trompe rarement dans ses jugements. Il a un flair particulier pour renifler les traîtres et les agents doubles. Cela m'inquiète. Norfell est un ambitieux sans scrupule. Or, si François de Burgh meurt et que son Écossaise retourne chez elle, il pourrait lui venir des idées…

— Au sujet de Scottish Heritage, termina Francis à sa place.

— Donc, nous avons en effet intérêt à le tenir à l'œil, conclut Cecil.

— Il serait plus sûr de le faire suivre, suggéra Francis.

— Fais ce qui te semblera le mieux. Je n'ai pas besoin de connaître tes méthodes. En fait, moins j'en sais, mieux ça vaut, je crois. Mais fais-le vite !

— Considère que c'est déjà fait, répondit Francis en terminant ses huîtres.

37

Le lundi matin, Robert attendait devant le portail de la cour du coroner. Il fut bientôt rejoint par Francis Walsington puis Anthony et Alicia Forrest.

— Merci d'être venu, Francis, dit Robert. Tu n'as pas encore rencontré Anthony et Alicia…

Les présentations achevées, il expliqua la situation à Francis.

— Anthony et Alicia connaissaient Amy depuis des années. De plus, comme Anthony s'occupe de certains de mes intérêts financiers, il était régulièrement en contact avec elle. C'est la raison pour laquelle ils doivent tous deux témoigner.

— Je comprends, répondit Francis.

À cet instant, son attention fut attirée par une grande femme brune qui venait vers eux.

— Tu la connais ? demanda-t-il. On dirait qu'elle veut nous parler.

Robert suivit la direction indiquée par Francis.

— C'est Connie Mellor, la femme de charge d'Amy.

— Vraiment ? Elle est beaucoup plus jeune que je l'aurais imaginé. C'est une belle femme.

Francis se tourna vers Anthony.

— C'est elle que vous soupçonnez d'avoir répandu des rumeurs et d'avoir raconté des sottises à la police ?

— En effet, répondit Anthony.

Connie Mellor ayant franchi d'un pas vif les quelques mètres qui la séparaient du petit groupe, Anthony n'eut plus d'autre choix que de la saluer et de lui présenter Francis.

Connie salua tout le monde à son tour puis se recula d'un air très digne.

— On m'a dit d'être là à neuf heures trente et je ne voudrais pas arriver en retard. Si vous voulez bien m'excuser…

Sans rien ajouter, elle s'éloigna précipitamment. Francis la suivit du regard, interloqué.

— Un peu désinvolte, je trouve ! dit-il.

— Tu sais, répondit Robert, si elle a réellement raconté des histoires à dormir debout, elle doit se sentir mal à l'aise. Quoi qu'il en soit, elle a raison : nous sommes convoqués à neuf heures trente. Il faut y aller.

Ils franchirent la grande porte qui menait aux bureaux du coroner et entrèrent. Un homme de haute stature et aux larges épaules semblait les attendre.

— Bonjour, monsieur Dunley, dit-il. Je suis Michael Anderson, l'assistant du coroner.

Ils échangèrent une solide poignée de main puis Robert présenta ses amis.

Après les amabilités rituelles, l'assistant du coroner leur fit traverser le petit hall d'accueil puis longer plusieurs couloirs, jusqu'à une salle immense où s'alignaient des rangées de chaises. Au fond, face aux chaises, se dressait l'estrade du coroner. À côté, on voyait la barre des témoins.

L'assistant leur indiqua des sièges au premier rang.

— Je vous en prie, mettez-vous à l'aise. D'autres témoins ne vont pas tarder à arriver mais, comme vous le voyez, il y a assez de place pour tout le monde ! Monsieur Dunley, je dois vous préciser que ces sièges, là-bas, sont réservés à la presse.

Robert eut un petit sursaut de surprise.

— Je n'avais pas réalisé qu'ils seraient là…

— L'enquête du coroner est toujours publique, monsieur Dunley, et les journalistes peuvent assister à l'audience. Avez-vous des questions à me poser ?

— Non, je ne pense pas.

— Bien, répondit Michael Anderson avec un sourire. Je dois m'occuper de deux ou trois choses mais je reviendrai rapidement.

Après son départ, Francis se pencha à l'oreille de Robert :

— Ne t'inquiète pas pour la presse, ni pour quoi que ce soit, d'ailleurs. Cela va se passer en douceur. Je te rappelle que ces audiences préliminaires ont pour but d'établir avec certitude l'identité des défunts, les circonstances et l'heure de leur mort. Il n'est pas question du « pourquoi ».

Robert manifesta d'un mouvement de la tête qu'il avait compris puis regarda autour de lui. La salle commençait à se remplir. Il aperçut l'inspecteur Lawson accompagné du sergent Fuller, et le médecin d'Amy, le Dr Norman Allerton. Quant à Connie Mellor, elle était toute seule dans sa rangée. Robert ne connaissait pas les autres personnes mais supposa qu'il s'agissait de témoins.

La voix de l'assistant du coroner l'arracha à ses observations.

— Levez-vous !

Comme la salle obtempérait, un homme d'une grande distinction fit son entrée et alla s'asseoir derrière le bureau installé sur l'estrade. Ce ne pouvait être que le coroner en personne, le docteur David Wentworth, se dit Robert.

Le coroner ouvrit l'audience puis expliqua qu'ils se trouvaient là pour examiner le décès d'une femme qui s'était brisé la nuque en tombant dans son escalier. Il se tourna ensuite vers son assistant et lui demanda de commencer. Michael Anderson jura de dire toute la vérité, énonça les nom et adresse de la défunte, puis décrivit enfin les causes de sa mort. Après quoi, il quitta l'estrade.

Le coroner parlait mais Robert ne l'entendait plus. Sans qu'il le veuille, ses pensées avaient suivi leur propre cours pour s'arrêter sur Amy et sa mort affreuse. Cela n'aurait jamais dû se produire. Ces stupides accidents domestiques étaient trop nombreux. Robert se sentait très triste. Amy avait à peine vingt-six ans et il avait suffi d'une seconde pour mettre fin à sa vie. Quel accident stupide, se répéta-t-il, et si facilement évitable ! Mais Amy courait tout le temps, il l'avait toujours connue ainsi. C'était Ambrose qui le lui avait rappelé quelques jours auparavant, lors de son enterrement. La cérémonie, toute simple, s'était déroulée à Cirencester dans l'église où elle aimait se rendre. Anne était venue avec Ambrose. Il y avait aussi Jack, le demi-frère d'Amy et son unique famille en dehors de Robert. Un enterrement triste, avec peu de gens, pour une mort si tragique...

Le bruit d'une porte qu'on claquait dans le lointain fit sursauter Robert, l'arrachant à ses sombres pensées. L'instant suivant, il fut encore plus surpris d'entendre le coroner appeler un témoin à la barre. Il s'attendait à passer en premier mais le coroner avait choisi d'interroger d'abord Connie Mellor.

Elle prêta serment, déclina ses nom et adresse puis, à la question qui lui était posée, répondit qu'elle était la femme de charge d'Amy Dunley depuis quatre ans.

Tout en écoutant, Robert réalisa soudain que le Dr Wentworth possédait un visage et une voix extrêmement aimables. Il demandait à présent à la femme de charge si c'était elle qui avait trouvé le corps de la victime.

— Oui, monsieur.

— Auriez-vous l'amabilité de nous décrire avec précision la façon dont vous avez fait cette découverte et de dire à la cour ce qui est arrivé ce jour-là ?

— Bien sûr, monsieur. Après avoir servi le déjeuner de Mme Dunley, je suis allée faire des courses à Cirencester. Cela ne m'a pas pris plus d'une heure et je suis rentrée à Thyme Lodge à deux heures. J'ai rangé l'épicerie et les différentes courses puis je suis partie à la recherche de Mme Dunley pour discuter du dîner. Je veux dire, du menu. En général, l'après-midi, elle travaillait dans son bureau à l'étage. Je me suis donc rendue dans le vestibule où donne l'escalier, dans l'intention de monter. Et je l'ai trouvée là, étendue au pied des marches ! Ça m'a fait un choc terrible. Elle était toute tordue. J'ai couru vers elle, docteur Wentworth, j'avais une peur affreuse… J'avais tout de suite compris qu'elle s'était fait très mal. Et quand je me suis agenouillée à côté d'elle, j'ai réalisé…

Connie Mellor fit une pause et toussa à plusieurs reprises avant de poursuivre d'une voix tremblante :

— Quand j'ai vu ses yeux, j'ai su qu'elle était morte. Je n'avais même pas besoin de vérifier son pouls.

— Et ensuite, madame Mellor ? Qu'avez-vous fait, ensuite ? demanda le coroner d'un ton très calme.

— Je suis allée téléphoner pour demander une ambulance et la police. Ils sont venus très vite, je n'aurais pas cru qu'ils arriveraient aussi vite ! Et en même temps ! Un des ambulanciers m'a demandé si j'avais touché le corps et je lui ai dit que, non, je ne l'avais pas touché. Je sais qu'il ne faut pas le faire, je lui ai dit !

— Vous avez formellement identifié le corps comme étant celui de Mme Dunley, à ce moment-là, et vous avez donné à la police les mêmes informations que vous venez de nous donner ?

— Oui, monsieur. C'est un ambulancier qui m'a dit que Mme Dunley s'était brisé la nuque. Au bout d'un moment, ils ont emporté son corps dans l'ambulance et l'inspecteur Lawson m'a interrogée. Un peu plus tard, j'ai téléphoné à M. Forrest pour le prévenir et il m'a dit qu'il se mettait immédiatement en relation avec M. Dunley.

— Merci, madame Mellor. À présent, je voudrais vous demander quel était l'état d'esprit de Mme Dunley ce jour-là et son humeur en général. Était-elle malheureuse ? Triste, abattue ou dépressive ?

— Non, pas ce jour-là. Elle était plutôt de bonne humeur. Elle m'a même dit qu'elle allait peut-être s'absenter pendant un moment, aller à l'étranger, à Paris par exemple. Elle m'a demandé si cela m'ennuierait de rester seule dans la maison. Je lui ai dit que non. Par contre, il y avait des jours où elle était… Comment dire ? Eh bien… Le moral n'allait pas très bien. C'était à cause du divorce.

— Elle est folle ! grogna Anthony à l'oreille d'Alicia. Pourquoi dit-elle une chose pareille ?

Sa femme lui fit discrètement signe de se taire et lui prit la main pour tenter de le calmer.

Le coroner fixait la femme de charge d'un regard inquisiteur.

— Vous l'a-t-elle dit précisément dans ces termes, madame Mellor ?

— Non, pas exactement, monsieur, mais je sais que c'était à cause de ça.

— Je devrais peut-être considérer cette déclaration comme une supposition de votre part, qu'en pensez-vous ?

Le coroner lança à Connie Mellor un nouveau regard scrutateur. Il avait des yeux d'un bleu étonnant.

— Ou encore une simple spéculation ? ajouta-t-il.

La femme de charge sembla vexée.

— C'est possible, admit-elle avec réticence.

— Mme Dunley vous a-t-elle jamais dit en termes explicites qu'elle se sentait malheureuse ou en colère à cause de ce divorce ?

— Non.

— La cour vous remercie, madame Mellor. Vous pouvez vous retirer.

À l'appel de son nom, Robert alla précipitamment prendre place à la barre des témoins. Il jura de dire la vérité, toute la vérité et rien que la vérité puis attendit la première question du coroner.

438

— D'après vos déclarations à la police, vous étiez séparés, vous et votre femme Amy Robson Dunley, la défunte. Toutefois, il s'agissait d'une séparation à l'amiable.

Le Dr Wentworth considérait Robert avec un intérêt non dissimulé.

— La cour croit également savoir que vous étiez en train de mettre au point les conditions financières du divorce. Est-ce exact, monsieur Dunley ?

— Tout à fait exact, docteur Wentworth. Ma femme et moi étions restés en très bons termes et nous avions pris ensemble la décision de divorcer. Il n'y avait aucun problème en ce qui concernait les conditions financières de notre séparation. Je lui avais déjà fait cadeau de Thyme Lodge quand nous avions choisi de ne plus vivre ensemble.

— Quand avez-vous vu la défunte pour la dernière fois ?

— Le 6 août, à Thyme Lodge. J'étais venu de Londres pour discuter avec elle de divers aspects de notre divorce.

— L'avez-vous revue après cette rencontre ?

— Non, docteur Wentworth, je ne l'ai pas revue. Toutefois, je lui ai parlé au téléphone à la fin du mois d'août et au début du mois de septembre. Elle m'a dit, comme elle semble l'avoir également dit à Mme Mellor, qu'elle passerait peut-être quelque temps à Paris.

— L'avez-vous jamais connue déprimée ou découragée ?

— Non, jamais ! Ce n'est pas dans son caractère, certainement pas ! De plus, le fait de divorcer ne la perturbait aucunement Je suis convaincu qu'elle est tombée, qu'il s'agit d'un accident. Je suis absolument certain qu'elle ne s'est pas jetée dans son escalier.

Le coroner parut quelque peu étonné par la déclaration véhémente de Robert mais ne fit aucun commentaire.

— Aviez-vous la moindre raison de penser que la défunte souffrait d'une quelconque maladie, physique ou mentale ?

— Non ! répondit Robert d'un ton tranchant. Je l'ai toujours connue en très bonne santé.

— Merci, monsieur Dunley, vous pouvez retourner à votre place.

Le troisième témoin s'appelait Norman Allerton. C'était le médecin d'Amy. Il prêta serment comme les autres et le coroner lui demanda si Amy avait été sa patiente.

— En effet, répondit-il, bien qu'elle ait rarement été malade. Je n'ai jamais eu à la traiter pour quoi que ce soit de plus grave qu'un rhume ou une petite grippe.

— Quand l'avez-vous examinée pour la dernière fois ?

— À la fin du mois de juin.

— Était-elle malade, docteur Allerton ?

— Non, pas du tout ! Elle est venue me voir parce que c'était l'époque de son bilan annuel.

— L'avez-vous trouvée en bonne santé ?

— Elle était en excellente santé.

— Dans quel état d'esprit se trouvait-elle la dernière fois que vous l'avez vue ?

— Absolument normal. La défunte Mme Dunley ne souffrait d'aucun trouble. Elle était en bonne condition mentale et physique.

— Je vous remercie, docteur Allerton. Vous pouvez vous retirer.

Les témoins suivants s'entendirent poser plus ou moins les mêmes questions. Robert écoutait attentivement, tout comme ses amis. L'audience restait aimable, assez informelle, mais répétitive et ennuyeuse. Cela changea un peu quand vint le tour d'Arthur Tarlaton, un des infirmiers-ambulanciers, à qui le coroner demanda de décrire les blessures de la victime.

— En entrant dans le hall de Thyme Lodge, j'ai vu le corps de Mme Dunley au pied de l'escalier et j'ai été frappé par la façon dont il était comme tordu sur lui-même. J'ai tout de suite pensé qu'elle avait tenté de ralentir sa chute. En regardant de plus près, j'ai compris qu'elle s'était brisé la nuque. Elle avait aussi une blessure à l'arrière de la tête, qu'elle avait dû se faire en tombant sur le sol en marbre de l'entrée ou contre l'angle d'une marche. Il y avait du sang sur les dalles de marbre et les tests ADN ont montré qu'il s'agissait du sang de Mme Dunley.

— Monsieur Tarlaton, à votre avis, la défunte est-elle décédée à la suite d'une chute dans son escalier ? Sa mort aurait-elle pu avoir été provoquée par autre chose ? Ou bien par quelqu'un ? Par un intrus ?

— Cela m'étonnerait. Après avoir examiné la défunte sur les lieux de l'accident, j'ai acquis la conviction qu'elle était tombée dans l'escalier, dont je dois préciser qu'il est très raide, et qu'elle s'était brisé la nuque.

— Vous ne pensez donc pas que sa blessure à la tête pourrait avoir causé son décès ou y avoir contribué ?

— Non, monsieur, je ne le pense pas.

Ce fut ensuite le tour d'Alicia Forrest qui, soulagée d'être enfin autorisée à parler, courut presque jusqu'à la barre des témoins pour prêter serment.

— Si j'ai bien compris, commença le coroner, vous étiez une amie proche de la défunte ?

— Oui, docteur Wentworth, et je confirme entièrement les propos du Dr Allerton. Amy Dunley était une jeune femme heureuse de vivre, chaleureuse et sociable, qui ne se serait jamais suicidée. De plus, il n'y avait aucune difficulté entre elle et son mari. Ils voulaient tous les deux divorcer et ils étaient restés bons amis, c'est de notoriété publique ! Et il n'y avait pas non plus de querelle d'argent entre eux.

— Merci, madame Forrest. Vous pouvez vous retirer.

Le coroner avait compris qu'il avait affaire à une femme de très bonne éducation et d'une extrême assurance, aux convictions inébranlables. Il redoutait ce genre de témoin, difficile à manœuvrer, et appela rapidement Anthony Forrest. Celui-ci ne fit que répéter les explications données par sa femme, par le Dr Allerton et par Robert. S'il n'employa pas les mêmes termes, l'histoire était identique.

Ensuite vint le tour de l'inspecteur Lawson.

— Inspecteur, veuillez nous dire ce qui s'est passé l'après-midi où vous vous êtes rendu à Thyme Lodge en réponse à un appel de Mme Mellor, femme de charge de la défunte, demanda le coroner.

Le témoignage du policier concordait en tout point avec celui de l'infirmier-ambulancier. Comme lui, il avait remarqué que le corps d'Amy était distordu.

— Je suppose également qu'elle a dû chercher à se rattraper à la rampe mais que ce geste n'a fait que rendre sa chute plus violente. M.Tarlaton m'a signalé qu'elle avait la nuque brisée et portait une blessure à l'arrière de la tête. Par la suite, le médecin légiste a précisé que Mme Dunley était décédée en raison de la fracture d'une vertèbre cervicale. L'examen toxicologique n'a pas permis de mettre en évidence la moindre trace de drogue, de médicaments ou d'alcool dans son sang.

— Je vous remercie, inspecteur Lawson. D'après votre rapport, il n'y avait aucun signe d'effraction à Thyme Lodge, et Mme Mellor n'a rien décelé dans la maison qui puisse faire supposer le contraire. Est-ce correct ?

— Oui, monsieur. J'affirme que personne ne s'était introduit dans la maison par effraction. Pour moi, il n'y a rien de suspect dans ce décès.

— Avez-vous quelque chose à ajouter, inspecteur ?

— Non, docteur Wentworth, en dehors du détail suivant : Mme Dunley portait des chaussures à très hauts talons. Depuis, à dire vrai depuis deux jours seulement, je me demande si cela n'a pas contribué à sa chute, surtout si elle se dépêchait.

Alicia se redressa sur sa chaise et s'agita si bien, levant le bras pour demander la parole, que l'assistant du coroner s'approcha sur-le-champ.

— Que se passe-t-il, madame Forrest ? s'enquit-il d'un ton apaisant. Y a-t-il un problème ?

— Non, monsieur Anderson, mais je voudrais revenir à la barre des témoins. Est-ce possible ? J'ai un élément très important à ajouter à mon témoignage.

— Je ne sais pas si…

Le coroner, qui se penchait pour essayer de comprendre ce qui se disait, intervint :

— Y a-t-il un problème, monsieur Anderson ?

— Non, monsieur, répondit l'assistant avant de se rapprocher du siège du coroner. C'est Mme Forrest. Elle voudrait ajouter quelque chose.

— Aïe ! répondit le coroner entre ses dents. C'est bien ce que je craignais. D'accord, dites-lui de revenir à la barre.

Quelques instants plus tard, ayant terminé son témoignage, l'inspecteur Lawson laissa la place à Alicia. Celle-ci affronta sans broncher le regard du coroner mais prit la parole sur un ton plus calme.

— Docteur Wentworth, je voudrais seulement ajouter une précision aux déclarations de l'inspecteur. Il a parlé des hauts talons qu'Amy portait au moment de sa chute. Amy portait toujours des chaussures à très hauts talons et elle était toujours pressée. Elle ne savait pas se déplacer sans courir. Je l'ai souvent alertée sur le danger qu'il y avait à descendre trop vite un escalier aussi raide que celui de Thyme Lodge. Vous voyez, j'ai failli y avoir un accident moi-même, l'année dernière. Ce jour-là, je portais moi aussi de très hauts talons. Je me dépêchais et je suis tombée tête la première mais j'ai réussi à me rattraper à la rampe. Je m'en suis tirée avec une cheville tordue. Ce sont mes chaussures qui m'ont fait tomber, docteur Wentworth. Ces hauts talons peuvent se révéler très dangereux, vous savez !

— Je vois et je vous remercie pour ces précisions, madame Forrest. Vous avez contribué à nous faire comprendre la situation, comme l'inspecteur Lawson l'a fait. Vous pouvez vous retirer.

Quand Alicia se rassit, Robert qui était à côté d'elle lui pressa la main, tandis que Francis et Anthony lui adressaient un sourire de gratitude.

Ils durent ensuite attendre que le coroner ait fini de relire ses notes et les différents rapports qui figuraient dans le dossier. Il se livra ensuite à un résumé du cas qui dura vingt minutes.

— Compte tenu des éléments dont je dispose, conclut-il, et des témoignages que j'ai entendus dans cette cour aujourd'hui, j'ai la conviction que le décès de Mme Amy Dunley était accidentel et a été causé par un malheureux concours de circonstances.

À l'extérieur de la cour, ils attendirent Robert qui s'était éloigné pour téléphoner.

— Chérie ? Tout va bien ! C'est fini. Le coroner vient de rendre un verdict de mort accidentelle. Personne n'est responsable.

— Robin, quel soulagement ! répondit Elizabeth d'une voix pleine de larmes.

— Ne bouge pas de Ravenscar, ma chérie, je te rejoins très vite.

38

— Cela vous irait très bien, mademoiselle Turner, dit Clarice, la vendeuse. Si vous me permettez, je vous aime beaucoup en rouge.

Elizabeth sourit à sa vendeuse attitrée.

— C'est très gentil, Clarice, je vous remercie et, pour être franche, moi aussi je m'aime bien en rouge ! C'est du pashmina ?

Elle effleura du bout des doigts une étole drapée sur un cintre, d'un beau rouge vif et brodée à chaque extrémité d'un superbe motif de perles et d'incrustations de dentelle. C'était somptueux.

— Non, mademoiselle, répondit la vendeuse. C'est un mélange de cachemire et soie mais c'est fait en Inde.

Elle chercha l'étiquette et la montra à Elizabeth.

— C'est une excellente maison qui les fabrique. Les broderies sont exécutées à la main.

— Je pense que je vais la prendre pour moi mais, en réalité, je suis venue faire quelques achats de Noël. Pourriez-vous m'en montrer d'autres, s'il vous plaît ? Si vous en aviez une bleu marine, une noire et une autre d'un beau bleu, ce serait parfait pour trois de mes amies.

— Elles sont par ici, mademoiselle Turner. Si vous voulez bien me suivre…

Tandis que la vendeuse la guidait vers une autre partie du rayon, Elizabeth se répéta qu'elle aimait vraiment faire du shopping chez Fortnum & Mason. Tout y était de grande qualité. On y trouvait des articles originaux et élégants. De plus, on y était rarement bousculé et elle pouvait faire son choix très vite en étant assurée que l'on s'occuperait d'elle sans la faire attendre.

Clarice présenta à Elizabeth une étole mauve, richement brodée de perles et de rubans.

— Celle-ci est très originale, dit-elle. Et regardez cette verte-là. La couleur n'est-elle pas exceptionnelle ?

— Elles sont magnifiques !

Elle avait aussitôt pensé à Grace Rose en découvrant l'étole mauve et à Anne Dunley pour la verte.

— C'est décidé, dit-elle. Je prends ces deux-ci et la rouge pour moi, comme vous l'avez suggéré, Clarice. Et si vous m'en trouvez une noire et une bleu marine, ma matinée aura été une réussite !

— Je sais que j'ai ces teintes en réserve. Si vous voulez bien me donner quelques instants, mademoiselle Turner, je vais vous les chercher. Pendant ce temps, vous voudrez peut-être regarder les gants que nous avons reçus de Paris. Il y a des modèles tout à fait étonnants. Ils sont ici, dans cette vitrine.

— Merci, Clarice, c'est une bonne idée. Avec un peu de chance, je vais trouver tous mes cadeaux chez vous !

La vendeuse lui sourit et répéta qu'elle n'en avait que pour un instant.

— Je sais que vous êtes toujours pressée, mademoiselle Turner, ajouta-t-elle.

— C'est vrai, oui, mais pas aujourd'hui.

Alors que la vendeuse s'éloignait, le téléphone portable d'Elizabeth se mit à sonner et elle le chercha dans son grand sac à main tout en se dirigeant vers une fenêtre un peu à l'écart.

— Elizabeth ?

— Oui, c'est toi, Francis ?

— J'ai essayé de te joindre au bureau mais Merry m'a dit que tu étais sortie. Où es-tu ?

— Chez Fortnum's.

Francis se mit à rire.

— Qu'ai-je dit de si drôle ?

— Rien, mais je dois te parler et je suis tout près, chez mon tailleur de Savile Row.

— Est-ce urgent ?

— Non, mais c'est privé. Elizabeth, pouvons-nous nous retrouver au Ritz, c'est tout près pour nous deux. Dans une demi-heure, cela t'irait ?

— De quoi veux-tu me parler, Francis ?

— Pas au téléphone, Elizabeth, et surtout pas sur un portable ! C'est d'accord pour le Ritz ?

— D'accord, Francis, je te retrouve là-bas.

Elle remit son portable dans son sac, perplexe. Quoi que Francis ait à lui apprendre, ce devait être important pour qu'il se mette à sa recherche.

Refusant de se laisser distraire de ses achats, Elizabeth alla regarder la vitrine aux gants que lui avait conseillée la vendeuse. Elle aurait aimé en trouver une paire mauve pour aller avec l'écharpe de Grace Rose. L'ensemble composerait un cadeau parfait.

448

Quand la vendeuse fut de retour avec les deux étoles, une noire et une bleu marine, elle les prit toutes les deux. À sa grande satisfaction, Elizabeth réussit à trouver des gants assortis à chacune.

— Je pense que j'ai fini, Clarice, du moins pour aujourd'hui.

— Très bien, mademoiselle Turner. Voulez-vous des paquets-cadeaux ? Je ferai une petite marque au dos de chaque paquet pour que vous puissiez vous y retrouver.

— Merci, Clarice ! Pouvez-vous mettre tout cela sur mon compte et me faire livrer chez moi ? Je crains de devoir me dépêcher, maintenant !

— Je vous en prie, mademoiselle Turner. Vos achats vous seront livrés aujourd'hui même.

Elizabeth franchit le seuil du Ritz à douze heures tapantes et Francis se précipita pour l'accueillir. Il l'embrassa sur la joue et, la prenant par le bras, l'entraîna vers la célèbre « promenade » qui mène de l'entrée au restaurant. On pouvait prendre là un verre ou un thé dans un cadre exceptionnel.

— Cela te convient-il si nous nous asseyons ici ? proposa Francis.

— Parfait ! J'aime beaucoup cette promenade, avec sa charmante ambiance edwardienne. Et maintenant, dis-moi tout !

— Dès que nous aurons passé commande ! D'accord ?

— Tu m'intrigues, Francis. Cela ne te ressemble pas de jouer les conspirateurs. En général, tu n'attends pas pour me donner les mauvaises nouvelles. Or, je suppose que c'est de cela qu'il s'agit.

— Je ne voulais pas t'en parler au téléphone, c'est tout. Regarde ! J'aperçois une table libre à côté du palmier en pot.

À peine étaient-ils assis qu'un serveur vint prendre leur commande. Francis choisit du champagne et, à sa grande surprise, Elizabeth l'imita. Dès que le serveur eut tourné le dos, Elizabeth se pencha vers Francis et planta son regard dans le sien.

— Et maintenant, vas-y ! Je veux savoir ce qui se passe.

Francis consulta rapidement sa montre.

— Il est exactement midi cinq et il était environ onze heures moins dix, ce matin, quand on m'a appelé de Paris. François de Burgh était mort une demi-heure plus tôt.

Elizabeth en resta muette de surprise, les yeux écarquillés.

— J'admire, dit-elle enfin, la rapidité avec laquelle tu as été informé ! Aurais-tu une taupe infiltrée chez Dauphin ?

— Elizabeth, tu sais très bien que je ne répondrai jamais à ce genre de question. Moins tu en sais… Tu connais mon refrain ! En revanche, je peux te dire que je dispose de contacts très bien placés à Paris et que la mort de François de Burgh sera annoncée à la télévision française d'une minute à l'autre.

Elizabeth hocha la tête avec consternation et soupira.

— Quelle tristesse ! Il était encore si jeune… Mais j'ai l'impression que sa mort te rend soucieux, Francis. C'est pour cela que tu voulais me voir de toute urgence ?

— En effet, car je suis certain que sa veuve finira par venir s'affairer de ce côté-ci de la Manche.

— D'après toi, quand cela se produira-t-il ?

— Difficile à dire… Il n'y a pas de place pour elle dans la famille de Burgh, ni dans leurs entreprises, du moins pas à long terme. Je connais Catherine de Burgh et, même si elle nourrit de grandes ambitions pour ses fils, je ne la crois pas dépourvue de sentiments. Ils vont traverser une période de deuil et elle traitera sa belle-fille correctement. Il n'empêche que Marie devra quand même s'en aller. C'est très simple, je suis certain que Catherine ne voudra pas d'elle à ses côtés.

— Tu veux dire qu'elle devra quitter Dauphin ? Pas nécessairement Paris et la France ?

— Je suppose qu'elle pourrait rester en France si elle le désirait mais pour quoi faire ? Dans la mesure où elle n'aura plus ni pouvoir ni foyer, où irait-elle sinon à Édimbourg ? Après tout, Scottish Heritage lui appartient. Je suis certain qu'elle n'aura rien de plus pressé que de reprendre la direction des mains de son demi-frère James, qui dirige l'entreprise depuis la mort de la mère de Marie.

— Cela risque de ne pas plaire à James.

— Je ne sais pas car, quand il travaillait avec sa mère, cela se passait très bien.

— En réalité, tu crains que Marie me cause des ennuis, c'est cela ?

Elizabeth s'interrompit pour laisser le temps au serveur de poser devant eux leur flûte de champagne rosé.

— À toi ! dit Francis en levant son verre.

— À toi ! répondit Elizabeth. Je ne sais pas ce que je ferais sans toi.

— En toute sincérité, moi non plus, répliqua-t-il avec un sourire affectueux. Quant à Marie, il est clair qu'elle va t'attaquer et se lancer à l'assaut de la Deravenel. De plus...

Il se tut brusquement et, malgré le regard qu'Elizabeth fixait sur lui, ne termina pas sa phrase.

— Francis, elle ne peut rien entreprendre de sérieux, n'est-ce pas ? Tout le monde me dit qu'elle n'a aucun droit sur la Deravenel.

Il secoua lentement la tête.

— Elizabeth, elle a des droits par sa grand-mère et, si tu disparaissais, elle serait l'héritière légitime.

— Et mes cousines Greyson ? Elles aussi, elles ont des droits !

— Oui et ton frère Edward le pensait mais, en réalité, Marie de Burgh a priorité sur elles. En effet, sa grand-mère Margaret Turner était la sœur aînée de ton père tandis que sa sœur cadette était la grand-mère de vos cousines Greyson. Donc, s'il t'arrivait quelque chose, Marie l'emporterait.

— Mais il y a le testament de mon père ! Une des clauses interdit que l'entreprise passe aux mains d'étrangers. Or, Marie n'est pas anglaise !

— Tu sais, il y a des gens très obstinés, très têtus et sourds à toute vérité. Marie est tout cela et en plus elle est avare, avide de pouvoir et dotée d'un ego surdimensionné. Depuis l'aube des temps, on a tué pour s'approprier richesse et privilèges.

Il soupira, l'air écœuré.

— Crois-tu qu'elle aurait l'audace de me faire assassiner ? demanda Elizabeth à mi-voix.

— Je l'ignore, répondit-il avec sa franchise habituelle, et je n'ai pas envie de faire des suppositions dans le vide, mais plus d'un meurtre a été maquillé en accident. D'ailleurs je t'en ai déjà parlé et de toute façon, tu le sais très bien. Ta propre famille a été marquée par plusieurs morts violentes.

— Tout ceci pour me convaincre d'accepter un garde du corps, je suppose ?

— Gagné !

Elizabeth se pencha vers Francis et posa la main sur son bras.

— Écoute, je te fais confiance, Francis, et je te crois. Je sais que tu t'inquiètes vraiment mais Marie est ma cousine et…

— Non ! l'interrompit-il d'une voix contenue mais véhémente. C'est ton ennemie ! Ne l'oublie jamais ! Les liens du sang ne sont rien quand il est question de pouvoir et d'argent. Toute l'histoire de ta famille est là pour le prouver. Je veux que tu aies un garde du corps et je veux que tu aies le meilleur ! Je ne parle pas d'un chauffeur dont on espérera qu'il saura te protéger en cas de problème mais d'un professionnel qui sera à côté du chauffeur et te protégera au lieu de conduire. Je veux…

Il s'interrompit et lui adressa un regard intense.

— Je peux te raconter une de mes petites histoires du show business ?

— Bien sûr ! Mais je ne vois pas le rapport avec les gardes du corps…

— Tu vas comprendre. J'ai un ami de longue date qui travaille dans un studio à Hollywood. Un jour, il y a déjà quelques années, différents directeurs de studio ont reçu une demande de rendez-vous pour un jeune acteur de New York. Il était recommandé par un agent réputé qui lui trouvait l'étoffe d'une superstar. Cet agent espérait que les studios verraient chez son poulain les mêmes qualités que lui et lui signeraient un contrat pour un film à gros budget. Le problème, c'est que personne ne savait quel genre de rôle lui confier. Était-il capable de jouer les premiers rôles ou les amoureux de comédie ? Ou bien réussirait-il mieux dans les rôles de composition ? En fait, personne n'arrivait à le mettre dans une case plutôt qu'une autre, mon ami pas plus que les autres. Cependant, il faisait confiance au jugement d'une femme qui dirigeait le département publicité et promotion chez eux. Il lui a demandé de recevoir ce jeune acteur. Il pensait qu'elle aurait une idée sur la meilleure façon de l'utiliser. Après avoir passé une demi-heure avec lui, elle s'est ruée dans le bureau de mon ami, son patron, et lui a dit : « Je ne sais pas pour quel genre de rôles ou de films il est fait. J'ignore même s'il sait jouer ! Tout ce que je peux vous dire, c'est que ce type est dangereux. Engagez-le tout de suite ! » Ils l'ont fait. Voilà ce que je veux comme garde du corps pour toi : un type dangereux ! Un homme que rien n'arrêtera pour te protéger, un dur à cuire, organisé, sans pitié, et dangereux ! Un homme qui effraye suffisamment les gens pour les faire fuir, et qui n'ait pas peur de sortir son arme si nécessaire.

— J'ai horreur des armes, marmonna Elizabeth.

Francis la dévisagea quelques instants puis éclata de rire.

— Tu vas devoir t'habituer à la présence d'un garde du corps armé, Elizabeth. Accepte pour moi ! S'il te plaît ?

— D'accord.

— Tu ne m'as pas demandé qui était ce jeune acteur dangereux.

— Je veux surtout savoir s'il est devenu une superstar comme son agent le pensait.

— Oui ! C'est une superstar, aujourd'hui.

— Alors, quel est son nom ?

— Bruce Willis !

— Ah, un garde du corps comme lui, là, je ne dis pas non ! répliqua-t-elle avec une petite grimace moqueuse.

Elle but une gorgée de champagne, l'air encore amusée, puis son ton redevint plus sérieux.

— Francis, je sais que nous vivons dans un monde dangereux et que le fait d'être ce que je suis me rend vulnérable. Il ne s'agit pas seulement d'une Marie de Burgh. Je ne suis pas stupide, tu devrais le savoir ! Je suis tout à fait consciente d'être une cible.

— Cette salle est vraiment magnifique, dit Francis en entrant dans le restaurant du Ritz une vingtaine de minutes plus tard. N'es-tu pas contente d'avoir accepté ce déjeuner avec moi, Elizabeth ? Ne serait-ce que pour profiter du décor ? De plus, la cuisine n'est pas trop mauvaise !

Il avait prononcé sa dernière phrase avec un sourire taquin. Non seulement Francis admirait Elizabeth par-dessus tout, mais il éprouvait le besoin de la protéger et se souciait sincèrement de son bien-être.

— Francis, tu sais que je suis toujours contente d'être avec toi, tu sais que tu es un de mes meilleurs amis. Et tu as raison, le décor est superbe, comme la vue sur Green Park. Oh ! Regarde : il neige ! Peut-être aura-t-on la chance d'avoir un Noël blanc, cette année.

Francis se tourna vers la fenêtre. En réalité, c'était une vraie tempête de neige qui se déchaînait sur Londres.

— Où serez-vous, Robert et toi, pour Noël ? Pas à l'étranger, si ?

— Non, ne t'inquiète pas. Nous allons à Stonehurst Farm avec Grace Rose. Nous le lui avons promis il y a déjà longtemps et…

Elizabeth secoua la tête d'un air pensif.

— Nous avons décidé, Robin et moi, de passer les fêtes avec elle, cette année. Qui sait combien de temps il lui reste à vivre… Elle a quatre-vingt-dix-huit ans ! Tu te rends compte ?

— Oui, et je pense que cela te fera du bien de prendre quelques jours de repos à la campagne. Tu es une vraie droguée du travail, Elizabeth.

— Tu sais que j'aime travailler, Francis ! Et cela ne nous empêche pas de nous amuser de temps en temps, Robin et moi.

— Je suis heureux que vous vous montriez de nouveau en public au lieu de vous cacher. Il n'y a rien dont vous ayez à rougir ; vous ne faites rien de mal. Vous avez le droit d'être heureux.

— Mais il y a toujours ces affreuses rumeurs et je crains que cela ne s'arrête jamais. Il y a des gens qui préfèrent croire à notre responsabilité dans la mort d'Amy.

— C'est sans importance. Les gens qui comptent pour vous deux ne vous reprochent rien, tu peux me croire. De toute façon, les scandales attachés aux meilleures familles sont inévitables, sans même parler de la tienne. Et on s'en moque !

Ils se mirent à rire.

— Pour en revenir à Marie de Burgh, dit Elizabeth, je te parie que, dès la fin de son deuil, John Norfell va lui tourner autour.

— Oh… il a déjà commencé. Cecil a dû t'en parler.

— Oui, mais sans s'appesantir. Si Norfell entretenait des relations avec Marie, cela nous donnerait-il le droit de nous débarrasser de lui ? Pourrions-nous l'obliger à démissionner ?

— Seulement si le conseil d'administration pouvait prouver qu'il a agi contre les intérêts de la Deravenel.

— Dans ce cas, nous n'avons plus qu'à nous armer de patience.

— En effet, je ne vois pas ce que nous pourrions faire d'autre.

Il eut un grand sourire en voyant arriver le serveur avec leur entrée.

— Cela fait plaisir de te voir enfin assise devant un repas correct ! C'est à croire que tu ne manges jamais.

— Mais si, bien sûr !

Elle prit sa cuillère et goûta son potage à la tomate.

— Ah ! Encore une chose, Francis. Trouve-moi un garde du corps qui réponde à tes exigences. Une fois de plus, tu as raison. Il me faut une protection digne de ce nom.

— Je n'arrive pas à croire que nous sommes au 10, Downing Street, chuchota Elizabeth à l'oreille de Robert.

Les heures avaient passé très vite depuis son déjeuner avec Francis et la grande soirée était enfin arrivée.

— Je suis ravie d'avoir fait la connaissance de Tony et Cherie Blair, pas toi ? ajouta-t-elle.

— Si, et je trouve qu'ils savent comment charmer leurs interlocuteurs.

Il lui sourit avec tendresse.

— Mais je suis surtout heureux de constater que, malgré ton incroyable réussite, tu n'es en aucune façon blasée !

Il la prit par le bras pour traverser la vaste salle de réception qui se trouvait à l'étage de la résidence officielle du Premier ministre. Ils avaient été invités à l'occasion de la soirée de Noël qui s'y donnait avec un peu d'avance. Elizabeth regardait autour d'elle avec avidité, de peur de rater quelque chose.

— Robin ! s'exclama-t-elle. Il n'y a que des célébrités ici ! Des vedettes de cinéma, des écrivains, des personnalités de la télévision et de la presse… Et des pop stars, c'est incroyable ! Regarde ! On dirait Sting et sa femme.

— Oui, moi, je viens d'apercevoir David Hockney, un de mes peintres préférés. Il parle avec Emma Thompson et Sean Connery. À côté du sapin, c'est Jenny Seagrove, une des actrices que j'aime le plus.

— Qu'elle est belle ! Et l'homme qui l'accompagne ?

— C'est certainement son compagnon, l'imprésario de théâtre Bill Kenwright. En fait, il y a des gens de toutes les branches de l'art et de la culture, et aussi beaucoup de sportifs connus.

— Je suis vraiment contente d'être venue. Pour rien au monde je n'aurais raté une soirée aussi extraordinaire !

Un serveur passait avec un plateau chargé de flûtes dans lesquelles le champagne pétillait gaiement. Elizabeth et Robert se servirent et choquèrent leurs verres.

— Je bois à la rénovation de notre pays, « Cool Britannia » comme l'appelle le Premier ministre, dit Robert. Sérieusement, je pense que la société britannique a été secouée par un vent de changement radical depuis que le New Labour est au pouvoir et les Blair à Downing Street. Ils ont su insuffler une nouvelle jeunesse à notre pays. Moi-même, j'ai l'impression que tout est possible, que nous pouvons redevenir les maîtres du monde !

— Je croyais que nous l'étions toujours, rétorqua Elizabeth d'un air faussement indigné. Pour revenir à ce que tu viens de dire, je crois que tout le monde ressent cette impression de vigueur retrouvée. Moi aussi, j'ai la sensation que tout est possible. C'est… comment dire ? Oui, il y a un nouvel ordre des choses.

— C'est exactement ça, acquiesça Robert.

Il reprit le bras d'Elizabeth et entreprit de leur frayer un chemin parmi la foule.

— Viens, allons nous présenter à Jenny Seagrove !

39

Le changement de millénaire ! On en parlait et, d'un seul coup, c'est arrivé. L'année 2000 a commencé en fanfare, au moins à la Deravenel. J'ai donné une énorme réception à laquelle tout le personnel était convié. Ç'a été une réussite : ils sont tous venus, depuis le portier jusqu'aux directeurs des divers départements. J'avais loué la salle de bal du Dorchester Hotel. Il y a d'abord eu des cocktails, ensuite le dîner, et on a dansé ! Je n'ai épargné aucune dépense et le résultat a été à la hauteur ; tout le monde s'est beaucoup amusé, y compris moi ! J'ai adoré cette soirée, du début jusqu'à la fin.

Je n'ai pas donné cette réception uniquement pour célébrer l'an 2000 et la nouvelle année mais surtout pour fêter la Deravenel que j'ai réussi à faire entrer haut la main dans le XXIe siècle. Cela n'a pas été sans douleur, mais j'y suis arrivée. Pas toute seule, c'est vrai. J'ai la meilleure équipe au monde. J'aurais dû dire plutôt que nous l'avons réussi ensemble, Cecil, Robin et moi. Les trois mousquetaires ! En général, Cecil me reprend quand j'utilise cette expression. « Non, le triumvirat », dit-il avec son petit sourire ironique. Cela me fait sourire, moi aussi, car j'aime son souci de précision et cette façon qu'il a d'appliquer à tout un esprit formé dans les meilleures universités. Nous n'aurions rien pu faire, non plus, sans le formidable travail de Francis, de Nicholas et d'Ambrose. Ce sont des hommes bien et nous dirigeons en équipe ce vaste conglomérat qu'est la Deravenel. Ensemble, nous lui avons rendu la splendeur qu'avaient su lui donner Edward Deravenel et Harry Turner, mon père, et cela en dépit de la catastrophique gestion de ma demi-sœur. Le miracle, c'est que nous y sommes parvenus en quatre ans seulement. À la City, on nous admire, et j'avoue que je nous admire aussi. Je me sens très fière de notre équipe.

La Deravenel est de nouveau d'une solidité à toute épreuve, ou presque. Nous avons renforcé ses structures et toutes ses activités sont rentables. Nos hôtels sont pleins, de même que les hôtels-boutiques des vignobles. Ma chaîne de spas est considérée comme une des plus belles et des plus luxueuses du monde. J'ai remporté plusieurs prix pour la qualité et l'efficacité des soins qu'on y propose. Enfin, après avoir constaté le succès du complexe de vacances de Marbella, nous avons décidé de poursuivre sur cette lancée. Nous sommes en train d'installer des résidences du même type dans quelques-uns des plus beaux endroits du monde.

Nous avons mis Ambrose à la tête de ce nouveau département de la Deravenel. En effet, il s'est montré tellement habile, efficace et innovant sur le projet de Marbella que cela semblait juste et intelligent de le choisir. Le frère de Robin est un homme merveilleux mais je peux en dire autant de tous les membres de mon équipe de gagnants, hommes et femmes !

Il est vrai que, l'année dernière, nous avons eu quelques ennuis avec John Norfell. Il est tombé sous le charme de Marie de Burgh quand elle n'a eu d'autre choix que de s'installer en Écosse. D'après Francis, sa belle-mère avait fini par se fâcher et l'avait obligée à partir de chez Dauphin, et même de Paris.

Il semble que Marie soit une séductrice consommée mais Norfell a appris à ses dépens qu'elle se sert des hommes et qu'elle les manipule. Il ne lui a pas fallu longtemps pour comprendre qu'elle ne céderait pas à ses avances, sans même parler de l'épouser ! Il a dû oublier ses rêves de diriger Scottish Heritage avec elle.

Norfell reconnaît qu'il n'a pas réussi à la séduire et prétend que, le jour où il a compris son caractère machiavélique, il s'est empressé de regagner l'Angleterre. J'ai su tout cela grâce à Francis qui nous a conseillé, à nous le « triumvirat », d'ignorer les incartades de Norfell. Il nous a fait remarquer qu'il n'y avait pas de dégâts. Nous nous sommes pliés à son avis, sous réserve que Cecil et Robin demanderaient à Norfell de surveiller sa conduite.

Norfell a expliqué à Robert que Marie de Burgh était très sexy et que, selon ses propres termes, « il valait mieux sauter là-dessus que sur une mine ». J'ai trouvé cette expression parfaitement écœurante et je l'ai dit à Robin. Quelle façon méprisable de parler d'une femme ! Cela m'a encore plus ouvert les yeux sur John Norfell. Cecil et Robin l'ont averti, comme convenu, qu'il serait démis de ses fonctions dès le prochain dérapage et, depuis un an, il se tient correctement. Je le surveille de près !

Je pense parfois à elle, cette étrange cousine qui veut être à ma place et me prendre tout ce que j'ai.

Quel culot ! Et elle n'arrête pas de réclamer une chose ou une autre. Elle veut me rencontrer, elle me harcèle pour que je la reçoive chez moi et la désigne officiellement comme mon héritière ! Jamais ! Cela reviendrait à signer mon arrêt de mort. Je me demande si je ne vais pas même faire l'inverse de ce qu'elle voudrait.

Quand je pense qu'elle m'a envoyé sa photo ! Elle est belle, c'est vrai, mais je n'y ai rien vu de ce que l'on prétend être son extraordinaire séduction. Seul Nicholas a eu le courage de me l'expliquer. D'après lui, elle n'a pas besoin de parler pour donner à n'importe quel homme l'impression qu'elle peut lui appartenir. Belle et dotée d'une certaine classe, a-t-il ajouté, mais aussi briseuse de cœurs en puissance.

Une chose est sûre, c'est que je ne la laisserai pas me briser le cœur ni me faire souffrir d'aucune manière ; c'est pour cette raison que je la tiens à distance. J'ai confié sa photo aux bons soins du feu dans la cheminée et je fais la sourde oreille à ses demandes de rencontre. Francis me soutient totalement. D'après lui, elle désire désespérément retrouver un mari mais il pense que tout cela se terminera mal. Au contraire de la plupart des hommes, Francis reste très lucide au sujet des femmes. Il n'ignore pas leur capacité de manipulation et ne se laisse pas prendre. Marie de Burgh le dégoûte profondément. Il connaît son demi-frère, l'enfant que James Stewart, le père de Marie, a eu avec sa maîtresse. James, qui porte le même nom que son père, est né avant que ce dernier épouse la future mère de Marie. Il a douze ans de plus que sa demi-sœur. Bien qu'enfant illégitime, il a été associé à la direction de Scottish Heritage dès qu'il a été en âge de travailler. Francis l'apprécie. Il le considère comme un homme intelligent et droit. Il s'interroge beaucoup sur la possibilité d'une association entre les deux « demis », comme il les appelle.

Malgré tout, jusqu'à présent, l'année 2000 a été bonne. La Deravenel prospère tranquillement et Francis est à peu près rassuré depuis qu'il a engagé pour moi un garde du corps correspondant à son idéal en ce domaine. Il a trouvé un homme d'une force rare et sans états d'âme s'il s'agit de me protéger. Ce Gary Hinton me convient aussi car il est calme, avec de bonnes manières, et qu'il sait ce que veut dire « repos ». Je ne supporte pas la proximité des gens agités, physiquement ou mentalement. Gary est tout sauf cela. Concentré, l'esprit vif, il me permet de me sentir en sécurité. Je suis certaine que rien ne peut m'arriver tant qu'il est là.

Robert l'apprécie également et reconnaît ses compétences. Il se sent rassuré, lui aussi, au sujet de ma survie ! Tout va bien entre nous, et nous avons réussi à nous libérer du fantôme de la pauvre Amy. Les rumeurs se sont éteintes pour la plupart et les médias ont trouvé d'autres victimes plus intéressantes. De temps en temps, pour me taquiner, Robert me rappelle que nous sommes célèbres !

En ce moment, nous sommes à New York pour quelques semaines. Nous sommes venus travailler dans les bureaux de la Deravenel à Manhattan. J'ai des réunions prévues avec Anka Palitz au sujet des spas. Il n'y a qu'un seul petit ennui. J'ai quitté Londres avec un rhume abominable et je n'arrive pas à m'en débarrasser.

Prise d'une quinte de toux qui ne voulait pas se calmer, Elizabeth dut s'asseoir. Alerté, Robert entra dans la chambre.

— Tu es sûre que tu vas bien ? demanda-t-il d'un air inquiet. Je n'aime pas du tout cette toux.

— Je ne comprends pas, répondit-elle d'une voix essoufflée. Cela m'a prise sans prévenir. Mais ce n'est pas la première fois et je sais que ma toux s'arrête comme elle est venue. Je vais bien, Robin, vraiment !

— Tu ne crois pas que tu as une bronchite ?

— Bien sûr que non !

Elle se leva, lissa sa robe de lainage rouge et alla prendre le manteau assorti dans la penderie.

— Nous allons être en retard, poursuivit-elle. Nous avons rendez-vous avec Anka à La Grenouille dans une demi-heure.

Désireuse de le rassurer, elle fit un gros effort pour sourire avec enthousiasme.

— Si tu es prête, nous pouvons partir, ma chérie. Gary nous attend en bas.

Il l'aida à passer son manteau et ils sortirent.

Blonde et ravissante, très chic, Anka Palitz était arrivée au restaurant avant eux. Quand elle les aperçut qui venaient vers elle, guidés par Charles Masson, le propriétaire des lieux, elle les accueillit avec un grand sourire.

— Je suis très heureuse de vous voir ! dit-elle.

Elizabeth se glissa sur la banquette à côté d'elle et Robert prit la chaise en face des deux jeunes femmes.

— Désolés d'être en retard, dit Elizabeth, mais nous avons sous-estimé la circulation.

— Il n'y a aucun problème ! Que désirez-vous boire ? Du champagne, du vin ou une boisson sans alcool ?

— Merci, Anka, répondit Elizabeth, mais je prendrai de l'eau. Je ne bois jamais d'alcool au déjeuner, cela me fait dormir.

— Moi aussi ! Et vous, Robert ?

— De l'eau, comme Elizabeth.

Anka fit signe au serveur et, pendant qu'elle passait la commande, Robert regarda attentivement Elizabeth. Il réalisait soudain qu'elle paraissait sérieusement mal. Naturellement pâle, elle était livide, avec un regard un peu vitreux. Elle devait avoir de la fièvre. Son regard insistant fit réagir Elizabeth.

— Je vais bien, Robin, dit-elle.

Comme toujours, elle avait lu dans ses pensées.

Leur bref échange attira l'attention d'Anka qui observa rapidement Elizabeth et fut frappée par sa pâleur maladive.

— En êtes-vous certaine ? Vous n'avez pas l'air dans votre assiette.

— Mais si ! J'ai juste pris froid à Londres. Ce n'est rien. À propos, j'ai quelque chose pour vous.

Elle sortit une enveloppe kraft de son grand sac.

— C'est le programme d'action que j'ai préparé pour nos spas américains. J'aimerais que vous me donniez votre avis. Il n'y a rien de pressé mais ce serait bien si vous pouviez le faire pendant que nous sommes à New York. J'ai aussi besoin de savoir si vous voulez continuer à gérer nos spas en Amérique quand j'aurai revendu les miens à la Deravenel. Cela ne changerait rien pour vous, vous savez. Ce n'est qu'une formalité et vous travailleriez toujours avec moi.

— Je comprends bien et je pense que je resterai, Elizabeth. Toutefois, je préférerais étudier votre programme tranquillement et en parler avec vous avant de vous donner une réponse définitive. Nous pourrions déjeuner ou dîner ensemble dans quelques jours, si vous voulez.

— Bien sûr ! C'est…

Une violente quinte de toux l'obligea à s'interrompre. Elle toussa, serviette pressée contre sa bouche, au point d'en devenir toute rouge. Elle réussit enfin à reprendre son souffle et voulut respirer à fond mais une douleur aiguë lui fit porter la main à sa poitrine.

— Qu'y a-t-il ? s'alarma Robert.

— Cela me fait vraiment mal si je respire à fond. Robin, tout tourne…

Elle s'était presque écroulée contre le dossier de la banquette.

— Je crois que nous ferions mieux de consulter un médecin, dit-il en lançant un regard anxieux à Anka.

— Je suis d'accord, répondit Anka. Il vaut mieux partir tout de suite. J'ai un excellent médecin, Robert, et je suis certaine que, si je l'appelle, il recevra Elizabeth sans attendre. Je vais demander à Charles Masson de me laisser utiliser son téléphone, il n'y verra aucun problème.

— D'accord, je vous accompagne, je vais appeler Gary. Il s'est garé tout près.

Tout en parlant, il s'était levé et avait tiré la table pour qu'Anka puisse quitter sa banquette.

— Je reviens très vite, chérie, dit-il à Elizabeth.

— Je vais bien ! Je ne suis pas prête à rendre mon dernier soupir, tu sais.

Anka avait expliqué à son médecin, le Dr Andrew Smolenski, qu'Elizabeth Turner était très mal. À sa description des symptômes, il avait compris qu'il s'agissait d'une urgence et, quand ils arrivèrent à son cabinet, il les reçut aussitôt. Anka entreprit de faire les présentations mais une nouvelle quinte de toux secoua Elizabeth. Le médecin parut très soucieux. Il attendit qu'elle puisse de nouveau parler pour lui demander depuis quand elle toussait.

— Depuis la semaine dernière…

Elle eut un faible mouvement de la tête et se passa une main sur le visage.

— Excusez-moi, j'ai l'impression de dormir debout…

Robert intervint :

— Docteur Smolenski, nous sommes arrivés à New York vendredi dernier. Elizabeth était très enrhumée quand nous avons quitté Londres mais elle a commencé à tousser pendant le week-end, après notre arrivée.

— D'accord… répondit le médecin qui prenait des notes.

Relevant la tête, il regarda Elizabeth.

— Avez-vous mal dans la poitrine si vous respirez à fond ?

Elle se contenta de faire oui avec la tête.

— Avez-vous expectoré ?

— Tôt ce matin, mais pas grand-chose.

Il se leva et contourna son bureau.

— Je dois vous ausculter, mademoiselle Turner. Si vous voulez bien venir par ici…

Il avait ouvert la porte de la salle d'examen.

— Je vais demander à mon infirmière de venir vous aider à ôter votre manteau et votre robe, ajouta-t-il.

Elizabeth se retrouva seule dans la salle d'examen pour un très court instant car une autre porte s'ouvrit et l'infirmière entra, souriante.

— Ne vous inquiétez pas, mademoiselle Turner, il s'agit d'un simple examen de routine. Vous voudrez bien passer cette blouse avec l'ouverture sur le devant.

Moins d'une minute plus tard, le temps pour Elizabeth de se déshabiller et d'enfiler la blouse, le médecin la rejoignit. Il prit sa température et son pouls, ausculta ses poumons et vérifia le taux d'oxygène dans son sang. Son examen terminé, il hocha la tête d'un air entendu.

— Vous pouvez vous rhabiller, mademoiselle Turner. Je vous attends dans mon bureau.

De retour dans le bureau du médecin, Elizabeth découvrit que celui-ci parlait à Robert et Anka d'un air préoccupé.

— Ah ! Vous voici, s'exclama le Dr Smolenski. Mademoiselle Turner, vous avez presque 39 de fièvre avec un pouls filant et rapide. Les autres paramètres montrent que vos organes ne reçoivent pas assez d'oxygène. M. Dunley vient de me demander si vous avez une bronchite et ma réponse est non. En revanche, je pense qu'il s'agit d'une pneumonie. Je veux que vous alliez sans attendre aux urgences pour passer d'autres examens, plus approfondis.

Elizabeth proféra un faible « Oh ! » de surprise.

— Je m'en occupe tout de suite, dit encore le médecin d'un ton sans appel.

Aux urgences, on fit passer à Elizabeth des examens complets et le diagnostic fut rapidement confirmé. Elle souffrait de pneumonie.

Melanie Roland, la femme médecin qui s'était occupée d'elle, revint dans le petit bureau où l'attendaient Elizabeth, Robert et Anka.

— Je veux vous garder en observation pendant vingt-quatre heures, dit-elle. Vous ne serez pas en soins intensifs mais nous commencerons tout de suite un traitement aux antibiotiques. Nous serons mieux fixés quand nous aurons les résultats des cultures de prélèvements.

— Je refuse de rester à l'hôpital, même pour une seule nuit ! protesta Elizabeth en se tournant vers Robert.

— C'est pourtant la seule chose raisonnable à faire, mademoiselle Turner. Vos symptômes sont très sérieux. Vous n'avez peut-être pas bien compris mais vous avez une pneumonie et c'est grave.

Robert prit Elizabeth par les épaules.

— C'est pour une seule nuit, mon cœur, murmura-t-il. Je vais aller chercher à l'hôtel tout ce dont tu peux avoir besoin et je reviens te tenir compagnie.

Robert regarda le Dr Roland.

— Je peux rester avec elle pendant quelques heures, n'est-ce pas ?

Le médecin qui s'apprêtait à refuser hocha la tête et sourit.

— Bien sûr, monsieur Dunley.

— Je suis certain que vous pouvez trouver une chambre individuelle pour Mlle Turner, n'est-ce pas ?

— Je m'en occupe tout de suite.

Anka intervint.

— Elizabeth, je vous tiendrai compagnie en attendant le retour de Robert.

— Merci, Anka, je vous en suis reconnaissante.

Le lendemain matin, de retour à l'hôpital, Robert apprit qu'Elizabeth avait été transférée en soins intensifs, mise sous perfusion et sous assistance respiratoire.

Effondré, il se tourna vers le Dr Roland qui l'avait autorisé à voir Elizabeth mais pour un bref moment.

— Que se passe-t-il ? demanda-t-il.

Melanie Roland lui fit signe de la suivre dans le couloir.

— Elle est sous sédatifs et cela vaut mieux. Venez, asseyons-nous ici, ajouta-t-elle en lui désignant une étroite banquette le long du mur. La fièvre a beaucoup monté pendant la nuit et elle s'est trouvée en état de détresse respiratoire. Jusqu'à présent, elle n'a montré aucune réaction aux antibiotiques.

En dépit de sa peur, Robert réussit à garder son calme.

— Et les cultures ? Qu'est-ce que cela donne ?

— Je n'ai pas encore les résultats, monsieur Dunley. En attendant, j'administre plusieurs antibiotiques à Mlle Turner en espérant que ce sera efficace. Je dois toutefois vous informer qu'elle est dans un état critique.

— Je ne comprends pas ! Comment est-ce possible ?

— Je crois que sa pneumonie était déjà à un stade avancé quand elle est arrivée chez nous. De plus, comme je vous l'ai dit, les antibiotiques restent sans effet, du moins pour l'instant. Je suis sûre que les nouveaux seront plus efficaces, dit-elle d'un ton qui se voulait rassurant.

Robert se passa une main sur le visage, l'air incrédule, cherchant à reprendre sa respiration.

— Mais… On peut mourir de pneumonie, n'est-ce pas ? Elizabeth ne va pas mourir ?

— Comme je viens de vous le dire, monsieur Dunley, elle se trouve dans un état critique mais nous ferons tout ce qui est en notre pouvoir pour la soigner. Nous en saurons plus quand nous aurons le résultat des cultures.

— Je peux rester ici en attendant qu'elle se réveille ? demanda encore Robert d'une voix qui trahissait son désespoir.

— Sincèrement, je ne pense pas que ce soit une bonne idée. Elle risque de dormir pendant plusieurs heures. En réalité, c'est ce que j'espère.

— Je comprends, dit Robert d'un ton résigné. Merci, docteur Roland.

40

Elizabeth resta dans un état critique plusieurs jours. Robert était fou d'angoisse. Il aurait tant voulu l'aider, faire quelque chose pour elle, n'importe quoi, mais agir ! Malheureusement, il n'était pas médecin ; aussi, pour se rassurer, se répétait-il qu'elle était dans les meilleures mains possibles. Le Dr Smolenski suivait l'évolution d'Elizabeth et le tenait informé très régulièrement. Quant au Dr Melanie Roland, Robert avait confiance en elle. Aux urgences, dès qu'il l'avait vue, il avait tout de suite compris qu'il s'agissait d'un médecin consciencieux et dévoué.

Il allait à l'hôpital deux fois par jour, contemplait Elizabeth, puis repartait d'un pas lourd. Attendre, et encore attendre, il n'y avait rien d'autre à faire, hormis prier. Il priait donc de toutes ses forces. Il passait aussi beaucoup de temps au téléphone avec Londres. Cecil était fou d'angoisse et de chagrin ; dès qu'il avait appris la nouvelle, il avait voulu prendre le premier avion pour New York. « Attends encore un jour, le temps que l'on ait le résultat des cultures », lui avait demandé Robert. Malheureusement, quand ce résultat arriva enfin, il s'effondra. Il s'agissait, lui expliqua le

Dr Roland, d'une forme de pneumonie très rare et souvent fatale.

— Mon Dieu ! gémit Robert d'une voix tremblante. Pouvez-vous la sauver ?

— Oui, j'en suis certaine, le rassura le Dr Roland.

Elle n'était pourtant pas aussi certaine de sa réussite qu'elle l'avait prétendu.

Elizabeth gisait sur son lit des soins intensifs, les yeux clos, le visage inexpressif.

Robert ne pouvait détacher son regard de la femme qu'il aimait. Le sentiment de son impuissance ne faisait qu'aggraver sa douleur. Il s'éloigna de la chambre, une prière muette aux lèvres. Il fallait qu'elle guérisse ! Elle devait vivre ! Que deviendrait-il sans elle ?

Je suis en train de mourir, c'est une certitude. Mais je ne veux pas mourir à vingt-neuf ans ! C'est trop tôt. J'aimerais bien vivre encore un peu, pour Robin. Mon Dieu ! Que deviendra-t-il si je meurs ? Il a besoin de moi. Donc, je dois vivre. Mais si je ne guéris pas ? Je dois me battre. Si je mourais, mon Robin adoré serait particulièrement vulnérable. Je ne peux pas l'abandonner ainsi, exposé à tous les coups. Je dois le protéger mais comment ? Il faut faire le nécessaire pour que sa place à la Deravenel soit inattaquable. Il lui faut la meilleure situation et de l'argent, beaucoup d'argent. Je veux qu'il devienne très riche et je dois faire le nécessaire pour y arriver. Pour cela, il me faut l'aide de Cecil. Il faut qu'il vienne. J'ai besoin de lui, de témoins et d'avocats. Il faut que je complète mon testament.

Le lendemain, Cecil était à New York et fixait Robert d'un regard de reproche par-dessus la table du petit déjeuner. Il était descendu au Carlyle.

— J'aurais préféré que tu me laisses venir avant, dit-il. J'étais mort d'inquiétude pour Elizabeth, et je le suis toujours.

— Je le sais, Cecil, je le sais ! Malheureusement, nous ne pouvons rien faire. Son sort est entre les mains des médecins. Cela ne dépend pas de nous.

Les yeux gris clair de Cecil s'étaient brouillés.

— Robert, comment va-t-elle ? Dis-moi la vérité, s'il te plaît.

— Un peu mieux. Elle a quitté les soins intensifs. Le médecin a jugé inutile de la garder sous assistance respiratoire et l'a fait transférer dans une autre unité. Elle n'est cependant pas encore tirée d'affaire.

— Pourquoi ? demanda Cecil d'un ton encore plus sombre.

— Il existe un risque de rechute, à ce stade de la maladie. Mais n'y pensons pas. Il faut croire qu'elle ira de mieux en mieux, et pas plus mal.

Cecil reposa sa serviette sur la table et poussa sa chaise.

— Je suis prêt, dit-il. Nous pouvons partir pour l'hôpital, si tu veux.

— Parfait ! Elle sera très contente de te voir.

Bien qu'on fût en novembre, il faisait un temps très agréable. Ils marchèrent donc jusqu'au carrefour le plus proche et réussirent à arrêter un taxi sur Madison Avenue. Robert donna l'adresse de l'hôpital au chauffeur et reprit sa conversation avec Cecil.

— Je dois t'avertir : elle a beaucoup maigri et elle a très mauvaise mine. Ne sois donc pas choqué en la voyant.

— Je te le promets.

En dépit de cette mise en garde, il fut horrifié en découvrant l'état d'Elizabeth. Elle était décharnée et d'une pâleur épouvantable. Il se précipita vers le lit et se pencha sur elle pour l'embrasser. En retour, elle lui pressa doucement la main. Il y avait dans son regard un sourire qui réconforta Cecil.

— Je suis venu dès que Robert m'a donné le feu vert. Il ne voulait pas me laisser approcher !

Elizabeth souleva son masque à oxygène.

— Je sais, dit-elle. Il avait raison, Cecil. Je suis restée inconsciente pendant un moment. Tu te serais ennuyé à attendre sans rien pouvoir faire.

Robert les rejoignit, embrassa Elizabeth, approcha une chaise pour Cecil et alla en chercher une autre pour lui-même.

Cecil parla pendant quelques minutes à Elizabeth, essentiellement au sujet de la Deravenel, et elle l'écouta avec attention. Robert, qui ne la lâchait pas des yeux, s'aperçut qu'elle commençait à se fatiguer.

— Je crois que nous ferions mieux de partir, dit-il en lui caressant le bras. Tu as besoin de te reposer. Nous reviendrons plus tard.

Elizabeth lui fit un petit signe de la tête puis écarta son masque.

— Robin, je dois parler à Cecil. Peux-tu nous laisser un instant ?

S'il fut surpris, il n'en montra rien.

— Bien sûr, acquiesça-t-il en l'embrassant.

Il quitta la chambre, les laissant seuls comme elle le voulait.

— Qu'y a-t-il ? demanda Cecil en se penchant vers elle. Tu veux me dire quelque chose d'important, c'est cela ?

Encore une fois, elle fit oui avec la tête et ôta son masque.

— Oui, si je ne guéris pas, Cecil, je veux que Robert devienne président-directeur général de la Deravenel à ma place. Promets-moi de faire le nécessaire !

— Le problème, c'est que je ne peux pas, Elizabeth, en dépit de tout mon désir de te satisfaire. Tu oublies qu'il faudrait modifier le règlement intérieur de la compagnie pour que ce soit possible. Robert n'est pas un Deravenel et seul un Deravenel peut occuper ce poste.

— Dans ce cas, changeons le règlement !

L'oxygène lui manqua et elle remit vivement le masque sur son visage.

— Il faut réunir le conseil d'administration.

Ayant repris son souffle, elle écarta le masque.

— Bien. Imaginons autre chose, un autre titre, une autre fonction… Administrateur, peut-être, comme Edward Selmere pendant la minorité de mon demi-frère.

Épuisée, à court d'oxygène, elle remit son masque et se plia en deux, accrochée au bras de Cecil.

— Je veux, dit-elle quand elle put enfin ôter de nouveau son masque, je veux que Robert dirige la compagnie si je meurs. Nous devons régler cette question maintenant, Cecil ! Je t'en prie ! Je vais peut-être mourir, tu sais.

— D'accord, je vais voir ce que je peux faire.

Il l'aida ensuite avec beaucoup de douceur à se réinstaller contre ses oreillers et alla chercher Robert pour qu'il lui dise au revoir.

Au grand soulagement de tous, Elizabeth quitta l'hôpital trois semaines après avoir été admise en soins intensifs. Elle était plus maigre que jamais et paraissait très faible mais elle avait vaincu la pneumonie qui avait failli la tuer.

De retour au Carlyle dans l'après-midi, elle s'installa confortablement sur le canapé.

— Et voilà ! Je ne suis pas morte et je vais bien, s'exclama-t-elle. Merci à vous deux de ce que vous avez fait pour moi.

Elle adressa un sourire reconnaissant à Robert et à Anka Palitz puis tapota la place à côté d'elle.

— Viens t'asseoir, Cecil, lui enjoignit-elle avec affection. Je suis si contente de te voir ! Que diriez-vous d'un thé avec des gâteaux ? Moi, j'en ai très envie.

Ils acceptèrent et Robert s'occupa de commander un thé complet pour quatre. Anka, de son côté, alla chercher des documents qu'elle avait apportés pour Elizabeth. Cecil se pencha à l'oreille de la jeune femme.

— Je n'ai pas voulu m'adresser à nos avocats habituels, dit-il à mi-voix. J'ai donc chargé un cabinet indépendant de te représenter pour faire nommer Robert administrateur général de la compagnie si cela devenait nécessaire. Donne-moi tes possibilités pour que je te prenne un rendez-vous avec eux.

478

Elizabeth parut soudain songeuse et répondit d'une voix lente :

— Cecil, je crois que je préfère changer le règlement de la Deravenel de façon que Robin puisse devenir P-DG si je disparaissais. Quand j'aurai repris des forces et que nous pourrons rentrer à Londres, je convoquerai un conseil d'administration extraordinaire. Je suis sûre que cela ne posera pas de problème. Ils feront ce que je veux.

Rien n'est moins certain, pensa Cecil, mais il se contenta d'acquiescer de la tête.

Robert avait fini par se rassurer et se détendre en voyant Elizabeth reprendre des forces mais il restait très soucieux de sa santé et son bien-être. Il avait eu tellement peur en la voyant aussi près de la mort qu'il insistait sans cesse pour qu'elle ralentisse le rythme.

Quand le Dr Smolenski l'avait autorisée à voyager, ils avaient pris l'avion pour passer Thanksgiving avec des amis en Californie. Le médecin lui avait recommandé un climat chaud et un environnement calme pour sa convalescence. Après leur retour à Londres, à temps pour y passer Noël, Robert lui imposa une hygiène de vie très stricte. Il organisa son emploi du temps et elle n'eut pas d'autre choix que de s'y plier. Ils vivaient ensemble et il contrôlait son activité en permanence. Il l'obligea à faire des heures normales à la Deravenel, à manger correctement et à partir en week-end avec lui.

Le mode de vie imposé par Robert eut de bons résultats et, à la fin de l'année 2001, Elizabeth était presque entièrement redevenue elle-même. Cela avait pris un an mais elle était de nouveau pleine d'énergie et de vitalité. Un beau jour de décembre, elle s'exclama gaiement en entrant dans le bureau de Robert.

— Elizabeth est de retour ! Je veux dire l'ancienne Elizabeth.

Elle s'était arrêtée sur le seuil de la porte de communication entre leurs bureaux et lui souriait d'un air aguicheur. Robert se leva et la prit dans ses bras.

— Tu es magnifique ! dit-il en l'embrassant.

L'ayant relâchée, il retourna à son bureau.

— J'ai quelque chose pour toi. C'est ce que j'appelle un cadeau d'avant Noël.

Étonnée, Elizabeth, qui l'avait suivi, le laissa déposer dans sa main l'écrin qu'il avait pris dans son tiroir. Elle l'ouvrit et ne put retenir un petit cri admiratif.

— Robin ! Comme c'est beau !

Sur le velours scintillait une paire de boucles d'oreilles en émeraudes taille carrée, le bord inférieur souligné de quatre petits diamants.

— Merci, Robin, je les adore !

Elle le serra contre elle et l'embrassa dans le cou.

— C'est ta récompense pour avoir été un bon petit soldat et avoir bien suivi les ordres !

Ils éclatèrent de rire ensemble, indiciblement soulagés d'en avoir fini avec cette horrible épreuve. Elizabeth rayonnait, elle débordait d'amour pour Robert. Il était le centre de sa vie, il était tout pour elle. Et elle savait qu'elle était tout pour lui.

QUATRIÈME PARTIE

Déroute des ennemis

Il faut regarder longtemps ce qui nous fait plaisir, et plus longtemps encore ce qui nous fait mal.

COLETTE

Même si je marche dans un val ténébreux, je ne crains aucun mal car tu es avec moi, ta houlette et ton bâton me rassurent.

Devant moi tu dresses une table, face à mes adversaires, tu oins d'huile ma tête, ma coupe est débordante.

Oui, le bonheur et la grâce m'accompagneront tous les jours de ma vie et j'habiterai dans la maison de Yahvé à longueur de jours.

Psaumes, XXIII, 4-6

41

Un nouveau hangar avait été construit au milieu d'un des plus grands champs de Waverley Court et l'on venait d'y terminer un manège. Debout au centre de la piste, Robert et Ambrose étudiaient l'installation sous tous ses angles.

— Robert, ils ont fait de l'excellent travail, dit Ambrose sans cesser son inspection. Tu y seras très bien, en hiver, quand tu ne pourras plus faire travailler ton cheval dehors. Ce sera même très confortable. J'ai vu qu'il y a un chauffage central.

— C'était indispensable. Il peut faire très froid dans la région, avec ce vent glacial qui vient de la mer. L'autre hangar que j'ai fait construire il y a quelques mois s'est révélé trop froid par mauvais temps. Je compte y faire installer le chauffage comme ici.

Robert prit son frère par le bras et l'entraîna dans un dernier tour de vérifications avant de sortir.

En ce samedi matin du début du mois de septembre 2002, il faisait un temps très agréable. Quelques petits nuages cotonneux dérivaient paisiblement dans le ciel bleu et le soleil était chaud. Robert désigna le ciel et le paysage d'un mouvement de la tête.

— Rien n'est plus beau que l'Angleterre quand le soleil brille, n'est-ce pas ?

— Tu peux le dire !

Ambrose s'absorba quelques instants dans ses pensées puis se tourna vers son frère :

— Tu ne m'as jamais dit ce que cela fait d'être le propriétaire, le seigneur en quelque sorte, d'un aussi beau domaine ?

— C'est fantastique, évidemment ! répondit Robert en riant. Mais si tu veux tout savoir, je ne suis pas encore remis de ma surprise. Je n'y croyais pas, quand Elizabeth m'a donné Waverley Court. Elle a toujours tellement aimé cette maison !

— Je sais bien et c'est pour cela que cela m'a étonné.

— À vrai dire, ce n'est pas comme si elle en avait fait cadeau à un étranger. Elle y passe tous les week-ends avec moi. En fait, elle héritera de Stonehurst Farm et Grace Rose lui a demandé de ne jamais se séparer de la propriété. Elle veut que cela reste dans la famille.

— Je suppose qu'Elizabeth a accepté ?

— Oui, bien sûr. Comment aurait-elle pu refuser ? Grace Rose a fait d'elle son héritière. Elle lui laisse presque tous ses biens.

— Je comprends. Mais, dis-moi, l'entretien de Waverley Court doit être ruineux ?

Ambrose lança un regard en coin à son frère tandis qu'ils se dirigeaient d'un pas de promenade vers la roseraie que Robert était en train de créer.

— Non, ce n'est pas catastrophique. Nous n'avons qu'un couple d'employés, Toby et Myrtle. Une femme de ménage vient les aider quand nous sommes là. Toby s'occupe des chevaux et veille au bon état de la propriété en général mais j'ai engagé un jardinier. De toute façon, Elizabeth a mis en place un fidéicommis pour l'entretien de Waverley Court, sur le modèle de celui instauré par Edward Deravenel pour Ravenscar. Pour achever de te rassurer, je dois te dire qu'elle a aussi créé un fidéicommis à mon nom, ce qui me garantit un revenu.

— Je suis bien content qu'Elizabeth ait assuré ta sécurité, Robert. Tu travailles comme un fou pour la Deravenel et tu y consacres tout le temps que tu ne passes pas avec Elizabeth. De mon point de vue, votre relation est un mariage mais sans les avantages liés au bout de papier officiel.

Robert eut une mimique expressive.

— C'est ce que je pense aussi, dit-il paisiblement. Ne va pas croire que je ne veuille pas légaliser la situation ; j'ai beaucoup insisté en ce sens. C'est Elizabeth qui renâcle. J'ai renoncé à la convaincre du bien-fondé du mariage. Il vaut mieux laisser les choses suivre leur cours et je suis très heureux en l'état actuel. Son refus n'est pas lié à ma personne. Elle ne veut pas se marier, avec qui que ce soit, et elle campe sur sa position.

Ambrose garda le silence quelques instants puis, tout en sachant qu'il ne devait pas se mêler de la vie privée de son frère, il ne put s'empêcher de poser une question qui le taraudait :

— Robert, dis-moi… Tu n'as pas envie d'avoir des enfants ?

Sans répondre, Robert allongea le pas et Ambrose dut se mettre au même rythme pour rester à sa hauteur.

— Désolé, dit-il. Je ne voulais pas être indiscret.

— Je sais, répondit Robert avec un grand soupir. Si, j'aimerais en avoir mais Elizabeth m'importe plus que tout. Elle a toujours été ma priorité. Nous devrions avoir des enfants puisqu'il lui faut un héritier mais elle fait la sourde oreille quand j'essaye d'aborder le sujet. Par chance, il n'y a pas d'urgence. Nous n'avons que trente et un ans et nous avons encore le temps. Te rends-tu compte que nous vivons ensemble depuis six ans ? Cela passe vite, n'est-ce pas ?

— Oui, beaucoup trop vite… Où est Elizabeth, ce matin ?

— Elle est allée à Stonehurst Farm voir Grace Rose qui y a séjourné tout l'été. On ne croirait jamais qu'elle a cent deux ans ! Elle est toujours en forme, avec toute sa tête. À propos de séjour, tu restes avec nous pour le week-end, non ? Je n'ai pas vu de valise…

— Toby s'en est occupé à mon arrivée. Comme Anne est à New York pour ses affaires, bien sûr que je vous envahis pour le week-end ! J'ai pris une très grande valise, rassure-toi !

— Avec Toby, tu peux être sûr qu'elle est déjà dans ta chambre et que Myrtle a rangé tes affaires. Pour revenir à notre conversation précédente, sache qu'Elizabeth s'est montrée également très généreuse envers Cecil. Elle a créé un fidéicommis à son intention et lui a donné un terrain qu'elle possédait pour qu'il puisse se faire construire une maison. Tu connais la pénurie de terrains constructibles dans notre pays ! Elle lui a aussi acheté une Bentley. Je n'aurais pas cru qu'il en avait envie, lui qui est si discret.

Robert prit son frère par les épaules.

— Je ne suis pas le seul à avoir été remercié de ses efforts par Elizabeth, ajouta-t-il.

— Oui, répondit Ambrose. Elle a mis sur pied un fonds de pension pour moi, comme pour Francis et Nicholas. Elle s'est montrée d'une excessive générosité envers nous tous.

Ils arrivèrent à cet instant en vue du jardin en terrasses et Ambrose poussa une exclamation admirative.

— Robert, bravo ! C'est vraiment superbe. Quelles belles roses !

— Ce sont les dernières roses tardives. Tu sais, il n'y a pas deux jardins comme celui-ci. En fouillant dans le grenier, j'ai trouvé un vieux livre sur les jardins et j'ai eu le coup de foudre pour l'un de ceux qui y étaient décrits. Je me suis seulement donné le mal de le copier ! C'est un plan typique de jardin élisabéthain, une roseraie Tudor des années 1560. Il ne manque plus que les touches de finition.

Plus tard, alors qu'ils déjeunaient d'un en-cas sur la terrasse, Robert ramena la conversation sur la Deravenel.

— Sais-tu ce qui se passe avec Mark Lott et Alexander Dawson ?

Ambrose posa sa fourchette et secoua la tête en signe d'ignorance.

— Explique-toi, veux-tu ?

— Francis m'a dit avant-hier qu'ils se sont rendus en Écosse assez régulièrement, ces derniers temps, et pas toujours ensemble. Penses-tu qu'ils puissent conspirer avec l'Écossaise ?

Ambrose sembla très étonné.

— Francis ne le sait pas ? Le spécialiste des complots et des intrigues, c'est pourtant lui !

— Non, et c'est en effet curieux ; il n'a pas réussi à en apprendre davantage mais il imagine des ennuis en perspective. D'après lui, tout est calme du côté d'Édimbourg, mais ce pourrait être le calme avant la tempête.

Ambrose paraissait de plus en plus perplexe.

— Qu'entend-il par là ?

— Je l'ignore, en tout cas il surveille toujours étroitement Mary Stewart de Burgh. D'après lui, elle dirige Scottish Heritage avec son demi-frère mais les relations ne sont pas au beau fixe, entre eux. Ils se disputent beaucoup. Elle est toujours célibataire et, si j'en crois Francis, elle désire plus que jamais trouver un nouveau mari.

— Je ne peux pas croire qu'elle s'intéresse à Lott ou à Dawson ! s'exclama Ambrose. Ce ne sont que des pantins sans cervelle.

— Je ne serais pas aussi affirmatif que toi... Je les considère plutôt comme deux sales types qui jouent double jeu. De toute façon, Marie de Burgh doit être très occupée par ses affaires, maintenant, conclut-il en haussant les épaules.

— Oui ! Cela fait un moment qu'elle ne nous a plus cherché d'histoires. Quant à Norfell, il semblerait qu'il garde les mains propres. Je crois qu'il n'a plus de contacts avec Marie.

— S'il s'approche d'elle, il finira étripé, pendu et écartelé ! Cecil et moi, nous lui avons fichu la peur de sa vie ! avoua-t-il avec un gloussement. Nous l'avons menacé de... Eh bien, pour dire les choses poliment, nous l'avons menacé de l'émasculer !

Cela faisait de nombreuses années qu'Elizabeth venait régulièrement à Stonehurst Farm et jamais la propriété ne lui avait paru aussi belle. Bien qu'on fût en septembre, les jardins étaient magnifiques. Fleurs, plantes exotiques, arbustes fleuris, buissons et arbres somptueux y poussaient à profusion. C'était un jardin anglais typique comme Elizabeth les aimait. Au fil des ans, Grace Rose en avait fait un paradis.

À l'intérieur de la maison, tout brillait, luisait et resplendissait de propreté. Le soleil se reflétait sur les meubles anciens à la patine satinée, sur les parquets parfaitement cirés et dans les grands miroirs. Toutes les pièces rivalisaient de beauté et étaient pleines de lumière. Sur les tables et les commodes, se dressaient des vases emplis de roses, leur doux parfum embaumant la maison. D'autres fragrances délicieuses flottaient dans l'air, qui venaient de la cuisine, celles-là, et faisaient saliver Elizabeth : celles des pommes au four, du pain encore chaud, ou encore des herbes et de la menthe fraîchement ciselées. Par-dessus toutes ces odeurs mêlées, flottait celle, irrésistible, du fromage en train de cuire.

Elizabeth se tourna vers Grace Rose avec une exclamation ravie.

— Vous m'avez gâtée ! Je suis certaine que c'est un soufflé au fromage. Vous savez que j'adore le soufflé.

— Moi aussi, ma chérie. Et tu as bien deviné.

— Grace Rose, avant que la gourmandise me fasse tout oublier, je voulais vous dire que j'ai suivi vos conseils au sujet des organisations caritatives que vous m'avez recommandées. J'ai fait un don à celle que vous soutenez, celle des Parents pour la recherche des enfants enlevés. Désormais, je les soutiendrai comme vous le faites. C'est une cause qui mérite d'être défendue.

— Je leur donne de l'argent depuis leur création, il y a deux ans.

Grace Rose s'interrompit et fixa longuement Elizabeth.

— Ma chérie, je t'ai trouvée affreusement maigre et les traits tirés au cours des douze derniers mois. Es-tu certaine que tu vas bien ?

Sachant que sa grand-tante s'inquiétait beaucoup pour elle, Elizabeth répondit d'un ton alerte :

— Je vais très bien, Grace Rose. Je suis en bonne santé.

— Parfois, tu sembles tellement préoccupée, insista Grace Rose. Et je sais que ce n'est pas à cause de la Deravenel ni de Robert. Il y a autre chose.

— En toute franchise, je ne me sens pas tranquille à cause de Marie de Burgh. Je soupçonne toujours le pire quand on ne l'entend pas. Or, en ce moment, c'est le silence absolu ! Cela inquiète également Francis.

Une expression de grande perplexité était apparue sur le visage de Grace Rose.

— Mais pourquoi ?

— Comme moi, il trouve ce silence bizarre. Je reconnais qu'il déteste cette femme et que cela pourrait le rendre partial. Il dit qu'elle finira mal et je lui réponds qu'il n'en sait rien puisqu'il n'est pas devin !

— Sans doute, Elizabeth, mais je me fie à son appréciation. C'est un homme d'une intelligence remarquable et il n'agit pas à la légère. Son jugement en ce qui concerne les hommes est réaliste et très fin. Cela vaut la peine d'écouter ce qu'il a à dire. Quant à Marie de Burgh, si l'instinct de Francis lui dicte de rester sur ses gardes, cela mérite que tu t'y arrêtes. Je me suis toujours beaucoup fiée à l'instinct.

— Moi aussi, Grace Rose, vous avez raison. Mais vous m'avez dit vouloir me donner quelque chose. De quoi s'agit-il ?

— De cette clé, répondit Grace Rose en la lui montrant. C'est celle de la grande valise noire dans le placard de ma chambre. Elle est pleine de papiers de famille, y compris d'importants documents qui appartenaient à Edward Deravenel. En un sens, ils résument l'histoire des Deravenel et, dans une certaine mesure, celle des Turner. J'estime qu'il te revient de veiller à leur conservation quand je serai partie.

Voyant Elizabeth soudain inquiète, sa grand-tante entreprit vivement de la rassurer.

— Disons simplement que je suis très fière de l'histoire de notre famille…

Sans terminer sa phrase, elle tendit la clé à Elizabeth.

— Je comprends, répondit Elizabeth en rangeant la clé dans son sac à main, et j'ai hâte de lire ces documents. Vous savez à quel point l'histoire de notre famille me passionne.

Maddie, la gouvernante, apparut à cet instant sur le seuil du salon. Le déjeuner était prêt. Elizabeth aida Grace Rose à quitter son fauteuil et à gagner la salle à manger où Maddie leur servit aussitôt, dans de petits moules individuels en porcelaine blanche, les soufflés au fromage, bien gonflés et joliment dorés.

— Ils ont l'air parfaits, dit Grace Rose. Mes compliments au chef !

— C'est moi, madame Morran, répondit Maddie en riant.

Grace Rose lui adressa un clin d'œil complice.

Après le repas, elles allèrent s'asseoir sur la grande terrasse couverte, tout en longueur. De là, on surplombait les pelouses dans leur écrin de chênes et de platanes géants qui faisaient la renommée de Stonehurst Farm. Tous âgés de plusieurs siècles, avec leur magnifique feuillage vert foncé, ils composaient un tableau d'une grande beauté.

Tout en dégustant un thé aux fruits de la passion, elles poursuivirent leur conversation sur l'histoire des Deravenel, qui était le sujet favori de Grace Rose. Elizabeth la trouvait plus intéressée que jamais par ces temps révolus. Elle vivait de plus en plus dans le passé, se laissant absorber par ses souvenirs.

Un silence paisible s'installa entre elles, que Grace Rose rompit tout à coup d'une voix très claire, très nette :

— Tout ira bien pour toi, ma chérie. Quoi qu'il t'arrive, toute ta vie, tu t'en sortiras pour le mieux. Tu finiras toujours par gagner.

Émue par ces paroles, Elizabeth se pencha vers sa grand-tante et lui prit la main, une main à la peau douce mais fragile et parcheminée.

— Oui, Grace Rose, je le sais. Et cela parce que je suis une Deravenel, comme vous !

Un sourire plein de tendresse lui répondit, et elles restèrent ainsi pendant un moment, main dans la main, jusqu'à ce que Grace Rose se redresse dans son fauteuil.

— Je voudrais rentrer, il fait trop chaud pour moi, ici, même si j'éprouve beaucoup de plaisir à voir mon jardin. Il est si beau, n'est-ce pas ?

— Oui, c'est une merveille, répondit Elizabeth en l'aidant à se lever.

— En réalité, c'est le jardin de Vicky. C'est ma mère qui l'a créé, tu sais…

Elle vacilla et s'accrocha à Elizabeth.

— Je crois que je n'ai pas la force de rentrer, dit-elle d'une voix angoissée.

— Il faut vous rasseoir.

Elizabeth installa sa grand-tante aussi bien qu'elle le put puis voulut s'éloigner pour demander de l'aide à Maddie.

— Elizabeth, reste avec moi, dit Grace Rose dans un souffle.

Aussitôt, Elizabeth se rassit à côté d'elle et lui prit la main.

— Vous ne vous sentez pas bien ?

Grace Rose lui sourit. Elle rayonnait et le bleu fané de ses yeux parut soudain plus brillant, plus vif.

— Je ne me suis jamais sentie aussi bien, Elizabeth chérie, murmura-t-elle.

Ses paupières se baissèrent lentement et sa voix se fit à peine audible.

— Ils sont tous là… Mon amour, Charlie, tu es là… Et Bess… Père… Vous êtes venus me chercher. Je viens… Charlie, j'arrive… Je suis dans tes bras…

— Grace Rose ! Grace Rose ! cria Elizabeth en se penchant sur sa grand-tante.

Grace Rose était paisible et immobile… Elizabeth comprit qu'elle venait de mourir. Elle l'embrassa sur la joue en pleurant. Avec effort, elle essuya ses joues de sa main libre pour murmurer son adieu à la femme qui avait tellement compté pour elle.

— Oui, chuchota-t-elle, ils sont venus vous chercher, ceux que vous avez aimés au cours de votre longue vie. Vous repartez avec eux et vous devez être très heureuse à présent… Que Dieu vous accompagne, Grace Rose, que Dieu vous accompagne !

42

— Elle a accouché samedi soir, dit Francis, son regard passant d'Elizabeth à Robert. C'est un garçon et elle l'a appelé James comme son grand-père maternel, James Stewart. Un jour, Scottish Heritage lui appartiendra.

— Là, elle me bat ! dit Elizabeth. Elle a un héritier. Tant mieux pour elle ! Elle s'est embarquée pour les ennuis quand elle a épousé Henry Darlay, nous l'avons toujours su. Bien qu'il me soit apparenté par sa mère qui est ma cousine, cela ne rapproche pas pour autant Marie des Deravenel ! N'oublions pas la clause que j'ai ajoutée à mon testament, conclut-elle en se tournant vers Cecil.

Ce dernier lui rendit son regard, ses yeux gris clair légèrement plissés. À la suite de sa pneumonie, Elizabeth avait tenu à assurer la sécurité de ceux qu'elle aimait mais aussi de la Deravenel. Elle avait complété son testament en fonction de cette nouvelle donne.

— En effet, dit-il. Elle ignore tout de cette clause mais cela n'y change rien. Cette disposition est claire et parfaitement légale. Harry Turner a exclu les étrangers de sa succession à la tête de la Deravenel et toi, c'est la lignée de Margaret, sa sœur aînée, que tu as exclue, donc Marie et sa descendance.

— Je préfère mille fois favoriser mes cousines Greyson et leurs enfants. Après tout, elles descendent de la sœur cadette de mon père, qu'il aimait beaucoup plus que Margaret. De plus, elle avait épousé Charles Brandt, le meilleur ami de mon père pendant toute sa vie. Il est normal de donner l'avantage à leur lignée. Mais je t'ai déjà expliqué tout cela en détail.

— Et c'est bien ce que j'avais compris, répondit Cecil. Je voulais seulement insister sur le fait que Marie de Burgh ne peut en aucun cas mettre ta position en péril.

— Cecil a raison, intervint Francis. La preuve en est que ses sottises sont toujours restées au stade verbal. Elle n'a jamais rien entrepris de concret contre toi. Tu n'as aucune raison de t'inquiéter. Quoi qu'il en soit, elle a de quoi s'occuper, en ce moment, entre Henry Darlay et le bébé.

Elizabeth éclata de rire devant l'expression réjouie qu'avait eue Francis en prononçant ces derniers mots.

— Ce qui m'étonne, dit Robert, c'est qu'elle ait réussi à porter cet enfant à terme. Beaucoup de femmes auraient fait une fausse couche en voyant leur assistant personnel se faire assassiner devant elles en pleine rue. J'ai des frissons rien que d'y penser.

Comme très souvent, Elizabeth était d'accord avec Robert.

— C'est vrai, dit-elle. Vous imaginez la scène ? David del Renzio tué à coups de couteau sous ses yeux ! Ses assassins lui ont aussi arraché son attaché-case. Je me demande ce qu'ils pensaient y trouver.

— De l'argent, répondit Francis. Ce qui m'étonne également, c'est que la police n'ait arrêté personne. Mais je sais que Nicholas a ses idées sur ce meurtre.

Nicholas entra à ce moment précis dans le bureau d'Elizabeth.

— Qui invoque mon nom en vain ? dit-il en refermant la porte. Je suis certain que c'est au sujet de notre Écossaise. Vous avez appris la naissance de son héritier, n'est-ce pas ? Comme si quelqu'un pouvait désirer hériter d'une compagnie comme celle-là !

Francis se déplaça sur le canapé pour lui faire une place.

— Il semblerait que leurs affaires ne soient pas si florissantes… Scottish Heritage mérite de moins en moins son nom de conglomérat.

— Peu avant le mariage de Marie avec Darlay, confirma Robert, le demi-frère de Marie m'a confié qu'elle ne connaît rien aux affaires et n'a que des idées catastrophiques pour l'entreprise. James n'apprécie pas ses interventions et il m'a avoué qu'ils devaient emprunter pour poursuivre leurs activités. Il m'a demandé de lui conseiller une banque.

Cecil eut un petit sourire amusé.

— Tu aurais dû proposer de lui prêter, dit-il. On aurait fini par les tenir à la gorge et les racheter !

Tandis qu'il restait de marbre, Robert, Francis et Nicholas éclataient de rire.

— Je n'aurais jamais donné mon accord, s'écria Elizabeth. Pour rien au monde, je ne toucherais à Scottish Heritage. Même s'ils voulaient me le donner, je refuserais ! Nicholas, dis-nous plutôt ce que tu sais de ce meurtre. Y a-t-il du nouveau ?

— Des rumeurs, beaucoup de rumeurs au sujet d'un mari jaloux… Mais Francis en sait certainement beaucoup plus que moi.

— Non, pas vraiment. Cela remonte au mois de mars, il y a environ deux mois, et la police n'a toujours pas le moindre indice. Rien ne permet de penser que Darlay soit impliqué d'une façon ou d'une autre. Les faits se réduisent à cela : deux hommes masqués ont empoigné del Renzio, lui ont donné plusieurs coups de couteau, lui ont arraché son attaché-case et se sont enfuis à toutes jambes. Marie de Burgh s'est retrouvée seule sur le trottoir, en plein centre d'Édimbourg, enceinte jusqu'aux yeux, avec son assistant qui se vidait de son sang à ses pieds.

Nicholas hocha la tête d'un air consterné.

— Différents bruits me sont parvenus aux oreilles, de ces rumeurs qui nous paraissent si méprisables, mais tout se réduit à un seul scénario : Darlay était violemment jaloux de del Renzio. Il croyait, à tort, que l'assistant de Marie était devenu son amant et aurait engagé des assassins pour faire le sale travail. Bien sûr, il faut tenir compte de l'impopularité de Darlay qui s'est révélé n'être qu'un jeune coq arrogant, porté sur le vin et les femmes, et qui a toujours besoin de plus d'argent. Marie aurait préféré rester la veuve de Burgh et, d'après ce qu'on m'a dit, regretterait d'avoir épousé Darlay.

— Il n'est qu'un jouet pour elle, fit remarquer Elizabeth à mi-voix. Il est tellement plus jeune qu'elle !

— Et quelque peu dépravé, d'après ce que j'ai compris, ajouta Robert. La drogue et le reste.

— Il est vrai que l'on récolte ce que l'on a semé, dit Cecil, je pense que nous n'aurons pas longtemps à attendre pour voir Darlay dans les ennuis jusqu'au cou. Dans l'immédiat, si vous voulez bien m'excuser, j'ai une réunion qui va bientôt commencer.

Il se leva, s'inclina brièvement devant Elizabeth et sortit sans s'attarder.

— Nicholas, dit Elizabeth, je suppose que tu as voulu dire que, si Darlay était impliqué dans ce meurtre, il ne serait sans doute pas inquiété, n'est-ce pas ?

— Exactement ! Toutefois, comme je te l'ai dit, il est inutile de perdre trop de temps avec notre belle Écossaise. Elle ne représente aucune menace, Elizabeth, tu peux me faire confiance. Tu auras trente-trois ans au mois de septembre et je te garantis que tu ne quitteras pas la direction de la Deravenel avant d'avoir les cheveux tout blancs ! Dans trente ans, tu seras encore dans ce bureau, souviens-toi de ce que je te dis.

— Nicholas, tu me feras toujours rire, s'esclaffa Elizabeth. Tu es unique !

C'est vrai que Nicholas est unique, tout comme mon Robin adoré, l'amour de ma vie. Hier soir, quand nous sommes rentrés à la maison, j'étais bouleversée. J'ai horreur de la violence et j'ai pensé au meurtre de David del Renzio toute la journée. Nous nous demandons, Robin et moi, ce que Marie a pu faire pour rendre son mari aussi jaloux. Bien sûr, nous n'en savons rien, mais Robin m'a expliqué que certains hommes sont d'une nature jalouse et soupçonneuse sans raison. Il m'a aussi rappelé la réputation sulfureuse de mon lointain cousin Henry Darlay, un homme gâté, arrogant et bête. Robin a ajouté que sa beauté témoignait du sang Turner qui coule dans ses veines ! Mais c'était pour me taquiner. Il n'en reste pas moins que Darlay est beau et très ambitieux. Nous sommes arrivés à la conclusion que sa jalousie était certainement infondée et même ridicule si l'on pense à l'état de Marie, tout près d'accoucher. S'il est coupable, Darlay a choisi une vengeance abominable. En voyant son assistant se faire massacrer devant elle, Marie aurait pu perdre le bébé.

Un bébé... Hier soir, après avoir fait l'amour, Robin m'a demandé si je n'avais jamais eu envie d'un enfant. J'ai bafouillé et éludé la question comme j'ai pu car je ne voudrais pas lui faire de peine. Or, si je lui avais dit non, il en aurait été très blessé. Je m'en suis tirée en répondant par une autre question. « Et toi ? » lui ai-je demandé. Il a reconnu qu'il y avait souvent pensé mais ne serait pas particulièrement chagriné s'il n'était jamais père.

Je suis seule, en ce moment. Il est parti à Paris ce matin avec Nicholas pour vérifier que tout se passe bien pour nous là-bas. Il faut engager un nouveau directeur pour le bureau de Paris. Robin ne rentrera que dans quelques jours. De mon côté, je vais m'occuper des papiers de famille que Grace Rose m'a légués. Je n'arrive pas à croire qu'elle nous ait quittés depuis déjà deux ans. Elle me manque.

Quant à Marie Stewart de Burgh, je dois cesser de penser à elle. J'ai éprouvé une certaine compassion à son égard, hier, quand nous avons parlé de cet affreux meurtre mais je dois chasser cela de mon esprit. Francis m'a rappelé qu'elle est mon ennemie. Elle est surtout sa pire ennemie, je crains ! Francis répète depuis toujours qu'elle finira mal et Grace Rose avait une grande

*confiance en son jugement. On verra bien mais je sais
que je n'ai pas fini d'entendre parler de Marie Stewart...*

Cecil avait invité Elizabeth à dîner au Mark's Club
dans le quartier de Mayfair. Robert était encore à Paris
avec Nicholas et Cecil avait saisi l'opportunité que cela
lui donnait de parler à Elizabeth en privé.

— Je pense que nous devons demander à Norfell de
démissionner, commença-t-il d'une voix embarrassée.

Il savait qu'il devait aborder le sujet ; en dépit de toute
sa répugnance à le faire car cela concernait Robert, il
avait décidé de ne plus attendre.

— Pourquoi ? Aurait-il recommencé à tourner autour
de l'Écossaise ? Mais non, poursuivit-elle avec un petit
rire réjoui, ce n'est pas pensable, Cecil. Madame est bien
trop occupée avec son bébé et héritier !

— Non, cela n'a rien à voir avec l'Écosse, répondit
Cecil.

Il prit une gorgée de vin pour se donner du courage.

— Dans ce cas, de quoi s'agit-il ? Pourquoi penses-tu
qu'il doive s'en aller ?

Les hésitations de Cecil avaient pleinement éveillé sa
curiosité.

— Je vais aller droit au but, répondit enfin Cecil d'un
ton qui trahissait son malaise. Norfell n'est pas ton ami.

— Cela ne m'étonne pas vraiment puisqu'il fait partie
de ces parents au cinquième ou sixième degré qui s'intéressent tous tellement à moi ! Continue, Cecil, je t'en
prie.

— Ce n'est pas ton ami car c'est l'ennemi de Robert,
j'en ai la certitude.

Elle le fixa d'un air où se mêlaient la surprise et
l'inquiétude.

— Robin a toujours répété qu'il fallait surveiller Norfell, dit-elle d'un ton pensif. Il avait donc raison ?

— En effet. Sur le fond, c'est une histoire de jalousie. Je ne parle pas de jalousie sentimentale mais de l'envie que lui inspire la réussite de Robert à la Deravenel. D'après ce qu'on m'a rapporté, Norfell s'est employé à lui mettre des bâtons dans les roues et se réjouirait de voir Robert avoir de gros ennuis et tomber en disgrâce auprès de toi.

— Il n'y a aucun risque que cela arrive, dit-elle, et tu me connais suffisamment pour le savoir, mon cher Cecil. Si tu veux forcer Norfell à partir, vas-y ! Toutefois, je te rappelle qu'il a fait des miracles à la tête de notre division hôtelière. N'y a-t-il pas moyen de le réduire au silence sans se priver de ses compétences ?

Soulagé de la voir prendre la situation de façon aussi décontractée au lieu de se mettre en colère, comme cela aurait été compréhensible, Cecil eut un sourire amusé.

— Je ne vois qu'une seule possibilité, répondit-il, et ce serait de l'expédier au bout du monde, par exemple dans les mers du Sud ! Dommage que nous n'ayons pas de projet hôtelier dans ces parages, il adore y aller.

Elizabeth adressa un regard réjoui à Cecil, rayonnante.

— Cecil, tu viens de me rappeler une idée ! Il y a longtemps que j'ai envie de créer un hôtel avec spa dans les îles Fidji, ou du moins dans cette zone. Anka Palitz m'a harcelée pour y installer un établissement de grand luxe. Pourquoi ne pas envoyer Norfell aux îles Fidji ou dans n'importe quel autre endroit très éloigné sous prétexte de chercher des sites susceptibles de convenir à une implantation ?

Cecil se recula sur sa chaise, examinant Elizabeth d'un regard intéressé.

— Tu parles sérieusement, n'est-ce pas ?

— Bien sûr ! Mais j'aimerais en discuter avec Robin avant de prendre une décision.

— Lui donneras-tu les vraies raisons ?

— Oui, il doit être informé de ce qui se passe. En fait, si nous, le triumvirat, nous estimons que c'est une bonne idée de garder Norfell et de l'envoyer au bout du monde…

Elle éclata de rire, comme si une pensée très drôle lui avait soudain traversé l'esprit.

— Les îles Fidji, Bali, peu importe ! Il faut confier à Robin le soin de lui annoncer la nouvelle !

Comme Cecil restait silencieux, elle insista.

— Non ? Oui ? Qu'y a-t-il ?

— Je pense, répondit Cecil en hochant la tête avec approbation, que c'est une excellente idée. Ce serait très diplomatique.

— Alors, c'est dit !

Elle piqua sa fourchette dans une crevette mais releva vivement les yeux pour fixer Cecil.

— Je parie que c'est Charles Broakes qui a dénoncé Norfell. Ils s'entendent moins bien qu'ils voudraient nous le faire croire. Je crois même que Charles méprise Norfell.

— Non, ce n'est pas lui.

— Ne me fais pas languir, Cecil ! Qui est-ce ?

— Mark Lott.

Elizabeth en resta bouche bée.

— Non ! s'exclama-t-elle. Je ne l'aurais jamais deviné. À ton avis, pourquoi Mark Lott l'a-t-il trahi ?

— Je n'en ai pas la moindre idée, mais je suis très content qu'il l'ait fait.

43

Francis écoutait avec la plus grande attention l'homme avec lequel il déjeunait, Giles Frayne. Ce qu'il entendait l'inquiétait de plus en plus, mais son expression restait impénétrable.

— Voilà, je vous ai tout dit, conclut Giles Frayne en prenant son verre d'eau.

— C'est une histoire terriblement embrouillée, à peine croyable, répondit Francis.

— J'ai été très choqué quand les pièces du puzzle ont commencé à se mettre en place. Pas vous ?

Giles jeta un regard interrogateur à Francis, attendant sa réaction.

— Si, choqué et consterné ! Maintenant, je vous propose de passer commande. Vous devez avoir faim. À propos, merci d'avoir pris le premier avion pour Londres. J'apprécie vraiment que vous ayez fait le déplacement depuis l'Écosse aussi rapidement.

— Cela m'a paru plus raisonnable, Francis. Ce qu'on ignore ne peut pas faire de mal, comme disait ma chère mère !

Francis eut un sourire en coin et fit signe à un serveur qui leur apporta aussitôt les menus. Pour rencontrer Giles, il avait choisi The Ivy et une table installée dans un coin discret où ils ne risquaient pas d'être écoutés.

— Je ne résiste jamais à leur haddock, murmura Francis comme pour lui-même.

Il réfléchissait à toute allure, cherchant à comprendre les implications de chacune des informations qu'il venait de recevoir.

— Je crois que je vais faire comme vous, dit Giles. Je prendrai le haddock frit avec des frites, et des huîtres en entrée.

— Moi aussi.

Francis passa rapidement la commande et, au serveur qui voulait savoir s'ils désiraient du vin, répondit, après avoir consulté Giles, qu'ils se contenteraient d'une bouteille d'eau.

Francis se pencha vers Giles dès le départ du serveur.

— Je dois ajouter que vous avez eu raison, dit-il à mi-voix. Nous ne pouvons pas nous permettre d'être vus ensemble à Édimbourg. Tout serait éventé. Nous aurions pu nous parler au téléphone mais je préfère vous voir en personne, compte tenu des circonstances. Par ailleurs, je voulais vous remettre ceci...

Francis sortit une enveloppe de la poche intérieure de son veston et la tendit à Giles qui la glissa aussitôt dans sa propre poche.

— Les événements vont plus vite que je l'aurais imaginé, reprit Francis. Beaucoup plus vite ! Il va falloir manœuvrer finement si nous voulons contrôler la situation et éviter la catastrophe.

— Oui, vous avez du pain sur la planche. En attendant, que voulez-vous que je fasse ?

— Vous restez où vous êtes, surtout ! Vous êtes mes yeux et mes oreilles dans ce panier de crabes et vous vous débrouillez pour qu'on ne vous perce pas à jour. Je dois être informé de tout et en permanence. Vous êtes le meilleur agent infiltré que j'aie jamais eu. J'espère que personne ne vous soupçonne ?

Toute son attitude exprimait son estime pour Giles Frayne.

— Personne, je vous le garantis ! Je suis bien vu dans la maison, ne vous inquiétez pas pour cela.

Quand il regagna son bureau au siège de la Deravenel, Francis prit le temps de réfléchir. Les événements rapportés par Giles dans tous leurs détails composaient un tableau très inquiétant. Qu'en penserait Elizabeth ? Quelles conséquences pourraient-ils avoir pour elle ? Du moins, s'ils en avaient. Quant à lui, comment pouvait-il intervenir ? Saurait-il assurer sa sécurité si cela se révélait nécessaire ? D'instinct, il savait la vérité. La tempête allait s'abattre sur eux s'il ne trouvait pas le moyen de l'éviter.

Il était déjà six heures quand Francis sortit précipitamment de son bureau pour frapper à la porte d'Elizabeth.

— Ah ! C'est toi, Francis ? dit-elle quand il poussa la porte. Ne reste pas là, entre !

— Il faut que je te parle.

À voir son expression, Elizabeth comprit qu'il y avait un problème.

— Francis, j'ai l'impression que tu apportes de mauvaises nouvelles.

— Tu as raison. Robert n'est pas là ? J'aimerais qu'il entende ce que j'ai à te dire, et Cecil aussi.

— Ils sont dans le bureau de Cecil.

Tout en parlant, elle avait décroché son téléphone et tapé un numéro interne.

— Cecil, Francis est avec moi et il a de mauvaises nouvelles. Vous pouvez nous rejoindre, Robin et toi ?

Elle eut un mouvement de tête approbateur et raccrocha.

— J'ai deviné tout de suite qu'il se passait quelque chose quand je t'ai vu entrer. Tu ne peux rien me cacher, Francis, dit-elle avec un sourire amical.

Il lui sourit en retour, avec une feinte consternation, avant de reprendre d'un ton grave :

— Je ne te cache rien, mais je ne sais pas quoi faire au sujet de ce que j'ai appris. C'est cela, le problème !

Ils discutèrent d'autres sujets quelques minutes, le temps pour les deux autres de les rejoindre. Comme d'habitude quand ils étaient tous les quatre ensemble, Robert proposa de s'installer dans la partie salon du bureau.

— Que se passe-t-il, Francis ? demanda Cecil.

Son inquiétude se voyait à son visage fermé et à ses sourcils froncés.

— C'est cette stupide bonne femme ! s'exclama Francis, laissant enfin libre cours à sa colère. Elle s'est trouvé un autre homme et c'est encore pire. Elle va vers de terribles ennuis, et nous risquons d'en subir les conséquences. Elle doit avoir perdu l'esprit.

— Ah ! Tu parles de Marie Stewart, c'est bien cela ?

— Oui !

Elizabeth semblait très choquée.

— Tu dis qu'elle a un homme dans sa vie, alors qu'elle vient à peine de perdre son mari !

— Je le sais bien, le monde entier le sait ! répondit Francis. Mais il est clair qu'elle se moque totalement de l'opinion des autres.

— Qui est cet homme ? demanda lentement Cecil.

— Jimmy Bothwith.

— Le tycoon écossais ? s'exclama Elizabeth. Je n'y crois pas !

— Tycoon ? C'est peut-être comme cela qu'il se voit mais je t'assure qu'il est loin de la vérité, remarqua Cecil. Francis a raison, ce sont de mauvaises nouvelles. Cet homme a déjà été impliqué dans plus d'affaires louches qu'on ne peut l'imaginer. C'est un miracle s'il n'est pas en prison.

Robert, qui n'avait encore rien dit, se tourna vers Francis.

— Je pensais qu'il était marié ?

Francis haussa les épaules.

— Tu crois que cela peut arrêter une femme comme Marie ? C'est le cadet de ses soucis.

Elizabeth reprit la parole pensivement.

— Sauf erreur de ma part, nous avons donc un mari, Darlay, qui est tué dans une explosion au mois de février et un remplaçant qui entre en scène au mois d'avril. C'est bien cela ?

— D'après mes sources, Bothwith occupait la place depuis un moment, dit Francis. Ils avaient déjà une liaison avant la mort de Darlay. Il semblerait que l'explosion qui s'est produite dans leur propriété à la campagne et l'incendie qui a suivi n'étaient pas accidentels. D'après certaines personnes, ce serait un travail de spécialiste.

— Un incendie criminel ? chuchota Elizabeth avec horreur. Ou une bombe ?

— Quelque chose de cet ordre, oui, répondit Francis. On dit qu'ils voulaient se débarrasser de Darlay aussi vite que possible pour vivre leur histoire sans entrave.

— Leur histoire ? C'est donc « ils » au pluriel ? releva Elizabeth.

Elle lança à Francis un de ces regards riches de sous-entendus qu'ils avaient l'habitude d'échanger.

— La désigne-t-on comme complice ? Les gens pensent-ils qu'elle est impliquée dans l'éventuel assassinat de son mari ?

— Certaines personnes le pensent.

Elizabeth frissonna et n'ajouta rien.

— Donc, intervint Robert, pour résumer, Marie Stewart de Burgh Darlay serait en route pour un troisième mariage ? C'est bien ce que tu voulais dire, Francis ?

— J'ignore s'ils vont se marier, mais elle est avec lui dans tous les sens du terme, et cela dure depuis un certain temps. Le point important est le suivant. Elle est en lutte contre son frère, ce que nous savions déjà, et il semblerait qu'elle s'apprête à le mettre à la porte pour installer Jimmy Bothwith à la tête de Scottish Heritage avec elle.

Elizabeth écoutait d'un air perplexe.

— Mais cela n'a pas de conséquences pour nous, dit-elle.

— Exact. Cependant, je sais de source sûre que Bothwith se répand dans tout Édimbourg en affirmant qu'il va faire le nécessaire pour que Marie entre en possession de son héritage. Autrement dit, il veut l'installer à ta place.

— Ce qui est impossible, assena Robert d'une voix ferme.

— Je le sais, nous le savons tous, mais nous risquons de devoir faire face à une nouvelle campagne de harcèlement. S'il est peu recommandable, Bothwith est loin d'être un imbécile. Il ne manque pas d'intelligence en certains domaines. Il a parfaitement compris qu'en racontant ses sottises aux médias, il allait nous exaspérer. Semez le vent, il en restera toujours quelque chose ! Cela nous fera du tort, quoi qu'on en dise.

Francis s'interrompit un instant et les regarda en hochant la tête.

— Ce n'est qu'une question d'ego. Jimmy Bothwith est affligé d'un énorme ego, et cela le perdra, j'en suis certain. Il se croit l'égal de Jimmy Goldsmith ou de Jimmy Hanson, deux des plus puissants tycoons à avoir régné sur le monde dans les années 1970 et 1980…

Cecil intervint avec un ricanement plein de mépris.

— Il porte le même prénom, mais c'est bien tout ce qu'il a en commun avec eux. Quel crétin !

— Marie a essayé de nous causer des ennuis, dans le passé, reprit Elizabeth, mais cela ne lui a rien apporté. Ce serait la même chose si elle recommençait, n'est-ce pas ?

Du regard, elle chercha l'approbation des trois hommes.

— Oui, répondit laconiquement Francis avant d'enchaîner : Je voudrais savoir où nous en sommes dans nos tractations avec Norseco Oil ?

— Il y a quinze jours que nous avons reçu les contrats et, depuis, nous les passons au peigne fin, répondit Robert. Pourquoi cette question ?

— J'ai appris aujourd'hui que Jimmy Bothwith possède deux sociétés, Belvedere Holdings et Castleton Capital, qui ont toutes les deux investi dans Norseco Oil. Beaucoup investi !

Un grand silence lui répondit.

— Norseco a de nombreux actionnaires, dit enfin Robert d'un ton pensif, et ces deux noms ne m'évoquent rien. Nous saurons vite ce qu'il en est si nous posons la question à Spencer Thomas.

— Oui, et le plus tôt sera le mieux, répondit Cecil avant de consulter sa montre. Malheureusement, je doute qu'il soit encore à son bureau. Il devait assister au spectacle donné par les élèves de l'école de sa fille.

— Si Belvedere Holdings et Castleton Capital sont de gros actionnaires de Norseco, remarqua Elizabeth, cela signifie que nous sommes sur le point d'acheter une société qui appartient en partie à Jimmy Bothwith... Et nous nous retrouverons avec Marie à nos trousses ! Les gros actionnaires veulent toujours siéger au conseil d'administration.

— Tu as tout compris ! dit Francis.

Incapable de tenir en place, il se leva et se mit à faire les cent pas.

— Il faut, reprit-il, que je vérifie un certain nombre de points. Ensuite, je vous propose de refaire une réunion jeudi. Je disposerai de tous les éléments nécessaires, à ce moment-là.

— Préfères-tu le matin ou l'après-midi, Francis ? demanda Elizabeth en se levant à son tour pour aller consulter son agenda. Ah ! Je n'ai aucun rendez-vous pour jeudi. Cecil et Robin se débrouilleront certainement pour se libérer s'il le faut, n'est-ce pas ?

— Je préférerais l'après-midi, répondit Francis. J'ai besoin de temps.

— Francis, intervint Robert, puis-je te poser une question ?

— Je t'en prie.

— Es-tu absolument certain de ce que tu nous as dit au sujet de ces deux sociétés d'investissement ?

— Ma source est très fiable et je n'ai aucune raison de douter de ses informations.

— Nous pourrions interroger Jake Sorrenson, le président de Norseco Oil. Il sait qui sont ses actionnaires.

— Bien sûr qu'il le sait, répondit Francis, et s'il n'a pas tous les noms en tête, il a une liste. Le problème, c'est qu'il ignore à qui appartiennent Belvedere Holdings et Castleton Capital. Et nous aussi, nous l'ignorons. Ma source m'affirme qu'elles sont à Bothwith mais qu'il utilise des hommes de paille. C'est un sale type mais il est rusé.

— Qui est ta source ? voulut savoir Elizabeth.

Francis la regarda droit dans les yeux en souriant.

— Elizabeth, tu sais très bien que je ne te le dirai pas, serais-tu la reine d'Angleterre !

— Allô ? C'est Francis.

La main d'Elizabeth se crispa sur le combiné.

— Tout va bien ? Tu sembles très énervé.

— Non, il n'y a pas de problème. Je voulais juste annuler la réunion de cet après-midi.

— Oh ! Pourquoi ?

— Parce qu'elle n'a plus de raison d'être. Je voudrais quand même te voir, maintenant si c'est possible. Dix minutes suffiront.

— Parfait ! Je suis sur le dossier de mes donations à des organisations humanitaires, mais cela n'a rien d'urgent. Je t'attends !

Trois minutes plus tard, Francis entrait dans son bureau.

— Elizabeth, commença-t-il, je vais te dire ce que tu dois faire, pour une fois ! Écoute-moi bien.

Et elle l'écouta, en effet, très attentivement.

44

Elizabeth prit la main de Robert, posée sur la table. Ils avaient choisi, ce soir-là, le Harry's Bar, un des restaurants de Mayfair qu'ils préféraient.

— Moi qui croyais avoir une année tranquille ! dit-elle. Mais 2005 s'annonce aussi agitée que les précédentes.

Robert porta la main d'Elizabeth à ses lèvres et l'embrassa tendrement.

— Quelle était la formule de Grace Rose, déjà ? Ah, oui… Que ta vie était sans demi-mesures et que tu connaîtrais des situations extrêmes !

— Elle me manque, tu sais. Elle était si bonne conseillère !

— Et maintenant, tu n'as plus que moi et Cecil, deux idiots qui ne comprennent rien aux femmes ! répondit-il d'un air malicieux.

— Oh, vous les comprenez très bien, vous deux, et Francis aussi ! J'étais désolée de le voir dans un pareil état, lundi. Il semblait ne plus savoir quoi faire.

— Je crois surtout qu'il est exaspéré par notre Écossaise. Si on regarde les choses en face, il faut être d'une insensibilité inouïe pour s'afficher avec Bothwith alors que son mari est à peine enterré ! Il est mort en février, nous sommes en avril. Si ce n'est pas ce qu'on appelle une rapide ! Franchement, cela me sidère.

— Personnellement, ce que je ne comprends pas, c'est l'attitude de la police. Il n'y a donc pas eu d'enquête digne de ce nom ?

— Je suis certain que si, ma chérie, mais si un crime n'est pas résolu dans les premières quarante-huit heures, il risque de ne jamais l'être.

Il s'interrompit et fit signe au serveur d'apporter deux autres verres de champagne rosé.

— D'après ce que j'ai compris, reprit-il, c'est la règle générale, aujourd'hui.

— J'aurais préféré que ce problème supplémentaire nous soit épargné. Nous en avions besoin comme d'une jambe cassée ! À propos, j'ai reporté le rendez-vous avec Spencer Thomas à la semaine prochaine. Il s'est montré un peu étonné et assez inquiet mais je suis restée évasive, comme Francis m'avait dit de le faire, et je me suis contentée de lui donner ma nouvelle date.

— Parfait ! Tu as prévenu Cecil ?

— Non, je m'en occuperai demain. En attendant, dis-moi quand nous retournons à Paris ?

— Quand nous aurons réglé ces problèmes !

Elle eut un sourire mystérieux.

— Alors, ce sera bientôt, dit-elle.

Elle salua d'une légère inclination de la tête un couple qui passait non loin de leur table.

— Qui était-ce ? demanda Robert. Leur tête ne me dit rien du tout.

— Tu ne les as jamais rencontrés. En fait, c'est elle que je connais, pas son mari, mais je n'ai fait que la croiser, en réalité. Elle possède une société de produits de beauté que j'espère racheter pour compléter ceux que nous vendons déjà dans nos spas.

Le vendeur remplaça discrètement leurs flûtes vides par d'autres où pétillait le champagne rosé. Elizabeth leva son verre en regardant Robert.

— Est-ce que je te rends heureux ?

— Oui, ma chérie, tu me rends très heureux. Est-ce que tu réalises que nous sommes ensemble depuis neuf ans ?

— Tu veux dire, en tant qu'adultes ! Si ma mémoire est bonne, tu m'as embrassée pour la première fois quand j'avais huit ans, sous le grand chêne de Waverley Court.

— Non, affreuse chipie ! C'est toi qui m'as embrassé en premier !

— Certainement pas ! C'est toi qui as fait le premier pas.

— Pas du tout, je m'en souviens très bien. Tu étais plutôt mignonne et tu me collais comme un chewing-gum.

Ils éclatèrent de rire ensemble, d'un vrai rire, le premier depuis plusieurs jours. Elizabeth reprit très vite son sérieux et se pencha à l'oreille de Robert.

— Tu te rends compte ? Toutes les horreurs que Marie a racontées sur mon compte, il y a quelques années ! Elle ne trouvait pas de mots assez durs pour qualifier ma relation avec un homme marié. Et aujourd'hui, elle fait exactement la même chose avec Jimmy Bothwith.

— Francis avait raison dès le début, au sujet de ta cousine. La première fois qu'il l'a rencontrée, à Paris, quand elle était mariée avec François de Burgh, il a senti quelque chose de bizarre chez elle.

— Robert… Crois-tu qu'elle soit impliquée dans la mort de Henry Darlay ?

— C'est difficile à dire mais, en toute sincérité, j'en doute.

Sans la quitter des yeux, il lui embrassa doucement le bout des doigts.

— N'oublie pas, reprit-il, qu'on m'a soupçonné et même accusé d'avoir tué ma femme ! Or, j'étais parfaitement innocent. Il faut donc accorder le bénéfice du doute à Marie Stewart.

Elizabeth parcourut d'un pas vif le long couloir qui menait à la salle du conseil d'administration de la Deravenel. Quand elle ouvrit la porte, elle s'était composé un masque impassible.

Cecil était déjà là, assis autour de la table avec Robert et Spencer Thomas, le directeur de la Deravco. Ils se levèrent en la voyant entrer et Spencer Thomas se précipita à sa rencontre. Ils s'embrassèrent amicalement puis Spencer accompagna Elizabeth jusqu'à sa place, au bout de la grande table en acajou. Elle s'installa en prenant le temps de disposer en bon ordre les dossiers qu'elle avait apportés.

— Désolée de vous avoir fait attendre, dit-elle. J'ai été retardée par un appel de New York.

— Aucun problème ! répondit Spencer avec un grand sourire. Quand je pense que tu seras bientôt l'heureuse propriétaire de Norseco, une des plus puissantes compagnies pétrolières d'Europe ! Toutes mes félicitations !

— Non, non, Spencer ! Pas si vite ! Je suis superstitieuse et j'aurais peur de me réjouir tant qu'un contrat n'est pas signé en bonne et due forme.

Elle fit une petite pause et tapota les dossiers devant elle.

— J'ai réexaminé en détail les documents concernant Norseco et j'ai été arrêtée par certains éléments.

Spencer se décomposa, livide.

— Mais… la semaine dernière, tu étais très enthousiasmée par ce rachat. Il y a de mauvaises nouvelles ?

— Je ne dirais pas « mauvaises », Spencer, mais plutôt « pas très bonnes », pas très bonnes pour nous, pour la Deravenel.

Spencer Thomas, qui avait une petite cinquantaine, avait l'air d'un gamin avec son visage lisse, ses yeux bleus et ses cheveux blonds. D'origine texane, sociable et toujours très affable, c'était un vétéran de l'industrie pétrolière. Il travaillait pour la Deravenel depuis dix-huit ans. Elizabeth l'aimait beaucoup et lui faisait confiance, mais pas au point de partager ses secrets avec lui. Si elle avait toujours été secrète, prudente et même méfiante, l'expérience lui avait appris, en plus, à se montrer dissimulatrice.

— Je suis désolée, Spencer, mais je crains que nous devions nous retirer de l'affaire. Nous ne pouvons pas aller plus loin.

Spencer la regarda d'un air hébété.

— Mais… Je ne comprends pas. Que veux-tu dire ?

Il en bafouillait presque.

— Je vais être aussi directe que possible, reprit Elizabeth d'un ton neutre. Nous n'achèterons pas Norseco.

Spencer se tassa sur sa chaise, incapable de réagir. Quand il put de nouveau parler, ce fut d'une voix hachée :

— Mais pourquoi ? Tu as dit toi-même que c'était une occasion inespérée !

— Pour de nombreuses raisons. Pour commencer, Norseco est un trop gros morceau pour nous. Ensuite, mes craintes d'attaques terroristes sont revenues. Pour te dire la vérité, j'ai reçu des informations extrêmement confidentielles d'un expert gouvernemental en matière de terrorisme. D'après lui, différents groupes extrémistes préparent de nouveaux attentats contre des pétroliers, en particulier ceux qui appartiennent à des sociétés britanniques ou américaines. Plusieurs groupes bien connus veulent provoquer des catastrophes écologiques, en plus des dégâts causés à l'industrie pétrolière en général. Une source sûre m'a avertie qu'il valait mieux annuler ce projet. C'est donc ce que je fais.

— Bon Dieu ! C'est terrible… Que vais-je dire à Jake Sorrenson ?

— Exactement ce que je viens de te dire, Spencer, parce que c'est la vérité. De mon côté, je vais lui envoyer une lettre d'excuses.

Par une belle journée du mois de mai, Francis entra dans le bureau d'Elizabeth et referma soigneusement la porte derrière lui.

— Elle l'a épousé, dit-il d'un ton dépourvu d'émotion.

— Cela ne m'étonne pas, tu t'en doutes, répondit Elizabeth du même ton. Tu as toujours dit qu'elle n'était pas très intelligente.

— Les faits le prouvent ! Elle accumule les fautes et les erreurs. Ils se sont dit oui ce matin et ils se sont tout de suite attelés à leur sale boulot. Marie avait déjà éjecté son demi-frère de Scottish Heritage. Il est en train de s'armer pour la guerre mais, en attendant, Jimmy Bothwith joue le roi de la basse-cour.

Elizabeth faillit éclater de rire. L'image lui plaisait.

— Un vrai petit coq sur son tas de fumier, hein ? renchérit-elle.

— C'est exactement ça. Il n'en reste pas moins que Marie, de manière très compréhensible, s'est fait beaucoup d'ennemis. Elle appartient à une famille respectée en Écosse et n'est rentrée de France que pour déclencher les pires scandales. À peine veuve de son mari français, elle se remarie à un homme qui périt dans un incendie d'origine suspecte. Le temps de l'enterrer, elle s'affiche avec un prétendu géant des affaires qui réussit à divorcer en un délai record et l'épouse ! Résumée ainsi, on comprend que la situation mette tout le monde en émoi. Mais ce n'est pas tout. Avant même de se remarier avec Bothwith, elle l'avait déjà installé à la tête de Scottish Heritage avec elle. Quant à James, elle l'a jeté à la rue sans un instant d'hésitation.

Elizabeth ne put s'empêcher de souligner les avantages de cette situation.

— Pendant qu'elle s'agite, elle me laisse tranquille.

— Elle finira mal, reprit Francis sans relever le commentaire d'Elizabeth. Cela ne fait aucun doute. J'ai appris que, en réalité, cela fait plusieurs mois que Bothwith se mêle de la gestion de Scottish Heritage. Il leur a fait signer des contrats très douteux. D'après mes sources, certains tomberaient même sous le coup de la loi. Les jeunes mariés risquent fort de se retrouver au tribunal.

Les dernières phrases de Francis avaient éveillé l'attention d'Elizabeth. Elle se redressa vivement dans son fauteuil et, les coudes sur son bureau, le fixa longuement.

— Que veux-tu dire ? demanda-t-elle enfin.

Elle le connaissait trop bien pour ne pas savoir que les renseignements les plus intéressants étaient à venir, ce qu'il lui confirma par un petit sourire complice.

— J'ai eu communication de tout un dossier sur elle, sur eux deux pour être plus précis, et sur ce qu'ils ont trafiqué.

— Mais qui t'a renseigné ? Son demi-frère ?

— Elizabeth ! Cela fait des années que tu essayes de me faire parler mais je ne t'en dirai pas plus aujourd'hui qu'hier ! Je suis le chef de la sécurité de la Deravenel et je ne te permettrai pas de savoir quoi que ce soit au sujet de mes informateurs. C'est la seule façon pour toi de rester à l'abri de tout reproche. Personne ne pourra te faire porter la responsabilité de mes actions. Tu comprends ?

— Oui, inutile d'en dire plus, mon cher Francis, mais ne me prends pas pour une gourde ! Les informations que tu m'apportes ne peuvent venir que de l'intérieur. Donc, si James n'est pas ta source, tu as une taupe à Scottish Heritage, quelqu'un qui est là sur ton ordre, et cela me convient tout à fait !

Elle se redressa, prit le verre d'eau posé à côté de son sous-main et but tranquillement sans quitter Francis des yeux.

— Alors, James Bond, tu m'engages ? dit-elle de son air le plus sérieux.

— Tu commences tout de suite ! répondit Francis avant de se mettre à rire.

— Trêve de plaisanterie, reprit-elle, de nouveau sérieuse. Je veux seulement savoir une chose. Que vas-tu faire de tes informations sur Jimmy Bothwith ?

— J'hésite encore mais je pense les transmettre à qui de droit. J'ai pris un verre, tout à l'heure, avec un de mes amis qui travaille à la brigade financière. Il a commencé comme inspecteur à Scotland Yard avant de passer à la lutte contre la criminalité en col blanc. Il m'a vivement conseillé de ne rien garder sous le coude et de prendre rendez-vous avec son collègue de la police écossaise. Il dit que c'est mon devoir et que la loi me fait obligation de ne pas conserver pour moi ce genre d'informations.

— Vas-tu le faire ?

— Ai-je le choix ?

— Qu'arrivera-t-il à Bothwith ?

— Je suppose qu'il sera arrêté et traduit en justice. Depuis le temps qu'il se moque des lois !

— Et Marie ?

— La même chose. Elle est sa complice depuis le début et a peut-être fermé les yeux sur un meurtre. Ce qui est certain, c'est qu'elle est sa partenaire en affaires, dans le cadre de Scottish Heritage, une solide affaire familiale qu'ils ont ruinée en quelques mois. Cela s'appelle purement et simplement du pillage !

— Ils seront donc jugés et jetés en prison ? C'est bien cela ?

— J'en ai bien peur pour eux. Dis-moi, pourquoi me regardes-tu de cette façon ?

— De quelle façon ?

— Comme si tu te sentais tout à coup triste pour elle. Et ne commence pas à me dire que c'est ta cousine car elle n'a jamais été que ton ennemie, Elizabeth !

— Non, protesta Elizabeth. Je ne la plains pas du tout.

— Je suis ravi de l'entendre. Elle mérite amplement ce qui va lui arriver.

Le mois de juin passa très vite et touchait à sa fin quand, un matin, Robert caressa l'épaule Elizabeth pour la réveiller en douceur.

— Elizabeth ! chuchota-t-il à son oreille. Réveille-toi, ma chérie.

Elle se redressa en sursaut, les yeux grands ouverts, et découvrit, penché sur elle, le visage de l'homme qu'elle aimait plus que tout au monde.

— Robin ? Qu'y a-t-il ? Oh, zut ! Je n'ai pas entendu le réveil ?

— Non, ce n'est pas cela, ma chérie. J'ai des nouvelles toutes fraîches pour toi. Francis vient de m'appeler sur mon portable.

— À cette heure ?

— Il est huit heures et nous sommes samedi.

— Je devais être morte de fatigue, hier soir, dit-elle en se débattant avec ses draps.

Elle réussit enfin à s'asseoir et glissa les pieds dans ses pantoufles.

— Oh ! C'est vrai que nous sommes à Stonehurst Farm. J'avais oublié que nous sommes arrivés en voiture hier soir.

— Viens, chérie, un café te fera du bien.

— Que voulait te dire Francis de si urgent ? Ce sont rarement de bonnes nouvelles quand on appelle tôt le samedi matin…

À demi réveillée, elle descendit avec Robert qui ne lui avait pas répondu. La tenant par la taille, il la fit asseoir à la table de la cuisine puis remplit deux mugs de café noir et la rejoignit.

Il prit le temps d'avaler une gorgée de liquide bien chaud avant de se lancer.

— Voilà. Francis voulait que nous le sachions : la police d'Édimbourg vient d'arrêter Marie. Elle a été placée en détention en attendant son procès pour fraude. Il y a d'autres charges mais Francis nous en parlera plus tard.

Il régnait une douce chaleur dans la cuisine et cependant Elizabeth sentit un frisson glacé la parcourir. Elle en avait la chair de poule. Robert remarqua qu'elle avait blêmi.

— Tu te sens mal ? dit-il avec inquiétude.

— Non, non, ça va, répondit-elle. Et Bothwith ? Il a été arrêté avec elle ?

— Non. D'après Francis, il a pris la fuite depuis quelques jours déjà. Au Danemark ! Tu imagines ?

— En effet, c'est une idée bizarre.

Elizabeth se sentait plus émue qu'elle ne l'aurait cru. Elle avait la gorge serrée. Elle ne se rendit compte qu'elle pleurait qu'en sentant les larmes couler dans son cou et elle s'empressa de les essuyer.

— Ma chérie ! Qu'y a-t-il ? demanda Robert, bouleversé par sa réaction.

— C'est horriblement triste, Robin, d'être abandonnée de cette façon. Comment peut-elle le supporter ? Moi, je ne pourrais pas.

Robert se leva et sortit sur la terrasse pour détourner l'attention d'Elizabeth.

— Viens voir, ma chérie, il fait un temps magnifique.

Elizabeth le rejoignit d'un pas lourd et se pelotonna contre lui, pensant à la chance qu'elle avait d'avoir rencontré un homme comme lui ; il ne l'abandonnerait jamais.

Serrés l'un contre l'autre, ils regardèrent la lumière du matin éveiller le beau jardin que des mains attentionnées avaient créé bien des années auparavant. Elizabeth caressa la joue de Robert dans un geste très doux.

— Je t'aime, mon amour, et je te remercie d'avoir donné un sens à ma vie.

Il se pencha sur le beau visage qu'il aimait depuis l'enfance et la serra plus fort dans ses bras.

— Tout ce que j'ai jamais demandé à la vie était de pouvoir t'aimer et d'être aimé de toi, répondit-il.

ÉPILOGUE

La femme de l'année

Il ne saura donc jamais comme je l'aime, et cela, non parce qu'il est beau, Nelly, mais parce qu'il est plus moi-même que je le suis. De quelque étoffe que soient faites nos âmes, la sienne et la mienne sont la même.

Emily BRONTË

Mon visage dans tes yeux se lit, le tien dans les miens, et deux cœurs purs transparaissent dans nos traits.
Où trouver deux meilleures moitiés de monde,
Sans le Nord mordant, ni l'Ouest déclinant ?

John DONNE

Il est temps pour ce cœur de trouver le repos
Puisqu'il a cessé d'émouvoir ;
Mais si je ne puis être aimé,
Qu'on me laisse encore aimer.

Lord BYRON

En entrant dans son bureau, Elizabeth tourna automatiquement les yeux vers la porte qui menait à celui de Robert, mais elle était fermée. Ce n'était pas la première fois qu'elle la voyait ainsi, depuis quelque temps. Contrariée, elle alla prendre place derrière sa grande table de travail.

Elle venait de passer plusieurs heures chez son coiffeur car la soirée à venir allait être en quelque sorte sa soirée… L'Association internationale des dirigeants d'entreprise lui avait décerné le prix de la Femme de l'année, une distinction extrêmement prisée.

Elle ouvrit son agenda. On était le 19 mai 2006 et elle aurait trente-cinq ans au mois de septembre, comme Robert. Déjà trente-cinq ans ! Cela paraissait incroyable.

Le 19 mai… L'année dernière, à la même époque, Marie Stewart et Jimmy Bothwith étaient plongés dans leurs manigances. Mais le bel édifice de la prétendue grandeur de Marie s'était effondré comme le proverbial château de cartes. Elizabeth soupira. Sa belle cousine avait été assez folle et impulsive pour se laisser guider par ses sentiments et non par la raison. Les langues se déliaient et l'on disait parfois que son mariage avec Henry Darlay avait été catastrophique, que c'était la raison pour laquelle elle était tombée follement amoureuse de Jimmy Bothwith. « Un homme qui l'a abandonnée quand la maison s'est écroulée », dit Elizabeth sans se rendre compte qu'elle parlait à voix haute.

Quel salaud ! Il l'avait séduite et manipulée, avait pris le contrôle de Scottish Heritage qu'il avait littéralement pillé, avait fraudé les banques au nom de Marie, passé des marchés douteux avec des individus encore plus douteux, des hommes à l'esprit malhonnête, comme lui. Bothwith avait précipité la chute de Marie et l'avait abandonnée, la laissant faire face à ses responsabilités.

Marie Stewart de Burgh Darlay Bothwith languissait à présent dans l'une de ces nouvelles prisons ouvertes pour délinquants en col blanc, où les conditions étaient moins dures que dans les prisons standard. Quant à l'enfant, il avait été confié à l'une des demi-sœurs naturelles de Marie.

L'avertissement de Francis lui revint en mémoire. « Si tu n'y prends pas garde, avait-il dit, et qu'un jour Marie a un enfant, cet enfant pourrait devenir ton héritier. » Depuis, elle avait fait le nécessaire pour que cela n'arrive jamais.

Elle lui était très reconnaissante car il l'avait sauvée d'un grand danger. La façon dont Francis obtenait ses informations flirtait parfois avec l'illégalité mais Elizabeth n'en avait cure. Peu importait comment il avait appris que Belvedere et Castleton appartenaient à Bothwith, l'essentiel était qu'il leur avait évité une erreur aux conséquences incalculables mais certainement catastrophiques. Si elle avait acheté Norseco comme elle en avait eu l'intention, Bothwith et Marie auraient insisté pour siéger au conseil d'administration et seraient lourdement intervenus dans la gestion de l'entreprise.

Bothwith possédait en sous-main presque autant d'actions que le président fondateur de Norseco, Jake Sorrenson. Lui aussi était en prison pour gestion frauduleuse, détournement de fonds, fraude fiscale, fraude bancaire et autres infractions. Quant à elle-même, si elle avait acquis Norseco, elle se serait trouvée prise au piège et impliquée, malgré elle, dans de sales histoires.

J'ai eu chaud, pensa-t-elle. Le boulet n'est pas passé loin ! Heureusement qu'en plus d'être très compétent, Francis avait sa sécurité à cœur. C'était un ami incomparable. Elizabeth avait l'intime conviction que Francis avait aidé Marie à tomber dans le piège tendu par Bothwith mais elle se moquait de savoir si c'était vrai ou comment il s'y était pris.

Revenant à son agenda, elle nota rapidement de partir assez tôt pour le cocktail qui précédait le dîner de remise des distinctions. Ainsi, elle ne risquait pas de laisser passer l'heure. Puis elle le referma. Elle devait encore peaufiner son discours de remerciement.

Elle eut beau se concentrer, commencer des phrases, les raturer et recommencer, force lui fut de reconnaître qu'elle n'avait pas l'esprit à écrire un discours. Elle ne pouvait penser qu'à Robert, et elle finit par aller voir s'il n'était pas rentré, mais son bureau était vide. Bien plus, tout était éteint, ce qui la surprit. En général, il laissait la lumière allumée.

Elizabeth soupira. Elle était partie très vite, ce matin, pour aller chez le coiffeur. Comme elle avait laissé pousser ses cheveux, il fallait du temps pour les sécher et les coiffer. Robert était encore sous la douche et elle avait griffonné un mot rapide à son intention. Elle l'avait à peine aperçu de toute la journée. Où était-il ?

Elle regagna son bureau et se laissa tomber dans son fauteuil, songeuse.

Robin n'est plus le même, depuis un certain temps. Maintenant que j'y réfléchis, je me rends compte qu'il est plus silencieux, plus passif. Il supporte mieux certaines choses et ne discute plus avec autant de passion quand nous ne sommes pas d'accord. Il me laisse avoir raison. Si je regarde en arrière, il me semble que cela date de l'année dernière, à la même époque, quand nous étions tous tellement perturbés par Marie Stewart et ses manigances. J'ai l'horrible impression qu'il s'est identifié à elle sur un point précis, la mort étrange de Darlay. La femme de Robin est morte, elle aussi, dans des circonstances inhabituelles qui ont déclenché une enquête. Il y a eu des gens pour accuser Robin, comme certains ont accusé Marie lors du décès de son mari.

Cependant, Robin et Marie ne se ressemblent pas plus que le jour et la nuit ! Elle est capricieuse et indifférente aux autres. Mon bien-aimé Robin est attentionné, respectueux et tendre. De plus, il ne s'engage pas à la légère. En tout cas, plus maintenant !

C'est étonnant mais, maintenant que j'y pense, il ne fait pas grand-chose, ces derniers temps. Il monte moins souvent et passe moins d'heures au manège avec son cheval. Je me demande pourquoi. Serait-il fatigué ? Ou malade ? Non, ce n'est pas possible. Il n'a plus vingt ans et n'est plus au sommet de sa forme physique mais il n'a que trente-cinq ans ! Du moins les

aura-t-il dans quelques mois. Je le trouve plutôt...
ralenti, oui, c'est cela. Certaines choses l'intéressent
moins. Il me paraît déçu.

Est-ce à cause de son travail ? Je devrais peut-être
lui demander de monter une nouvelle activité et d'en
prendre la tête, de la même façon qu'Ambrose dirige
notre division de résidences de vacances. Non, ce n'est
pas cela. Robert a beaucoup de pouvoir ici. Ne dirige-
t-il pas la compagnie avec Cecil et moi ? Non, c'est
impossible, ce n'est pas un problème professionnel. Il
n'en reste pas moins que quelque chose cloche. Tout
mon instinct me le répète. Cela fait presque un an que
Robert se désintéresse de ce qu'il fait.

La sonnerie du téléphone la fit sursauter et, avant de
s'en rendre compte, elle avait déjà décroché.

— C'est moi, dit Robert.

— Où es-tu ? Je suis contente de t'entendre, mon
chéri.

— J'avais différentes choses à faire et j'ai estimé
qu'aujourd'hui était le meilleur jour pour m'en
occuper.

— Quelles choses ?

— Mon tailleur, le coiffeur, comme d'habitude...

— Quand reviens-tu au bureau ?

— Je ne pense pas en avoir le temps, chérie. Tu
connais mon tailleur, c'est toujours très long, chez lui,
et j'ai deux costumes à essayer. De plus, cette journée
sera courte. Je dois passer à l'appartement à quatre
heures et demie pour m'habiller. Toi aussi, d'ailleurs !

— Oui, je l'ai bien noté.

— Alors, c'est parfait ! Je te vois tout à l'heure.

Il raccrocha sans attendre, laissant Elizabeth plongée dans un abîme de perplexité.

Elizabeth inspecta son reflet d'un regard critique. Elle portait une robe longue à jupe droite de Valentino, en soie d'un magnifique pourpre très foncé. Avec son simple décolleté arrondi et ses manches longues, le vêtement était d'une élégance parfaite. Des escarpins à hauts talons en soie de la même teinte complétaient la tenue.

Satisfaite de ce qu'elle voyait, elle passa autour de son cou l'imposante chaîne en or avec le beau médaillon d'Edward Deravenel, toujours aussi spectaculaire. Des anneaux d'oreilles en or et diamant, un bracelet en or... Il ne manquait plus que sa pochette en soie, pourpre elle aussi. Enfin prête, elle se rendit dans le salon pour demander, comme toujours, l'avis de Robert.

Debout à côté de la cheminée, il buvait un verre d'eau qu'il posa pour aller à sa rencontre.

— Elizabeth ! Tu es superbe ! Absolument magnifique !

— Toi aussi, mon chéri ! Je vois que tu as un nouveau smoking. Il te va parfaitement. Tu es impeccable, et je dirais même irrésistible !

Il plongea la main dans sa poche et en sortit un petit écrin.

— J'ai trouvé quelque chose, cet après-midi, marmonna-t-il avec une feinte désinvolture.

— Vraiment ?

— Vraiment.

Il l'embrassa délicatement sur la joue pour ne pas déranger sa coiffure puis ouvrit le petit écrin de cuir qu'il tenait à la main.

— C'est pour toi, ma chérie, dit-il en glissant une bague à sa main gauche. Cela te plaît-il ?

Elizabeth poussa un cri étranglé en découvrant à son annulaire un énorme solitaire d'au moins quarante carats.

— Robin ! Quelle merveille ! Merci, mon chéri, je ne m'y attendais pas du tout.

Elle lui sauta au cou et le serra contre elle, sans souci de sa robe. Quand il put parler à nouveau, ce fut avec un sourire taquin :

— Et maintenant, nous sommes enfin fiancés !

Sa réflexion prit Elizabeth par surprise mais elle réussit à cacher son étonnement.

— C'est ce que je vois ! s'exclama-t-elle gaiement. Qui l'aurait cru !

Tandis qu'ils traversaient le hall du Savoy, les têtes se retournaient à leur passage. Ils formaient un couple spectaculaire, elle avec sa crinière flamboyante, sa tenue pourpre, et lui, d'une telle beauté dans son smoking, grand, très brun, plein de panache.

Leur entrée dans la vaste salle de réception où l'on servait les cocktails déclencha les mêmes réactions. Tout le monde suivait leur progression des yeux, les regardant s'arrêter pour saluer amis et connaissances. Les dirigeants de la Deravenel étaient là. Cecil avait retenu six tables de dix personnes. Elizabeth fut accueillie avec chaleur par ses amis, Francis, Cecil, Nicholas et Ambrose. Puis, ayant aperçu Spencer

Thomas, qui avait eu tout le temps de se remettre de l'affaire Norseco, elle alla échanger quelques mots avec lui, désireuse de n'oublier personne.

Le champagne coulait à flots, les serveurs passaient avec des plateaux d'appétissants canapés, et l'heure consacrée aux cocktails s'envola à toute vitesse. Quand on demanda aux invités de passer dans la grande salle de bal pour la remise des distinctions et le dîner, Elizabeth eut l'impression qu'elle venait à peine d'arriver.

Harvey Edwards, président de l'Association internationale des dirigeants d'entreprise, accueillit les participants depuis l'estrade placée à une extrémité de la salle.

— Et maintenant, voici le moment tant attendu de la remise de notre prix d'excellence. Cette année, nous rendons hommage à une femme exceptionnelle, une femme qui occupe une place unique dans le monde des affaires, une femme que nous admirons tous pour son intelligence, sa capacité d'anticipation, son habileté à saisir les opportunités et ses qualités de dirigeante ! Une des rares femmes à avoir fait voler en éclats le fameux « plafond de verre » qui empêche les femmes d'accéder aux mêmes responsabilités que les hommes ! Mesdames et messieurs, j'ai le grand honneur de vous présenter Mlle Elizabeth Deravenel Turner, président-directeur général du plus ancien conglomérat commercial au monde, la Deravenel.

Un tonnerre d'applaudissements lui répondit.

Le cœur battant à tout rompre, Elizabeth se dirigea vers l'estrade dont elle gravit les quelques marches en frissonnant d'émotion. Elle avait décidé à la dernière minute de ne pas prendre le discours rédigé dans la matinée. Ce serait beaucoup plus personnel et fort si elle improvisait.

Harvey Edwards l'accueillit avec enthousiasme, l'embrassa et lui tendit son trophée, un élégant obélisque de cristal où l'on avait gravé son nom, le nom du prix et la date.

Elizabeth le remercia, déposa l'obélisque à ses pieds et approcha le micro de ses lèvres pour remercier l'association de l'honneur qu'on lui faisait et tous les participants de leur présence. Puis, elle se lança dans son discours.

Elle rendit d'abord hommage à son père, Harry Turner, qui avait été l'un des plus grands magnats au monde, puis évoqua son grand-père, Henry Turner, rappelant qu'il avait maintenu l'entreprise à flots dans la tourmente. Elle eut des mots pleins de tendresse et d'admiration pour son célèbre arrière-grand-père, Edward Deravenel, l'homme qui avait porté la Deravenel sur le devant de la scène mondiale au début du XXᵉ siècle. Enfin, elle parla avec passion de la place des femmes dans le monde des affaires, de leurs innombrables contributions passées en ce domaine, et de tout ce qu'elles lui apportaient déjà dans le nouveau millénaire.

Elizabeth fut éloquente, à l'aise, et drôle. Elle réussit plus d'une fois à faire rire l'assistance, ce qui la réjouit. Soudain, elle se rendit compte qu'elle avait dit tout ce qu'elle voulait et avait besoin de dire. Elle termina par des remerciements publics à certains de ses collègues de la Deravenel, qu'elle nomma avec plaisir.

Elle chercha enfin Robert des yeux et prononça les derniers mots d'une voix claire et vibrante, sans cesser de le regarder :

— Je veux enfin remercier Robert Dunley, mon partenaire dans la vie comme dans le travail. Robin, si tu n'avais pas été à mes côtés, je n'aurais rien pu faire. C'est toi qui m'as montré le chemin… Toi qui m'as aidée à accomplir mon destin, le destin d'Elizabeth Deravenel Turner. Je t'en remercie du plus profond du cœur.

Elizabeth comprit que quelque chose n'allait pas au moment où ils franchirent le seuil de leur appartement. Robert traversa le salon et alla se poster devant la cheminée, le visage dur. Son attitude trahissait une énorme tension. Peut-être était-il en colère, se dit Elizabeth. Mais pourquoi ?

— Qu'y a-t-il, Robin ? dit-elle en le rejoignant.

Il ne répondit pas tout de suite, se contentant de la fixer.

— Pourquoi m'as-tu appelé ton « partenaire » ? dit-il enfin. Pourquoi pas ton fiancé puisque je le suis depuis ce soir ?

— Je n'y ai pas pensé. Ce sont les mots que j'avais écrits ce matin, et ils me sont naturellement venus à l'esprit. Je suis désolée, Robin, vraiment désolée.

— Il y a autre chose, Elizabeth ! Je ne comprends pas pourquoi tu as changé ta bague de main, pourquoi tu l'as ôtée de ta main gauche pour la passer à ton annulaire droit ? Cela signifie-t-il que nous ne sommes plus fiancés ? Il aura été bref, mon grand moment, n'est-ce pas ?

— Robin, écoute-moi, s'il te plaît ! Cette soirée m'angoissait, et surtout le fait de devoir parler devant tant de gens. J'ai changé ma bague de main parce que je ne voulais pas devoir donner des explications à ce sujet. Pas ce soir, pas devant tout ce monde ! Cette soirée était déjà assez lourde pour moi !

— Je suppose que c'est la raison pour laquelle tu m'as présenté comme ton « partenaire ». Cela t'évitait de devoir expliquer ma présence dans ta vie !

C'était un homme en colère qui parlait, mais aussi un homme blessé.

Elizabeth voulut le prendre dans ses bras pour le rassurer, le consoler. Elle ne l'avait jamais vu dans un pareil état.

— Ne t'approche pas ! dit-il d'une voix furieuse.

— Robin, je suis profondément désolée si je t'ai blessé ou offensé. Crois-moi, je t'aime et je ne ferais jamais…

Il l'interrompit brutalement :

— Oh, ça suffit ! J'en ai assez de ces histoires ! J'en ai assez de toi ! Je ne sais vraiment pas pourquoi j'ai supporté une pareille humiliation !

Sa voix se brisa et Elizabeth vit que des larmes brillaient dans ses yeux.

— Je m'en vais, et c'est pour de bon.

Sans lui laisser le temps de prononcer un seul mot, il traversa le salon d'un pas rageur et sortit en claquant la porte derrière lui.

Elizabeth se retrouva face à la porte close, secouant la tête, ne comprenant pas ce qui venait de se passer. Robin avait-il dit qu'il partait ? Qu'il partait pour de bon ? Non, c'était impossible ! Il l'avait quittée ?

Sans réfléchir, elle courut jusqu'à l'ascenseur, courut encore pour traverser le hall d'entrée, ouvrit la porte à la volée et descendit les marches du perron si vite qu'elle faillit tomber. Robert était au bout de la rue, en train de héler un taxi.

— Robin ! hurla-t-elle. Robin !

Elle courait de toutes ses forces mais Robert ne se retourna pas.

— Robin, attends ! S'il te plaît, attends ! Ne t'en va pas !

Tenant sa robe à deux mains pour aller plus vite, elle criait son nom. Non, par pitié ! pensa-t-elle en le voyant ouvrir la porte de son taxi.

— Attends ! Robin !

Il finit par se retourner, un pied déjà à l'intérieur de la voiture. Le chauffeur se pencha par sa fenêtre ouverte pour voir ce qui se passait.

— Ça, mon vieux, dit-il, je ne dirais pas non, à votre place ! Allez vite la rejoindre, je parie que vous ne le regretterez pas !

Sans un mot, Robin recula, referma la portière et attendit qu'Elizabeth arrive à sa hauteur, hors d'haleine, ses cheveux défaits flottant dans son dos. Comme elle s'écroulait contre lui, il la retint fermement. Elle haletait et son visage ruisselait de larmes. Elle était dans un tel état d'affolement et de désespoir qu'elle ne pouvait plus parler.

La retenant d'un seul bras, il prit sa pochette en soie dans sa poche de smoking et lui essuya les yeux.

— Il faut que tu me raccompagnes, réussit-elle enfin à dire d'une voix hachée. Je n'ai pas ma clé.

— Je n'ai pas l'intention de te laisser seule dans la rue habillée de cette façon, répondit-il d'un ton sec. Je te ramène et je m'en vais.

De retour dans son salon, Elizabeth s'adossa à la porte d'entrée.

— Tu peux partir si tu veux, dit-elle d'une voix rauque. J'ai peur de ne pas pouvoir t'en empêcher. Dis-moi seulement ce que j'ai fait, je t'en prie !

Robert soupira violemment puis ferma les yeux quelques instants.

— Je te l'ai dit tout à l'heure.

— Je suis désolée, vraiment désolée…

Elle pleurait.

— Ne peux-tu comprendre mon état de nerfs terrible à cause de cette histoire de prix ? Essaye de me comprendre et de me pardonner ou de m'excuser…

Elle ne put aller plus loin. Quand il répondit, ce fut d'une voix à peine audible :

— Je suis juste horriblement fatigué et j'en ai par-dessus la tête. Nous sommes ensemble depuis bientôt dix ans, nous vivons en couple depuis tout ce temps, comme mari et femme, et il me semblerait normal de légaliser la situation. Et pourquoi pas un enfant ? Tu devrais réellement avoir un héritier, tu le sais. Et malgré tout cela, je suis encore obligé de te dire : Elizabeth, je veux t'épouser.

— Tu sais… Tu connais mes réticences…

— Oh, oui ! Je suis au courant de tes « réticences ». Tu m'en as suffisamment rebattu les oreilles. Mais, au bout du compte, cela se résume à une seule chose : tu ne peux pas m'épouser parce que tu es déjà mariée avec la Deravenel ! Tu aimes ton entreprise plus que moi !

Il avait hurlé ces derniers mots.

— C'est faux ! répondit Elizabeth en criant à son tour. C'est toi que j'aime et que j'ai toujours aimé. Il n'y a jamais eu d'autre homme que toi dans ma vie. Je n'ai jamais voulu un autre homme que toi.

— Mais oui, j'ai déjà entendu tout ça ! Et maintenant, je m'en vais.

Elle se précipita pour le retenir, s'accrocha à son bras et l'obligea à la regarder.

— Robin, je t'aime ! Donne-moi une autre chance, je t'en supplie ! Je te promets d'essayer de surmonter ma peur du mariage. Mais il faut que tu m'aides. Nous pourrions rester fiancés pendant un certain temps et je ferai tout…

Il secoua la tête d'un air consterné.

— Elizabeth, tu es incapable d'oublier ton père et la façon dont il a traité ta mère puis ses autres femmes. À cause de lui, tu es perdue pour le mariage. Je ne l'ai que trop bien compris.

Elle pleurait à gros sanglots et s'accrochait à lui. Il finit par la prendre dans ses bras en lui caressant les cheveux. Elle réussit à se calmer un peu, recula d'un pas et se tamponna les yeux avec la pochette de smoking de Robin avant de poursuivre avec désespoir :

— Je n'ai jamais aimé personne comme je t'aime, Robin. Nous sommes ensemble depuis vingt-sept ans, en réalité… Depuis notre enfance… La plupart des mariages ne durent pas aussi longtemps.

Robert la dévisagea. Elle avait les cheveux en bataille, des traces de mascara noir mêlé de larmes sur les joues et, soudain, il comprit tout. Il ne pourrait jamais la quitter, ils étaient des âmes sœurs, ne formaient qu'une seule âme.

Ouvrant les bras, il l'attira contre lui et se pencha pour la regarder dans les yeux, ces yeux sombres et pleins de mystère qu'il connaissait par cœur.

— Elizabeth, il m'est impossible de te quitter. Comment le pourrais-je ? Je suis à toi, comme tu es à moi. Je t'appartiens comme tu m'appartiens. Je ne pourrais jamais aimer une autre femme…

— Ni moi un autre homme, gémit-elle d'une voix rauque de larmes. Par pitié, Robin, ne me quitte pas ! J'en mourrais…

Comme il ne répondait pas, elle reprit ses supplications.

— Ne me quitte pas, mon amour, ne me quitte pas !

Il lui caressa tendrement la joue.

— Je te promets d'être toujours à tes côtés, jusqu'à mon dernier souffle.

Et il tint sa promesse.

Composition réalisée par FACOMPO (Lisieux)

Achevé d'imprimer en avril 2011 en Allemagne par
GGP Media GmbH
Pößneck
Dépôt légal 1re publication : mai 2011
LIBRAIRIE GÉNÉRALE FRANÇAISE – 31, rue de Fleurus – 75278 Paris Cedex 06